Umwelthinweis:
Alle bedruckten Materialien dieses Buches
sind chlorfrei und umweltschonend.

1. Auflage

der Taschenbuch-Sonderausgabe des
STRANDLÄUFER Verlages® • Stralsund

Die Rechtschreibung dieser Ausgabe ist moderat den heutigen Lesegewohnheiten angepasst. Abweichungen entsprechen stilbedingt den Absichten der Verfasserin.

Die Taschenbuch-Sonderausgabe des STRANDLÄUFER Verlages® beinhaltet die vollständigen Originaltexte von Hedwig Courths-Mahler. »Auf der Jungfernburg« entspricht der Originalausgabe, die 1932 im Verlag Friedrich Rothbarth in Leipzig erschien. »Auf falschem Boden« ist der Ausgabe von 1920 entnommen, die ebenfalls bei Friedrich Rothbarth verlegt wurde.

Fotos: Peter Hoffmann• Stralsund: Seite 3, 6, 264, 350
Historische Aufnahmen: privat
Lektorat: Peter Hoffmann• Stralsund
Vorwort: Peter & Katrin Hoffmann• Stralsund
Nachwort: Manfred Schreiber• Ebersbach-Neugersdorf
Umschlaggestaltung & Layout: Grafikagentur Irina Stein• Germersheim
Druck: CPI books GmbH • Leck
Made in Germany
ISBN: 978-3-941093-27-0

www.strandläufer-verlag.de

Liebe am Sund

Zwei Ostsee-Romane
von Hedwig Courths-Mahler

STRANDLÄUFER
VERLAG

Vorwort

Seit Jahren sucht der STRANDLÄUFER Verlag nach literarischen Texten, die unsere Heimatstadt Stralsund und die Region Vorpommern zum Gegenstand haben oder zumindest als Kulisse nutzen. Dabei sind uns Werke unterschiedlichster Art begegnet – von den satirischen Romanen einer Elizabeth von Arnim (»Anna Estcourt«) über die historischen Erzählungen von Wilhelmine Fleck (»Störtebeker & Die Wulflams«), Benno Pludras Liebeserklärung an die Insel Hiddensee (»Haik und Paul«) bis zu den »Stralsundischen Geschichten« aus der Schweden-Zeit von Heinrich Alexander Stoll. Dass wir allerdings bei einer Schriftstellerin fündig werden würden, die als die auflagenstärkste der deutschen Literatur gilt, war doch eine Überraschung: Hedwig Courths-Mahler (1867-1950).

Obwohl sie mehr als 200 Romane und Novellen verfasste, eine Gesamtauflage von deutlich über 80 Millionen Exemplaren erreichte, in zahlreiche Sprachen übersetzt ist und über 20 ihrer Romanvorlagen verfilmt wurden, tut sich die Literaturgeschichte schwer mit einer Bewertung dieser Autorin. Denn Hedwig Courths-Mahler kannte nur ein Thema: die Liebe, die sie in unzähligen Variationen erblühen ließ. Und immer gibt es am Schluss ein Happy End. Doch genau das ist ihr Erfolgsrezept: Sie entwirft in ihren Geschichten mit wenigen, aber treffsicher gesetzten Strichen eine Handlung, die sofort in ihren Bann zieht, treibt danach ihre Helden zügig von der tiefsten Pein zum höchsten Glück – und alle Leser mit ihnen. Das zündet bis auf den heutigen Tag.

In diesem Band »Liebe am Sund« finden sich zwei Texte von Hedwig Courths-Mahler, die in Stralsund und Umgebung beziehungsweise auf der Insel Usedom spielen. Im Roman »Auf der Jungfernburg«, entstanden 1932, erklärt sie uns ganz beiläufig, welche Rolle die Hansestadt im gesellschaftlichen Leben der höheren Stände spielte, welche Umgangsformen sozusagen zwischen gesitteten städtischen Honoratioren und begüterten Agrariern im Umland herrschten. Die zweite Erzählung »Auf falschem Boden« von 1906 entführt uns an die hochsommerliche Promenade eines mondänen Seebades – in diesem Falle Zinnowitz auf Usedom. Was sich dort in der Sommerfrische anbahnt, übersteht nicht unbedingt den kleinstädtischen (Ehe-) Alltag, ist aber so wunderschön mitzuerleben, dass man gleich die Koffer packen und an die Ostsee fahren möchte. An diesem *summerfeeling* hat sich bis in unsere Zeit wenig geändert.

Und noch eines fällt dem heutigen Leser auf: Die Frauenfiguren, die uns Hedwig Courths-Mahler in diesen beiden Erzählungen zeigt, sind erstaunlich emanzipiert. Sie sind unabhängig, wirtschaftlich tätig oder künstlerisch gebildet, auf jeden Fall auf Augenhöhe mit dem männlichen Geschlecht. Sie leben in gesicherten Verhältnissen und wissen ihr Dasein sehr wohl selbständig sinnvoll zu gestalten. Bis – ein Mann aufkreuzt. Ohne war gar nicht schlecht, aber mit kann ja vielleicht auch ganz nett werden. Dass es dann noch einige Höhen und Tiefen zu durchleben gilt, bis Hedwig Courths-Mahler ihren Hauptfiguren ein glückliches Ende schreibt, ist durchaus realistisch. Dass dieses glückliche Ende nicht mit einer Zukunft als Heimchen am Herd gleichzusetzen ist, zeugt von den erfreulich modernen Anschauungen der Autorin.

Auch Hedwig Courths-Mahler war für ihre Zeit eine moderne Frau, selbst wenn sie nur sogenannte *populäre* Literatur verfasste. 1867 in Nebra geboren, stammte sie aus einfachsten Verhältnissen, wurde als Pflegekind von einer Schusterfamilie aufgezogen und ging mit 14 als

Dienstmädchen in Stellung. Ihren Herrschaften musste sie vorlesen, unter anderem aus der »Gartenlaube«, die für ihre anheimelnden Fortsetzungsromane berühmt war. Doch von der Vorleserin zur Schriftstellerin war es noch ein gutes Stück Weg. Erst kam 1889 die Eheschließung, dann wurden schnell nacheinander zwei Töchter geboren. Richtig los mit der eigenen Karriere ging es erst 1905, als die Familie nach Berlin übersiedelte. Hier erlangte sie in ihrem Schaffen eine ungeahnte Produktivität. Das Ehepaar Courths-Mahler hielt nicht nur zusammen, sondern pflegte zudem zahlreiche Kontakte zu Schauspielern und Dichtern. Hedwig Courths-Mahler hatte offenbar einen Mann gefunden, der der Schreibwut seiner Gattin keineswegs im Wege stand. Im Gegenteil: Fritz Courths gestaltete als Dekorationsmaler sogar ihre Buchcover. Und beide Töchter wurden später ebenfalls Schriftstellerinnen.

Mit den Nazis konnten sie alle nicht: Nach 1935 zog sich die Familie nach Tegernsee in Oberbayern zurück. Hedwig Courths-Mahler mochte keine Stoffe mit nationalsozialistischem Inhalt verfassen und beantragte sogar den Ausschluss aus der Reichsschrifttumskammer. Eine ihrer Töchter wurde dort 1941 ganz ohne Antrag rausgeschmissen, die andere wegen ihrer politischen Anschauungen gar zu Haft und Zwangsarbeit verurteilt. Die Frauen im Hause Courths-Mahler konnten also nicht nur schöne Romane verfassen, sondern hatten sehr wohl auch eine Meinung zu dem, was um sie herum vorging.

Hinter allem Herz-Schmerz, mit dem uns Hedwig Courths-Mahler bis heute unterhält, steht eine erfolgreiche, ungeheuer fleißige Frau, die ihre Umwelt sehr genau beobachtete und am Rande ihrer Liebesgeschichten viel über den Alltag erzählt. Mit ihren Augen entdecken wir ein Stück historisches Stralsund und Vorpommern wieder. Viel Vergnügen dabei wünschen

Peter und Katrin Hoffmann
STRANDLÄUFER Verlag, Stralsund

Auf der Jungfernburg

Mit zusammengezogener Stirn legte Rudolf Hagmeister die Zeitung auf den Tisch, in deren Inseratenteil er wieder einmal vergeblich nach einer ausgeschriebenen Stellung gesucht hatte. Er war längst nicht mehr wählerisch. Nur irgendwie sein Brot verdienen! War das wirklich so verdammt schwer in dieser Zeit? Er war doch ein gesunder, starker Mensch, durchaus nicht auf den Kopf gefallen, durchaus arbeitswillig, ja sogar arbeitshungrig! Wie gern wollte er arbeiten, gleichviel auf welche Art. Dass er als Ingenieur heutzutage keine Anstellung bekommen würde, war ihm klar. Aber es musste doch irgendeine Beschäftigung für ihn geben, wodurch er sich sein Brot verdienen konnte. Monatelang hatte er nun schon sein Heil versucht. Aber immer vergebens. Zuletzt hatte er für seine Firma Reklamedrucksachen kuvertiert, mit Adressen versehen und dann von Haus zu Haus getragen, in jeden Briefkastenschlitz an den Entreetüren eine dieser Reklamen gesteckt und bescheiden dabei geklingelt, damit die Leute auch darauf aufmerksam gemacht würden. Aber nun war auch das zu Ende, war alles ausgetragen, und die Firma hatte ihn abgelohnt. Für vierzehntägige Arbeit hatte er fünfzig Mark bekommen. Vierzig Mark hatte er Miete bezahlt für sein Zimmer, und zehn Mark mussten nun zur Beköstigung ausreichen, so lange es ging. Man musste haushalten und so wenig wie möglich essen. Und inzwischen würde ja der liebe Gott weiterhelfen. Wenn man nur nicht so verteufelten Hunger hätte. Es kostete immer viel, sich mal ordentlich satt zu essen. Na also! Heute war keine Offerte nötig, da sparte er wenigstens die Briefmarke.

Verbittert und höhnisch schlug er mit der Faust auf die Zeitung. Das betrachtete seine Wirtin wohl als Aufforderung, das Frühstück zu bringen.

»Jotte doch, Herr Doktor, ich komm' ja schon! Habe Ihnen doch schon die Zeitung 'reingelegt! Sie bekommen sie immer zuerst.«

»Mein Klopfen galt nicht Ihnen, Frau Mengers; ich war nur ein bisschen wütend, weil wieder nichts für mich in der Zeitung steht.«

»Wo soll's denn auch! Jotte doch, Arbeit is doch ein rarer Artikel. Na, und allens kann doch ein studierter Herr Doktor auch nicht arbeiten.«

»Wäre mir ganz egal! Ich scheue mich vor keiner Arbeit, Frau Mengers.«

»Na, wenn das mal wäre? Da könnten Sie gleich heute ein paar Mark verdienen. Aber ich weiß man bloß nich, ob ich Ihnen das zumuten soll.«

Sie ordnete das sehr bescheidene Frühstück umständlich auf dem Tische.

»Tun Sie das immerhin, Frau Mengers; es gibt keine Arbeit, die ich nicht verrichten würde.«

Sie stemmte die Arme in die Hüften.

»Na, na! Auch Teppichkloppen?«

Er lachte grimmig in sich hinein.

»Warum nicht auch das, wenn es nur bezahlt wird.«

»Also wirklich?«

»Ja doch! Wie, wo und wann?«

»Na, wenn Sie es ernst meinen? Da wohnen doch im Vorderhaus in der ersten Etage Bankdirektors! Denen is mitten ins große Reinemachen das Hausmädchen krank geworden, und nun stehen sie da mit 'n Haufen Arbeit. Und die großen Teppiche liegen mit allen Dreck noch da, und morgen is große Gesellschaft, da muss alles fertig sein. Allens geht durcheinander, und was die Teppiche sind, die sind sündhaft teuer, und irgendeinen von der Straße wollen sie die Prachtstücke nicht anvertrauen. Was die Stütze is, die hat mir gesagt, zehn Mark würde die Frau Bankdirektor glatt geben, wenn sie jemanden hätte, der die Teppiche kloppt.«

Lachend sprang Rudolf Hagmeister auf.

»Zehn Mark! Wird gemacht, Frau Mengers!«

Sie lachte.

»Na forsch, Herr Doktor! Sie werden gewiss nicht untergehen. Ganz recht haben Sie, ein ehrlicher Kerl ist für ehrliche Arbeit nicht zu schade, wenn sie man auch 'n bisschen dreckig is. Also los, Herr Doktor, frühstücken Sie man gleich. Und ich gehe inzwischen zu Frau Bankdirektorn und sage ihr, dass sie das machen wollen. Vor Ihnen kann ich ja garantieren, dass Sie keinen Teppich klauen. Die wird froh sein.«

»Gehen Sie, Frau Mengers! Ich frühstücke schnell und mache dann Toilette fürs Geschäft. Ich habe ja auch den alten Anzug, in dem ich Ihnen neulich die Küchenmöbel gestrichen habe. Der wird zum Teppichklopfen angezogen. In zehn Minuten stehe ich der Frau Bankdirektor zur Verfügung.«

Die Wirtin eilte davon, und Rudolf trank schnell eine Tasse des Cichorienkaffees, wobei er die Augen zudrückte, damit er besser herunterging. Dann verzehrte er die zwei trockenen Brötchen, die zu dem Frühstück gehörten, und dann machte er schnell »Toilette«.

Als er fertig war, kam die Wirtin zurück.

»Na, man los, sie warten schon und sind heilfroh, dass sie jemanden haben. Dass Sie ein Doktor sind, habe ich lieber nicht gesagt, sonst denken sie am Ende, Sie können nich arbeiten. Es wird doch gehen, Herr Doktor?«

Er lachte.

»Na, Teppiche klopfen kann doch nicht so schwer sein!«

»Warten Sie's man ab! Alles muss gelernt sein. Also, Sie heben die Teppichrolle hoch, halten das eine Ende fest und kullern den Teppich über die Stange, so mit 'n Avek, verstehen Sie. Und dann kloppen Sie schön kräftig auf beiden Seiten, bis aller Dreck raus is. Zuletzt wird jeder Teppich

Strich for Strich abgebürstet. Na, es wird schon gehen. Sie sind ja nich dumm.«

Während Frau Mengers gleich danach das Zimmer aufräumte und dabei ab und zu mal zum Fenster hinaus nach der Teppichstange guckte, hatte Rudolf Hagmeister sich in das Vorderhaus begeben. Vor der Tür, an der das Namensschild des Bankdirektors prangte, holte er erst noch einmal tief Atem und richtete sich entschlossen auf, ehe er klingelte. Als das geschehen war, öffnete ein junges Mädchen.

»Frau Mengers schickt mich zum Teppichklopfen.«

Das Mädchen, die Stütze der Frau Bankdirektor, sah den jungen Mann prüfend an und wurde ein bisschen rot. Dieser schlanke, kraftvolle Mensch in einem Arbeitsanzuge, der diverse Ölfarbenflecke zeigte, sah nach allem eher aus als nach einem Teppichklopfer. Sein gebräuntes, scharfgeschnittenes Gesicht, aus dem die grauen Augen hell und intelligent herausleuchteten, sah auch, trotz seiner Kostümierung, vornehm und interessant aus. Aber immerhin war eine Hilfe im Haushalte viel zu nötig, als dass die Stütze irgendwelche Einwände gegen ihn erhoben hätte. Frau Mengers hatte gesagt, sie habe einen honetten jungen Mann bei sich wohnen, der stellenlos sei und sich gern ein paar Mark verdienen wolle. Sie könne für seine Ehrlichkeit garantieren. Und somit war man froh, dass er sich zur Arbeit meldete. Frau Bankdirektor kam in einem seidenen Kimono, der auf ihrer Vorderfront und auch auf der Rückfront einen in allen Farben schillernden Papagei zeigte, auf den Korridor, verschwand aber bei Rudolfs Anblick erschrocken wieder hinter der Tür, als sie in das Gesicht des jungen Mannes sah. Vor einem Arbeiter hätte sie sich nicht geniert, aber das war ja ein junger Herr, trotz des farbenbekleckstesten Rockes.

Verstohlen blickte sie aus ihrem Schlafzimmerfenster auf den Hof hinaus und sah dem hochgewachsenen, kraftvollen Manne nach, der zwei ihrer Riesenteppiche auf die Achseln genommen hatte und sie nach der Teppichstange trug. Sie sah auch, wie er den einen der Teppiche, den Anweisungen Frau Mengers folgend, emporhob und über die Stange gleiten ließ. Der hatte aber Kräfte! Sie wusste doch, wie schwer die Teppiche waren.

Und nun klopfte der junge Mann darauf los, dass der Staub nur so flog.

Befriedigt kleidete sich die Frau Bankdirektor an, um nachher, wenn der junge Mann wieder heraufkam, mit ihm sprechen zu können. Das schien ein sehr gebildeter junger Mann zu sein.

Rudolf stellte seine Auftraggeberin vollständig zufrieden und lieferte einen Teppich nach dem andern in sauberem Zustande oben ab. Er stellte auch seine Dienste zur Verfügung beim Auflegen der Teppiche. Es mussten dabei schwere Möbel gehoben und gerückt werden, und die Frau Bankdirektor samt ihrer Stütze sahen ihm voll Bewunderung zu. Es ergab sich, dass auch sonst noch allerlei für ihn zu tun war, und die Hausfrau fragte ihn schließlich, als alles fertig war, ob er vielleicht am nächsten Abend an Stelle des Hausmädchens mit servieren wolle.

»Sie können doch gewiss servieren?«, fragte sie.

Er überlegte einen Moment. Warum nicht? Er hatte früher doch oft genug an einer Tafel gesessen, wo ihm serviert worden war. Das konnte kein Kunststück sein.

»Gewiss, gnädige Frau, ich werde es schon können.«

»Gut, also dann morgen Abend um acht Uhr. Nein, kommen Sie lieber schon eine Stunde früher, damit Sie beim Tischdecken mit helfen können.«

Sie drückte ihm die verdienten zehn Mark in die Hand, und die Stütze hatte auf ihren Befehl auch noch ein Paket belegter Butterbrote herbeigebracht, das sie ihm überreichte.

Keine Miene zuckte in Rudolfs Gesicht. Geld und Butterbrote waren ehrlich verdient. Und für morgen Abend sollte er gar zwanzig Mark bekommen, aber es würde sehr spät werden. Das erschien Rudolf als ein besonderer Glücksfall, denn voraussichtlich bekam er morgen Abend auch ein anständiges Abendessen. Das half wieder wirtschaften.

Befriedigt begab er sich in seine Wohnung zurück, wo er erst einmal eine gründliche Waschung vornahm, um sich von dem Teppichstaube zu säubern. Frau Mengers hatte ihm auf dem schmalen Korridor schon die Seele aus dem Leibe gefragt, wie alles gewesen sei. Er lieferte einen humorvollen Bericht und bat sie um einen Teller für die belegten Brote. Den brachte sie auch, nachdem er sich gesäubert hatte, und sah neugierig zu, als er das Paket auspackte. Hm! Die Brote sahen lecker aus, und Rudolf gab Frau Mengers eines ab, weil sie ihm diese Arbeit verschafft hatte.

Am nächsten Abend stellte er sich pünktlich Frau Bankdirektor zur Verfügung. Für heute hatte er sich entschließen müssen, seinen blauen Sakkoanzug anzulegen. Er ließ sich von der sehr freundlichen Stütze, die ihn sehr wohlgefällig ansah, einige nützliche Winke geben bezüglich des Servierens und half ihr fleißig, Gläser und Teller zu polieren und auf die Tafel zu stellen. Er bekam sogar, bevor die Gäste eintrafen, ein ausreichendes Abendessen vorgesetzt, »damit Sie dann den Abend aushalten«, und sah nun den Ereignissen mutig entgegen.

Es ging alles gut! Er bekam seine zwanzig Mark, eine halbe Flasche Moselwein und wieder ein Paket mit übriggebliebenen Esswaren, womit er mindestens zwei Tage auszukommen hoffte. Es war freilich vier Uhr morgens, als er seine Wohnung aufsuchen konnte. Zu seiner Befriedigung war kein bekanntes Gesicht unter den Gästen gewesen. Frau Bankdirektor hatte ihm gesagt, wenn sie wieder Gäste hätte, würde sie ihn rufen lassen, sie sei sehr zufrieden mit ihm.

Und die Stütze hatte ihm einen sehr liebevollen Blick nachgesandt.

Vielleicht war der Ausdruck in den Augen der Frau Bankdirektor ebenfalls sehr viel wärmer gewesen, als es einem Lohndiener gegenüber am Platze war.

Rudolf hatte nun wieder für eine Woche ausgesorgt. Er gönnte sich daher am nächsten Morgen etwas länger Schlaf als sonst.

Als er endlich aufwachte, stellte sich Frau Mengers mit dem Frühstück ein und wollte wiederum alles ganz genau wissen, wie es gestern Abend bei »Bankdirektors« zugegangen sei.

Rudolf aber nahm ihr die Zeitung weg.

»Erst will ich sehen, Frau Mengers, ob ich in der Zeitung etwas finde, nachher will ich Ihnen gern alles haarklein erzählen.«

Damit musste sie zufrieden sein und trollte sich.

Während Rudolf den Cichorienkaffee hinunterzwang, dachte er wehmütig an die gute Tasse Mokka, die ihm die Stütze gestern Abend, so schön mit Zucker und Sahne versehen, gereicht hatte. Gut war das gewesen. Und heute legte er sich ein Stückchen kalten Braten auf seine trockenen Brötchen.

Dann sah er die Inserate in den Zeitungen durch. Er berücksichtigte nun auch die, wo Lohndiener und Teppichklopfer gesucht wurden. Aber er fand nichts, absolut nichts. Seufzend legte er die Zeitungen zusammen und schob sie von sich. Aber da entdeckte er plötzlich auf der Rückseite seinen eignen Namen in großen Lettern stehen. Hagmeister! Interessiert zog er die Zeitung wieder herbei und las nun die Anzeige von dem Tode eines Herbert Hagmeister auf Rittergut Lengwitz. Nachdenklich sah er darauf nieder. Herbert Hagmeister? Das war doch der Bruder seines verstorbenen Vaters. Die beiden Brüder hatten in Fehde miteinander gelebt, seit seine Mutter seinen Vater geheiratet hatte, an Stelle seines Bruders, der sie ebenfalls zur Frau begehrt hatte. Nie mehr hatten die beiden seit dieser Zeit miteinander verkehrt, nie einen Brief gewechselt, nie voneinander Notiz genommen. Rudolfs Vater wusste wohl, dass sein Bruder später Gatte einer reichen Frau geworden war, die ihm das Rittergut Lengwitz in die Ehe gebracht hatte. Er wusste auch, dass dieser Ehe zwei Töchter entsprossen waren, von denen eine schon im zarten Alter gestorben war. Aber dass auch die zweite Tochter vor wenigen Jahren bei einem Autounglück ihr Leben hatte lassen müssen, da-

Berlin N
Stettiner Bhf.

von war Rudolf, dessen Vater schon seit drei Jahren tot war, nichts zu Ohren gekommen. Da sein Vater mit diesem Onkel Herbert verfeindet war, hatte auch Rudolf nie von ihm Notiz genommen. Diese Todesnachricht war das Erste, was er seit langen Jahren wieder von seinem Onkel hörte.

Rudolf überlegte, ob er der Tochter seines Onkels ein Beileidsschreiben schicken sollte, aber er unterließ es dann doch. Diese Cousine wusste sicherlich ebenso wenig von ihm wie er von ihr. Es hatte keinen Zweck, sich ihr jetzt plötzlich in Erinnerung zu bringen.

Und so blieb dies Beileidsschreiben ungeschrieben. Rudolf fühlte kaum irgendwelches Bedauern. Der Onkel galt ihm nicht mehr als irgendein fremder Mensch und hatte ihm nie mehr gegolten. Es vergingen einige Tage, in denen Rudolf wieder fleißig, aber vergeblich nach Arbeit gesucht hatte. Der leckere Vorrat an kaltem Braten und anderen Delikatessen war aufgebraucht, das Geld schmolz langsam, aber sicher in seinen Händen zusammen, so oft er es auch um und um drehte, ehe er es ausgab, und seine Stimmung wurde wieder düster und sorgenvoll.

Eines Morgens erhielt er einen eingeschriebenen Brief, der den Aufdruck eines Doktor Zausch, Justizrats und Notars, trug. Kopfschüttelnd sah er darauf nieder. Was hatte er denn mit einem Justizrat zu tun? Etwas Erfreuliches konnte es nicht sein. Aber schließlich musste man den Brief doch öffnen, um zu erfahren, was dieser Justizrat von ihm wollte. Er riss das Kuvert auf und zog einen Brief heraus, der folgenden Inhalt hatte:

»Herrn Dr. ing. Rudolf Hagmeister *Berlin*

Sehr geehrter Herr Doktor!

Als Sachwalter Ihres verstorbenen Oheims, Herbert Hagmeister, teile ich Ihnen ergebenst mit, dass dieser Sie zu seinem Universalerben eingesetzt hat, da Sie der einzige noch lebende Verwandte des Erblassers sind. Bitte, wollen Sie mir mitteilen, ob Sie zu mir kommen wollen oder ob ich Sie aufsuchen soll, um alles Weitere mit Ihnen zu besprechen. Brieflich lässt sich dies nicht machen. Ich muss Ihnen alle Unterlagen vorlegen und mancherlei mit Ihnen besprechen. Ich bitte um Ihren möglichst umgehenden Bescheid und empfehle mich Ihnen

Hochachtungsvoll
Doktor Zausch, Justizrat und Notar.«

Rudolf saß da wie erstarrt und sah auf diesen Brief herab. Er konnte dessen Inhalt nicht fassen, nicht begreifen. Alles kam ihm so überraschend und dünkte ihn so unheimlich, dass er an eine Täuschung glaubte. Sein Onkel Herbert Hagmeister war tot, das hatte er in der Zeitung gelesen. Aber es war doch unmöglich, dass er dessen einziger noch lebender Verwandter sein sollte? Herbert Hagmeister besaß doch noch eine Tochter? Oder – sollte er auch diese zweite Tochter verloren haben? Seine Frau war tot, das hatte er noch durch seinen Vater erfahren. Aber die zweite Tochter hatte doch noch gelebt? Und überhaupt, wie sollte er, Rudolf Hagmeister, der Sohn seines Vaters, dazu kommen, der Universalerbe seines Onkels zu werden, mit dem er nie ein Wort gesprochen, den er niemals gesehen hatte, mit dem sein Vater verfeindet war, weil seine Mutter ihm vor Onkel Herbert den Vorzug gegeben hatte?

Und doch – hier stand es klar und deutlich, dass dieser Herbert Hagmeister ihn zum Universalerben eingesetzt hatte, da er der einzige noch lebende Verwandte des Erblassers sei?

Kalt und heiß ging es Rudolf den Rücken herunter. Er sprang auf und lief in seinem kleinen Zimmer auf und ab, als treibe ihn die Unruhe über diese Nachricht hin und her. Wieder und wieder blieb er stehen, um den Brief zu lesen. Endlich zuckte er die Achseln und sagte vor sich hin:

»Man muss eben bei diesem Justizrat Zausch anfragen, ob das alles wahr ist.«

Dann kramte er Schreibzeug hervor, setzte sich hin und schrieb:

»Sehr geehrter Herr Justizrat!

Ihr Geehrtes habe ich erhalten, bin aber von dem Inhalt so benommen, dass ich an eine Mystifikation glaube. Wohl las ich zufällig die Anzeige vom Tode meines Onkels, aber es erscheint mir unmöglich, dass er mich zum Erben eingesetzt haben soll. Erstens war er mit meinen Eltern verfeindet, solange ich lebe. Wir haben nie voneinander Notiz genommen, und zudem ist es mir bekannt, dass er eine Tochter hatte. Seine zweite Tochter ist, wie ich weiß, als Kind gestorben, aber die andere muss doch noch am Leben und somit die berufene Erbin ihres Vaters sein. Oder irre ich mich? Ich bitte Sie um Aufklärung, denn ich bin momentan nicht in der Lage, Reisekosten auf Ungewisses hin zu verausgaben. Wenn Ihre Mitteilungen wirklich den Tatsachen entsprechen, werde ich selbstverständlich zu Ihnen kommen. Bitte, geben Sie mir umgehend Nachricht.

Mit vorzüglicher Hochachtung
Rudolf Hagmeister.«

So, diesen Brief beförderte er sogleich zum Briefkasten. Als er danach wieder das Haus betrat, begegnete ihm die Frau Bankdirektor und lächelte ihm gnädig, sehr gnädig sogar, zu. Er blieb stehen und verbeugte sich, und erst als sie an ihm vorüber war, ging er weiter. Konnte man wissen, ob diese Frau ihm nicht noch einmal zu Lohn und Brot verhelfen würde? Und überhaupt, man musste höflich sein, auch wenn einem das Lächeln der guten Dame ein wenig auf die Nerven ging. Leute in seiner Position mussten immer besonders höflich sein.

Die nächsten Tage waren für Rudolf eine Qual. Unausgesetzt schwankte er zwischen Furcht und Hoffnung hin und her. Aber am dritten Morgen traf wieder ein

Schreiben des Justizrates Zausch ein. Mit zitternden Händen öffnete Rudolf es und las:

»Sehr geehrter Herr Doktor!
Es hat alles seine Richtigkeit mit dem, was ich Ihnen mitgeteilt habe. Herr Herbert Hagmeister ist ohne Leibeserben gestorben, da seine zweite Tochter vor einigen Jahren durch einen Autounfall ums Leben kam. Sie sind tatsächlich sein einziger Verwandter, und er hat in seinen letzten Lebensjahren, wie ich weiß, seine Feindschaft gegen Ihre Eltern begraben und Sie zu seinem Universalerben eingesetzt. Bitte, kommen Sie also sofort zu mir. Ich erwarte Sie jederzeit.

Hochachtungsvoll ergeben
Justizrat und Notar Doktor Zausch.«

Rudolf war es abermals heiß und kalt, und er brauchte geraume Zeit, um fassen zu können, was ihm hier mit kurzen Worten mitgeteilt wurde.

Sobald der Sturm in seinem Innern sich gelegt hatte, traf er die nötigen Vorbereitungen zu seiner Abreise. Gottlob besaß er noch genug Geld, um sich eine Fahrkarte nach Stralsund lösen zu können, wo der Justizrat wohnte. Das Gut seines Onkels lag wohl in der Nähe von Stralsund, jedenfalls war es ihm bekannt, dass es in der direkten Nähe der Ostseeküste lag.

Er wusste, dass seine Wirtin den Ullsteinschen A-B-C-Fahrplan besaß, und er bat sie daher, ihm den zu leihen.

»Nanu, Sie wollen doch nicht etwa verreisen, Herr Doktor?«

»Doch, Frau Mengers; ich will nach Stralsund fahren.«

»Jotte doch? Ist da eine Stellung frei?«

Er lachte.

»Nein, aber eine Erbschaft wartet da auf mich.«

»Na, Sie sind wenigstens noch immer bei Humor, Herr

Doktor. Ich wünsche Ihnen schon so eine richtige fette Erbschaft.«

»Vielleicht wird es wahr, Frau Mengers. Also bitte, den Fahrplan, ich möchte gleich heute Vormittag reisen, wenn ich den Zug noch erwische.«

Eiligst brachte sie den Fahrplan herbei. Während er nachschlug, beugte sie sich aufgeregt mit über das Buch. Rudolf hatte gleich, was er suchte. »9.15 D-Zug. Da bin ich 12.49 in Stralsund und kann heute Abend wieder zurück sein. Kostet dritter Klasse neun Mark, allerdings kommt der Zuschlag noch dazu. Aber gottlob, dazu reicht es auch noch! Liebe Frau Mengers, nun dalli, raus aus den heiligen Hallen, ich muss mich umziehen und fertigmachen. Gehen Sie, halten Sie sich nicht mehr mit der Vorrede auf, ich muss mich beeilen.«

»Sagen Sie mir doch bloß ernsthaft, ob das mit der Erbschaft stimmt.«

»Ich hoffe es! Und wenn es stimmt, dann schenke ich Ihnen ein piekfeines Seidenkleid – beste Qualität.«

»Ach nee, lieber eine Pelzjacke, kostet hundertfünfzehn Märker, Kaninchen! Die hab' ich mir schon lange gewünscht!«

»Schön, Frau Mengers; halten Sie mir den Daumen. Wenn alles klappt, sollen Sie auch die Pelzjacke bekommen.«

»Samt das Seidenkleid?«, fragte die auf ihren Vorteil Bedachte.

»Ja doch! Meinetwegen! Aber nun raus!«

Und er schob sie zur Tür hinaus und schloss diese zur Sicherheit ab. Schnell war er fertig. Er sah trotz seiner etwas abgetragenen Kleider noch immer sehr vornehm aus. Schnell war er aus dem Hause, von Frau Mengers Segenswünschen begleitet.

Selbstverständlich wurde ihm die Bahnfahrt sehr lang, er fieberte nach Gewissheit, denn er sagte sich, beruhte alles auf Wahrheit, so war sein Leben an einer neuen Wendung angelangt.

Aber auch diese Reise nahm ein Ende, und gegen halb zwei Uhr stand er vor dem freundlich in einem Garten gelegenen Hause des Justizrat Zausch. Etwas unschlüssig sah er auf die blanken Fenster. So um diese Zeit kam er vielleicht ungelegen. Man saß entweder bei Tische oder hielt ein Mittagsschläfchen. Aber der Justizrat hatte doch geschrieben, dass er ihn jederzeit erwarte. Also zog er die Glocke, und gleich darauf ließ ihn ein hübsches, freundliches Dienstmädchen eintreten. Er gab ihr seine Karte.

»Der Herr Justizrat erwartet mich.«

Sie sah ihn etwas unschlüssig an.

»Er ist gerade bei Tische – aber ich werde Sie melden.«

Und sie ließ ihn in das Büro eintreten.

Fünf Minuten später traf der Justizrat ein, ein weißhaariger, untersetzter Herr, mit einem Ibsenkopf und scharfblickenden blauen Augen, die durch eine blankgeputzte Brille sahen. Lächelnd reichte er dem Besucher die Hand.

»Herzlich willkommen, Herr Doktor; freue mich, dass Sie so schnell gekommen sind. Derartige Sachen mache ich gern schnell ab. Man kann ja schließlich selten genug jemandem die Nachricht bringen, dass er ein reiches Erbe macht.«

»Sie sehen mich noch immer ziemlich fassungslos, Herr Justizrat. Wenn mir plötzlich eine Erbschaft vom Monde gefallen wäre, könnte ich nicht erstaunter und überraschter sein als darüber, dass mein Onkel Herbert mich zu seinem Erben eingesetzt hat, zumal das Verhältnis zwischen ihm und meinem Vater kein gutes war.«

Die Herren hatten Platz genommen, und der Justizrat nickte.

»Weiß ich, weiß ich alles, weiß auch, dass Ihre Frau Mutter die einzige Liebe Herbert Hagmeisters gewesen ist, und gerade weil er ihren Verlust nicht verschmerzen konnte, hat er seinem Bruder nie verzeihen können, dass er von ihr geliebt wurde. Aber – so geht es mit uns Menschen, wenn wir dem Tode näher und näher kommen, gehen wir schließlich in uns und fragen uns, ob wir nicht diesem und jenem unrecht getan haben. Na, und Ihr Herr Onkel spürte dann doch wohl, dass er weder Ihre Mutter noch Ihren Vater dafür verantwortlich machen konnte, dass sie sich so sehr geliebt hatten. Nun war er ganz einsam geworden, hatte keine Freude mehr am Leben und machte sich langsam mit dem Gedanken vertraut, Sie zu sich zu rufen. Dass Sie sich in wenig beneidenswerter Lage befanden – hatte doch Ihr Vater während der Inflationszeit sein Vermögen verloren – war ihm bekannt. Er nahm sich daher vor, Ihnen seine Hilfe angedeihen zu lassen, ehe er abberufen würde, und machte auf alle Fälle ein Testament zu Ihren Gunsten. Ehe er jedoch imstande war, Sie zu sich zu rufen, erkrankte er und wurde binnen wenigen Tagen von einer Grippe, zu der eine Lungenentzündung hinzukam, hinweggerafft. Er trug mir jedoch noch in den letzten Stunden auf, Ihnen zu sagen, er sterbe ohne Groll gegen Ihre Eltern und wünsche, sein Erbe möge Ihnen Segen bringen.«

Rudolf holte tief Atem.

»Das alles berührt mich seltsam. Ich hatte keine Ahnung, dass er sich irgendwie um mich kümmerte; ich hatte ihn, offen gestanden, völlig vergessen.«

»Nun, wie dem auch sei, Sie sind sein Universalerbe. Das Rittergut Lengwitz mit allem lebenden und toten Inventar gehört Ihnen. Alles ist in gutem Zustande, Haus, Hof und Wirtschaftsräume bestens erhalten und ausgestattet. Der Boden ist gut und ertragfähig, aber selbstverständlich haben die Landwirte heute in einer solchen Position mancherlei Sorgen. Bargeld hat der alte Herr gerade nur so viel hinterlassen, dass einige Legate ausgezahlt werden können und dass für das nächste Vierteljahr die nötigen Zahlungen bereitliegen. Der springende Punkt für Sie wird die ziemlich hohe Erbschaftssteuer sein, aber schlimmstenfalls müssten Sie in deren Höhe eine erste Hypothek aufnehmen. Lengwitz ist vollständig unbelastet. Immerhin ist diese Erbschaft ihre gute Million wert, und man kann Ihnen dazu schon Glück wünschen, Herr Doktor.«

Während Rudolf noch etwas benommen mit seinen Gefühlen rang und die Millionenerbschaft vor seinen Augen gaukelte, setzte ihm der Justizrat alles auseinander, legte ihm die nötigen Papiere vor und erklärte ihm, dass zwar ein sehr zuverlässiger Verwalter auf Lengwitz angestellt sei und sich seit vier Jahren tadellos bewährt habe, dass es aber dennoch im Interesse des Erben sei, wenn er selbst in das sehr schöne und geräumige Lengwitzer Herrenhaus übersiedele und die Oberleitung seines Gutes in die Hände nehmen würde.

Rudolf wischte sich, nachdem er alles begriffen hatte, den Schweiß von der Stirn und sagte heiser vor unterdrückter Erregung:

»Das alles ist mir vorläufig wie ein schöner Traum, Herr Justizrat. Es ist jammerschade, dass ich nicht statt Chemie Landwirtschaft studiert habe. Aber schließlich ist es kein Schade, wenn ein Landwirt auch etwas von Chemie versteht, und ich werde mich schon einarbeiten. Man kann vieles lernen, wenn man ernstlich will, und – ich habe mich schon in schwierigere Situationen finden müssen.«

Dabei dachte er an den Abend im Hause des Bankdirektors und musste in sich hineinlachen.

Der Justizrat sah ihn wohlgefällig an.

»Ich sehe, Sie fassen das Ding am rechten Ende an. Und der Verwalter wird Sie gern in die Schule nehmen, er ist noch jung, aber ein tüchtiger Mensch, auf den Ihr Herr Onkel große Stücke hielt. Wie ist es? Haben Sie noch Zeit, mit mir nach Lengwitz zu fahren? Mein kleines Auto ist ein fixes Ding, das bringt mich flink von Ort zu Ort; meine Klientel ist sehr weit verzweigt. Ich fahre Sie in einer Stunde nach Lengwitz und in einer wieder zurück. Es geht an der Küste entlang. Sie werden Ihre Freude haben an der herrlichen Lage Ihres Besitzes.«

Rudolfs Augen strahlten auf.

»Wenn ich Sie bemühen darf, Herr Justizrat?«

»Selbstverständlich!«

»Und vielleicht darf ich Sie auch bitten, mir in allen

Rechtsfragen beizustehen, wie Sie meinem Onkel beigestanden haben.«

»Ist mir selbstverständlich sehr lieb, man verliert nicht gern eine Klientel. Aber erst kommen Sie mit hinüber zu meiner Frau. Die soll uns eine Tasse Mokka vorsetzen und Ihnen einen Imbiss. Sie haben wohl noch nicht zu Mittag gespeist?«

Rudolf lachte.

»Nein, Herr Justizrat!«

»Na also, dann sollen Sie was Reelles vorgesetzt bekommen, dafür lassen Sie nur meine Frau sorgen.«

Sie gingen hinüber, und Frau Justizrat löste das Versprechen ihres Gatten ein. Als die Herren eine halbe Stunde später das Auto bestiegen, war Rudolf angenehm gesättigt. Der gute Mokka hatte ihn angeregt, und er hatte inzwischen den Dingen fest in die Augen geschaut. Er hatte zwar immer noch das Gefühl, als sei er im Traume, aber er konnte sich doch schon recht gut in diesem Traume zurechtfinden. Offen und rückhaltlos berichtete er dem alten Justizrat, wie er die letzten Jahre verbracht hatte, bis er schließlich vor Kurzem Teppiche geklopft und im Hause des Bankdirektors serviert habe. Der alte Herr sah ihn immer wohlgefälliger an und nickte ihm immer wieder zu.

»Sie sind schon ein ganzer Kerl, Herr Doktor; verzeihen Sie, dass ich das auf diese etwas derbe Art ausspreche, aber ich freue mich, dass Sie sich nicht haben unterkriegen lassen. So werden Sie auch auf Lengwitz Ihren Mann stehen. Und was an mir liegt, ich werde Ihnen gern helfen, dass Sie sich schnell einleben und einarbeiten.«

»Dafür werde ich Ihnen sehr dankbar sein, Herr Justizrat!«

Tief sog Rudolf die frische, würzige Frühlingsluft ein, die vom Meere herüberwehte. In der Ferne wölbten die bewaldeten Dünen ihre Hügel empor. Die knorrigen Ostseekiefern schienen ihm zuzuwinken. Und über dem allen ein tiefblauer Himmel. ›Herrgott, wie schön ist deine Welt‹, dachte Rudolf, der wie mit einem Zauberschlage allen

Nöten und Ängsten entrückt war, die ihn vor Kurzem noch bedroht hatten. Wie war es nur möglich, dass er von heute auf morgen ein wohlbestallter Rittergutsbesitzer geworden war? Das musste doch mit Zauberei zugegangen sein?

Sie sahen jetzt zu Füßen der bewaldeten Dünen ein malerisches Gebäude auftauchen, das von einem großen Park umgeben war.

»Ist das schon Lengwitz?«, fragte Rudolf lebhaft.

»Nein, das ist die Jungfernburg!«, erwiderte der Justizrat lächelnd.

»Die Jungfernburg? Was für ein seltsamer Name.«

»Nicht wahr! Das ist auch nur ein Scherz, im Grunde heißt dies Gebäude das Herrenhaus von Glützow. Dessen junge Herrin hat das Rittergut von ihrem Vater geerbt und verwaltet es seit seinem Tode, der vor drei Jahren erfolgte, selber. Es steht ihr freilich eine tüchtige Hilfe zur Seite, das ist Fräulein Änne Rasch. Diese ist die Tochter eines verstorbenen Gutsbesitzers, der sie gedrillt hat wie einen Jungen. Alles hat sie lernen müssen, was ein tüchtiger Landwirt wissen muss. Und sie sollte das väterliche Gut allein weiter bewirtschaften, wenn der Vater mal nicht mehr am Leben sein würde. Aber plötzlich kam ein Unglück über das andere über ihren Vater. Das Gut war stark mit Hypotheken belastet, und als der alte Herr starb, kam es unter den Hammer, und Änne Rasch stand dem Nichts gegenüber. Aber verzagen, das gab es nicht bei ihr. Sie sah sich resolut nach einer Verwalterstelle um, die sie freilich kaum gefunden hätte, wenn die junge Herrin von Glützow Änne Rasch nicht vor Jahren in einer Pension kennengelernt hätte. Fräulein von Glützow hörte von der Bedrängnis ihrer Freundin, und da gerade zu dieser Zeit ihr Vater starb und der Inspektor zu alt für seinen Posten wurde, rief sie resolut ihre Freundin Änne Rasch zu sich und machte sie zu ihrer Verwalterin. Und sie hatte es nicht zu bereuen brauchen, die Änne Rasch ist ein Mordskerlchen, tüchtig, fleißig und zuverlässig. Und nun hausen die beiden jungen Damen zusammen auf Glützow, und weil den Leuten ringsum nicht in ihren dicken

Schädel hineinwill, dass ein weiblicher Verwalter etwas gilt, besonders wenn er keinen Herrn, sondern eine Herrin hat, haben Sie das Herrenhaus von Glützow die Jungfernburg genannt, zumal es mit seinen Türmen und Zinnen wirklich einer Burg gleicht.«

Interessiert hatte Rudolf zugehört.

»Und was sagen die beiden jungen Damen dazu?«

»Sie lachen darüber und stellen beide ihren Mann. Änne Rasch hatte es schnell fertiggebracht, den Leuten zu imponieren. Bei ihr sitzt jedes Wort und jeder Griff, und alle die stiernackigen Kerle gehorchen ihr aufs Wort. Und Fräulein von Glützow ist sehr froh, eine so tüchtige Hilfskraft gefunden zu haben, und hat mal zu mir gesagt: ›Wir wollen den Leuten den Spott schon austreiben, Herr Justizrat, und zeigen, was ein paar tüchtige Frauenzimmer zu Wege bringen. Wir lassen uns nicht unterkriegen, die Änne nicht und ich auch nicht.‹«

»Großartig!«, sagte Rudolf anerkennend. »Das ist die neue Zeit, Herr Justizrat, die Frauen stellen ihren Mann, und mancher von den heutigen Männern verweichlicht dafür und kümmert sich mehr um seinen modernen Rockschnitt als um den Kampf ums Dasein. Diese Jungfernburg mit ihren beiden weiblichen Insassen imponiert mir.«

»Bravo! Und dabei müssen Sie nicht etwa denken, dass diese beiden Mordsfrauenzimmerchen hässlich sind oder unweiblich wirken. Gott bewahre, der Herr im Himmel hat sie auch noch mit allen Reizen geschmückt, die er jemals für die Frauen übrig hatte. Na, Sie werden die beiden Damen schon kennenlernen, Sie sind ja Ihre nächsten Nachbarinnen. Halten Sie nur gleich von Anfang an gute Nachbarschaft mit ihnen.«

»Das will ich mir nicht zweimal gesagt sein lassen, Herr Justizrat. Es interessiert mich sehr, die Damen kennenzulernen.«

Sie fuhren eine Weile weiter, ohne zu sprechen. Dann kamen plötzlich aus dem Dünenwalde zwei Reiterinnen hervor.

»Sie haben Glück, Herr Doktor, da begegnen wir gleich Fräulein von Glützow und ihrer Verwalterin. Wollen wir anhalten, soll ich Sie gleich vorstellen?«

Rudolf dachte an seinen etwas abgetragenen und nun auch bestaubten Anzug.

»Nein, bitte nicht, ich bin jetzt nicht in der Verfassung, mich Damen präsentieren zu können. Später nehme ich Ihre Dienste auch in dieser Beziehung gern in Anspruch.«

»Gut, also begnügen wir uns mit einem Gruß im Vorbeifahren.«

Und der Justizrat verlangsamte das Tempo ein wenig, als sie an den beiden Reiterinnen vorüberfuhren, die nach Herrenart im Sattel saßen und graue, sich fest um die Knie schmiegende und oben weit ausladende Beinkleider, graue Schoßjacken und graue Mützen trugen, die nur wenig voneinander verschieden und nicht nur kleidsam, sondern auch sehr praktisch waren. Sie machten beide einen eleganten und damenhaften Eindruck, und es war schwer zu unterscheiden, welches die Herrin und welches die Verwalterin war. Auch fuhr der Wagen zu schnell, als dass Rudolf mehr hätte sehen können als zwei leicht gebräunte, lachende Gesichter, in denen er nicht einmal die Farbe der Augen feststellen konnte. Der Justizrat grüßte lebhaft, und Rudolf tat das Gleiche. Dann war man aneinander vorüber.

»Die Dame, die rechts ritt, war Fräulein von Glützow«, sagte der Justizrat.

»Ich habe nicht viel erkennen können, wir waren zu schnell vorüber«, erwiderte Rudolf und sah sich noch einmal nach den beiden Reiterinnen um, die ruhig ihren Weg fortgesetzt hatten, nachdem sie die Grüße der Herren lächelnd erwidert hatten.

Sie hatten sich, als das Auto vorüber war, groß angesehen, und Fräulein von Glützow hatte gesagt:

»Du, Änne, das war ganz gewiss der Erbe von Lengwitz, der mit dem Justizrat fuhr.«

»Meinst du, Mona?«

»Bestimmt, er wurde doch in diesen Tagen erwartet.«

»Na also, wünschen wir ihm einen fröhlichen Einzug. Mir schien, als sähe er sehr gut aus.«

»Ich konnte nichts erkennen als den Rauschebart des Justizrates.«

Sie lachten beide, und der Vorfall war für sie erledigt.

Die Herren kamen nun auf Lengwitzer Gebiet, und der Justizrat machte Rudolf darauf aufmerksam. Es ging jetzt weiter auf waldigem Wege, der etwas versandet war. Da musste das Auto langsam fahren. Aber bald kam man wieder auf besseren Boden, und als man aus dem Walde herauskam, sah man das Herrenhaus von Lengwitz liegen. Es lag auf einer mäßigen Anhöhe, aber immerhin noch gegen das Meer durch die Dünen geschützt, die einen wirkungsvollen Hintergrund für das große und sehr imponierende Gebäude boten. Die Wirtschaftsgebäude lagen etwas tiefer, seitwärts vom Herrenhause, von dem aus man wahrscheinlich die ganze Besitzung übersehen konnte.

»Da ist Lengwitz«, sagte der Justizrat mit einer schnellen, umfassenden Handbewegung.

Rudolf beugte sich vor und ließ seine Augen umherschweifen. Und dabei wurde ihm ganz wunderlich zumute.

»Das ist jetzt deine Heimat«, sagte er zu sich selbst, und ihm war, als sei ihm seit dem Tode seiner Eltern zum ersten Male wieder heimatlich zumute. Seine Augen leuchteten auf. Er musste tief Atem holen, und am liebsten hätte er einen lauten Schrei ausgestoßen, um diese neue Heimaterde zu begrüßen. Aber er fasste sich schnell und sah aufmerksam umher. Schnell befand sich der Wagen zu Füßen der Anhöhe, und nun ging es langsam aufwärts, bis man durch einen Baumweg vor das Herrenhaus gekommen war. Der Justizrat hupte heftig und andauernd, um jemanden herbeizurufen, der das Portal öffnen könnte, aber es dauerte eine ganze Weile, bis aus einer Tür des Souterrains, in dem sich die Wirtschaftsräume befanden, eine Dienerin herbeigerannt kam.

»Na, ihr sitzt wohl gemütlich beim Vesper, schick mir mal schnell die Mamsell herauf. Aber erst mach die Tür auf.

Ich bringe den neuen Herrn von Lengwitz. Dalli, dalli, min Döchting!«

Das Mädchen starrte Rudolf an und bekam einen roten Kopf. Dieser schöne junge Herr sollte der neue Herr sein? Das war allerdings ein sehr wichtiges Ereignis. Das Mädel machte schnell das Portal auf und rannte dann davon, als sei ihr das Feuer auf den Fersen. Unten machte sie das ganze Gesinde rebellisch, und in kurzer Zeit kam alles, was Beine hatte, herbeigeeilt, um sich »den neuen schönen jungen Herrn« anzusehen. Auch der Verwalter erschien und begrüßte den Justizrat, der ihm seinen neuen Herrn vorstellte. Verwalter Harland verneigte sich artig, und sein frisches, offenes Gesicht machte auf Rudolf einen sehr sympathischen Eindruck.

»Haben Sie keine Angst, Herr Verwalter, dass ich Ihnen jetzt schon ins Haus falle, ich wollte nur sozusagen einen Blick auf mein Erbe werfen, ehe ich vorläufig wieder nach Berlin zurückkehre.«

»Es ist alles zu Ihrer Aufnahme bereit, Herr Doktor, wenn Sie uns eine kurze Nachricht gesandt hätten, wäre das Haus nicht verschlossen gewesen.«

Rudolf lachte.

»Heute Morgen hatte ich noch keine Ahnung, dass ich Herr auf Lengwitz sein würde. Es kam mir alles sehr überraschend. In drei Tagen denke ich wiederzukommen und hier Wohnung zu nehmen. Bis dahin werde ich meine Übersiedlung in die Wege geleitet haben, und dann können Sie mich am Nachmittage erwarten. Heute will ich Sie alle gar nicht weiter stören. Nur einen Blick möchte ich in das Haus werfen.«

Jetzt kam auch die Mamsell atemlos herbeigelaufen. Sie hatte in aller Eile eine weiße Schürze umgebunden, weil das Mädchen aufgeregt von dem schönen jungen Herrn berichtet hatte und Mamsell Häfke noch nicht viel über die Dreißig war. Sie begrüßte den künftigen Gebieter mit gebührender Hochachtung und sagte, dass sogleich ein Imbiss vorgesetzt werden würde. Und sie stob davon, um in der Küche, die oben im Herrenhause lag, den Tee zu richten und dazu allerlei gute Sachen aus der gefüllten Speisekammer hervorzuzaubern.

Im Handumdrehen war in dem gediegen und vornehm eingerichteten Speisezimmer ein Imbiss serviert, wozu sich auf Rudolfs Bitte auch der Verwalter mit niederließ.

Dass dieser ein sehr gebildeter Mann mit guten Formen war, hatte Rudolf schon im ersten Augenblick herausgefunden. Auch gefiel es ihm sehr, dass der Verwalter ruhig und bestimmt, aber keineswegs servil kriechend freundlich war. Das war ein Mann, der sich seines Wertes bewusst war. Und deshalb sagte Rudolf, während sie zulangten:

»Es wäre mir sehr lieb, Herr Verwalter, wenn Sie künftighin an meinen Mahlzeiten mit teilnehmen würden. Es ist unbehaglich, allein essen zu müssen.«

Der Verwalter verneigte sich. Sein neuer Herr wurde ihm immer sympathischer.

»Ganz, wie Sie wünschen, Herr Doktor.«

Rudolf erfuhr auf seine Frage, dass der Verwalter in Halle Landwirtschaft studiert habe und dass sein Vater ein kleines Gut in Thüringen besäße, das nicht genügend Arbeit für Vater und Sohn bot.

Ehe Rudolf nach einer Stunde wieder mit dem Justizrat davonfuhr, waren sich die jungen Männer beiderseitig achtungsvoll nähergekommen. Zuletzt, ehe die Herren abfuhren, fragte der Justizrat:

»Wie ist es, Herr Doktor, wollen Sie sich nicht für alle Fälle mit etwas Geld versorgen? Da, wie ich weiß, einige Zahlungen eingegangen sind, verfügt die Wirtschaftskasse über einige tausend Mark.«

Rudolf hatte auch dem Verwalter gegenüber keinen Hehl aus seiner bisherigen misslichen Lage gemacht und sah ihn nun lachend an.

»Wenn ich darüber zu verfügen habe, bin ich nicht abgeneigt, das Geld an mich zu nehmen, es wird mir den Abschied von Berlin erleichtern.«

Und so ging der Verwalter schnell hinunter in das Inspektorhaus und holte das Geld herbei. Es waren sechstausend Mark, und Rudolf musste ordnungsgemäß darüber quittieren. Er lachte ein wenig, als er das Geld in seiner abgegriffenen Brieftasche unterbrachte, und sagte aufatmend:

»Wie dankbar ich meinem Onkel bin, dass er mich zu seinem Erben eingesetzt hat, kann ich nicht in Worte fassen. Sehen Sie sich meinen besten Anzug an. Es ist höchste Zeit, dass er einen würdigen Nachfolger erhält. Und ich bin froh, dass ich über dieses Geld verfüge, damit ich mich vor meiner Übersiedlung anständig ausstatten kann, wie es sich für den Herrn eines so stolzen Gutes gehört. Das ist mir schon der Leute wegen lieb, die aus Autoritätsgründen nicht zu wissen brauchen, dass ich vor Kurzem noch Teppiche geklopft habe, um nicht verhungern zu müssen. Gerade die Leute, die derartige Arbeiten verrichten müssen, betrachten es seltsamerweise für unsereinen als eine Schmach, wenn wir gezwungen sind, das Gleiche zu tun. Ich habe das schon oft genug beobachtet. Ich schäme mich aber durchaus nicht, die niedrigste Arbeit verrichtet zu haben, denn es war ehrliche Arbeit. Aber Autorität muss sein, und ich will die Leute, die künftighin von mir abhängig sind, nicht erst in Zweifel bringen, ob sie es nötig haben, jemandem zu gehorchen, der zeitweilig auch nur ein einfacher Arbeiter gewesen ist.«

Günter Harland, der Verwalter, sah Rudolf mit leuchtenden Augen an, und als dieser ihm zum Abschiede die Hand reichte, drückte er sie warm und herzlich. Sein neuer Herr imponierte ihm. Auch der Justizrat drückte Rudolf die Hand, er sprach kein Wort dabei, aber Rudolf wusste, dass dieser Händedruck eine Anerkennung war.

Rudolf Hagmeister fuhr nun mit dem Justizrat wieder davon, und die Leute blickten ihm neugierig, aber unbedingt einverstanden mit der neuen Herrschaft, nach.

Unterwegs fragte der Justizrat:

»Nun, Herr Doktor, wie gefallen Ihnen Lengwitz und der Verwalter?«

Mit ernsten Augen sah ihn der junge Mann an.

»Es liegt nicht in meiner Art, Herr Justizrat, Menschen und Dinge nach einer oberflächlichen Prüfung zu beurteilen, aber ich kann Ihnen sagen, dass der Verwalter mir gleich beim ersten Sehen sehr sympathisch war, und was Lengwitz anbelangt – ich kenne es ja auch nur flüchtig, aber – ich hatte das Gefühl, als habe ich nach langem Umherirren und Michverlassenfühlen endlich eine Heimat gefunden. Ich freue mich unsagbar, dass mein Onkel Herbert mich für wert hielt, mir sein Erbe anzuvertrauen, und ich will mich dessen würdig zeigen, will es als ein anvertrautes Gut hüten und fördern, so viel ich kann. Sie sagten mir, ich müsse vielleicht eine Hypothek aufnehmen, um die Erbschaftsteuer bezahlen zu können. Das geht mir *contre coeur*, meinen Sie nicht, dass ich imstande sein werde, bei größter Sparsamkeit so viel zu erübrigen, dass ich diese Steuer begleichen kann? Vielleicht kann ich mir, wenn das nicht geht, auch eine Summe, die unbedingt nötig ist, für einige Jahre, oder solange, bis ich sie zurückzahlen kann, leihen, ohne eine Hypothek aufnehmen zu brauchen. Das lässt sich aber erst erledigen, wenn ich die Verhältnisse besser kenne, wenn ich beurteilen kann, was für Einnahmen ich habe und wie viel ich sparen kann. Ich werde, soweit ich mich kenne, nie besonders große Ansprüche an das Leben stellen, und so denke ich doch, dass ich Lengwitz schuldenfrei halten kann.«

Der Justizrat hatte aufmerksam zugehört. Jetzt nickte er ihm zu.

»Wenn das Ihr Onkel gehört hätte, würde es ihn freuen. Er hat auch immer darauf gehalten, Lengwitz schuldenfrei zu halten, und sich in schweren Zeiten lieber mancherlei versagt, um das durchführen zu können. Nun wollen Sie das fortsetzen, das wird auch gehen, wenn Sie es ernstlich wollen. Ich werde Ihnen darüber eine Aufstellung machen. Das Finanzamt wird mit sich reden lassen, wenn ich das alles klarlege. Schlimmstenfalls aber verschaffe ich Ihnen das nötige Kapital, das Sie zur Erledigung brauchen, ohne hypothekarische Sicherheit. Darüber sprechen wir noch.

Also wenn Sie in drei Tagen wiederkommen, werden Sie mit allen Rechtstiteln in Ihr Erbe eingesetzt, und ich werde mich für diesen Tag frei halten und alles Nötige in die Wege leiten.«

»Dafür danke ich Ihnen, Herr Justizrat. Ich lege alles vertrauensvoll in Ihre Hände. Sie und der Herr Verwalter müssen mich erst mal flottmachen auf Lengwitz, damit ich richtig in mein neues Amt hineinwachse.«

»Wird gemacht, darauf können Sie sich schon verlassen, und es wird uns Freude machen, Ihnen beistehen zu können, das kann ich für mich und auch für den Herrn Verwalter versprechen. Er ist übrigens aus guter, solider und ehrbarer Familie, ein ganzer Mann und tüchtig und zuverlässig. Außerdem besitzt er eine tadellose Bildung, hat unbedingt eine gute Kinderstube gehabt, und es spricht für ihn, dass er sich nicht zu Hause bei seinem alten Herrn auf die faule Haut legen will, sondern für seine überschüssigen Kräfte Betätigung sucht.«

»Das Gefühl hatte auch ich. Wie gesagt, er gefällt mir sehr, und ich freue mich, an ihm zugleich einen Umgang zu haben, so dass ich mich in Lengwitz nicht vereinsamt zu fühlen brauche.«

»Na, nach Berlin wird es Ihnen wohl ein bisschen still vorkommen. Genießen Sie die drei Tage nur noch gründlich.«

Rudolf lachte.

»Ich glaube nicht, dass ich mich in einen Strudel von Vergnügungen stürzen werde, trotz der sechstausend Mark in meiner Brieftasche. Aber eine gute Opernvorstellung und ein gutes Theaterstück werde ich mir leisten, wahrscheinlich auch eine gute Flasche Wein und ein anständiges Essen. Dann werde ich mich ausrüsten mit Kleidern und Wäsche, damit ich Lengwitz würdig repräsentieren kann. Und außerdem werde ich mir das Vergnügen gönnen, ein wenig Freude zu machen. Da ist meine Wirtin, die sich mir gegenüber auch in der höchsten Not sehr anständig benommen hat – ich habe meine Miete nicht immer pünktlich bezahlen können –, der will ich eine Freude machen, und sonst noch einigen Menschen, denen ich Dank schuldig bin. Damit habe ich dann Berlin genossen, soweit es mir Freude macht.«

»Famos! Ich freue mich, dass Lengwitz einen so guten, verständigen Herrn bekommt! Wirklich, Sie gefallen mir von Stunde zu Stunde besser, Herr Doktor.«

Die Herren besprachen auf der Fahrt noch allerlei. Als Sie an der »Jungfernburg« vorüberkamen, hörten sie jenseits der Parkmauer helles, klingendes Frauenlachen. Sie horchten auf und sahen sich lächelnd an.

»Gelt, das macht einem das Herz warm, dies junge, frische, unbekümmerte Lachen.«

Rudolf hatte das Empfinden, als begrüße ihn dies Frauenlachen in der neuen Heimat. Es klang ihm bis ins Herz hinein. Aber er sagte nichts, neigte nur das Haupt zu des Justizrats Worten.

Jetzt hörte man drüben wohl das Rattern des Motors, denn es wurde auf einmal ganz still. Aber als das Auto vorüber war, beugten sich ein blonder und ein brauner Mädchenkopf über die Parkmauer.

»Wahrhaftig, Mona, es war wieder der Wagen des Justizrates, aber er nimmt den jungen Herrn wieder mit fort«, sagte Änne Rasch und warf die kurzen, braunen Locken übermütig zurück.

Mona von Glützow sah dem Wagen nach.

»Dann war es wohl doch nicht der neue Herr von Lengwitz, sonst wäre er wohl drüben geblieben.«

»Weiß man denn, ob er in Lengwitz residieren wird! Vielleicht überlässt er alles dem Verwalter Harland.«

»Nun, dann gibt er sein Erbe in verlässliche Hände!«

»Meinst du?« Das kam etwas zweifelnd über Ännes Lippen.

Mona drohte ihr mit dem Finger.

»Nein, Änne, gerecht muss man bleiben, und wenn sich Harland auch, wie alle andern, ein wenig über unsere Jungfernburg mokiert, tüchtig muss er schon sein.«

Änne war ein wenig rot geworden.

»Ja doch, bestreite ich auch gar nicht, aber er soll bloß nicht tun, als hätten die Männer ganz allein alle Tüchtigkeit gepachtet. Ich werde ihm schon zeigen, dass eine Frau, wenn sie nur ernstlich will, ebenso viel leisten kann wie er und die Männer überhaupt.«

Mona lachte.

»Aber Änne, das hast du ihm doch schon gezeigt. Warum bist du denn so zornig?«

»Weil er immer so überlegen lächelt, wenn ich mal mit ihm zusammentreffe, was sich ja nun mal nicht vermeiden lässt.«

Mona schlang den Arm um die Freundin und zog sie mit sich von dem erhöhten Ausguck herab.

»Ach Änne, die Männer sind doch gar nicht wichtig genug, als dass wir uns über sie ärgern und aufregen müssten.«

Änne atmete auf und nickte energisch.

»Recht hast du, Mona. Aber nun habe ich ein ausgiebiges Teestündchen mit dir verplaudert, und jetzt muss ich wieder an die Arbeit. Eine Schande eigentlich, dass ich nicht schon längst wieder auf den Feldern bin, jetzt im April, wo so viel zu tun ist und man kaum bis sieben Uhr draußen sehen kann. Ich muss mich eilen. Will sehen, wie weit die Leute mit dem Säen von Gerste und Hafer gekommen sind. Morgen will ich Gsparfette *(eine Kleesorte, Anmerkung des Herausgebers)* und Luzerne aussäen lassen. Und dann geht es ans Kartoffellegen. Die Kleefelder müssen auch gegipst werden, und bei den Wintersaaten müssen wir mit künstlichem Dünger nachhelfen. Hoffentlich hilft uns der Himmel beim Bewässern der Wiesen, dass wir eine gute Heuernte haben.«

Mona hatte lächelnd zugehört.

»Wie du das alles im Kopfe hast, Änne – fabelhaft. Du bist wirklich ein hervorragender Landwirt.«

»Ich wüsste auch nicht, woher ich sonst den Mut hätte nehmen sollen, mich als Verwalter zu verdingen. Wir

Frauen müssen doch mehr leisten können als die Männer, damit wir wenigstens ernst genommen werden.«

»Nun, ich habe dich von Anfang an ernst genommen. Und ich schäme mich, dass ich so viel weniger tüchtig bin als du.«

»Brauchst du nicht, du stellst schon auch deinen Mann, und wozu bin ich da? Du als Herrin von Glützow brauchst dich doch nicht abzurackern, dazu hast du doch deinen Verwalter.«

»Aber sage mir noch, ehe du wieder fortreitest, was ich hier zu Hause noch erledigen kann, solange du fort bist?«

»Na warte mal! Also sieh mal nach den Stuten, die junge Füllen haben. Es ist wichtig, dass sie jetzt besonders gut gepflegt werden, und wenn man auf die Knechte nicht aufpasst, werden sie nachlässig. Kannst auch, wenn du willst, nach den Ferkeln sehen, die müssen jetzt von den Muttertieren abgewöhnt werden. Und dann sage den Gärtnern, sie müssen im Obstgarten mit dem Vertilgen des Ungeziefers bis morgen fertig sein. Dann sollen sie Gemüse anpflanzen. Auch die Bohnen müssen unbedingt in den nächsten Tagen ausgelegt werden, sonst wird es zu spät.«

Dies alles sagte Änne mit großem Ernst und großer Sachlichkeit. Mona versprach, das Aufgetragene zu erledigen. Sie hatte eine große Hochachtung vor ihrem Fräulein Verwalter. So waren sie bis an das Herrenhaus herangekommen. Vor der breiten Steintreppe, die zum Portal hinaufführte, stand ein Reitknecht, der Ännes Pferd am Zügel hielt. Mit einem Satze war diese auf dem Pferderücken, ordnete die Steigbügel und nickte Mona noch einmal zu.

»Wiedersehen, Mona!«

»Wiedersehen, Änne. Ich begreife nicht, dass es dir nicht zu viel wird, du bist heute wieder mindestens sieben Stunden im Sattel. Ich habe mit dreien reichlich genug.«

Änne lachte.

»Dank meinem Vater, der mich schon als Säugling an den Gaul gewöhnt hat.«

Und lachend ritt sie in flottem Trabe davon. Mona sah

ihr eine Weile lächelnd nach. Sie war von Herzen froh, Änne zu haben, die ihr nicht nur eine tüchtige Gutsverwalterin war, sondern ihr auch noch eine Gesellschafterin ersetzte und es unnötig machte, dass sie eine Anstandsdame im Hause halten musste. Unter Ännes Leitung ging wirklich alles wie am Schnürchen. Kein Wunder daher, wenn man das Glützower Herrenhaus ringsum »die Jungfernburg« nannte, denn außer Änne und Mona gab es im Hause noch Mamsell Lütjers und die Köchin, Fräulein Hanne; lauter streitbare Jungfräulein, die alle ihren Mann standen im Lebenskampfe und sich nicht unterkriegen ließen.

Mona führte gewissenhaft aus, was Änne Rasch ihr aufgetragen hatte. Dann begab sie sich in ihr Arbeitszimmer, um einige Geschäftsbriefe zu schreiben, die sie Änne abnehmen wollte. Dann konnte diese am Abend ein Stündchen länger mit ihr plaudern.

Als Mona das erledigt hatte, nahm sie ein Buch zur Hand und ließ sich am Fenster in einen Sessel gleiten. Aber das Buch vermochte ihre Aufmerksamkeit nicht lange zu fesseln, es erschien ihr zu nüchtern, zu sachlich. Und ganz im Stillen war Mona von Glützow nicht ganz ohne Sentimentalität; sie hatte ein tiefes und reiches Gefühlsleben, das sie aber meistens ängstlich in sich verschloss. Ännes streitbare Jungfräulichkeit hatte sie angesteckt, und sie hätte sich sehr gewundert, wenn sie gemerkt hätte, dass ihre tüchtige und anscheinend so kühle Genossin ebenfalls in ihres Herzens Tiefe einen großen Gefühlsreichtum verbarg. Vielleicht aber verstanden sich beide jungen Damen gerade darum so gut, weil eben dieses Plus an Gefühlen vorhanden war, wenn auch uneingestandenermaßen.

In sich versunken, saß Mona in ihrem Sessel und ließ die Augen über das Buch hinaus ins Weite schweifen. Still und ruhig lag der schöne alte Park vor ihren Blicken, in dem sich prachtvolle alte Buchen mit schlanken Riesentannen und Fichten mischten. Auch einige große, alte Linden standen dazwischen und hier und da silberstämmige Birken. Sie liebte ihre Heimat, die schlanke reizende Herrin von

Glützow! Jeder Baum, jeder Strauch war ihr vertraut, und sie dachte zuweilen, wie schrecklich es sein müsse, diese Heimat zu verlieren, so wie es der armen Änne geschehen war. Fast beschämt fühlte sie sich zuweilen. Was hatte sie vor Änne voraus, dass sie alles behalten durfte, während diese alles verloren hatte. Änne war doch so viel tüchtiger als sie. Niemals hätte sie den Mut aufgebracht, wie Änne es getan, den Kampf mit dem Leben aufzunehmen.

Dass sie Änne einen Wirkungskreis gegeben hatte, in dem diese sich wohlfühlen konnte, rechnete sich Mona nicht als Verdienst an, sie war ihrer Meinung nach weit mehr die Nehmende als die Gebende. Allein sie tat alles, was in ihren Kräften stand, Änne mit ihrem Schicksal auszusöhnen.

Rudolf Hagmeister war nach Berlin zurückgekehrt und benutzte die drei Tage, um alles für seine Übersiedlung nach Lengwitz vorzubereiten. Noch immer war ihm des Morgens, wenn er in seinem schlichten Zimmerchen aufwachte, als habe er geträumt, als werde nun gleich die ganze Erbschaft verschwunden sein. Und jedes Mal war es ihm, als würde sie ihm neu geschenkt. Er hatte zuerst in ein Hotel übersiedeln wollen, wo er etwas behaglicher und eleganter untergebracht sein würde als bei Frau Mengers, aber dann spottete er sich selbst aus. Als wenn das schlichte Zimmerchen nicht auch noch die drei Tage gut genug sein würde, nachdem er so lange froh gewesen war, diese Unterkunft zu haben. Also blieb er. Und Frau Mengers bekam die heiß ersehnte Kaninchenjacke und ein seidenes Kleid und wusste vor Glück nicht, was sie alles anstellen sollte. Mit großen Augen hörte sie zu, als Rudolf ihr berichtete, dass es wirklich und wahrhaftig seine Richtigkeit habe mit dem großen Erbe und dass er nun ein Gutsbesitzer sei und nahe der Ostsee auf einem schönen Gute leben würde. Alles presste sie aus ihm heraus, und geduldig berichtete er über alles, was sie wissen wollte.

Von ihr erfuhr es dann die Stütze von »Bankdirektors«, und diese erzählte es wieder ihrer Herrin. Es ging in dem ganzen großen Mietshause wie der Wind herum, dass Frau Mengers junger Mieter eine große Erbschaft gemacht habe. Neugierig sahen ihm die Leute nach, wenn er durch den großen Hof ging, und am zweiten Tage lauerte ihm sogar die Frau Bankdirektor auf, um ihm zu gratulieren. Sie war sehr freundlich und drückte ihm immer wieder die Hand. Er war froh, als er das überstanden hatte, und zankte seine Wirtin ein bisschen aus, weil sie nicht dichtgehalten hatte.

»Jotte doch, das können Sie mir doch nicht verübeln, Herr Doktor, dass ich ein bisschen mit meinem vornehmen Mieter großtue. Is mir schon höllisch sauer geworden, dass ich nich habe sagen dürfen, dass Sie 'n richtiggehender Doktor sind. Wat denken Sie denn, wie sich die Bankdirektorsche aufgespielt hätte, wenn sie hätte sagen können: ›Was der Herr Doktor is, der hat bei mich serviert!‹ Nee, nee, das habe ich ihr natürlich nich geflüstert. Aber 'n Stolz habe ich im Leibe von wegen Ihnen und Ihre Erbschaft – ich komme mir direkt gehoben vor.«

Er musste lachen und konnte ihr nicht böse sein.

Einige Anzüge bekam er noch, ehe er Berlin verließ, auch Wäsche und Schuhe und wessen er sonst noch bedurfte. Das andere sollte in den nächsten Tagen nachgeschickt werden. Er hatte sich für alle Gelegenheiten ausgestattet, auch für eventuelle Gesellschaften, in denen er als Gutsherr von Lengwitz würde auftreten müssen.

Alles, was er mitnahm, packte ihm Frau Mengers in die neuen, großen Koffer, deren Neuheit Rudolf gewaltsam ein wenig störte, zum Entsetzen seiner Wirtin. Erschrocken versuchte sie, die künstliche Ramponierung wieder zu verwischen, aber Rudolf hatte ganze Arbeit gemacht, und um die Neuheit war es ein für alle Mal geschehen. Frau Mengers konnte sich nicht darüber beruhigen und jammerte über die schönen, neuen Koffer, die nun schon aussähen, als seien sie verschiedene Mal auf Reisen gewesen. Dass Rudolf das beabsichtigt hatte, ahnte sie nicht. Liebevoll packte sie alle die herrlichen Sachen in die Koffer und freute sich an jedem Stück. Es tat ihr außerordentlich leid, dass sie Rudolf nicht in all diesen Kleidungsstücken bewundern konnte.

»Na, Herr Doktor, da werden sich ja die jungen Mädels die Augen aus dem Koppe kieken, ich ahne schon, lange dauert's nich, denn machen Sie Hochzeit. Aber da müssen Sie mir eine Anzeige schicken, das tun Sie mir nich an, dass Sie in den heiligen Ehestand rintreten, ohne es mich mitzuteilen. Geben Sie mich doch mal den Stoß Oberhemden 'rüber. Jotte doch, is das ein feiner Pikee! So, un nun die Taschentücher, die kriege ich hier noch mang die Ecke!«

So ging es weiter, und am liebsten hätte sie es gesehen, wenn er alle die schönen Sachen erst mal zu ihrem persönlichen Gaudium Probe getragen hätte. Aber es war nun höchste Zeit, dass alles fertig wurde, denn morgen mit dem Frühesten wollte ihr Herr Doktor abreisen. Diesmal selbstverständlich fein mit einem Auto. Und Frau Mengers ging mit hinunter, damit ja nur alle Leute sahen, dass es ihr Mietsherr war, der stolz per Auto davonfuhr.

»Am Ende kaufen Sie sich mal selber ein Auto, Herr Doktor!«, sagte sie. Rudolf hätte es ihr ja sagen können, dass er ein sehr schönes Auto geerbt habe, das in der Lengwitzer Garage stand, aber er ahnte schon, dass sie dann aufkreischen würde vor Begeisterung. Darum ließ er es lieber bleiben.

Er atmete einigermaßen erlöst auf, als das Auto anfuhr und Frau Mengers heulend und winkend zurückblieb. Sie war im Nu von einem Schwarm von Menschen umringt, denen sie noch einmal aufgeregt die Geschichte ihres Mieters erzählte.

»Wahrhaftigen Jott, vorige Woche hat er noch Teppiche gekloppt für Bankdirektors, un nu is er ein reicher Gutsbesitzer. So geht's im Leben, mal oben, mal unten. Wer kann wissen, ob nich einer von uns auch mal so 'n Treffer macht? Ich spiele jedenfalls in die Lotterie!«

So sagte sie zum Schluss, und auf den stillen, blassen Gesichtern ihrer Zuhörer erschien ein flüchtiges Rot. Ob man es auch mal in der Lotterie versuchte? Aber die meisten unterließen es. Es gab so viele Nieten und so wenig Gewinne, und einen Erbonkel hatte man auch nicht. Aber es war doch eine kleine Auffrischung gewesen, dass man vom Glücke eines Menschen gehört hatte, der vorige Woche noch »Teppiche gekloppt hatte«.

Rudolf Hagmeister fuhr indessen nach dem Stettiner Bahnhofe, und diesmal löste er ein Billett zweiter Klasse,

Stralsund
Bahnhof

wie er es schon anlässlich der Rückreise von Stralsund getan hatte, denn der Justizrat hatte lächelnd gesagt, als Herr von Lengwitz möge er lieber nicht dritte Klasse fahren, es sei wegen der Autorität.

Wie ganz anders war Rudolf Hagmeister auf dieser zweiten Reise nach Stralsund zumute. Dort wollte ihn der Justizrat mit seinem Auto am Bahnhofe abholen, und in Lengwitz würde man mit dem Mittagessen auf die beiden Herren warten.

Es verlief alles programmmäßig. Der Justizrat und der Verwalter hatten alles vorbereitet. Einige Herren vom Gericht waren anwesend, und Rudolf wurde in feierlicher Weise in sein Erbe eingesetzt. Auch die Herren vom Gericht nahmen an der Mittagstafel teil. Es ging in diesen ersten Stunden, die Rudolf in seiner neuen Heimat verlebte, etwas unruhig zu, denn es gab vielerlei zu erledigen. Aber Rudolf zeigte sich seiner neuen Würde als Gutsherr vollkommen gewachsen.

Als die Herren vom Gericht fortgefahren waren, blieb Rudolf mit dem Justizrat und dem Verwalter allein zurück, und nun wurden interne Angelegenheiten besprochen. Es folgte dann ein Gang durch das Haus, durch die Ställe und Scheunen sowie durch den Park, der die ganze Anhöhe, auf der das Herrenhaus stand, umgab. Der Justizrat blieb noch zum Tee und versprach, am nächsten Tage noch einmal wiederzukommen, um alles, was noch nicht erledigt war, vollends zu besprechen.

Als Rudolf mit dem Verwalter allein zurückgeblieben war, begab er sich mit diesem in die Garage, betrachtete sich seinen schönen, großen Wagen und suchte sich im Pferdestalle ein Reitpferd aus. Am nächsten Morgen wollte er früh mit Harland die Felder besichtigen. Danach verabschiedete sich dieser, er musste noch einmal hinausreiten, um nach den Arbeitern zu sehen. Rudolf zog sich in seine Zimmer zurück, um sich umzukleiden, seine Sachen auspacken zu lassen und sich in seinem ureigensten Reiche umzutun. Er bewohnte die Zimmer, die sein Onkel zuvor bewohnt hatte. Nur dessen Schlafzimmer, in dem er verstorben war, wurde einstweilen verschlossen gehalten. Rudolf hatte sich ein anderes Schlafzimmer ausgesucht, eines der ebenfalls in der ersten Etage gelegenen Gastzimmer, das bisher für Ehrengäste reserviert gewesen war. Aufatmend ließ er seine Blicke durch die Fenster hinausschweifen. Dort, hinter den bewaldeten Dünen, lag die Ostsee; ihm war, als höre er leise, ganz leise ihr Rauschen. Die knorrigen Kiefern da oben auf der Düne grüßten ihn wie gute, alte Freunde. Morgen wollte er auch an den Meeresstrand, es konnte nicht sehr weit sein bis dahin.

Tiefe Dankbarkeit gegen das gütige Geschick, das ihn hierhergeführt hatte, heraus aus aller Sorge und Pein, erfüllte seine Seele. Er legte im Stillen ein Gelübde ab, sich immer dieses Glückes wert zu zeigen. Nie wollte er vergessen, wie bitter Not und Sorge war, und alles, was in seinen Kräften lag, wollte er tun, anderen Menschen das Dasein zu erleichtern. Es war Glück und Wohlergehen vieler in seine Hand gegeben; der dadurch bedingten Verantwortung durfte er sich nicht entziehen.

Am Abend speiste er mit dem Verwalter zusammen, und wiederum besprach er mancherlei mit ihm, was nötig war. Immer besser gefiel ihm Günter Harland, der seinerseits ebenfalls eine immer bessere Meinung von seinem neuen Herrn bekam.

So verlief der erste Tag von Rudolfs Regierungsantritt in Lengwitz.

Als er am nächsten Morgen aufwachte, geweckt durch ein sehr lebhaftes Vogelkonzert vor seinem Fenster, sah er sich etwas erstaunt um. Dann erst wusste er, wo er sich befand, und sprang mit einem Satze aus dem Bette. Er öffnete das Fenster und atmete tief die reine Luft in sich ein, die vom Meere herüberkam und durch den harzigen Kieferndurft noch aromatischer gemacht worden war. Schnell begab er sich in das angrenzende Badezimmer hinüber. Welch eine Wohltat, dieses erfrischende Bad! Nicht lange mehr würde es dauern, dann konnte er in die See hinausschwimmen. Ah, wie das guttun würde! Nun schnell in die Sachen und hinunter an den Frühstückstisch. Mamsell Häfke würde schon dafür gesorgt haben, dass er gut besetzt war.

Er sah nach der Armbanduhr, die er sich in Berlin gekauft hatte. Es war noch nicht ganz sieben Uhr, und der Verwalter hatte ihm gestern versprochen, um diese Zeit noch zu Hause zu sein und ihn am Frühstückstische zu erwarten. Also los und hinunter!

Lachend begrüßte er Günter Harland, der im Reitanzuge am Fenster stand. Auch Rudolf hatte den praktischen grauen Reitanzug angelegt, den er sich in Berlin gekauft hatte.

»Heute ist es spät geworden, Herr Verwalter, morgen werde ich zeitiger aus den Federn kriechen.«

»Es eilt doch nicht für Sie, Herr Doktor, Sie haben ja Zeit.«

Rudolf winkte energisch ab, und seine grauen Augen strahlten unternehmungslustig.

»Nein, nein, mein lieber Herr Verwalter, Sie müssen nicht denken, dass ich hier auf der faulen Haut liegen will. Ich fordere mein gutes Maß an Arbeit und will bei Ihnen fleißig in die Schule gehen. Sie ahnen nicht, mit welcher Lust ich an die Landwirtschaft herangehe. Ich will Ihnen mit der Zeit alle Pfiffe und Kniffe ablauschen, denn wenn Sie eines Tages, wie Sie mir gestern andeuteten, auf Ihr väterliches Gut zurückkehren, will ich nicht hilflos und unbeholfen hierbleiben.«

»Dieser Tag wird hoffentlich noch in weiter Ferne liegen, Herr Doktor, denn er wird nur herankommen, wenn mein Vater nicht mehr schaffensfähig sein würde. Sonst lässt er mich nicht heran, mein alter Herr ist gottlob noch sehr rüstig und agil.«

»Schön, der Herr möge ihn ein hohes Alter erreichen lassen und ungebrochene Schaffenskraft bescheren, aber sehen Sie, Lengwitz ist ein weites Arbeitsfeld, und wie Sie mir sagten, hat mein Onkel fleißig mitgearbeitet an der Bewirtschaftung des Gutes. Sie können ja auch nicht alles allein tun, so weit übersehe ich die Verhältnisse schon. Also drillen Sie mich bitte sehr gründlich. Ich w i l l

lernen, will arbeiten, und Sie sollen mir dazu verhelfen, dass ich alles gut und richtig mache. Also von morgen an stehe ich mit Ihnen zusammen auf und begleite Sie auf allen Wegen. Ich hoffe, aus uns soll bei treuer Zusammenarbeit bald ein Freundespaar geworden sein. Sie gefallen mir, und der Justizrat singt Ihr Lob in allen Tönen. Heute Nachmittag habe ich mit dem alten Herrn noch allerlei zu tun, aber morgen fängt ein neues Leben an.«

Ein warmer Blick aus Günter Harlands Augen flog über den Tisch zu ihm hinüber.

»Mir scheint, es wird mir viel Freude machen, mit Ihnen zusammenzuarbeiten. Ihr Herr Onkel war mir auch ein guter, verständnisvoller Herr, aber – seine Freundschaft hat er mir nie in Aussicht gestellt. Ich danke Ihnen, dass Sie das getan haben.«

Rudolf reichte ihm die Hand über den Tisch hinüber.

»Wahrscheinlich werde ich mindestens so viel dabei gewinnen wie Sie. So, ich bin satt und fertig, entschuldigen Sie mich noch fünf Minuten, dann bin ich wieder unten. Sie können inzwischen die gesattelten Pferde vorführen lassen. Wie ist es denn – kämen wir im Auto nicht noch schneller voran?«

»Die Wege sind größtenteils schwer mit dem Auto zu befahren. Es strengt die Wagen auch unnötig an. Die Pferde laufen auf dem sandigen Boden wie in der Manage, wir kommen ungehinderter und schneller mit den Pferden voran, vorausgesetzt, dass wir nicht weiter ins Land hinein müssen, wo bessere Wege sind. Hier in der Nähe der Dünen sind Pferde entschieden vorzuziehen. Da können wir auch ungehindert auf und ab reiten, über die Dünen hinweg.«

»Gut, danke für diese erste Lektion.«

Rudolf eilte hinauf, um Reitpeitsche, Mütze und Handschuhe zu holen. Er dachte gar nicht daran, damit einen dienstbaren Geist zu beauftragen, denn er war nicht gewohnt, sich bedienen zu lassen; auch das muss erst gelernt werden.

Unten vor dem Portale standen die Pferde, und die Herren saßen auf.

»Doch gut, dass ich mal reiten gelernt habe. Das kommt mir nun zustatten«, sagte Rudolf lachend, während sie die Anhöhe hinabritten.

Unten ging es dann längs der bewaldeten Dünen hin und danach ein Stück landeinwärts. Sie erreichten die ersten Felder, wo die Lengwitzer Leute bei der Arbeit waren. Sie sahen ein wenig neugierig zu ihrem neuen Herrn hinüber, während der Verwalter seine Anordnungen traf, hier eine Vernachlässigung rügte, dort ein Lob aussprach. Es fiel Rudolf auf, dass die Leute wohl ernst und etwas schwerfällig waren, aber doch nicht gar zu abgearbeitete oder mürrische Gesichter hatten, wie es in Berlin bei den Schwerarbeitern oft der Fall war. Darüber sprach er auch zu Günter Harland, als sie weiterritten. Der nickte.

»Die Leute haben es hier auch nicht so schwer, sie sind den ganzen Tag an der frischen Luft, und Ihr Herr Onkel hat immer dafür gesorgt, dass sie zu ihrem Rechte gekommen sind. Not braucht keiner von Ihnen zu leiden.«

Ein tiefer Atemzug hob Rudolfs Brust.

»Noch vor sehr kurzer Zeit hätte ich herzlich gern mit einem von ihnen getauscht.«

»Das schlechteste Leben führen sie auch nicht. Sie haben fast alle ihre kleine Kate für sich, wo die Frauen, wenn die Männer nicht Zeit haben, das Stück dazugehörige Feld bebauen. Saatgut und Kartoffeln bekommen sie, und haben sie sich etwas zusammengespart, dann kaufen sie sich noch ein Stückchen Land dazu. Arbeitslosigkeit gibt es hier oben bei uns nicht. Wer nicht bei der Landwirtschaft untergebracht ist, betreibt den Fischfang.«

So lernte Rudolf langsam Land und Leute kennen.

Sie kamen nun an eine Waldgrenze, an der sich Wiesen hinstreckten.

»Der Wald da drüben gehört schon zu Glützow«, sagte der Verwalter, hinüberzeigend.

»Ah, ich sah neulich zwei Damen zu Pferde unterwegs, und der Justizrat sagte mir, dass die eine Fräulein von Glützow, meine nächste Nachbarin, sei, und die andere ihre

Verwalterin. Übrigens die erste Gutsverwalterin, die ich in meinem Leben zu Gesicht bekam.«

Es flog ein Lächeln über Herrn Harlands Gesicht.

»Wird wohl auch nicht viele geben – von dieser Sorte gewiss keine zweite.«

»Der Justizrat meinte, sie sei sehr tüchtig.«

Es zuckte in des Verwalters Zügen.

»Ist sie auch – Hut ab – wenn sie nur nicht so grandig wäre.«

»Ah, ist sie das?«

»Sehr, sie hat Haare auf den Zähnen und lässt sich von keinem Manne imponieren oder an den Wagen fahren. Na, überhaupt, drüben in der Jungfernburg, wie das Herrenhaus von Glützow genannt wird, gibt es nur eine Losung und ein Feldgeschrei: Los vom Manne!«

Das klang eigentümlich gereizt, und Rudolf sah den blonden Recken an seiner Seite heimlich forschend an. War ein erfreulicher Anblick, der Herr Verwalter, rank und schlank, Sehnen wie Stahl, Muskeln von Eisen, ein prachtvoller Kopf mit charakteristischen Linien, ein schmallippiger Mund und eine stolze, ungezwungene Haltung. Sollte dieser Prachtmensch bei dem Fräulein Verwalter auf Granit gebissen haben? War doch kaum möglich! Aber die Frauen haben ihre eigenen Ansichten über das, was bei einem Manne liebenswert ist. Jedenfalls wollte es ihm scheinen, als stehe sein Begleiter diesem Fräulein Verwalter nicht gleichgültig gegenüber. Es blitzte entschieden zornig in seinen stahlblauen Augen auf, und wenn ein Mann zornig auf eine Frau war, steckte meistens ein zu großes Wohlgefallen dahinter, das nicht genug gewürdigt wurde.

»So, so? Also die Damen in Glützow wollen nichts mit den Männern zu tun haben. Auch die Herrin nicht?«

»Scheint doch so. Die reinen Spottdrosseln alle beide. Lässt man sich mit ihnen in ein Gespräch ein, gibt es Spitzfindigkeiten. Dann ärgert man sich und wird auch ausfallend; man kann es sich doch nicht gefallen lassen, dass sie sich über einen lustig machen.«

Rudolf lachte in sich hinein.

»Vielleicht wehren sie sich nur ihrer Haut, weil wir Männer uns meistens ein wenig überheblich den Frauen gegenüber benehmen.«

Günter Harland stutzte und sah Rudolf etwas beklommen an. Hatte dieser vielleicht recht? Es konnte wohl sein, dass er ein wenig schuld daran war, wenn Fräulein Änne Rasch ihn immer so abtaufte. Er hatte sie wirklich zuerst ein bisschen über die Achseln angesehen und sich über ihre Verwalterschaft lustig gemacht. Das ließ sich Änne Rasch nicht gefallen, auf keinen Fall.

»Hm! Von der Seite habe ich das noch gar nicht betrachtet. Aber Holla! *Lupus in fabula* – da kommen die beiden Damen eben aus dem Walde geritten. Darf ich Sie mit Ihnen bekannt machen, Herr Doktor?«

»Wenn ich bitten darf«, erwiderte dieser und sah den beiden Damen, die langsam auf sie zugeritten kamen, forschend entgegen.

Der Verwalter zog die Mütze und begrüßte die Damen artig, aber nicht sehr freundlich.

»Guten Morgen, gnädiges Fräulein, guten Morgen, Fräulein Rasch; darf ich Ihnen den neuen Herrn von Lengwitz, Herrn Doktor Hagmeister, vorstellen. Er ist gestern eingetroffen. Fräulein von Glützow, Fräulein Rasch.«

Rudolf verneigte sich sehr artig.

»Ich hatte schon vor einigen Tagen bei meinem ersten Besuche in Lengwitz die Ehre einer flüchtigen Begegnung. Herr Justizrat Zausch verriet mir Ihre Namen. Bitte verzeihen Sie, dass ich mich hier ein wenig formlos vorstellen lasse; ich werde mir erlauben, Ihnen in den nächsten Tagen einen Antrittsbesuch zu machen, und hoffe, dass Sie mich nachbarlich aufnehmen werden«, wandte er sich an Mona von Glützow.

Ihre braunen, goldig schimmernden Augen, die ihm sehr schön erschienen, wie die junge Dame überhaupt, sahen aufmerksam in sein markantes, energisches Gesicht. Unter dem Blicke, den er auf sie richtete, wurde sie ein wenig unsicher, was ihr sonst selten geschah. Sie ärgerte sich darüber, rückte sich stolz und kühl empor und neigte nur leicht das Haupt.

»Wir werden uns freuen, Herr Doktor, wenn wir uns nachbarlich begegnen können. Vormittags wollen Sie bitte auf einen Besuch in Glützow verzichten, aber nachmittags in der Teestunde sind wir immer zu Hause.«

Das klang kühl und formell bis ans Herz hinan.

Rudolf verneigte sich artig, hatte aber das Gefühl, als wehe ihm Eisesluft entgegen, als er den stolzen Blick ihrer Augen sah.

›Wenn diese stolze Dame ahnte, dass ich fremder Leute Teppiche geklopft habe, wie würde sie dann erst mit mir umgehen?‹, dachte er ironisch. Aber es ärgerte ihn sehr, dass sie so abweisend und stolz war, denn – sie gefiel ihm sonst sehr gut. Himmel – wenn sie auch noch liebenswürdig sein würde, dann wäre er rettungslos ihrem Zauber erlegen. Noch nie war ihm eine Frau begegnet, die so ganz in ihrem Äußeren das Ideal verkörperte, das er sich von der Frau gemacht hatte. Sie war schlank und doch nicht unweiblich mager, ihre Gestalt zeigte das richtige Ebenmaß und wirkte unbedingt weiblich. Das blonde Haar hing, anscheinend von einem scharfen Ritt, ein wenig zerzaust unter dem kleinen Reithut hervor, und die blonden Löckchen spielten verführerisch im Winde. Ein feines Näschen, ein blühender, schön geschwungener Mund, wundervolle Zähne und dunkle Brauen und Wimpern, die die Wirkung der großen, sammetbraunen Augen bestens unterstützten. Das alles vereinigte sich zu einem bezaubernden Ganzen, und wenn dieser Mund und diese Augen nicht eine so eisige Kühle ausgeströmt hätten, wäre es wahrscheinlich schon in dieser ersten Stunde des Begegnens um Rudolf geschehen gewesen. So wappnete aber auch er sich mit ruhigem Gleichmut und erwiderte, dass er sich an einem der nächsten Tage die Ehre geben werde.

Er sprach dann auch einige Worte mit Änne Rasch:

»Ich hörte sowohl vom Herrn Justizrat wie auch vom

Herrn Verwalter, dass Sie eine eminent tüchtige Landwirtin sind und uns Männern scharfe Konkurrenz machen«, sagte er lächelnd.

Dies Lächeln hielt Änne Rasch nun leider für ein wenig ironisch. Kriegslustig richtete sie sich sogleich auf.

»Ich will keineswegs mit den Männern in Konkurrenz treten, aber jedenfalls werde ich mich durchsetzen, allen Spöttereien zum Trotz.«

Rudolf unterdrückte das Lächeln, das ihre streitbaren Worte ihm abnötigen wollten. Er sagte sich, dass da ein junges Weib mitten in einem schweren Lebenskampf stehe und dass es ein Verbrechen sein würde, ihr diesen zu erschweren. Zugleich hatte er auch bemerkt, dass Änne Rasch diese Worte mehr für den Verwalter berechnet hatte, und er erkannte daraus, dass seine Vermutung richtig war, nämlich, dass Günter Harland dieses kleine, tapfere Fräulein, das übrigens sehr reizend und durchaus weiblich wirkte, mit seiner spöttischen Überlegenheit zuerst gekränkt hatte und dieses sich nun zur Abwehr setzte.

»Sie haben ganz recht, Fräulein Verwalter, wenn Sie sich nicht unterkriegen lassen wollen. Den Versuch werden auch wohl nur törichte Menschen wagen wollen. Jedenfalls rühmte der Herr Justizrat mir gegenüber sehr Ihre Tüchtigkeit und Umsicht, und Herr Harland sagte mir vorhin wörtlich, als ich ihm das sagte: ›Ist sie auch, Hut ab!‹«

Da schoss plötzlich das Blut in das reizende Gesicht von Änne Rasch und seltsamerweise zugleich in die Stirn des Verwalters. Rudolf gab sich den Anschein, beides nicht zu bemerken, und plauderte noch ein Weilchen in unbefangener Weise. Dann verabschiedeten sich die Damen und ritten weiter, während die Herren auf ihren Pferden hielten und ihnen schweigend nachsahen.

Erst als die Reiterinnen im Walde verschwunden waren, sagte der Verwalter, tief atemholend:

»Au weh, Herr Doktor, da haben Sie mich ja bei Fräulein Rasch schön hereingeritten.«

Und er sah Rudolf dabei vorwurfsvoll an.

Rudolf wusste sehr wohl, was er meinte, fragte aber anscheinend unschuldsvoll:

»Wie meinen Sie das, Herr Verwalter?«

»Nun, Sie haben ihr doch gesagt, dass ich sie für sehr tüchtig halte und den Hut vor ihr abnehmen will, ihrer Tüchtigkeit wegen.«

Wieder sah Rudolf ganz harmlos aus, wenn es auch leicht um seinen Mund zuckte.

»Wollten Sie sie denn nicht wissen lassen, dass Sie die größte Hochachtung vor ihr haben?«

Harland wischte sich den Schweiß von der Stirn.

»Dann ist gleich gar kein Auskommen mit ihr!«, seufzte der blonde Recke.

Rudolf musste nun doch lachen.

»Oder es wird viel besser gehen; wenn sie merkt, dass sie nicht mehr um Anerkennung zu kämpfen braucht, wird sie vielleicht viel umgänglicher. Geben Sie es doch auf, gegen die junge Dame zu Felde zu ziehen. Mir scheint doch, dass sie es wert ist, dass man sich gut zu ihr stellt. Mir imponiert es jedenfalls, wie unverzagt sie den Kampf mit dem Leben aufgenommen hat. Leicht ist ein derartiger Posten für eine Frau gewiss nicht, und wenn sie ihn gar noch gut ausfüllt, ist das doppelt anerkennungswert. Und dabei wirkt sie nicht einmal unweiblich, sie hat sogar einen gewissen Charme, der sicherlich noch viel intensiver zur Geltung kommen wird, wenn sie nicht immer im Verteidigungszustand sein muss.«

Günter Harland sah Rudolf entschieden etwas beklommen an. Einen Moment stieg etwas wie Angst in ihm auf, sein neuer Herr könnte sich in diese kleine Verwalterin verlieben. Warum schmerzte ihn der Gedanke? Er richtete sich straff im Sattel empor. Sein Blick glitt forschend über Rudolfs Gesicht.

»Hm! Vielleicht haben Sie recht, Herr Doktor. Man kennt sich bei den Frauen niemals aus. Ich wollte sie mir nur nicht über den Kopf wachsen lassen, als Mann muss man doch oben bleiben.«

»Muss man?«, fragte Rudolf ein wenig ironisch.

Da schoss dem Verwalter wieder jäh das Blut ins Gesicht.

»So ist es doch immer gewesen.«

»Solange die Frauen von uns Männern abhängig waren und wir für sie sorgen mussten, schön! Aber jetzt ist doch alles anders geworden. Sehen Sie mal, dieses Fräulein Verwalter hat es fertiggebracht, sich auf einem sehr verantwortungsvollen Posten zu bewähren und ihn ebenso gut auszufüllen wie ein tüchtiger Mann. Ich laufe schon fast drei Jahre mit meinem Dr.-Ing. herum und hatte es nicht weiter gebracht als zum Gelegenheitsarbeiter, der mühsam sein Brot verdiente. Soll ich da dieses Fräulein Verwalter nicht anerkennen? Ich finde es fabelhaft, dass sie sich durchgesetzt hat. Ein bisschen Glück hat sie allerdings gehabt, weil Fräulein von Glützow den Mut hatte, sie einzustellen. Aber ehrlich, Herr Verwalter; wenn wir Männer in der heutigen Zeit nicht ein bisschen Glück haben, kommen wir trotz aller Tüchtigkeit und allem Fleiß auch nicht voran. Ich werde jedenfalls Fräulein Rasch immer und überall meine Hochachtung zu Füßen legen, zumal sie trotz allem anscheinend ein echtes Weib geblieben ist.«

Stumm hatte Günter Harland zugehört. Ernst sah er Rudolf in die Augen.

»Sie haben recht, tausend Mal recht, und ich bin ein blöder Trottel, dass ich mich hinter meine überhebliche Männlichkeit verschanzt habe.«

Rudolf nickte ihm zu.

»Im Grunde haben Sie ihr ja auch alle Anerkennung gezollt und sich gewissermaßen nur gegen Ihre eigene Überzeugung gewehrt – vielleicht aus einer gewissen Angst heraus, dass dieses kleine Fräulein Ihnen eines Tages zu sehr ans Herz wachsen könnte?«

Diese Worte Rudolfs hatten Günter Harland nicht wenig in Schrecken versetzt, weil es ihm eben erst heute klar geworden war, dass er Änne Rasch sehr gut war. Zugleich aber ließen sie ihn erlöst aufatmen. Ein befreites Lächeln huschte um seinen Mund.

»Wahrhaftig, ich glaube, Sie haben recht, Herr Doktor; ich bin mir aber eben erst darüber klar geworden, weil eine gewisse Eifersucht in mir aufstieg, als Sie Fräulein Rasch so herausstrichen.«

Rudolf lachte.

»Nein, nein, keine Angst, bei aller Anerkennung ist Fräulein Rasch nicht mein Typ. Da käme eher Fräulein von Glützow infrage, wenn diese nicht zu sehr die eiskalte Gletscherjungfrau markierte.«

»Oh, das ist mir bisher noch nicht aufgefallen, ich habe im Gegenteil gefunden, dass sie mir ein gewisses Wohlwollen entgegenbringt, wenn sie auch sehr stolz und zurückhaltend ist.«

Rudolf zog die die Stirn zusammen und sagte schroff:

»Mir gegenüber hat sie jedenfalls nicht das geringste Wohlwollen durchblicken lassen, im Gegenteil, sie sah mich kalt und stolz an, als wollte sie sagen: Nur nicht zu dicht heran! Wer weiß, sie hat vielleicht eine feine Nase und hat gewittert, dass ich vor Kurzem bei Frau Bankdirektor Teppiche geklopft und serviert habe. Himmel, wenn sie das wüsste, wäre ich wahrscheinlich völlig unten durch bei ihr. Jedenfalls würde sie mich nicht in ihrem Hause empfangen. Was meinen Sie, soll ich ihr bei meinem Besuche erzählen, womit ich mir mein kärgliches Brot verdient habe, ehe mein Onkel mich aus aller Sorge befreite?«

Nun musste der Verwalter lachen.

»Sie würde vielleicht ein wenig verblüfft sein, aber wie sie sonst darüber denkt, weiß ich nicht. Immerhin können Sie es sich hoch anrechnen, dass Sie auf der Jungfernburg empfangen werden.«

Rudolf lachte mit, aber irgendein kleiner Stachel saß fest in seinem Herzen, weil dieses schöne Fräulein von Glützow ihn so deutlich hatte abfallen lassen.

Die Herren ritten weiter auf den Feldern und Wiesen herum, wo überall die Leute bei der Arbeit waren. Dann bat Rudolf, dass man über die Dünen an den Strand reiten möchte, weil er sich danach sehnte, einen Blick auf das

Meer zu werfen. Der Verwalter schlug sogleich die Richtung auf die bewaldeten Dünen ein, und nach einigen Minuten waren sie auf ihrer Höhe und sahen die Ostsee im Sonnenglanz vor sich liegen. Breit und lang schlugen die Wellen an den Strand, und Rudolf ritt hinunter, von dem Verwalter gefolgt, und atmete tief die reine, herbe Seeluft ein.

»Wundervoll! Gehört dieses Stück Strand etwa auch zu Lengwitz?«

»Ja, Herr Doktor; von hier bis dort hinüber, wo die kahle Stelle auf der Düne sichtbar wird.«

»Fabelhaft! Ist doch ein herrliches Gefühl, eigenen Grund und Boden unter den Füßen zu haben. Ah, sehen Sie, da drüben nach Glützow zu reiten die beiden Damen.«

Rasch fuhr Günter Harland herum. Seine Augen brannten einen Moment unbeherrscht in sehnsüchtiger Glut hinter Änne Rasch her, und ein tiefer Atemzug hob seine Brust.

»Ja, das sind sie«, erwiderte er.

Auch Rudolf sah hinter den beiden schlanken Reiterinnen her, bis sie seinen Blicken entschwanden.

Langsam wandten die Herren ihre Pferde, beide in tiefe Gedanken versunken und beide schweigend. Sie ritten über die Dünen zurück und ließen dann ihre Pferde schneller ausgreifen.

Rudolf Hagmeister musste immer wieder an das schöne, stolze Gesicht Mona von Glützows denken. Und die Frage quälte ihn direkt, was sie wohl sagen würde, wenn sie erfuhr, dass er als Teppichklopfer sich sein Brot verdient hatte. Etwas wie Trotz presste seinen Mund herb zusammen.

›Ich werde es ihr sagen, sobald sich eine Gelegenheit dazu findet. Dann wird sie ihren stolzen Kopf zurückwerfen und noch hoheitsvoller, vielleicht gar verächtlich auf mich herabsehen. Aber sie soll nur – dann bin ich mit ihr fertig, gleich zu Anfang, und dann ist sie für mich ebenso gut erledigt wie ich für sie.‹

Aus tiefen Gedanken heraus fragte er plötzlich seinen Begleiter:

»Ich hörte, dass Fräulein von Glützow Mona mit Vornamen heißt. Von welchem Namen ist das die Abkürzung? Denn diesen Namen gibt es doch nicht?«

»Das kann ich Ihnen zufällig genau sagen. Ihr Herr Oheim war der Taufpate von Fräulein von Glützow, und sie hat daher in der Taufe den Namen seiner verstorbenen Frau erhalten. Sie heißt Simona.«

»Simona? Das klingt seltsam feierlich.«

»Ja, und deshalb ist wohl ihr Name abgekürzt worden in Mona. Er ist sehr apart.«

»Allerdings – und – er passt zu ihr. Eine ungewöhnliche Erscheinung ist sie jedenfalls, diese junge Herrin der Jungfernburg. Aber ihre Eiseskälte schreckt einen warmblütigen Menschen zurück.«

Jetzt blickte Günter Harland forschend zu seinem jungen Herrn hinüber. Aber er verlor kein Wort. Er sagte sich nur, dass Mona von Glützow Rudolf Hagmeister vielleicht mehr beschäftigte, als er zugeben wollte. Sie war in der Tat ein schönes Mädchen – und – sie hätte sehr wohl zu Rudolf gepasst. Ein schönes Paar könnten die beiden abgeben. Aber dann schob Günter Harland diesen Gedanken schnell wieder von sich. Ihm war es momentan viel wichtiger, wie Änne Rasch im Herzen zu ihm stand. Hatte er sie wirklich falsch behandelt? Hatte er ihr am Ende sogar weh getan mit seiner männlichen Überhebung? War sie wirklich nur deshalb so grandig zu ihm, weil sie sich gegen ihn zur Wehr setzen musste? Er ließ alle Begegnungen, die er schon mit ihr gehabt hatte, an seinem Geiste vorüberziehen. Ja – heimlich ihrer spottend – hatte er dem weiblichen Verwalter entgegengesehen, als er erfuhr, dass auf Glützow der alte Inspektor in den Ruhestand trat und nun eine Verwalterin die Bewirtschaftung übernehmen würde. Und ziemlich von oben herab hatte er sie begrüßt, als er ihr durch Herbert Hagmeister, seinen verstorbenen Herrn, vorgestellt wurde. Hei, wie hatte sie da das braune Köpfchen kriegerisch in den Nacken geworfen. Von oben bis unten hatte sie ihn mit Blicken gemessen. Und da war ihm das Blut in die Stirn geschossen, und er hatte sie noch spöttischer angesehen als zuvor. Man konnte sich doch nicht von dem erstbesten emanzipierten Frauenzimmer imponieren lassen. Es würde ja was Nettes dabei herauskommen, wenn die in Glützow das Regiment führte, neben ihrer jungen Herrin, die wohl auch nicht viel von der Wirtschaft verstand.

Aber es war doch anders gekommen. Glützow wurde zu seinem Erstaunen nicht, wie er angenommen hatte, heruntergewirtschaftet, sondern es wurde langsam ein Mustergut, und man musste sich ordentlich dranhalten, um nicht zurückzustehen. Es war ein stiller, verbissener Wettstreit geworden zwischen ihm und ihr, und das war den beiden Gütern zunutze gekommen. Hüben wie drüben blühte alles auf. Und wenn Günter Harland ehrlich sein wollte – und das wollte er heute plötzlich sein – musste er zugeben, dass sie es ihm nicht leicht gemacht hatte, mit ihr zu konkurrieren.

Und er sagte sich, dass er ihr eigentlich unrecht getan habe und dass es kein Wunder sei, wenn sie ihm grandig und kratzbürstig begegnete. Aber man konnte nun nicht plötzlich zu Kreuze kriechen; die Spottdrossel sang dann vielleicht ein Lied, das ihm nicht gefiel.

Aber immerhin – da er ihr unrecht getan hatte, musste er das doch auf irgendeine Weise wiedergutmachen. Das gehörte sich so für einen anständigen und ehrenhaften Mann, dass er nicht auf einem Unrecht beharrte, sobald er es eingesehen hatte. Schwer würde es allerdings sein, vor ihren funkelnden Augen sozusagen Abbitte zu leisten.

Was für Augen hatte sie denn eigentlich? Wahrhaftig, die Farbe hatte er noch nicht einmal festgestellt. Er sah nur immer das kriegsbereite Funkeln darin. Braun waren sie nicht, auch nicht blau, und schwarz schon gar nicht. Nein, ganz hell standen sie in dem gebräunten Gesicht – mal grau, mal blau, mal grün – aber immer seltsam hell und leuchtend – und schimmernd, wie die Muscheln des Meeres auf der Innenseite schimmerten, ja, so schimmerten ihre Augen. Die reinen Nixenaugen! Aber sie konnten doch wieder so verständig blicken, so zuverlässig, wie keine Nixe blicken würde. Behext hatte sie ihn jedenfalls – das wusste er jetzt – so oft er sie kommen sah, war ihm das Blut in heißer Welle zum Herzen gestürmt. Bisher hatte er das immer für Zorn gehalten – aber nein, es war kein Zorn – ganz gewiss nicht – nur ein heißes, drängendes Begehren, ihr den Trotz und den Spott auszutreiben und sie ganz weich zu machen, ganz – ach! Zum Donnerwetter – das war eine schöne Bescherung! Er war ja verliebt in die kleine Spottdrossel, in das anfänglich verlachte Fräulein Verwalter. Was sollte denn daraus werden?

Darüber kam er heute nicht ins Reine mit sich. Es hieß jetzt wieder, an andere, wichtigere Dinge zu denken.

Und er riss sich zusammen und begann plötzlich, seinem jungen Herrn einen Vortrag über landwirtschaftliche Dinge zu halten, dass diesem bald der Kopf rauchte. Denn er hatte sich bis jetzt lediglich sehr intensiv mit der einen Bewohnerin der Jungfernburg befasst, aber nicht mit Änne Rasch, sondern mit Fräulein von Glützow. – Schade, schade, dass sie so kalt und stolz war. Es hätte ihm weit besser gefallen, hätte ihr Wesen und Benehmen mit ihrer äußeren Erscheinung harmoniert. Ein so schönes, liebreizendes Geschöpf war geradezu dazu verpflichtet, auch durch die Art, wie sie sich gab, zu bezaubern. – Und das mit dem Teppichklopfen würde er ihr gleich bei seinem ersten Besuche berichten. Sie sollte nur gleich wissen, mit wem sie es zu tun hatte, dann brauchte sie sich nicht erst zu bemühen, eine nachbarlich freundliche Gesinnung für ihn zu hegen.

Rudolf musste sich förmlich zusammenreißen, die nötige Aufmerksamkeit für Günter Harlands Ausführungen aufzubringen und seine Gedanken von Mona von Glützow loszureißen.

Mona? Simona? – Harland hatte recht; der Name war ebenso apart wie seine Trägerin.

Am liebsten wäre Rudolf schon am nächsten Tage nach Glützow gefahren, aber das erschien ihm doch zu eilig. Er hatte aber gestern den Justizrat noch einmal ausgeforscht über alles, was dieser über Mona von Glützow wusste. Und da hatte er erfahren, dass sie mit fast abgöttischer Liebe an ihrem Vater gehangen hatte und dass er ihr alles gewesen sei, da sie ihre Mutter schon in ihrem fünften Lebensjahr verloren hatte. Sie war tief erschüttert gewesen, als vor einigen Jahren der Vater gestorben war. Rudolf Hagmeister konnte sich gar nicht vorstellen, dass dieses stolze, kühle Geschöpf tief erschüttert sein konnte. Aber der Justizrat erzählte ihm noch mancherlei, was ihm Mona in einem ganz anderen Lichte zeigte, und so musste er sich sagen, dass sie nur ihm gegenüber sich so ablehnend verhalten habe. Vielleicht war er ihr sehr unsympathisch, und sie hatte ihm das gezeigt. Seltsamerweise quälte dieser Gedanke ihn. Und immer weiter forschte er den Justizrat über seine schöne, blonde Gutsnachbarin aus und erfuhr immer mehr Liebenswertes von ihr.

Er war darum sehr gespannt darauf, wie sie ihn in ihrem Hause empfangen und wie sie es aufnehmen würde, wenn er ihr berichtete, aus welchen Verhältnissen ihn das Erbe seines Onkels gerissen hatte. Ganz fest war er trotz allem, was er von ihr gehört hatte, davon überzeugt, dass sie ihn noch mehr abfallen lassen würde als bisher.

Am zweiten Tage nach ihrem Zusammentreffen wollte er sie, wie sie es gewünscht hatte, zur Teestunde besuchen. Am Vormittage war er wieder mit Günter Harland auf das Feld geritten, und dabei hatte er gesagt:

»Wäre es Ihnen sehr unangenehm, lieber Harland,

wenn Sie zu mir in das Herrenhaus übersiedeln würden? Sie wohnen im Verwalterhause an sich wohl ganz behaglich, aber mir ist es, offen gestanden, ein wenig ungemütlich, in dem großen Hause so ganz allein verweilen zu müssen. Würde es Ihnen viel ausmachen, wenn Sie umzögen?« Der Verwalter hatte den Kopf geschüttelt.

»Es würde mir gar nichts ausmachen, Herr Doktor; meine Siebensachen wären schnell umgeräumt, denn die Möbel gehören ja nicht mir, sondern ins Haus. Aber – bitte, bedenken Sie doch – Sie werden sich eines Tages ganz gewiss verheiraten!«

Rudolf stutzte. Dann lachte er etwas unsicher.

»Oh, dieser Tag liegt noch in weitem Felde. Selbstverständlich ist es Mannes- und Staatsbürgerpflicht, eine Familie zu gründen, aber mit meinen zweiunddreißig Jahren eilt mir das noch nicht. Und bis dahin können Sie vielleicht schon längst verheiratet sein. Das hindert uns jedenfalls nicht, bis zu diesem entscheidenden Tage zusammen im Herrenhause zu wohnen. Wir können dann des Abends ungeniert zusammensitzen und brauchen nicht jeder so einschichtig zu hausen. Wenn Sie also weiter keinen Einwand haben, so siedeln Sie so bald als möglich zu mir über. Sie wissen, dass Sie mir sehr sympathisch sind; und dass ich auch Ihnen nicht antipathisch bin, wage ich ohne Weiteres anzunehmen. Die Mahlzeiten nehmen wir ohnedies zusammen ein. Ich denke es mir sehr viel behaglicher, wenn ich Ihre Gesellschaft jederzeit genießen kann.«

Günter Harland sah ihn mit einem warmen Blicke an.

»Die Sympathie beruht jedenfalls auf Gegenseitigkeit, Herr Doktor; und ich kann mir in der Tat nichts Besseres wünschen, als Ihr Hausgenosse zu werden. Verfügen Sie also ganz über mich.«

»Gut, so suchen Sie sich gleich heute ein paar Zimmer aus, die Sie nötig haben, und lassen Sie Ihre Sachen herüberschaffen. Ich freue mich wirklich sehr, dass Sie auf meinen Wunsch eingehen. Sehen Sie mal, ich habe seit Jahren in einem kleinen Zimmerchen gehaust, das dreimal in mein jetziges Arbeitszimmer hineingehen würde, und die dünnen Berliner Hauswände lassen jeden Ton durchdringen. Da hört man immer etwas von seinen Nachbarn. Hier in Lengwitz verfüge ich über eine Menge Räume, einer immer größer und schöner als der andere, und wenn ich dann abends allein sitze, dann fällt mir die Stille und Einsamkeit um mich her direkt auf die Nerven. Wohnen Sie drüben bei mir, dann höre ich doch mal Ihren Schritt, höre Ihre Tür auf und zu schlagen, höre Ihre Stimme – kurzum, es fehlt mir zu meinem Wohlbehagen menschliche Gesellschaft in meinem Hause.«

»Gut, Herr Doktor; ich ziehe auf der Stelle um. Während Sie heute Nachmittag Ihren Besuch in Glützow machen, lasse ich meine Siebensachen herüberschaffen. Planen Sie noch weitere Besuche?«

»Ja, wer käme sonst wohl noch infrage?«

»Gutsnachbarn haben Sie, außer in Glützow, nicht mehr. Und in den kleinen Fischerdörfern längs der Küste wohnen nur kleine Leute, die für einen Verkehr für Sie nicht infrage kommen. Im Sommer gibt es freilich überall Badegäste. Da werden Sie wohl am Strande beim Baden gelegentlich Bekanntschaften machen. Aber sonst bleiben nur die Stralsunder Honoratioren. Dort müssen Sie selbstverständlich bei verschiedenen Herrschaften Ihre Karte abgeben.«

Rudolf lachte.

»Na, das hat hoffentlich noch eine Weile Zeit.«

»Gewiss, es eilt nicht, aber es muss ins Auge gefasst werden, die Stralsunder nehmen so etwas sehr wichtig.«

»Schön, das werde ich nächste Woche abmachen, wenn ich ohnedies nach Stralsund hinüberfahre, um mit dem Herrn Justizrat über einiges zu konferieren. Sie wissen ja, um was es geht. Ich möchte Lengwitz nicht mit Hypotheken belasten.«

»Das würde ich auch nicht tun, und es wird auch nicht nötig sein, wenn Sie, wie Sie mir gesagt haben, sparsam leben wollen, bis die Erbschaftsteuer entrichtet ist.«

»Ich denke, auch danach nicht zum Verschwender zu werden. Im Grunde habe ich wenig Ansprüche, und mir liegt daran, Lengwitz auf der Höhe zu halten.«

»Das ist sehr lobenswert und verständig. Das ›Erwirb es, um es zu besitzen‹ kommt ja auch hier infrage, wenn Sie Lengwitz auch nicht von Ihren Vätern, sondern von Ihrem Onkel ererbt haben.«

»Da vielleicht noch mehr, so empfinde ich wenigstens.«

Die beiden Männer sahen sich mit leuchtendem Blick in die Augen und freuten sich, dass sie einander so gut verstanden.

Am Nachmittage dieses Tages fuhr Rudolf nach Glützow hinüber; zum ersten Male benutzte er sein Auto, und ein sonderbares Gefühl überkam ihn, als der Chauffeur ihm den Wagenschlag öffnete. Rudolf hatte Besuchsdress angelegt, denn er war überzeugt, dass Fräulein von Glützow Etikettefragen sehr wichtig nahm. Auf der Fahrt überlegte Rudolf sich, wie er sich Mona von Glützow gegenüber zu verhalten habe. Er nahm an, dass auch Änne Rasch zugegen sein würde, denn der Justizrat hatte ihm berichtet, dass diese nicht nur als Verwalterin, sondern auch als Anstandsdame und Gesellschafterin fungiere.

Wahrscheinlich hatte ihm Fräulein von Glützow absichtlich die Teestunde als die ihr genehmste Besuchszeit angegeben, weil sie sich gewiss sein konnte, dass Fräulein Rasch dann anwesend sein würde.

Als der Wagen durch das Parktor fuhr, sah Rudolf sich interessiert um. Jetzt würde er gleich vor dem Portale der Jungfernburg halten. Und wahrscheinlich würde er nach zehn Minuten wieder hinauskomplimentiert werden, man würde ihm nur die formelle Dauer eines Besuches gestatten.

Als der Wagen hielt, erschien am Portale ein alter Diener in schlichter, brauner Livree. Er öffnete den Wagenschlag, noch ehe der Chauffeur seinen Platz verlassen hatte, und Rudolf reichte ihm seine Karte. Der Diener bat ihn in die Halle und setzte ihm einen Sessel zurecht, in dem er Platz nehmen solle. Dann verschwand er und kam sehr bald zurück.

»Das gnädige Fräulein lassen bitten!«

Rudolf erhob sich und folgte dem Diener in einen schön und vornehm ausgestatteten Empfangsraum, wo ihn Mona von Glützow in Änne Raschs Gesellschaft empfing. Mona gab sich kühl und stolz, gerade weil ihr Herz wieder sehr unruhig zu schlagen begann und ihr unter Rudolfs Blick das Blut in die Wangen schoss. Sie war darüber sehr unzufrieden mit sich selbst, und das musste Rudolf büßen durch einen kühlen Empfang. Aber Änne Rasch sah ihn mit einem freundlichen Lächeln an, das ihm verriet, dass er wenigstens i h r e Sympathie erworben hatte. Mona reichte dem Besucher nur die Fingerspitzen, aber Änne gab ihm die ganze Hand mit einem warmen, freundlichen Drucke. Sie hatte nicht vergessen, was er ihr bei ihrer ersten Begegnung gesagt hatte. Dabei hatte ihr vielleicht am meisten das gegolten, was er über Günter Harlands Ausspruch über sie gesagt hatte. Wenn sie es auch weder sich noch andern eingestanden hätte, wohlgetan hatte es ihr doch, durch Doktor Hagmeister Günter Harlands wahre Meinung über sie zu erfahren. Und ganz im Stillen hatte sie sich vorgenommen, in Zukunft ihm gegenüber nicht mehr so grandig und kratzbürstig zu sein wie bisher. Denn dass sie es sehr häufig gewesen, wusste sie nur zu gut, und genau wie er war auch sie in sich gegangen und hatte sich gesagt, dass sie wahrscheinlich ebenso schuldig war an dem beiderseitigen gespannten Verhältnis wie er.

Rudolf fühlte die kühlen Fingerspitzen Monas in seiner Hand und fragte sich unwillkürlich, was sie beginnen möchte, würde er diese jetzt kräftig und herzhaft drücken. Er unterließ das allerdings, denn er war ein Mann von Form, der sich einer Dame gegenüber keine Freiheiten herausnahm. Aber er war geradezu von dem Gedanken besessen, Mona von Glützow so bald wie möglich zu berichten, dass er sich vor Kurzem als Teppichklopfer noch sein Brot verdient hatte.

Sie deutete einladend auf einen Sessel, in den er sich nach flüchtiger Verneigung niederließ. Änne ergriff nun das Wort, weil ihr die betonte Steifheit ihrer jungen Herrin etwas peinlich war.

»Wie gefällt es Ihnen in Lengwitz, Herr Doktor?«

Er sah erst sie an, dann Mona, und dann hastete es über seine Lippen:

»Großartig selbstverständlich, Fräulein Verwalter; ich komme mir vor wie im Märchenlande, denn ich hatte keine Ahnung, dass mein Onkel meiner so freundlich gedacht hat, da er mit meinen Eltern verfeindet war. Ich war sehr erstaunt, fast beklommen, als ich die Nachricht über die mir zugefallene Erbschaft erhielt, und dachte zunächst an eine Mystifikation. Sie müssen wissen, meine Damen, dass mir mein Dr.-Ing. absolut nicht dazu verholfen hatte, eine Stellung zu finden. Ich bewundere Sie, Fräulein Verwalter, deshalb ungemein, dass es Ihnen gelungen ist, eine so gute Stellung zu bekommen. Wie schwer das heutzutage ist, weiß ich sehr wohl.«

»Das ist mir auch bekannt, Herr Doktor, und es ist nicht mein Verdienst. Deshalb muss ich Ihre Bewunderung zurückweisen. Ich verdanke das Glück, diese Stellung gefunden zu haben, lediglich Fräulein von Glützow, die aus alter Freundschaft für mich das Experiment wagte, einen weiblichen Verwalter einzustellen.«

Rudolf verneigte sich nun gegen Mona.

»Dafür können Sie dem gnädigen Fräulein in der Tat dankbar sein, aber sie hat damit einen glücklichen Griff getan, das weiß ich von meinem Verwalter Harland, der voll Bewunderung ist für Ihre Tüchtigkeit und Umsicht.«

Änne bekam ganz unmotiviert einen roten Kopf, und zu seinem Erstaunen sah Rudolf zugleich über Monas Gesicht ein reizendes, schelmisches Lächeln huschen, das all ihre eisige, stolze Ablehnung für einen Moment verwischte.

Nun einmal im Zuge, gab es für Rudolf kein Halten mehr.

»Ich komme mir hier einigermaßen wie ein unberechtigter Eindringling vor, denn ich weiß nicht, ob Sie, mein gnädiges Fräulein, mich in Ihrem Hause empfangen hätten, wenn Sie gewusst hätten, dass ich, kurz bevor mir die Erbschaft meines Onkels zufiel, zwei Jahre oder mehr als einfacher Gelegenheitsarbeiter vegetierte. Zuletzt erschien es mir als großes Glück, dass ich im Hause eines Bankdirektors die Teppiche klopfen durfte, wofür ich zehn Mark und ein Paket belegter Butterbrote bekam, die mir herrlich mundeten. Und noch glücklicher war ich, als ich das kranke Hausmädchen ersetzen und an ihrer Stelle den Gästen das Abendessen servieren durfte.«

›So!‹, dachte er, und jetzt werde ich mit eisiger Miene verabschiedet werden.

Wie zur Bestätigung dieser Annahme erhob sich Mona von Glützow jetzt zu ihrer stolzen Höhe. Einen einzigen Blick hatte sie mit ihrer Freundin getauscht, aber dieser Blick war Rudolf entgangen.

Auch er erhob sich und wollte sich schleunigst verabschieden, aber da sagte Mona in einem ganz anderen Tone als bisher:

»Wollen Sie uns nicht bei einer Tasse Tee Gesellschaft leisten, Herr Doktor. Hier auf dem Lande nehmen wir es mit den Formen nicht allzu genau, und ein Besuch ist bei uns etwas so Seltenes, dass man ihn nicht so schnell wieder fortlässt.«

Er sah sie fassungslos an. Dann atmete er tief auf, seine Augen begannen in die ihren zu strahlen, und er sagte etwas heiser vor unterdrückter Erregung:

»Mein gnädiges Fräulein, ich nahm an, dass Sie mich nach meinem Bekenntnis sehr schnell, wenn auch höflich, entlassen würden. Ich muss gestehen, dass noch niemals eine Einladung mich so sehr gefreut hat wie diese – aber wenn Sie geglaubt haben, dass ich ablehnen würde, muss ich Sie enttäuschen – ich nehme an.«

Änne Rasch lachte herzlich auf, und Mona musste einstimmen.

»Haben Sie uns so schlecht taxiert, dass Sie annehmen konnten, die Darstellung Ihrer leider sehr misslichen Lage von früher könnte uns veranlassen, uns über Sie erhaben zu fühlen?«, fragte Mona ruhig.

Er sah sie an mit einem so dankbaren und ergebenen Blick, dass sie gleich wieder etwas förmlicher wurde.

»Offen gestanden, mein gnädiges Fräulein, Sie erschienen mir so stolz und erhaben über andere arme Sterbliche, dass ich auf ein sanftes, aber deutliches An-die Luft-Setzen gefasst war.«

Nun zuckte doch wieder ein leises Lächeln, das er anbetungswürdig fand, um ihre Lippen.

»Da müssen wir Sie schon belehren, Herr Doktor, dass auf der Jungfernburg die Menschen nur nach dem bemessen werden, wie sie sind, und nicht danach, was sie sind.«

Er beugte sich über ihre Hand.

»Mein gnädiges Fräulein – ich bitte um Absolution – und danke Ihnen für diese Belehrung.«

Mona schritt nun auf die Tür des Nebenzimmers zu und bat ihn, ihr zu folgen. Hier war ein reizender Teetisch gedeckt, und Mona klingelte, dass noch ein Gedeck aufgelegt würde. Dann nahmen alle drei Platz, und Änne wollte die Tassen füllen. Mona wies sie aber ruhig zurück.

»Nein, nein, Änne, das bleibt ein für alle Mal mein Amt. Diese Teestunde ist nämlich für Fräulein Rasch sozusagen die einzige Ruhestunde am Tage. Mir lässt sie sehr wenig Arbeit übrig, und da soll sie sich wenigstens in dieser Stunde einmal ausruhen und von mir bedienen lassen.«

Rudolfs strahlende Augen sahen wieder zu Mona auf, und als sie ihm jetzt eine gefüllte Tasse reichte, nahm er mit der einen Hand die Tasse, mit der andern ihre Hand, die er verehrungsvoll an die Lippen zog.

»Bis jetzt habe ich nur Fräulein Rasch bewundert, jetzt aber muss ich auch Sie bewundern, mein gnädiges Fräulein. Ich habe mir wirklich ein ganz falsches Bild von Ihnen gemacht.«

Mona wurde rot, und ihre Lippen zuckten.

»Wie viel Zucker, Herr Doktor?«, fragte sie rasch ablenkend.

»Bitte nur ein Stück.«

»Sahne, Zitrone oder Rum?«

»Nichts von allen, ich danke sehr.«

Sie kamen nun in ein angeregtes Gespräch. In dessen Verlaufe konnte Rudolf noch einige Male eine Lanze für seinen Verwalter brechen; etwas, was immer an Ännes Adresse gerichtet wurde und was allemal eine Blutwelle in ihr frisches, reizendes Gesicht trieb. Rudolf wünschte, sein Verwalter könnte das sehen.

Er erzählte, dass er Günter Harland gebeten habe, zu ihm ins Herrenhaus überzusiedeln.

»Ganz abgesehen davon, dass ich mich in dem großen Hause sehr einsam fühle, unterhalte ich mich auch gern mit Herrn Harland. Er ist ein hochgebildeter Mann mit tadellosen Manieren, und er gefällt mir so gut, dass ich wünsche, dass wir uns freundschaftlich nahekommen.«

Mona nickte ihm zu.

»Da sind Sie der gleichen Ansicht wie ich über Ihren Herrn Verwalter, obgleich meine Freundin behauptet, er sei so selbstherrlich und überheblich wie die meisten Männer.«

»Oh, Mona, du musst doch zugeben, dass er mir diese Ansicht aufgenötigt hat!«, fuhr Änne dazwischen.

»Ich glaube, Fräulein Verwalter, Sie haben sich gegenseitig nur missverstanden, er ist ganz gewiss nicht überheblich, er hat vielleicht nur die uns Männern eigene Angst, von den Frauen unterjocht zu werden, was allerdings nur in Ausnahmefällen geschieht. Immerhin haben wir stets das Gefühl, dass wir uns gegen besonders tüchtige Frauen wappnen müssen. Jedenfalls weiß ich von Herrn Harland selbst, dass er eine unbegrenzte Hochachtung vor Ihnen hat und sich nur vor Ihrer – darf ich sagen – Kratzbürstigkeit – ein wenig fürchtet. Und wenn wir Männer uns vor irgendetwas fürchten, was mit den Frauen zusammenhängt, dann sind wir nichts als angstvolle Schulbuben, die sich ihrer Aufgabe nicht gewachsen fühlen.«

»Siehst du wohl, Änne, das war auch meine Ansicht,

wenn ich sie auch nicht so klar zum Ausdruck bringen konnte, wie das Herr Doktor eben getan hat«, sagte Mona, wieder mit dem entzückenden Lächeln, das ihrem Antlitz einen bezaubernden Ausdruck gab.

»So hoffe ich denn, dazu beigetragen zu haben, ein Missverständnis zwischen Ihnen und Herrn Harland aufzuklären. Er hat mich übrigens gebeten, eine ehrfurchtsvolle Empfehlung an die Damen zu bestellen.«

Das entsprach freilich nicht ganz der Wahrheit, da Rudolf bei seiner Abfahrt seinen Verwalter gar nicht gesehen hatte, aber er wollte nichts unterlassen, was diesen fördern konnte in seiner Herzensangelegenheit. Und er hatte die Genugtuung, dass Änne Rasch wieder sehr rot wurde. Er nahm sich daher vor, Günter Harland keines dieser für ihn günstigen Zeichen zu unterschlagen.

Er blieb fast eine Stunde, und als er sich endlich verabschiedete, tat er es durchaus ungern. Die Damen waren durch die Unterhaltung mit ihm sicher sehr angeregt worden. Er hatte ihnen eine drollige Schilderung von seiner Wirtin gemacht, wie sie für ihn gesorgt und wie stolz sie gewesen sei, in ihm fortan einen Gutsbesitzer sehen zu dürfen. Auch sonst hatte er manche rührende und komische Begebenheit aus seiner Sturm- und Drangperiode zum Besten gegeben, und jetzt tat er das nicht mehr mit der – quasi – Kriegsbereitschaft, wie er seine erste Enthüllung vorgebracht hatte. Er wusste nun, dass in der Jungfernburg zwei großherzige und verständnisvolle Frauen lebten, die durch derartige Enthüllungen nicht aus der Fassung gebracht werden konnten.

Als er sich verabschiedete, sagte Mona lächelnd:

»Wir werden uns freuen, wenn Sie wieder einmal ein Stündchen mit uns verplaudern wollen. Um die Teestunde treffen Sie uns bestimmt immer zu Hause an.«

»Mein gnädiges Fräulein – ich nehme das ernst – ich werde wirklich wiederkommen.«

Sie mussten lachen.

»Das sollen Sie auch.«

Er fuhr davon und die beiden Damen sahen sich eine Weile wie fragend an.

»Nun, Mona, was habe ich gesagt. Dieser neue Herr von Lengwitz ist eine sehr angenehme Errungenschaft.«

»Ich war meiner Sache nicht so ganz sicher wie du, Änne, ich konnte mir bei der ersten kurzen Begegnung nicht gleich ein Urteil bilden, obwohl wir sonst immer schnell damit bei der Hand sind.«

»Aber jetzt stimmst du mir bei?«

»Ja, in dem Moment, als er uns so trotzig die Misere seiner letzten Jahre gewissermaßen wie einen Fehdehandschuh ins Gesicht warf, wusste ich, dass er kein wertloser Mensch ist.«

»Das ist er ganz bestimmt nicht. Er gefällt mir sehr, Mona, und ich freue mich, dürfen wir zuweilen von seiner Gesellschaft profitieren. Er ist mir hauptsächlich deinetwegen lieb.«

Zu ihrem Ärger wurde Mona abermals rot.

»Wieso für mich?«, fragte sie abweisend.

Änne umarmte und küsste sie.

»Weil du viel zu zurückgezogen hier auf der Jungfernburg hausest und weil es sehr gut ist, dass mal ein Mann hier ins Haus kommt.«

Wenn Mona nicht schon sehr unruhig und unsicher durch die Bekanntschaft mit Rudolf Hagmeister geworden wäre, hätte sie diese Worte Ännes voraussichtlich sehr leicht genommen, hätte sie als Scherz betrachtet. So aber lösten sie in ihrem Herzen ein Gefühl aus, das ihr Scham und Beklemmung verursachte. Sie warf den Kopf stolz zurück und sagte sehr kalt und abweisend:

»Ich komme sehr gut ohne männliche Gesellschaft aus, das kann ich dir sagen. Die Männer fallen mir durch ihre Überheblichkeit genauso auf die Nerven wie dir. Meinetwegen brauchte sich Doktor Hagmeister nicht wieder nach Glützow zu bemühen. Aber man kann ihn selbstverständlich nicht abweisen lassen.«

Änne stutzte ein wenig bei diesem fast schroffen Tone Monas. Aber dann wurde ihr sehr schnell klar, dass die

Freundin ganz gewiss nicht ganz gleichgültig Doktor Hagmeister gegenüber geblieben war. Hatte sie doch ihre eigenen Erfahrungen, wie viel Stolz und Abwehr eine Frau ins Treffen führen konnte, diktierte ihr Herz ihr auch einen anderen Ton. Und weil sie das nur zu gut verstand, kam sie Mona zu Hilfe, wie Doktor Hagmeister ihr zu Hilfe gekommen war. Sie war ihm dankbar dafür, und es wollte ihr auch scheinen, als wenn Mona und Rudolf Hagmeister wundervoll zusammenpassen würden, ganz abgesehen davon, dass Lengwitz und Glützow vereint einen der größten Grundbesitze im weiten Umkreis bilden würden. Klug, wie alle Evatöchter in so heiklen Fragen sind, sagte sie ruhig:

»Freilich, wie ich dich kenne, machst du dir wenig aus seinem Besuche, aber ich gestehe dir ganz offen, die Unterhaltung mit ihm hat mich aufgefrischt. Ich finde ihn sehr, sehr sympathisch. Und wenn ich sagte, dass ich mich nur deinetwegen über seine Besuche freuen würde, so war das nicht ganz ehrlich – ich freue mich auch meinetwegen sehr, wenn er recht bald und oft wiederkommt.«

Bei diesen Worten beobachtete Änne die Freundin scharf, ohne es merken zu lassen, und sie sah, wie Mona sie plötzlich mit unruhigen Blicken musterte. Sogleich sagte sich Änne, dass ihre klug berechneten Worte unbedingt eine leise Eifersucht bei Mona geweckt hatten.

»Ei, Änne, du wirst doch nicht Feuer gefangen haben?«

Das sollte schelmisch klingen, fiel aber vielmehr unruhig und besorgt aus.

Änne legte mit drollig wichtiger Miene den Finger an die Nase und sah die Freundin lachend an.

»Nun, man kommt so langsam in die Jahre, Mona, und ganz offen, als alte Jungfer möchte ich mal nicht sterben. Große Auswahl gibt es hierherum nicht, und Doktor Hagmeister ist jedenfalls eine glänzende Partie, ganz abgesehen davon, dass er auch ein interessanter und sehr ansehnlicher Mann ist.«

Mona war rot und blass geworden. Sie sah Änne mit großen Augen an.

»Aber Änne – du würdest doch niemals ohne Liebe heiraten?«

»Nein, Mona, dafür kennst du mich.«

»Nun, ich habe immer – offen gestanden – angenommen, du hättest ein Faible für den Verwalter Harland, gerade, weil es dich immer so ärgerte, dass er dich anscheinend nicht für voll nahm.«

Jetzt war Änne an der Reihe, die Farbe zu wechseln. Aber sie hielt sich tapfer, weil sie fühlte, dass sie die Freundin aus ihrer eisigen Abwehr gegen Hagmeister hervorlockte. Und so sagte sie achselzuckend:

»Ich will gar nicht leugnen, dass mich gerade sein spöttisches Überlegentun ärgerte. Aber wenn mir nun auch Doktor Hagmeister klargemacht hat, dass ich ihn verkannt habe, so bedeutet das noch lange nicht, dass sein Verwalter sich jemals für mich interessieren könnte. Soll ich nun Jahr um Jahr darauf warten, ob er es sich mal überlegen würde, mir näherzutreten? Nein, Mona, dazu bin ich zu stolz. Und – ein so dummes Gefühl muss man überhaupt loswerden können. Schließlich ist doch Hagmeister ganz der Mann, sich in ihn zu verlieben. Soll ich nicht einmal versuchen, ob es geht?«

Das Letzte sagte sie mit einem so schelmischen Lachen, dass Mona merkte, sie scherze nur.

»Ach, Änne, das alles glaube ich dir ja nicht. Wenn Frauen unserer Art mal kapitulieren, dann tun sie es auch für immer.«

Änne wusste nun genug und wollte die Freundin nicht länger quälen. Sie umarmte sie, sah ihr groß und klar in die Augen und sagte fest:

»Hast schon recht, Mona – wenn's der Günter Harland nicht sein kann, dann keiner. Aber – das muss tiefes Geheimnis unter uns bleiben. Und es kann ihm gar nicht schaden, muss er annehmen, dass mir auch andere Männer gefallen. Ich werde kein Hehl daraus machen ihm gegenüber, dass Doktor Hagmeister mir sehr imponiert. Er tut es ja auch, nur in ganz anderem Sinne, als ich es den Herrn Verwalter glauben machen will.«

Sie lachte dabei schelmisch auf.

Mona wurde gleich das Herz wieder leichter, ohne dass sie sich eingestand, warum. Sie drückte Änne an sich und lachte mit.

»Spiel nur nicht mit dem Feuer, Änne!«, sagte sie warnend.

»Wie meinst du das, Mona?«

Diese wurde ein wenig verlegen.

»Nun, ich meine, es könnte doch sein, dass du dich bei diesem Spiele ernstlich in Doktor Hagmeister verlieben könntest.«

Änne gab ihr einen Kuss.

»Ausgeschlossen. Das fühlt man doch gleich, ob es möglich ist oder nicht. Weißt du, als guten, treuen Freund könnte ich mir den Doktor vorstellen, aber nicht als Gatten. Auch habe ich das bestimmte Gefühl, dass ich nicht sein Typ bin. Ich werde ihm sympathisch sein, aber das ist auch alles. Nun aber muss ich dich verlassen, ich muss wieder hinaus! Heute Abend plaudern wir weiter über das interessante Thema.«

Und Änne Rasch entfernte sich schnell, Mona mit sehr gemischten Empfindungen zurücklassend.

Rudolf war auch nicht sehr ruhig heimgekehrt. Mona von Glützow beschäftigte ihn sehr. Er fragte sich immer wieder, weshalb sie plötzlich, nachdem er ihr so offen von seiner Vergangenheit gesprochen, sich ihm gegenüber völlig anders gegeben hatte. Sie war viel freundlicher geworden und hatte nicht mehr die stolze Kühle gezeigt, die ihn anfänglich zurückgestoßen hatte. Dass er sie falsch eingeschätzt hatte, gab er sich nun ohne Weiteres zu, und auch das gestand er sich ein, dass sie ihn ungemein interessierte, dass ihre liebliche Schönheit ihn bezauberte, ihr Lächeln ihn entzückte. Wie reizend war doch ihr Lächeln! Es nahm ihren feinen Zügen allen Stolz und alle Kälte und gab ihr ein ganz anderes Gepräge.

Als er nach Hause kam, fragte er nach Harland, denn ihn verlangte danach, mit jemandem über Mona von Glützow zu sprechen, und das konnte er ganz allein mit Günter Harland. Er wusste auch, dass dieser sehr gespannt sein würde, etwas über seinen Besuch in der Jungfernburg zu erfahren. Aber momentan war der Verwalter nicht im Hause; er befand sich draußen auf den Feldern.

Erst beim Abendessen trafen sich die beiden Herren wieder, und Günter Harlands Augen sahen sehr wissbegierig aus seinem gebräunten Gesicht. Ohne seine Frage abzuwarten, schilderte Rudolf ihm eingehend den Verlauf seines Besuchs. Rudolf tat dabei alles, was in seinen Kräften stand, um das Verhältnis Günters zu Fräulein Änne möglichst günstig zu beleuchten. Er unterschlug ihm weder ihr Erröten noch sonst einen Umstand, der versöhnlich wirken konnte. Und zum Schlusse behauptete er mit schöner Unverfrorenheit, die beiden Damen hätten ihm einen Gruß an den Herrn Verwalter aufgetragen, den er hiermit ausrichte.

»Ich hatte nämlich, es als selbstverständlich voraussetzend, eine Empfehlung von Ihnen an die Damen bestellt, denn ich nahm an, Sie würden mir diesen Auftrag erteilt haben, wären Sie bei meiner Abfahrt zu Hause gewesen. Und ganz gewiss haben sich die Damen sehr darüber gefreut, hauptsächlich Fräulein Rasch.«

Dem Verwalter wurde es bei diesem Bericht einmal heiß, einmal kalt.

Rudolf musste nun ganz genau alles erzählen, was er auf der Jungfernburg erlebt und gesehen hatte, wie die Damen gekleidet gewesen waren, was für eine Einrichtung die Zimmer hatten und anderes mehr. Und zum Schlusse fragte er mit einem tiefen Atemzuge:

»Sie meinen also wirklich, dass Fräulein Rasch mir nicht mehr grollt?«

»Ganz gewiss grollt sie Ihnen nicht mehr, wenn sie es überhaupt je getan hat. Sie können sie ja bei der nächsten Begegnung selber danach fragen, wenn Sie mir nicht glauben.«

»Selbstverständlich glaube ich Ihnen, Sie werden mir ja nichts vormachen, zumal Sie wissen, wie es um mich steht.«

»Sehr richtig. Aber immerhin, wenn Sie wieder mit ihr zusammentreffen, können Sie ihr ruhig ein offenes, gutes Wort sagen, und dann sollen Sie sehen, wie ganz anders sie sich zu Ihnen stellen wird. Ich habe das bestimmte Gefühl, dass sie Ihnen ebenso wenig gleichgültig gegenübersteht wie Sie ihr und dass sie nur so grandig war, weil sie eben von Ihnen am wenigsten Spott und Ironie vertragen konnte. Ich bin sicher, Sie haben ihr oft damit weh getan.«

Günter Harland rutschte sehr unruhig und beklommen auf seinem Sessel hin und her.

»Das habe ich wahrhaftig nie gewollt.«

»Ich weiß es, und deshalb habe ich auch alles getan, was in meinen Kräften stand, um Ihr gegenseitiges Verhalten möglichst zu erklären. Ich kann auch sagen, dass ich mein Urteil über Fräulein von Glützow sehr habe ändern müssen. Denken Sie doch, statt mich kühl und stolz hinauszubefördern, als ich zu ihr von meinen letzten Sorgenjahren sprach, lud sie mich plötzlich sehr freundlich zum Tee ein, als hätte ich ihr irgendetwas Rühmliches von mir erzählt, was mich in ihren Augen gehoben hätte.«

»Darüber war ich mir längst klar, dass Ihnen das nichts schaden würde, sonst hätte ich Sie sicherlich davon abzuhalten versucht. Fräulein von Glützow ist unbedingt ein wertvoller Mensch, und wenn sie auch stolz und unnahbar erscheint, so halte ich sie doch für sehr warmherzig und vornehm in ihrer Denkungsart. Kleinlich ist sie auf keinen Fall.«

Die Herren saßen heute lange beisammen, und der Gesprächsstoff ging ihnen nicht aus. Ganz abgesehen von der Jungfernburg und ihren Bewohnerinnen war auch noch allerlei Geschäftliches zu besprechen.

Die nächsten Tage vergingen Rudolf sehr schnell, und wenn er auch bereits gern wieder einen Besuch in der Jungfernburg gemacht hätte, sagte er sich doch, er dürfe keine unziemliche Eile an den Tag legen.

So verschob er diesen zweiten Besuch von Tag zu Tag. Er stand frühmorgens sehr zeitig auf, um den Verwalter auf seinen Inspizierungsritten begleiten zu können, und interessierte sich sehr lebhaft für die Bewirtschaftung von Lengwitz. Er ließ sich auch in die Buchführung einweihen, sah in Scheunen und Ställen nach dem Rechten und nahm seinem Verwalter ab, was diesem zu viel wurde.

So waren die Tage der beiden jungen Männer reichlich ausgefüllt.

Am Meere war Rudolf noch nicht wieder gewesen, es gab zu viel anderes zu erledigen. Aber eines Morgens, ungefähr eine Woche nach seinem Besuche in Glützow, forderte er Günter Harland auf, mit ihm einen kurzen Ritt längs des Strandes zu machen.

Als sie über die bewaldeten Dünen kamen und jenseits nach dem Strande hinunterritten, sahen sie die beiden jungen Damen ihnen entgegenkommen. Die beiden Herren reckten sich unwillkürlich straffer im Sattel empor und schlugen ein schnelleres Tempo an, um die Damen zu erreichen, als hätten sie Angst, sie könnten ihnen entwischen.

Die Damen hatten die Herren gleichfalls bemerkt, und wenn sie sich angesehen hätten, würden sie bemerkt haben, dass sie beide sehr rot geworden waren. Oder war die frische Brise daran schuld, die von der See herüberwehte?

Ehe sie sich noch so weit gefasst hatten, dass sie ein Wort über den Anblick der Herren hätten wechseln können, zügelten diese schon ihre Pferde vor ihnen und begrüßten sie ehrerbietig.

»Ich freue mich sehr, Sie wiederzusehen, meine verehrten Damen. Hoffentlich befinden Sie sich wohl?«, sagte Rudolf, nicht eben sehr geistreich, weil ihm in beglückter Verlegenheit nichts anderes einfiel.

»Wir reiten bei schönem Wetter fast täglich ein Stück am Strande entlang, um uns die Seeluft um die Nase wehen zu lassen«, erwiderte Mona, sich mit ihren Zügeln zu schaffen machend.

»Denselben Wunsch hatte auch ich und habe meinen Herrn Verwalter dazu verleitet, mich zu begleiten. Dürfen wir uns den Damen anschließen?«

»Bitte sehr, wenn Sie nichts Wichtigeres vorhaben.«

Änne hatte noch kein Wort gesprochen, und Günter Harland auch nicht. Da am Wasser nur ein schmaler Sandstreifen feucht, fest und hart war, kam es ganz von selbst, dass Rudolf an Monas Seite ritt und Günter Harland sein Pferd neben das von Änne Rasch dirigierte. So folgten sie einander paarweise in kleinem Abstande, den der Verwalter noch willkürlich etwas vergrößerte. Er sah dabei unruhig in das reizende Gesicht Ännes, die entschieden mit einer großen Verlegenheit kämpfte.

Günter Harland erinnerte sich endlich, dass er doch ein Mann sei und dass es ihm zukam, die Initiative zu ergreifen. Er räusperte sich ein wenig, weil ihm vor lauter Aufregung die Kehle trocken geworden war. Dann sagte er, sich zu Änne hinüberbeugend, damit er nicht allzu laut zu sprechen brauchte:

»Ich freue mich sehr, Fräulein Verwalter, dass mir heute ein Zusammentreffen mit Ihnen beschieden war. Schon lange habe ich gehofft, Sie wiederzusehen, weil ich Sie bitten wollte, mir zu verzeihen, wenn ich Sie zuweilen verletzt oder gar gekränkt habe. Ich gebe Ihnen mein Wort, es kam mir nicht aus dem Herzen, und es tut mir sehr leid, dass ich Sie durch mein Verhalten dazu gereizt habe, mir unfreundlich zu begegnen. Hoffentlich werden Sie das von jetzt ab so wenig wieder tun, wie ich mich wieder ungeschickt benehmen werde.«

Die Farbe war bei seinen Worten auf ihren Wangen gekommen und vergangen, aber nun sah sie ihn in ihrer ehrlichen, tapferen Art groß und freundlich an und sagte:

»Ich habe mich sehr darüber gefreut, dass bereits Herr Doktor Hagmeister mich über meinen Irrtum aufgeklärt hat. Ich dachte immer, Sie wollten mich demütigen und sich stolz über mich erheben. Und – ich muss mich doch unter allen Umständen durchsetzen und in meiner Stellung halten. Glauben Sie mir, das war nicht immer leicht – und – ja – es hat mir ein bisschen weh getan, dass auch Sie mich, wie ich meinte, verspotteten.«

Sein Herz schlug bis zum Halse hinauf. War denn das die kleine grandige und kratzbürstige Änne Rasch, die das alles mit einem so weichen, friedlichen Tone hervorbrachte? Herrgott, ein wie warmes, liebes Stimmchen sie hatte, wenn sie so zu ihm sprach! Und diesem lieben, tapferen Dingelchen hatte er das Leben schwergemacht.

»Ich bin mir selber gram, Fräulein Verwalter, dass ich wirklich anfänglich ein bisschen spöttisch über die weibliche Kollegin dachte. Wir Männer sind eben schnell bei der Hand, die Frauen nur als das schwache Geschlecht zu betrachten, weil wir das immer gewöhnt waren. Und wenn uns dann unversehens eine Frau über den Weg läuft, die uns zeigt, dass die neue Zeit auch andere Frauen hervorgebracht hat, dann denken wir, wir müssten darüber spotten. Sie haben mir das aber sehr bald abgewöhnt, und nun weiß ich sehr wohl, dass Sie ein ebenso tüchtiger Mensch sind, wie es ein Mann in Ihrer Stellung nur sein könnte. Und – das Schöne ist dabei, dass Sie sich durchaus nichts von Ihrer Weiblichkeit vergeben haben. Also ich bitte ganz demütig um Absolution.«

»Die ist Ihnen längst schon gewährt.«

»Ich danke Ihnen. Wollen Sie mir nicht die Hand darauf geben?«

Er reichte ihr bittend die Rechte entgegen, und sie legte ohne Zögern, wenn auch mit einem sehr roten Köpfchen, die ihre hinein.

Fest und warm umschlossen sich die beiden Hände, und eine ganze Weile waren er und sie stumm und wussten nicht, wie sie das Gespräch fortsetzen sollten. Endlich sagte er aufatmend:

»Ich hätte schon lange gern Frieden mit Ihnen geschlossen, aber ich hätte, ungeschickt, wie ich bin, wohl kaum die rechten Worte gefunden, wäre Doktor Hagmeister mir nicht zu Hilfe gekommen. Als er von der Jungfernburg zurückkam, und mir Ihren Gruß bestellte, bekam ich Mut und nahm mir fest vor, bei der nächsten Begegnung meine Sache bei Ihnen zu führen.«

Änne horchte auf. Sie wusste ganz genau, dass sie keinen Gruß an den Verwalter bestellt hatte. Aber klug, wie sie war, erkannte sie sofort, dass Doktor Hagmeister aus guten Gründen diesen Gruß erfunden hatte. ›Oh du lieber, hilfreicher Doktor Hagmeister, wenn ich dir auf ähnliche Weise einmal helfen kann, will ich es sehr gern tun‹, sagte sie zu sich selbst, zu Günter Harland aber, und obendrein mit einem reizenden Lächeln, das ihm das Blut schneller durch die Adern trieb:

»Ich musste mich doch für Ihre ehrerbietige Empfehlung revanchieren, die Sie uns durch den Herrn Doktor bestellen ließen.«

Jetzt wurde Günter Harland verlegen, aber nicht um die Welt hätte er eingestanden, dass er um diese Empfehlung keineswegs gebeten hatte. Und er tat wohl auch sehr gut daran, das zu verschweigen.

»Es war jedenfalls sehr lieb von Ihnen, mich grüßen zu lassen. Und ich hoffe, wir werden uns in Zukunft recht gut vertragen.«

»An mir soll es nicht fehlen.«

»Dann ist alles gut, denn ich werde bestimmt für immer mit Ihnen Frieden halten.«

Wieder schwiegen sie eine Weile, und dann brachte Änne ein Thema auf, das sie beide interessierte – sie sprachen von den Vorbereitungen zur nächsten Heuernte und tauschten dabei allerlei gute Ratschläge und Beobachtungen aus. Günter Harland konnte wieder einmal konstatieren, dass diese kleine Verwalterin sehr tüchtig war und an Erfahrungen sicherlich nicht hinter ihm zurückstand. Das sagte er ihr auch ganz offen, und sie freute sich über seine Anerkennung und meinte ihrerseits, sie wisse sehr wohl, wie tüchtig und leistungsfähig er in seinem Fache sei.

So war der Friede auf beiden Seiten geschlossen, und sie plauderten sehr angeregt miteinander und freuten sich, dass sie sich jetzt so gut verstanden.

Inzwischen hatte sich das andere junge Paar, das vor ihnen herritt, ebenfalls sehr lebhaft unterhalten, wenn auch nicht eben tiefgründige Sachen zwischen ihnen erledigt worden waren. Mona sorgte dafür, dass ihr Gespräch sich mehr auf der konventionellen Oberfläche hielt. Rudolf hätte allerdings lieber ein wenig tiefer geschürft, aber er musste sich an den Ton halten, den sie angeschlagen hatte. Aber wenigstens war sie heute freundlicher und nicht so kalt und abweisend wie sonst.

Im Laufe des Gesprächs sagte er ihr, dass er am nächsten Tage nach Stralsund fahren werde, um einige Antrittsbesuche zu machen.

Sie lächelte schelmisch.

»Daran tun Sie gut, Herr Doktor, Frau Justizrat Zausch wäre sicherlich gekränkt, wenn in ihrem Bekanntenkreise der neue Herr von Lengwitz als unhöflich und formlos verschrien würde. Und das würde zweifelsohne geschehen, wenn Sie diese Besuche unterlassen würden.«

»Haben Sie auch solche Besuche machen müssen, mein gnädiges Fräulein?«

»Sie vergessen, dass ich von Kind auf in dieser Gegend lebte und dass meine Eltern schon mit den Stralsunder Honoratioren verkehrt haben. So bin ich sozusagen mit in diesen Verkehr hineingewachsen und wage darum nicht, irgendwelche Änderungen zu treffen. Ich besuche widerstandslos die offiziellen Festlichkeiten in Stralsund und lade mir die Herrschaften gewissenhaft einmal im Jahre zu einer Abendfestlichkeit und einmal nur die Damen zu einem Tee ein.«

Lächelnd sah er sie an.

»Das klingt sehr ergeben in ein unvermeidliches Schicksal. Ist es sehr schlimm?«

»Nein, nein, das will ich damit nicht sagen, es sind sehr liebe und nette Menschen darunter, und wenn mir einige weniger gefallen, so sage ich mir, dass mir das überall geschehen würde. Im Winter, so nach Weihnachten, fahre ich regelmäßig mit Fräulein Rasch auf einige Wochen nach Berlin, und da genießen wir beide Oper, Theater, Konzerte und einige der großen offiziellen Bälle, zu denen wir eingeladen werden. Fräulein Rasch begleitet mich auch zu den Stralsunder Festlichkeiten. Und zuweilen unterhalten wir uns da beinahe besser als bei den Berliner Massenabfütterungen, die uns oft ein wenig sinnlos erscheinen. In der Hauptsache gehen wir nach Berlin, um Kunst zu genießen und um Einkäufe zu machen.«

»Na also, dann werde ich mich artig den Stralsunder Honoratioren zur Verfügung stellen und in Zukunft meine geistige Anregung auch in Berlin suchen, selbstverständlich ebenfalls nur im Winter.«

»Zu anderer Zeit haben ja die Landwirte auch keine Muße dazu. In Stralsund werden Sie auch nur im Winter mit Einladungen zu rechnen haben, im Sommer pflegt man hierzulande die Geselligkeit zumeist am Strande. Auch hierher in unsere abgelegenen Dörfer kommen die Sommergäste in immer größerer Anzahl. Und dann sieht es hier am Strande ganz anders aus als jetzt.«

»Ich kann mir das denken – aber – darf ich sagen, dass mir der Strand in seiner Einsamkeit besser gefällt? Vor langen Zeiten, als meine Eltern noch in guten Verhältnissen lebten, waren wir zur Erholung des Öfteren an der Ostsee. Wohin wir kamen, stieß ich auf großen Betrieb – aber mir erschien das immer wie eine Entweihung der großartigen Natur, wenn diese Art Jahrmarktstreiben sich breitmachte.«

Sie sah schnell zu ihm auf, und ihre sammetbraunen Augen hatten goldene Lichter.

»Oh, dann stimmen unsere Ansichten überein; ich mag den Strand auch nicht, wenn er von Menschen wimmelt. Dann halte ich mich zurück und bleibe im Glützower Walde, bis es im Herbst wieder still wird.«

»So werde ich es wohl auch halten. Ich liebe das Meer gerade in seiner grandiosen Unbelebtheit. Aber die Menschen, die jedes Jahr nur wenige Wochen oder gar nur Tage an das Meer kommen können, glauben, in diese kurzen Ferientage alles hineindrängen zu müssen, was ihnen Vergnügen macht. Sie lernen ja leider auch das Meer nicht in seiner majestätischen Ruhe kennen. Sonst würde mancher den stillen Strand vorziehen. Ich weiß, dass ich mit meinen verstorbenen Eltern immer möglichst weit weg von allem lärmenden Betriebe gezogen bin.«

Änne Rasch und Günter Harland wurden sich allmählich ihrer Pflichten wieder bewusst und mahnten die beiden anderen daran, dass bis zum Mittage auf den Feldern noch allerlei zu erledigen sei. So lenkten allesamt ihre Pferde nach der Düne hinüber. Jenseits dieser Düne verabschiedeten sich die beiden Herren.

Als Mona ihre Hand in die Rudolfs legte, sagte sie nach einem kurzen Zögern:

»Haben Sie nicht Lust, Sonntag in Glützow zu Mittag zu speisen? Ich fände es sehr nett, wenn wir ein paar Stunden

verplaudern könnten. Sonntags hat ja auch meine Freundin Zeit. Herr Verwalter, ich würde mich freuen, wenn Sie Herrn Doktor begleiten würden – Sie kennen ja wohl unsere Jungfernburg noch nicht?«

Günter Harland war durch diese Einladung nicht weniger erfreut und beglückt als sein junger Gebieter. Beide nahmen mit dankbarem Aufstrahlen ihrer Augen an. Und dann ritten sie im schnellen Trabe davon.

Mona wandte sich lächelnd zu Änne:

»Ich hoffe, dass es dir nicht unangenehm war, dass ich die Herren eingeladen habe?«

Änne zwang sich zu einem würdevollen Gesicht.

»Ich füge mich geduldig in alles«, sagte sie mit sprühendem Übermut, und dann fuhr sie ernsthaft fort: »Du bist einzig lieb und gut, Mona, und dem Verwalter Harland hast du sicherlich eine ebenso große Freude gemacht wie dem Herrn Doktor.«

»Und dir nicht auch?«, neckte Mona.

Änne holte tief Atem.

»Ach, Mona, wie herrlich und schön ist die Welt!«
Sie sahen sich beide an und lachten. Und dann ritten sie weiter, um die Leute auf den Feldern zu inspizieren.

Am nächsten Tage fuhr Rudolf in seinem Auto nach Stralsund. Zuerst suchte er den Justizrat auf, der ihm versprochen hatte, ihm eine Liste aufzusetzen von all den Herrschaften, bei denen er seine Karte abgeben müsse. Die Liste lag bereit, und Rudolf sah ein wenig erschrocken auf die lange Reihe. Der Justizrat lachte.

»Nur keine Bange. Sie brauchen wirklich nur überall Ihre Karte abzugeben. Nur bei den beiden Bürgermeistern sprechen Sie wohl persönlich vor, das gilt dann gleichsam für die andern Ratsmitglieder mit.«

Die Herren besprachen noch einige geschäftliche Fragen, und dann erwähnte Rudolf, dass er am Sonntagmittag in Glützow eingeladen sei.

Die Frau Justizrat kam eben mit einem Glase Wein herein und hörte das. Sie war entschieden ein bisschen neugierig.

»Ah, Sie haben inzwischen unsere liebe Mona von Glützow kennengelernt, Herr Doktor? Ist sie nicht reizend? Ein entzückendes Geschöpf, nicht wahr?«, fragte sie lebhaft.

»Gewiss, Fräulein von Glützow ist eine sehr liebeswürdige und vornehme Dame.«

Der Justizrat schlug Rudolf lächelnd auf den Arm:

»Na, mein lieber Herr Doktor, da sollten Sie sich nicht lange besinnen, die Mona ist im heiratsfähigen Alter und schon an sich eine erstrebenswerte Partie, ganz abgesehen davon, dass Glützow und Lengwitz vereint einen grandiosen Besitz ausmachen würden.«

Rudolf beschlich ein höchst peinliches Gefühl, er fand den alten Herrn zum ersten Male recht taktlos. Und dieser musste wohl selbst zu dieser Einsicht gekommen sein und hätte seine vorschnellen Worte gern zurückgerufen. Aber dafür war es leider zu spät.

»Sie vergessen, Herr Justizrat, dass ich Fräulein von Glützow eben erst kennengelernt habe, und weder sie noch ich sind dazu geschaffen, materiellen Dingen größere Bedeutung beizulegen, als sie es verdienen«, sagte Rudolf etwas zurückweichend.

Der Justizrat verbeugte sich.

»Entschuldigen Sie; was ich gesagt habe, war ein bisschen taktlos, es war mir nur so entschlüpft, war aber ganz sicher nicht böse gemeint.«

Die Frau Justizrat war schon längst hinaus, hatte sich eilig zu einer Besuchstour fertiggemacht, und in kurzer Zeit hatte sie ihren besten Freundinnen unter dem Siegel der Verschwiegenheit anvertraut, dass der neue Herr von Lengwitz, der heute seine Antrittsbesuche mache, sich wohl demnächst mit Fräulein Simona von Glützow vermählen werde, weil die beiden Güter unmittelbar aneinanderstießen und auf diese Weise vereint werden sollten. Ihr Mann werde das schon machen. Also zum Teil schon, ehe Rudolf seine Karten abgegeben hatte, war es in Stralsund herum, dass er sich mit Fräulein von Glützow verheiraten würde. Es wurde dieser Neuigkeit noch allerlei hinzugefügt, je nach dem Geschmack der einzelnen Interessierten. Die meisten sprachen von einer Vernunftehe, die diese beiden Menschen schließen wollten, um ihre Güter zu vereinigen. Und diese Lesart behauptete sich als die maßgebende.

Frau Justizrat ahnte nicht, was sie mit ihrer Wichtigtuerei angerichtet hatte. Und noch weniger ahnte Rudolf, was man sich über Mona von Glützow und ihn erzählte, sonst hätte er dem Justizrat noch viel mehr gezürnt wegen seiner taktlosen Bemerkung, die ihn ohnedies schon sehr verstimmt hatte. Denn wenn auch in seinem Herzen ein wärmeres Gefühl für Mona bereits erwacht war, nie hätte er daran gedacht, aus pekuniären Gründen um sie zu werben. Wenn er das überhaupt je tun würde, dann gewiss nur, weil er sie liebte.

Am nächsten Sonntage brauchte der Herr Verwalter ziemlich lange für seine Toilette. Es kam selten vor, dass er andere Anzüge benutzte als seinen Reitanzug und einen dunklen Sakko, den er bei Tisch trug. Heute aber musste er den bei derartigen Anlässen üblichen Gesellschaftsdress anlegen. Das dauerte eine ganze Weile. Er lachte sich schließlich ärgerlich selber aus, als er eine Krawatte, die ihm nicht gefiel, wieder weglegte und eine andere heraussuchte. Und sein blonder Schopf machte ihm gleichfalls zu schaffen, bis er sich in einen korrekten Scheitel fügte. Man merkte ihm an, dass er oft von Wind und Wetter zerzaust wurde und infolgedessen ein wenig störrisch geworden war.

Schließlich war er aber doch fertig, und mit einer verschämten Hast wandte er sich vom Spiegel ab, der ihm immerhin ein sehr stattliches und sehenswertes Bild zurückstrahlte.

Unten in der Halle wartete Rudolf schon auf ihn, und als sie sich nun in feierlicher Pracht gegenüberstanden, mussten sie beide laut auflachen, trotzdem sie durchaus nichts Lächerliches an sich hatten. Aber sie machten beide so komisch beklommene Gesichter, dass sie eben lachen mussten.

Und lachend nahmen sie Hüte und Paletots und begaben sich vor das Haus, um in das Auto zu steigen.

»Es ist schauerlich«, stöhnte der Verwalter, als er sich in die Polster zurücklegte, »was die Frauen aus uns machen. Ich habe wahrhaftig eine halbe Stunde vor dem Spiegel gestanden, um mich so schön wie möglich herzurichten.«

Rudolf lachte laut auf.

»Und dabei machen Sie ein Gesicht, als sollten Sie zur Schlachtbank geführt werden. Freuen Sie sich denn nicht auf das Zusammensein mit dem reizenden Fräulein Rasch?«

Der blonde Recke brummte etwas in den nicht vorhandenen Bart, denn sein charakteristisches Gesicht brauchte keinen solchen, um männlich zu wirken, so wenig, wie das Rudolfs, der ebenfalls glatt rasiert war.

Stumm saßen sie nebeneinander, bis die Jungfernburg in Sicht kam. Günter Harland sah seinen Herrn an, als sei ihm gar nicht wohl; er steckte den Finger in den Kragen und zerrte daran, als sei er ihm zu eng.

»Auf diese Weise können Sie das Knopfloch ausreißen oder das Kragenknöpfchen demolieren, und dann möchte ich nicht in Ihrer Haut stecken«, sagte Rudolf erneut auflachend.

»Das kann ich mir vorstellen, Herr Doktor; aber ich weiß nicht, mir ist ganz blümerant zumute. Wenn ich bloß einen Kognak hätte, der mein seelisches Gleichgewicht wiederherstellen könnte.«

»Fassen Sie Mut, Mann; es geht ja noch nicht auf die Brautschau.«

Das war das erlösende Wort, Günter Harland musste mitlachen und atmete auf.

»Richtig! Aber nach meiner heutigen Erfahrung möchte ich wissen, wie mir zumute sein mag, wenn ich eines Tages um Fräulein Änne Rasch anhalte.«

»Also sind Sie sich wenigstens darüber klar, dass das nur bei Fräulein Rasch geschehen wird?«

»Selbstverständlich, etwas anderes gibt es für mich überhaupt nicht.«

Rudolf seufzte auf.

»Sie können wenigstens sicher sein, dass sie ›ja‹ sagen wird.«

»Meinen Sie?«

»Herrgott, wenn Sie das noch nicht gemerkt haben, dann sind Sie wirklich schwer von Begriffen.«

»Das sagen Sie so, Herr Doktor; der Beteiligte merkt das immer zuletzt. Wenn es einen anderen betrifft, merke auch ich es allemal früher.«

Das galt seinem jungen Herrn, aber diesem entging es, dass sein Verwalter jetzt Revanche geübt hatte.

Nun fuhr der Wagen am Portale vor. Rudolf fiel es auf, dass sich an der Front des Hauses etwas geändert hatte seit seinem ersten Besuche. Endlich kam er dahinter, was das war. Die Sonnenzelte, gelb und rot gestreift, waren herabgelassen worden und gaben der schönen Fassade ein lebhafteres Aussehen.

Wieder erschien der alte Diener und öffnete den Schlag, und die Herren nahmen die Blumensträuße zur Hand, die sie sich aus dem Lengwitzer Gewächshause hatten besorgen lassen und die in Seidenpapier gehüllt auf den Vordersitzen gelegen hatten.

Wieder sahen sie sich mit verhaltenem Lachen an.

»Na, wenn wir nicht aussehen wie ein paar Freiersleute, dann weiß ich es nicht«, sagte Günter leise.

»Haltung, mein Lieber, sonst werden wir nicht eingelassen in die Jungfernburg. Hier dürfen Freiersleute nicht passieren«, flüsterte Rudolf.

Sie folgten dem Diener, der sie in dasselbe Empfangszimmer führte, in dem Rudolf neulich empfangen worden war. Die Damen waren bereits anwesend, und nun machte Günter Harland große Augen, denn am Fenster stand eine schlanke Gestalt, Änne Rasch, in einem zarten, weißen Kleide, das sich anmutig um ihre schönen Glieder schmiegte.

Günter Harland hatte sie bisher immer nur in ihrem praktischen grauen Reitkleide gesehen, in dem sie eher einem Knaben glich als einer Frau. Und nun er sie – mädchenhaft anmutig – in dem weißen Schleierkleide vor sich sah, staunte er sie an wie ein Wunder. Seine Stirn war sehr rot, als er ihr die Blumen reichte, und seine Augen blickten sie so bewundernd an, dass auch sie sehr rot wurde.

Auch Rudolf bot sich eine besondere Augenweide, denn auch Mona von Glützow trug ein weißes Schleierkleid, und auch ihm wurde sehr seltsam zumute, als sie sich mit einem reizenden Lächeln zu ihm wandte und ihm die Hand reichte. Er bot ihr die Blumen, die sie dem Diener übergab. Änne tat das Gleiche, aber sie nahm zuvor schnell eine kleine Rosenknospe aus ihrem Strauße und steckte sie an den Ausschnitt ihres Kleides. Das trieb Günter Harland das Blut sehr stürmisch durch die Adern, und am liebsten hätte er die schlanke, weiße Gestalt in seine Arme genommen.

Man plauderte zunächst einmal eine Weile etwas befangen miteinander, aber langsam wurde die Verlegenheit auf beiden Seiten überwunden, und als der Diener meldete, dass angerichtet sei, ging man schon lebhaft plaudernd hinüber in das Speisezimmer, das in seiner vornehmen Gediegenheit einen sehr behaglichen Eindruck machte. Die Tafel war reizend gedeckt und mit Blumen geschmückt. Und auf den beiden langen Kredenzen standen in hohen Vasen die von den Herren mitgebrachten Blumen.

Rudolf saß an Monas Seite auf der einen Langseite der Tafel, Änne auf der anderen mit Günter Harland. Es wurde ein vorzüglich bereitetes Menü serviert. Die Köchin Hanne hatte zeigen wollen, was sie konnte, und Mamsell Lütjers hatte bereitwillig alle nötigen Vorräte herausgegeben und auch einen guten Wein aufsetzen lassen. Aus alledem ging hervor, dass auf der Jungfernburg Askese oder Abstinenz keineswegs gang und gäbe waren. Die beiden jungen Herren mussten das wohl auch empfinden, denn sie tauten bald auf, und es kam eine sehr heitere Stimmung auf. Sie fühlten sich bald sehr behaglich in dem schönen, gediegenen Heim der jungen Herrin von Glützow.

Nach Tische wurde der Mokka in einem anstoßenden Raume serviert, und damit die Herren ungeniert eine Zigarette rauchen konnten, nahmen auch die Damen eine und ließen sie sich in Brand setzen.

Günter Harland ließ seine Augen fast nicht einen Moment von Ännes reizendem Gesicht. Sie wirkte auf ihn wie eine Offenbarung in dem festlichen und echt weiblichen Gewande. Und sie musste wohl in seinen Augen lesen, wie sehr sie ihm gefiel.

Auch Rudolf war von Neuem von Mona von Glützow bezaubert. Sie gab sich heute noch liebenswürdiger und ungezwungener als letzthin, und er plauderte angeregt mit ihr.

Draußen strahlte die Sonne fast sommerlich warm vom Himmel herab, und Mona schlug, nachdem man den Mokka eingenommen hatte, vor, einen Spaziergang durch den Park zu machen. Dieser Vorschlag wurde sehr gern angenommen, weil er den beiden Paaren Gelegenheit gab, sich für eine Weile zu isolieren. Während Günter Harland mit Änne vorausging, folgte ihnen Mona mit Rudolf.

»Ich freue mich, dass ich endlich einmal Gelegenheit hatte, Herrn Verwalter Harland einzuladen«, begann Mona lächelnd. »Ich habe ihn immer sehr gern gemocht und ihn auch stets verteidigt, wenn meine Freundin seinetwegen verärgert war; ich freue mich wirklich, dass die beiden Menschen Frieden geschlossen haben.«

»Es freut mich nicht minder, gnädiges Fräulein, zumal ich weiß, wie viel Harland daran gelegen war.«

Schelmisch sah sie ihn an.

»Ich weiß, dass Sie ein wenig als Friedensengel gewirkt haben.«

Er lachte.

»Es erschien mir nötig, sonst hätte sich mein tüchtiger Verwalter noch lange herumgequält.«

»Und Änne auch!«, rief Mona lachend.

Er sah sie entzückt an.

»Mir scheint, wir schmieden ein Komplott?«

Sie warf den Kopf zurück.

»Warum nicht, wenn es das Glück meiner Freundin gilt?«

»Sind Sie sich auch klar darüber, dass Sie dann eventuell Ihre sehr tüchtige Verwalterin verlieren können?«

»Meinen Sie, dass ich so egoistisch bin, in diesem Falle an mich zu denken? Änne ist eine fabelhaft tapfere Frau, ihr ist das höchste Glück zu gönnen, und wenn ich dabei egoistisch an mich denken würde, wäre das eine Schmach für mich.«

Seine Augen leuchteten in die ihren.

»Ich bewundere Sie, mein gnädiges Fräulein.«

Sie schüttelte den Kopf.

»Weil ich wirklich freundschaftlich für Änne empfinde? Das verdient doch keine Bewunderung. Würden Sie, um Ihren Verwalter halten zu können, ein Veto einlegen, wenn sein Glück ihn von Lengwitz fortriefe?«

»Nein, natürlich nicht!«

»Sehen Sie wohl. Und ich würde das so selbstverständlich finden, dass ich Sie darum nicht bewundern würde.«

»Ich gebe mich geschlagen – aber meine Bewunderung ist trotzdem noch gestiegen.«

»Sie waren inzwischen in Stralsund zur Besuchsfahrt?«, lenkte sie schnell ab.

»Ja«, sagte er, und sein Gesicht bekam plötzlich einen peinlichen Ausdruck, weil er daran denken musste, was der Justizrat so taktlos berührt hatte.

Sein kurzes Ja ließ sie aufhorchen, und lachend sagte sie:

»War es so schlimm?«

»O nein, nein – durchaus nicht.«

»Ich dachte, weil Sie plötzlich so verstimmt aussahen.«

Er versuchte zu lachen.

»Außer bei den Bürgermeistern bin ich nirgends vorgelassen worden – ich hatte das auch nicht anders erwartet.«

»Nun ja, so mitten in der Woche sind die Stralsunder Hausfrauen vormittags meistens beschäftigt, und die Herren im Amt oder Geschäft. Aber Sie werden sicherlich nicht lange auf Einladungen warten müssen, das nehme ich als bestimmt an.«

»Sie sagten doch, solche Einladungen würden nur im Winter ergehen.«

»Immerhin sind wir noch im Frühling, und ich müsste mich sehr irren, wenn nicht wenigstens noch der eine oder der andere eine Einladung ins Treffen schickte, damit die andern Gelegenheit haben, Sie kennenzulernen. Die Herren, die Ihnen einen Gegenbesuch schuldig sind, werden ihn des weiten Weges halber unterlassen, Sie werden daher nur die sämtlichen Visitenkarten eines Tages in Ihrer Visitenkartenschale finden, die irgendein dienstbarer Geist Ihnen dann feierlichst überbringen wird. Das wird in solchen Fällen immer so gemacht.«

Sie mussten beide lachen.

»Gut, dass Sie mich vorbereitet haben, ich hätte mir

sonst vielleicht nicht erklären können, woher die Karten kämen.«

Eine halbe Stunde promenierten sie im Parke, und als man wieder nach dem Hause zurückkehrte, hatte Änne Rasch verdächtig rote Wangen und Günter Harland blitzende Augen. Beide hatten sich wohl sehr angeregt unterhalten.

Man nahm noch eine Weile auf der sonnigen Terrasse Platz, und als die Herren sich dann verabschieden wollten, »um nicht länger zu stören«, wurden sie von Mona aufgefordert, noch den Tee mit ihnen zu nehmen. Sie weigerten sich gewiss nicht.

Rudolf sagte bedauernd:

»Es tut mir sehr leid, dass wir nicht Revanche üben können, indem wir die Damen nach Lengwitz einladen, aber das geht selbstverständlich nicht, da wir einen Junggesellenhaushalt führen. Aber vielleicht können wir im Winter in Berlin einige Revanche üben, wenn wir zufällig zur gleichen Zeit mit den Damen dort verweilen; Sie müssen uns dann Gelegenheit geben, Sie zu bewirten, wenn uns das auch nicht in gleicher Weise möglich sein wird, wie wir heute bewirtet wurden.«

Mona und Änne lauschten. Rudolf sprach davon wie von etwas ganz Selbstverständlichem, dass er und Günter Harland auch im Winter nach Berlin gehen würden.

Und Mona fragte:

»Sie gehen auch nach Berlin? Ist das schon fest bestimmt?«

»Ich denke doch; wir werden beide auch ganz gern einmal etwas geistige Anregung in der Hauptstadt genießen. Nicht wahr, Herr Verwalter?«

»Aber gewiss, im Winter ist man ja leicht abkömmlich.«

»Also, es bleibt dabei; wir werden uns in Berlin revanchieren, mein gnädiges Fräulein.«

Mona neigte liebenswürdig das Haupt.

»Wir werden Sie nicht hindern, wenn es Sie bedrückt, uns eine Revanche schuldig zu sein. Aber bis dahin werden wir Sie hoffentlich noch oft in Glützow begrüßen können. Sie wissen, jeden Tag zur Teestunde sind wir zu Hause, und wenn Sie Herrn Verwalter Harland mitbringen, wird er uns willkommen sein. Er wird zuweilen schon für ein Stündchen abkömmlich sein.«

Er verbeugte sich und sah dann zu Günter hinüber, der sich ebenfalls verneigt hatte und dessen Augen wie zwei Sonnen strahlten.

»Ich glaube, der Herr Verwalter hat die gleiche Untugend wie ich, er nimmt Einladungen ebenfalls allemal an«, sagte er lachend. »Ist es nicht so?«

Das Letzte sagte er zu Harland. Dieser verneigte sich nochmals:

»Darf ich so unbescheiden sein, zuweilen von dieser gütigen Einladung Gebrauch zu machen, mein gnädiges Fräulein?«

»Sie dürfen es gewiss.«

Hochbeglückt entfernten sich die beiden jungen Herren, und man sah es ihren strahlenden Gesichtern ohne Weiteres an, dass ihnen dieser Nachmittag in der Jungfernburg ausgezeichnet gefallen hatte.

Günter Harland wandte sich nach einer Weile zu Rudolf:

»Sie dürfen versichert sein, Herr Doktor, dass ich die Stunden, die ich in Glützow zubringen werde, reichlich wieder einhole; ich arbeite dann abends eine Stunde länger.«

»Aber lieber Harland, Sie stehen doch in keiner Fron, und denken Sie denn, dass ich nicht weiß, dass Sie jeden Tag viel länger arbeiten als Ihnen zukommt? Sie halten sich durchaus nicht an den Achtstundentag; ich habe zuweilen schon vierzehn Arbeitsstunden bei Ihnen gezählt und habe Ihnen das auch schon gesagt. Also bitte, gönnen Sie sich gern zuweilen ein solches Ausruhestündchen in Gesellschaft der jungen Damen. Ich bin froh, wenn Sie mich begleiten.«

Und Rudolf dachte dabei, dass sein Verwalter sich mit Fräulein Änne so viel beschäftigen würde, dass für ihn dann zuweilen einige ungestörte Minuten in Monas Gesellschaft abfallen würden. Denn das war ihm heute klar geworden, als sich Mona ihm gegenüber so liebenswürdig und ungezwungen gegeben hatte, dass er sein Herz an diese bezaubernde junge Dame vollständig verloren hatte. Aber er war sich auch klar, dass sie nicht so leicht zu erobern sein würde. Sie gehörte nicht zu den jungen Damen, die einem Manne entgegenkommen. Ihr mädchenhafter Stolz verlieh ihr eine jungfräuliche Herbheit, und es galt ihm bereits viel, dass sie nicht mehr so abweisend und kalt zu ihm war wie zu Anfang. Aber gerade ihre Herbheit und Zurückhaltung gehörten zu den Eigenschaften, die ihm bei seinem weiblichen Ideal unerlässlich erschienen. Ohne diese Eigenschaften konnte ihm eine Frau nicht liebenswert erscheinen.

Die Herren sprachen auf der Heimfahrt nicht viel, sie hingen beide ihren Gedanken nach, und einer wie der andere war mit seinen Gedanken in der Jungfernburg.

Rudolf hatte sich wohl gemerkt, dass Mona gesagt hatte, sie reite fast jeden Morgen mit Änne eine Weile am Strande entlang. So hieß es also nur, die Zeit auszukundschaften, wann diese Strandritte stattfanden, um immer wieder eine Begegnung herbeizuführen. Denn ihm schien jeder Tag leer und öde, an dem er Mona nicht wenigstens einmal von ferne gesehen hatte.

So lag er denn zu den verschiedensten Zeiten im Dünenwalde auf der Lauer und stellte dabei fest, dass die beiden Damen immer schon zwischen acht und neun Uhr nach dem Strande ritten. Als er das genau wusste, richtete er es so ein, dass er zu derselben Zeit ebenfalls am Strande war, und so oft es ging, sorgte er auch dafür, dass sein Verwalter sich dann in seiner Gesellschaft befand. Einesteils tat er das, in ganz uneigennütziger Absicht, um ihm ein Zusammentreffen mit Änne Rasch zu ermöglichen, andernteils lag ihm auch viel daran, Änne entsprechend beschäftigt zu wissen, so dass er Monas Gesellschaft für sich allein in Anspruch nehmen konnte.

Günter Harland merkte nur zu bald, dass sein junger Herr bei diesen Begegnungen gleichfalls mit dem Herzen engagiert war. Und dass Änne dieselbe Bemerkung gemacht hatte, schloss er aus ihrem Schelmenlächeln, mit dem sie zuweilen hinter Mona und Rudolf hersah. Beide aber verloren kein Wort darüber, dazu waren sie viel zu taktvoll.

Rudolf musste sich sehr im Zügel halten, um nicht jeden Tag zu der bestimmten Zeit an den Strand hinunterzureiten, aber wenn er sich einmal das Fernbleiben abgerungen hatte, ging er zu Fuße auf die Dünen hinauf und beobachtete die beiden Reiterinnen aus der Ferne. Und wenn er dann gewahr wurde, wie ihre Augen, auch die Monas, die Lengwitzer Dünen forschend und erwartungsvoll absuchten, dann klopfte ihm das Herz sehr rebellisch in der Brust, und es kostete ihn eine große Selbstbeherrschung, nicht schwach zu werden und zu ihnen hinunterzustürmen.

Inzwischen waren die beiden Herren auch einige Male wieder zum Tee in Glützow, und das gab im Domestikenzimmer der Jungfernburg Anlass zu allerlei Betrachtungen. Mamsell Lütjers kreischte auf, wenn drei Lichter zusammen brannten, denn das bedeute, dass eine heimliche Braut im Hause sei, und die Köchin Hanne wollte von roten Rosen geträumt haben, was unfehlbar eine baldige Hochzeit im Hause bedeute. Diese und ähnliche Anspielungen auf den häufigen Verkehr ihres gnädigen Fräuleins mit dem neuen Lengwitzer Herrn vernahm auch der Milchkutscher, der die Milchkannen zweimal täglich nach Stralsund fuhr und zum Teil auf dem Güterbahnhofe zum Weiterversand, zum Teil direkt in den Stralsunder Haushaltungen ablieferte. Und dann schwatzte er mit den Köchinnen, auch mit den Hausfrauen und deutete wichtig an, dass wohl in Glützow bald einmal Hochzeit sein werde.

Merkwürdigerweise entging es den Domestiken vollständig, dass sich nicht nur zwischen den Herrschaften, sondern auch zwischen dem Lengwitzer Verwalter und dem Fräulein Verwalterin etwas anbändelte. Sonst wäre ihnen das zweifelsohne auch sehr wichtig gewesen, zumal Änne, dank ihrer zufassenden Art, bei allen Leuten sehr beliebt war, und weil sie für jeden ein gutes Wort hatte, jedem stets und überall gern beisprang.

So vergingen einige Wochen, und der Anfang des Mai war, wie es der Landwirt gern sieht, kühl und nass. Es gab noch einmal recht unbehagliches und gar nicht frühlingsmäßiges Wetter. Und das veranlasste wohl einen in Stralsund in einer schönen Villa wohnenden reichen Kommerzienrat, noch einmal eine große Festlichkeit zu veranstalten. Vielleicht war aber auch die Frau Kommerzienrat der treibende Keil, denn sie wollte unbedingt den neuen

Herrn von Lengwitz kennenlernen, der sie bei seinem Besuche »leider« nicht angetroffen hatte.

So ergingen also Einladungen an alle, die in Stralsund und Umgebung zur guten Gesellschaft gehörten, und zu gleicher Zeit brachte der Postbote Einladungen nach Lengwitz und Glützow. Die an Mona gerichtete war zugleich mit für Änne bestimmt, denn man wusste, dass Mona ohne diese nicht ausging. Aber der Verwalter von Lengwitz wurde leider nicht mit eingeladen, und so war Ännes Interesse an dieser Abendgesellschaft, auf der noch einmal getanzt werden sollte, sehr gering. Sie hätte am liebsten abgesagt, aber das konnte sie Monas wegen nicht tun.

Als die beiden Herren am nächsten Tage wieder einmal zum Tee in Glützow waren, wurde von dieser Einladung gesprochen, und Mona und Rudolf bekannten beide, dass sie dieser gesellschaftlichen Verpflichtung nicht eben mit Begeisterung entgegensahen. Aber sie waren sich vollständig klar darüber, dass eine Absage nicht infrage kam. Der Kommerzienrat gehörte, außer den beiden Bürgermeistern, zu den angesehensten Persönlichkeiten der Stadt und durfte nicht durch eine Absage gekränkt werden.

»Zumal doch dieses Fest ganz bestimmt nur Ihnen zu Ehren gegeben wird, Herr Doktor«, neckte Mona.

Er fand sie, wenn sie ihn so schelmisch lächelnd ansah, besonders reizend und ließ sich deshalb ihre Neckerei gern gefallen.

Sehr glücklich war er überhaupt, dass Mona sich ihm gegenüber jetzt viel zutraulicher und liebenswürdiger gab als vordem. Er fühlte beglückt, dass er ihr so wenig gleichgültig war wie sie ihm, und seine Gedanken beschäftigten sich sehr viel damit, wann er es wagen dürfte, um ihre Hand anzuhalten. Seine Zuneigung zu ihr hatte sich längst in eine heiße Liebe verwandelt, und er fühlte immer mehr, dass sie zur Ergänzung seines Lebensglückes gehörte, dass eine Zukunft ohne sie ihm schal und öde erschien.

Zwischen Günter Harland und Änne war es so weit gekommen, dass sie sich beide mit der unverbrauchten

Kraft ihrer Jugend nacheinander sehnten, und wenn er das erlösende Wort noch nicht gesprochen hatte, so war das bisher nur aus Rücksicht auf Fräulein von Glützow unterblieben. Er wusste sehr wohl, dass diese nicht so bald wieder einen so tüchtigen Verwalter bekommen würde, wie Änne einer war. Und Änne würde wahrscheinlich ihre Freundin nicht verlassen wollen, bevor diese nicht einen halbwegs passenden Ersatz gefunden hatte.

Eines Tages sprach er mit Rudolf darüber. Ganz offen sagte er ihm, dass er die Absicht habe, Änne Rasch zu seiner Frau zu machen, und dass er auch glaube, ihr Jawort zu erhalten.

»Aber ehe ich um sie anhalte, möchte ich gern wissen, wie Sie sich dazu stellen, dass Ihr Verwalter Heiratsabsichten hat, denn darauf kommt viel an.«

Rudolf sah ihn lächelnd an.

»Ich habe mir das längst durch den Kopf gehen lassen, Herr Verwalter. Und Vertrauen gegen Vertrauen; ich stehe Fräulein von Glützow ähnlich gegenüber wie Sie Fräulein Rasch. Nur – ganz sicher bin ich bei ihr meiner Sache noch nicht, sie ist eben sehr stolz und zurückhaltend.«

Da lachte Günter Harland.

»Sie nannten mich einmal schwer von Begriffen, weil ich nicht sicher sei, ob Fräulein Rasch ja sagen würde, wenn ich bei ihr anfragte. Ich sagte Ihnen damals schon: Der Beteiligte merkt das immer zuletzt! Daran möchte ich Sie jetzt erinnern – Sie sagten mir damals: Sie können wenigstens sicher sein, dass sie ja sagen wird. Nun, ich könnte Ihnen jetzt dasselbe sagen – bei mir gibt es nämlich schon längst keinen Zweifel mehr, dass Fräulein von Glützow ja sagen wird, wenn es so weit ist.«

Rudolf fuhr sich über die Stirn.

»Könnte ich doch Ihre Zuversicht teilen.«

»Das kommt schon noch, Herr Doktor; bei mir ist es auch gekommen, nun ich die Änne besser kenne. Aber nun sagen Sie mir, bitte, wie Sie sich zu meinen Wünschen stellen, die, offen herausgesagt, Fräulein Änne Rasch umkreisen wie wilde Vögel, die einen Ruhepunkt suchen. Ich habe das Mädel lieb – ich finde keine Ruhe mehr, bis sie mir gehört.«

Das brach dem blonden Recken wie ein Sehnsuchtsschrei aus der Brust, und Rudolf konnte ihm sehr wohl nachfühlen, was er empfand, denn in ihm gärte es nicht minder heftig.

»Also passen Sie auf, Herr Verwalter. Wir lassen jetzt das Verwalterhaus hübsch instand setzen. Es ist geräumig genug. Sie haben ja nur vier Zimmer benutzt und die Küche überhaupt nicht. Drei weitere Zimmer dienen als Vorratsräume, aber die dort lagernden Vorräte können anderweitig untergebracht werden, denn es fehlt in Lengwitz ja nicht an Platz. Es ist gut, dass Sie jetzt zu mir übergesiedelt sind, denn wenn drüben alles neu hergerichtet wird, ist es dort ungemütlich. So aber können die Arbeiter flott alles erledigen, was not tut. Alles soll ganz nach Ihren Wünschen ausgeführt werden, denn es ist mir wichtig, mir Ihre Dienste zu erhalten. Wenn das Verwalterhaus auch kein Palast ist, so wird sich Fräulein Änne doch wohl ganz behaglich darin fühlen. Meinen Sie nicht?«

Günter Harland zerquetschte Rudolf fast die Hände.

»Ich danke Ihnen! Oh, ich danke Ihnen herzlich!«

»Keine Ursache; ist alles nur Egoismus.«

»Ja, es gibt eine Sorte von Egoismus, der bewundernswert ist. Sie haben mir eine große Sorge vom Herzen genommen. Ich kann Änne nun ein behagliches, sorgenfreies Leben bieten. Sie soll sich doch nicht mehr so abrackern wie bisher, jetzt bin ich doch da.«

Rudolf seufzte leise.

»Sie sind eigentlich zu beneiden, weil Sie ganz aus eigner Kraft der Frau Ihrer Liebe eine sorgenfreie Existenz bieten können. Wie stolz können Sie darauf sein! Ich hatte es nicht weiter als bis zum Gelegenheitsarbeiter gebracht, und wenn ich nicht ein reiches Erbe angetreten hätte, wäre es mir unmöglich, ans Heiraten zu denken.«

»Ihr Erbe ist ebenso Glückssache, wie dass ich eine gute Stellung gefunden habe, Herr Doktor. Ohne ein bisschen

Glück geht es eben nicht. Aber wie dem auch sein mag, ein tüchtiger Mensch sind Sie auf alle Fälle.«

»Man muss sich eben damit trösten, dass man auch als begüterter Mann seine Pflicht und Schuldigkeit tun kann. Die Finger werde ich auch als Gutsherr nicht müßig umeinanderdrehen.«

Der Verwalter lachte.

»Das habe ich schon gemerkt, Herr Doktor; Sie sind arbeitshungrig im höchsten Maße.«

»Ich könnte ohne Arbeit auch nicht zufrieden sein. Also, um nochmals auf Ihre bevorstehende Hochzeit zu kommen: Die Vorrichtung des Verwalterhauses wird immerhin einige Zeit in Anspruch nehmen, und ich denke mir, den Sommer über wird es noch nichts mit der Heirat werden; da haben Sie allzu viel zu tun und Fräulein Änne auch. Sie wird ihre Freundin nicht ohne Weiteres im Stich lassen wollen. Aber – verloben können Sie sich, so bald Sie wollen, dann weiß Fräulein von Glützow Bescheid und kann sich rechtzeitig nach einem neuen Verwalter umtun. Es wird nicht schwerhalten, einen zu bekommen, wenn man auch nicht weiß, ob man einen guten Griff tut. Nun, ich denke, wir werden ihr helfen, so gut es geht. Dass sie ihrer Freundin ihr Glück gönnt und nicht egoistisch auf ihrem Scheine bestehen wird, weiß ich von ihr selbst. Sie ist ja auch nicht blind gewesen in dieser Zeit und hat es längst wohl kommen sehen, dass aus dem Fräulein Verwalter bald eine Frau Verwalter werden wird.«

»Wär's nur erst so weit!«, sagte Harland, mit heißen Augen vor sich hinsehend.

Es war zwischen Rudolf und Mona verabredet worden, dass er die Damen in seinem Auto abholen und mit ihnen zusammen die Fahrt nach Stralsund zurücklegen wollte. Zwar besaß Mona ebenfalls ein Auto, aber sie meinten, es sei unterhaltender, wenn sie während der Fahrt Gesellschaft hätten.

So fuhr denn Rudolf an dem bewussten Abend, auf den die Einladungen lauteten, am Glützower Herrenhause vor, und gleich darauf kamen die Damen, in ihre Pelzmäntel gehüllt, heraus. Der alte Diener half, nachdem Rudolf die Damen in den Wagen gehoben hatte, eine Decke um sie breiten, und dann stieg Rudolf zu ihnen ein. Er setzte sich quer auf einen der Vordersitze, so dass er Mona ansehen konnte, und da er die Beleuchtung eingeschaltet ließ, konnte er sie während der Fahrt betrachten. Sie war besonders lebhaft heute, und Rudolf wurde das Herz warm, wenn sie ihn mit ihren sammetbraunen Augen ansah oder ihm mit ihrem reizenden Lächeln zulächelte. Eine hoffnungsfreudige Stimmung überkam ihn. Er glaubte heute fest und bestimmt, dass er sich ihre Liebe erringen könne, dass er sie sich vielleicht schon errungen hatte. Denn zuweilen wurde sie rot und verlegen unter seinen werbenden Blicken, und sie vermied es dann eine ganze Weile, ihn anzusehen. Alles das deutete er sich zu seinen Gunsten. Und das eine wusste er, lange hielt er die Ungewissheit nicht mehr aus, er musste Mona so bald wie möglich fragen, ob er hoffen dürfe, sie zu besitzen.

In heiterer Stimmung kamen sie in Stralsund an und hielten vor dem festlich erleuchteten Hause des Kommerzienrates, das inmitten eines Gartens gelegen war.

Des feuchten Wetters wegen hatte man ein rotes Velarium (*Segeltuchdach, Anmerkung des Herausgebers*) vor dem Portale aufgespannt, damit die Gäste aus dem Wagen direkt ins Trockene kämen. Anscheinend waren schon verschiedene Herrschaften vor Rudolf, Mona und Änne eingetroffen.

Und so war es auch, alle waren pünktlich erschienen; Rudolf und die beiden Damen waren fast die letzten Gäste. In der Garderobe half Rudolf den Damen aus ihren Pelzmänteln, und sein Herz schlug hart und laut, als er Mona in einer eleganten Abendtoilette von zartblauem Chiffon über einem Unterkleid von rosa Seide vor sich sah. Dieses Kleid wirkte wie Abendröte am blauen Himmel. Und es ließ den herrlich geformten Nacken und die wundervollen, schlanken Arme frei. Auch Änne sah reizend aus in einem weißen Seidenkleide. Aber Rudolf hatte für sie keine Augen, für ihn gab es, seit er Mona von Glützow kannte, nur eine Frau auf der ganzen Welt.

Günter Harland war leider nicht da, um Änne bewundern zu können, was er sicher getan hätte.

Auch Monas Augen hingen einen Moment selbstvergessen an Rudolfs eleganter Erscheinung. Der Smoking kleidete auch ihn, wie die meisten Herren, vorzüglich. Einen Moment standen beide sich mit aufleuchtenden Augen gegenüber, und ihre Blicke verrieten in diesem Moment mehr als je zuvor. Rudolf fühlte in dieser Stunde, Mona von Glützow liebte ihn, wie er sie liebte, und er hätte aufjauchzen mögen vor Glückseligkeit.

Als die drei Herrschaften den großen Empfangsraum betraten, in dem in hellstem Lichterglanze die bereits anwesenden Gäste in Gruppen umherstanden und plauderten, wurde es plötzlich ganz still, und aller Augen richteten sich auf Rudolf und seine beiden reizenden Begleiterinnen. Dieser Stille folgte sogleich ein aufgeregtes Tuscheln und Flüstern.

Die Gastgeber begrüßten auch diese Gäste, und zwar mit besonderer Freude, waren sie sich doch bewusst, der Stralsunder Gesellschaft eine kleine Sensation verschafft zu haben. Nicht nur, dass man endlich den neuen Herrn von Lengwitz vor sich sah, nein, man sah ihn gleich Seite an Seite mit der schönen Mona von Glützow, von der man bereits durch die Schwatzhaftigkeit der Frau Justizrat wusste, dass sie die künftige Gattin dieses interessanten, schlanken Mannes werden würde, um eine Vereinigung der Güter Glützow und Lengwitz in die Wege zu leiten.

Jetzt kam auch schon die von Stolz und Wichtigkeit geschwellte Frau Justizrat auf die Neuangekommenen zu und begrüßte alle drei in auffallend vertraulicher Weise, so, als sei sie längst sehr gut mit ihnen befreundet.

Rudolf beugte sich über ihre Hand, und Mona und Änne begrüßten sie sehr artig. Keine Ahnung kam Rudolf und Mona, dass diese aufgeregte geschwätzige Frau ihren erhofften Glückshimmel mit dunklen, gefahrdrohenden Wolken bedeckt hatte.

Rudolf wurde durch den Kommerzienrat allen Herrschaften, außer dem Justizrat und den beiden Bürgermeistern und deren Damen, vorgestellt, und Änne und Mona begrüßten sich mit all den ihnen bekannten Herrschaften. Es kamen noch einige Gäste nach, die von allen Seiten ebenfalls lebhaft willkommen geheißen wurden. Dann öffneten sich die großen Flügeltüren des Speisesaales.

Die Herren boten den ihnen bestimmten Tischdamen den Arm.

Rudolf stellte mit Befriedigung fest, dass man ihm Mona von Glützow zugeteilt hatte, eine zarte Aufmerksamkeit der Frau Kommerzienrat, die längst durch Frau Justizrat eingeweiht war, dass Mona und Rudolf in Bälde ein Paar werden würden.

Ahnungslos und freudestrahlend ging Rudolf zu Mona und bot ihr seinen Arm.

»Ich finde es herrlich hier, mein gnädiges Fräulein, umso mehr, da ich die Ehre und das Vergnügen habe, Ihr Tischherr zu sein«, sagte er, sie mit seinen grauen Augen entzückend anstrahlend.

Ihr wurde sehr heiß unter diesem Blick seiner Augen, und sie legte etwas befangen und unsicher ihre Hand auf seinen Arm. Aber sie sagte dann anscheinend unbefangen:

»Sie werden sich schon bald hier eingewöhnen, die Herrschaften hier meinen es sicherlich alle sehr gut mit Ihnen.«

»Die Hausfrau zweifelsohne!«, meinte er.

Harmlos sah sie zu ihm auf.

»Warum gerade diese?«

»Weil sie mir bei Tische einen Platz neben Ihnen gegeben hat. Das werde ich ihr nie vergessen.«

Darüber wurde Mona unwillkürlich verlegen, und sie war froh, dass sie jetzt bei der Tafel angelangt waren und sie sich für deren überaus geschmackvolle Dekoration interessieren konnte. Um nur etwas sagen zu können, fragte sie:

»Wo sitzt denn Änne?«

Rudolf suchte nach dieser und erblickte sie neben einem sehr hübschen und vergnügten jungen Manne, der ihr anscheinend heftig die Cour machte, was Änne mit stoischem Gleichmut über sich ergehen ließ.

»Da drüben, etwas mehr nach rechts, gnädiges Fräulein. Es ist in der Tat gut, dass mein Verwalter nicht hier ist. Fräulein Raschs Tischherr scheint sich nicht wenig für sie zu interessieren.«

Mona sah Änne sitzen und nickte ihr lächelnd zu.

»Das ist der junge Assessor Herms, der Änne zu Tisch geführt hat, ein alter Verehrer von ihr, der immer wieder sein Glück bei ihr zu versuchen scheint.«

»Aber sicher ebenso aussichtslos wie früher«, erwiderte Rudolf.

»Oh, dessen können Sie sicher sein, Änne wechselt ihre Neigungen nicht wie ihre Kleider. Wen die erst einmal im Herzen hat, der sitzt fest für immer.«

So plauderten sie anscheinend unbefangen miteinander. Ab und zu wandten sie sich einmal ihren anderen Tischnachbarn zu. An Monas anderer Seite saß der eine der Bürgermeister und an Rudolfs Seite die Gastgeberin, der er ein Kompliment machte über die originell geschmückte Festtafel.

»Oh, Sie sind in dem Punkte sicherlich Besseres von Berlin her gewöhnt, Herr Doktor.«

Es zuckte um seinen Mund, er musste an die Festtafel bei dem Bankdirektor denken, die er freilich nur als Servierdiener betrachtet hatte.

»In Berlin ist die Hausgastlichkeit in den letzten Jahren etwas ins Hintertreffen gekommen, gnädigste Frau, ich glaube, in der Provinz legt man viel mehr Wert auf Gastfreundschaft als dort. Ich kann mich wenigstens nicht besinnen, je eine so reizend und originell geschmückte Tafel gesehen zu haben.«

Die etwas sehr starke alte Dame mit dem frischen Gesicht und den weißen Haaren freute sich sichtlich über dies Kompliment.

»Ich überlasse auch nie fremden Händen solche Dinge, Herr Doktor, wenn wir Gäste haben, will ich alles tun, damit es ihnen bei uns gefällt.«

»Das spürt man auch, und man fühlt sich wohl in Ihrem Hause.«

»Oh, das freut mich sehr. Hoffentlich habe ich es auch richtig mit Ihrer Tischdame getroffen«, flüsterte sie leise und neckisch.

Rudolf stutzte. Wie konnte diese Dame wissen, wie sehr er mit seiner Tischdame zufrieden war. Er legte ein wenig Reserve in seinen Ton, als er erwiderte:

»Gewiss, gnädige Frau, wie sollte ich nicht, ist doch Fräulein von Glützow meine Gutsnachbarin.«

Wieder sah sie ihn neckisch an.

»Eben darum, mein lieber Herr Doktor, wir alle freuen uns von Herzen darüber, dass die liebe Mona einen so charmanten Gutsnachbarn gefunden hat.«

Rudolf wurde etwas schwül, das verflixte neckische Lächeln der Hausfrau irritierte ihn. Aber nun wurde die alte Dame von ihrem Tischherrn, dem Justizrat, mit Beschlag belegt, und Rudolf konnte sich, aufatmend, wieder seiner

Nachbarin widmen, die inzwischen einige artige Worte mit dem Bürgermeister gewechselt hatte.

Das Menü war ausgezeichnet, die Menschen, mit denen man zu Tisch saß, waren, wie auf der ganzen Welt, gleichviel ob in Großstädten oder in Kleinstädten, aus sympathischen und unsympathischen gemischt. Die Letzteren waren freilich auch hier in der Überzahl.

Das sagte Rudolf leise zu Mona und fügte lächelnd hinzu:

»Wenn ich zu dieser Erkenntnis gelangt bin, nämlich, dass mich mehr Menschen abstoßen als mir zusagen, dann tröstet mich eigentlich immer nur der eine Gedanke, dass auch ich viel mehr Menschen unsympathisch bin als sympathisch, denn sonst würde ich mich immer als Schuldner der Leute betrachten müssen, die mir mehr Sympathie entgegenbringen als ich ihnen.«

Sie sah ihn mit großen, ernsten Augen an.

»Ich glaube, Sie nehmen das Leben nicht leicht und besitzen ein großes Verantwortungsgefühl, sonst würden Sie nicht so sprechen.«

»Ich habe zeit meines Lebens nichts so sehr gefürchtet wie Schulden, ganz gleich, ob materielle oder ideelle. Und der einzige Mensch, der sich rühmen kann, dass ich ihm manchmal etwas schuldig geblieben bin, war meine Wirtin, Frau Mengers, der ich zuweilen die Miete nicht pünktlich zahlen konnte.«

Immer noch sah sie ihn ernsthaft an.

»Und wie ist es mit den ideellen Schulden? Sind Sie keinem Menschen je Gefühle schuldig geblieben?«

»Meines Wissens nicht, gnädiges Fräulein.«

»Ich habe noch nie darüber nachgedacht, ob ich vielleicht auf diese Weise jemandem gegenüber im Rückstande geblieben bin. Man wird ganz ängstlich, wenn man Sie so sprechen hört. Auch ich möchte niemandem etwas schulden.«

Er sah sie mit einem heißen Blicke an.

»Ich bin so egoistisch, vornehmlich zu wünschen, dass

Sie mir in dieser Beziehung nie etwas schuldig bleiben«, sagte er leise, mit seltsam bewegtem Tone.

Er sah, dass nicht nur ihr Gesicht, sondern auch ihr stolzer Nacken sich mit Glut bedeckten, und das erfüllte ihn mit einer tiefen Glückseligkeit. Sie antwortete nicht auf seine Worte, sondern wandte sich schnell dem Bürgermeister zu, um ihn für eine Weile ins Gespräch zu ziehen.

Rudolf fand immer wieder Gelegenheit, durch ein paar Worte Monas Wangen dunkler zu färben. So war er sich denn, als man die Tafel aufhob, freudig dessen bewusst, dass ihr Herz ihm entgegenschlüge.

Gleich danach begann der Tanz, an dem sich nicht nur die jüngeren, sondern auch die älteren Herrschaften beteiligten; die weißhaarige Gastgeberin nicht ausgeschlossen. Das Tanzen verursachte ihr allerdings ein wenig Atemnot. Aber was tat man nicht, um, »jung« zu bleiben.

Mona und Änne – unbedingt die schönsten und anmutigsten aller Festteilnehmerinnen – wurden vor allen anderen als Tänzerinnen begehrt, aber Rudolf gelang es, immer wieder einen Tanz von Mona zu erlangen. Und das umso mehr, als die anwesenden Herren ihn sozusagen als berechtigten Bewerber des Fräulein von Glützow respektierten.

Als er Mona zum ersten Mal beim Tanz in den Armen hielt, überkam die beiden jungen Menschen ein Gefühl, als ob sie auf Wolken schwebten. Mona fühlte Rudolfs starken Herzschlag, und ihre Hand bebte so stark auf seinem Arme, dass er es merkte. Und wie aus einem Traume erwachten sie beide, als der Tanz zu Ende war. Sie blieben stehen und sahen sich an und wussten beide, dass sie sich liebten.

Und jedes Mal, wenn es Rudolf wieder gelang, einen Tanz von Mona zu erhalten, wurde ihnen diese Liebe deutlicher und fühlbarer. Mona wehrte sich nicht, als Rudolf sie beim letzten Tanze fester, als die Form es erlaubte, an sich zog. Willig gab sie ihm nach, und da flüsterte er, von seinen Gefühlen überwältigt:

»Mona, darf ich morgen Vormittag zu Ihnen kommen,

wenn ich Sie allein weiß, um Ihnen eine Frage vorzulegen, von deren Beantwortung mein ganzes Lebensglück abhängt?«

Sie sah zu ihm auf, einen Moment nur, und erwiderte leise:

»Ja – ich erwarte Sie.«

Dieses Ja erschien ihm schon als bindende Versicherung, dass sie ihm angehören wolle, und er zog sie noch einmal fester an sich, ehe er sie aus den Armen lassen musste.

Als er sie zu ihrem Platz zurückführte, blieb sie mit ihrem Kleide an einem Sessel hängen und riss sich ein Stück der plissierten Falten ab, die in halber Höhe des Rockes garniert waren.

Froh, einen Vorwand zu haben, sich für eine Weile zurückzuziehen, bat sie ihn, Änne zu melden, dass sie einen kleinen Schaden an ihrer Toilette ausbessern lassen wollte, und so musste er sie gehen lassen.

Während sie den Saal verließ, ging Rudolf zu Änne, und da sie gerade einmal keinen Tänzer hatte, bat er sie, ihr den eben wieder beginnenden Tanz zu schenken.

Er berichtete ihr, was Mona ihm aufgetragen hatte, und sie fragte ihn:

»Es war doch hoffentlich kein bedeutender Schaden?«

»Ich glaube nicht, es war ein Stück von der Garnitur des Kleides abgerissen. Es wird sich leicht reparieren lassen. Wie gefällt es Ihnen hier, Fräulein Verwalter?«

Sie lachte zu ihm auf.

»Ich muss ganz offen gestehen, dass ich viel lieber zu Hause geblieben wäre. Hoffentlich wird es nicht zu spät, ich muss morgen sehr früh heraus.«

»Immer fleißig? Sie könnten sich ausnahmsweise einmal ein wenig Ruhe gönnen.«

Energisch schüttelte sie den Kopf.

»Kommt nicht infrage, die Arbeit darf nicht unter dem Vergnügen leiden, wir haben jetzt kurz vor der Heuernte Hochbetrieb. Halten Sie uns nur den Daumen, damit wir gutes Erntewetter haben, es hat nun genug geregnet. Bisher war das gut und nützlich, der Klee steht fabelhaft, aber nun brauchen wir Sonne, viel Sonne.«

Er lachte.

»Wem sagen Sie das? Herr Harland singt mir seit einigen Tagen dasselbe Lied. Schade, dass er nicht mit hier ist.«

Ein weiches Lächeln huschte über ihr Gesicht.

»Oh, er kann wenigstens ausschlafen!«

»Ich glaube, bald wird hier Schluss gemacht, und dann fahren auch wir heim. Übrigens, Fräulein Verwalter, wollen Sie mir einen Gefallen tun?«, fragte er zögernd.

»Jeden«, erwiderte sie unbedenklich.

»Also – wenn es sich einrichten lässt, bleiben Sie morgen Vormittag draußen auf den Feldern und Wiesen.«

Sie stutzte, und als sie ihn forschend ansah, merkte sie, dass er etwas verlegen wurde, und begriff plötzlich alles. Sie nickte ihm lächelnd zu.

»Sie haben mir manchen Dienst geleistet, Herr Doktor, direkt und indirekt, und ich habe mir gelobt, Ihnen auch einmal etwas zu Gefallen zu tun, wenn Sie meiner bedürfen sollten. Also seien Sie dessen gewiss, ich reite morgen früh von Glützow fort und habe den ganzen Vormittag draußen zu tun. Mein Frühstück nehme ich eventuell mit – das geschieht öfters einmal.«

Mit einem dankbaren Lächeln nickte er ihr zu.

»Vielen Dank, Fräulein Verwalter! Vor elf Uhr brauchen Sie nicht zu verschwinden.«

»Oh, ich warte noch auf eine bessere Gelegenheit, Ihnen dienen zu können, so leicht ist meine Dankesschuld noch nicht abgetragen.«

Mona war hinaus in die Damengarderobe gegangen, um die Garnitur an ihrem Kleide festnähen zu lassen. Sie fand daselbst aber keinen dienstbaren Geist, weil alles im Hause jetzt anderweitig beschäftigt war. Aber auf einer Spiegelkonsole stand ein offenes Nähetui mit allem nötigen Inhalt; wahrscheinlich für solche Fälle bereitgestellt. So ließ sie sich neben dem Spiegel in einem Sessel nieder und fädelte eine Nadel mit lichtblauer Seide ein, um den Schaden zu reparieren. Diese Damengarderobe war durch eine Holzwand von der Herrengarderobe abgetrennt, die nur bis zur Höhe der Türen ging, so dass also oberhalb derselben der Raum ungetrennt war. Mona saß still, über ihre Arbeit gebeugt, als sie plötzlich bemerkte, dass drüben zwei Herren die Herrengarderobe betraten. Sie sprachen darüber, dass sie sich die Hände waschen wollten, um sich zu erfrischen. Und da Mona sich ruhig verhielt, glaubten sie sich allein. Mona hörte nun folgendes Gespräch, ohne es zu wollen:

»Ist ja eine infernalische Hitze drinnen im Saale. Die Damen haben es besser in ihren luftigen Toiletten als unsereiner.«

»Die haben es immer besser als wir«, sagte der andere lachend.

»Na, unterschiedlich, lieber Freund, manchmal sind sie auch nicht zu beneiden. Zum Beispiel dieses Fräulein Rasch! Ein reizendes Geschöpf und so eminent tüchtig. Das habe ich von Fräulein Glützow selber.«

»Habe ich auch schon gehört. Na, unter uns, diese beiden Damen schießen heute den Vogel ab, eine ist so reizend und entzückend wie die andere. Aber an das Fräulein von Glützow kann natürlich keiner mehr ’ran. Der neue

Herr von Lengwitz hat sie ja direkt mit Beschlag belegt.«

»Können Sie es ihm verdenken?«

»Selbstverständlich nicht! Aber ein Schwein hat der Kerl! Soll ja ein ganz armer Schlucker gewesen sein. Da macht er erst die Riesenerbschaft von seinem Onkel, und nun offeriert ihm der findige Justizrat auch gleich noch, wahrscheinlich ehe er das Fräulein von Glützow gesehen hat, diese glänzende Partie.«

»Der Justizrat ist ein Schlaukopf, der macht sicherlich sein Geschäftchen dabei.«

»Wenn er die Sache ins Geleise gebracht hat, sicher.«

»Daran ist gar kein Zweifel. Die Justizrätin hat es meiner Frau haarklein erzählt. Noch ehe der Doktor Hagmeister seine Erbschaft in Lengwitz angetreten hat, machte Zausch ihn darauf aufmerksam, wie und wodurch er Lengwitz und Glützow vereinigen könnte. Da hat denn der Doktor nicht nein gesagt. Donnerwetter auch – das wird eine hübsche runde Sache, die zwei Güter zusammen. Ja, ja, Glück muss der Mensch haben! Na, und dass der Doktor sich die Worte des Justizrats zu Herzen genommen hat, konnte man heute Abend beobachten. Er machte seiner schönen Nachbarin höllisch die Cour, und sie sah auch nicht abweisend aus. Da kommen immerhin mal zwei schöne Menschen zusammen.«

»Soll wohl bald zur Entscheidung kommen?«

»Na, die Justizrätin munkelt so was, als könne man in nächster Zeit die Verlobungsanzeigen erwarten. Sie ist drollig, die Frau Justizrat, spielt sich ein bisschen auf, als habe sie diese Verbindung zustande gebracht. Dabei ist es ein einfaches Geschäft zwischen dem Justizrat und Doktor Hagmeister. Aber ich glaube, wir können beruhigt sein, bei den beiden Menschen kommt die Liebe sicher noch – sie sind wie füreinander geschaffen, und die Sache wäre sicherlich auch perfekt geworden, wenn der Justizrat sich nicht eingemengt hätte. Aber dann hätte er eben nichts dabei profitiert.«

»Das ist richtig. Aber nun wollen wir wieder hineingehen – ich glaube, jetzt ist bald Schluss, und ich bin froh, wenn ich in mein Bett komme.«

»Ich offen gestanden auch, ist schon ein bisschen sommerlich für so eine Festlichkeit.«

»Na ja, aber die Frau Kommerzienrat musste doch das Fest schnell noch abschöpfen und uns die Sensation vorsetzen – das Brautpaar in spe. Sie sind übrigens schon zusammen in einem Wagen gekommen.«

»Na also!«

Drüben wurde es still, und die arme Mona, die aus allen Glückshimmeln gerissen worden war, saß wie erstarrt da und lauschte in sich hinein. Ganz mechanisch hatte sie die Näherei zu Ende gebracht, dann hatte sie die Hände sinken lassen und mit großen, entsetzten Augen auf die Holzwand gestarrt, hinter der ein paar männliche Klatschbasen ihr aufkeimendes Glück zertrümmerten.

Eine glänzende Partie? Das also war sie für Doktor Hagmeister. Er hatte ein glänzendes Geschäft mit dem Justizrat vereinbart, noch ehe er sie kennengelernt. Deshalb also seine immer dringlicher werdende Werbung, daher das eifrige Bemühen um ihre Gunst.

Heißer Zorn stieg in ihr auf. Ein Geschäft war gemacht worden, und sie war das Objekt. Sie wurde als ziemlich nebensächliche Sache angesehen, die Hauptsache war die Vereinigung der beiden Güter Glützow und Lengwitz. Nur das kam hier infrage, und man sollte wohl noch froh sein, dass man nicht als lästige Zugabe empfunden wurde.

Sie war bleich geworden bis in die Lippen, und ihre Augen blickten wie erloschen.

»Und ich? Ich liebe ihn!«, sagte sie leise und verzweifelt vor sich hin.

Wie im Frost schauerte sie zusammen. Welche Schmach für sie, dass sie ihr Herz an diesen Mann verloren hatte, der anscheinend um ihre Liebe warb und doch nur ihren Besitz meinte. Wie demütigend für sie, dass sie ihn heute hatte merken lassen, dass sie ihn liebte. Ja, er musste es gemerkt haben, musste seiner Sache schon ganz sicher sein.

Bei diesem Gedanken sprang sie plötzlich auf und warf den Kopf stolz zurück. Nein, gottlob, noch war das letzte Wort nicht gesprochen, morgen sollte das geschehen, morgen wollte er kommen und eine entscheidende Frage an sie richten. Sie wusste, was das für eine Frage sein sollte, und er war wohl schon sehr gewiss, wie ihre Antwort ausfallen würde. Aber er sollte sich wundern! Eine Mona von Glützow ließ sich nicht als lästige oder nebensächliche Zugabe zu ihrem Besitze betrachten! Sie sagte lieber nein – und wenn ihr das Herz darüber brechen würde. Sie gab nur Liebe um Liebe – und sie musste fertig werden mit diesem Gefühl, das sich – ach, es war nicht zu leugnen – in ihr Herz gestohlen hatte. Sie hatte keine Veranlagung zur ungeliebten Frau. Lieber sterben!

Bleich bis in die Lippen, aber äußerlich ruhig und unberührt, ging sie wieder in den Saal zurück. Nur um Gottes willen sich nicht anmerken lassen, dass ihr eben ein tiefer Schmerz zugefügt, dass ihr großes Leid widerfahren war. Ach, ein schmerzvolles Leid würde sie fortan immer mit sich herumtragen. Sie konnte es nicht ändern, dass sie trotz allem Rudolf Hagmeister liebte. Sie konnte ihm nicht einmal grollen, denn er hatte diesen sie verletzenden Pakt mit dem Justizrat schon geschlossen, ehe er sie kennengelernt hatte. Und im Grunde galt ihr Groll viel mehr dem Justizrat als ihm. Dieser hätte sie hinlänglich kennen müssen, um zu wissen, dass man sie nicht zum Mittelpunkt und Objekt eines nüchternen Geschäfts machen durfte. Er kannte sie seit ihrer Kindheit und hätte sie nicht in so demütigender Weise ausbieten dürfen. Was er ihr damit getan hatte, vermochte er kaum zu begreifen, aber er hätte es eben nicht tun dürfen. Ihr ganzes Lebensglück hatte er damit zerstört, denn – wäre es nicht möglich gewesen, dass Rudolf Hagmeister sie lieben gelernt hätte, ohne an anderes zu denken? Er war vielleicht gar nicht so schuldig wie der Justizrat, aber – an eine Vereinigung mit ihm war nun nicht mehr zu denken.

Einen Moment fragte sie sich, ob es nicht besser gewesen wäre, wenn sie nicht erfahren hätte, was die beiden

Herren da drüben gesprochen hatten. Dann hätte sie Rudolf morgen, wenn er zu ihr kam, ihr Jawort gegeben und an seine Liebe geglaubt. Das war nun vorbei – vorbei für immer.

Mit fest zusammengepressten Lippen und stolz zurückgeworfenem Kopf betrat sie den Saal, bleich zum Erbarmen, aber anscheinend gefasst und ruhig. Schon in der Nähe der Tür trat Rudolf auf sie zu. Er hatte hier wohl auf sie gewartet. Das war ihr unangenehm, plötzlich glaubte sie zu merken, dass aller Augen auf sie beide gerichtet seien. Wie sehr bedauerte sie, dass sie nicht in ihrem eignen Wagen hierhergefahren war, nun musste sie wiederum mit Rudolf zusammen zurückfahren. Denn sie konnte nicht einmal ein Hotel aufsuchen und erst morgen nach Hause zurückkehren, denn Änne und sie hatten kein Nachtzeug mitgenommen. Ach Änne – wie beneidenswert sie war, weil sie arm war, weil sie sicher sein konnte, nur um ihrer selbst willen von dem Manne ihrer Liebe begehrt zu werden.

Angstvoll sah sie zur Seite, nach einem Wege, auf dem sie Rudolf jetzt nicht begegnen musste, aber es gelang ihr nicht, an ihm vorüberzukommen. Er trat schnell auf sie zu.

»Ist der Schaden an Ihrem schönen Kleide repariert, mein gnädiges Fräulein?«

Sie wich seinem liebevoll besorgten Blick aus; er gewahrte, wie bleich sie war.

»Ja, es ist alles wieder in Ordnung.«

»Aber Sie sehen sehr blass aus – Sie haben draußen doch nicht gefroren in Ihrem leichten Kleide?«, fragte er mit einem so zärtlichen Ausdruck, dass sie die Lippen fest aufeinanderpressen musste, um nicht Gefahr zu laufen, in Tränen auszubrechen.

»Ich bin müde und möchte nach Hause«, sagte sie kühl und formell.

Er stutzte und betrachtete sie unruhig. Das war wieder der stolze, herbe Ton, den sie früher für ihn gehabt hatte, nein, er war noch kälter und fast schroff abweisend.

»Was ist Ihnen?«, fragte er leise, beschwörend.

Sie wandte sich hastig ab und Änne zu, die eben herantrat.

»Wir wollen heimfahren, Änne, ich bin müde«, sagte Mona, ohne weiter auf Rudolf zu achten.

Er zog die Stirn ein wenig zusammen, verneigte sich aber und sagte artig:

»Ich werde den Wagen sofort vorfahren lassen.«

Mona verabschiedete sich nun von den Gastgebern. Als die Justizrätin das merkte, kam sie heran.

»Sie wollen schon heim, liebstes Fräulein Mona?«

Mit leeren Augen sah diese in ihr Gesicht. Das war die Frau, die mit der Nachricht hausieren ging, dass die Herrin von Glützow als Zugabe zu ihrer Besitzung verschachert werden sollte.

Ihr Abschied von der alten Dame fiel sehr frostig aus, und auch dem Justizrat konnte sie nicht so herzlich wie sonst Lebewohl sagen. Sie quälte sich nur einige Worte ab, denn selbstverständlich durfte weder er noch sonst jemand merken, dass sie etwas von dem Pakt wusste, den man über sie hinweg geschlossen hatte.

Draußen stand schon Rudolf mit den Pelzmänteln der beiden Damen und half ihnen diese umlegen. Vergebens versuchte er dabei, im Spiegel einen Blick von Mona zu erhaschen. Sie wich seinen Augen aus.

Änne betrachtete ihre Freundin unruhig. Sie kannte sie zu gut, um nicht zu merken, dass irgendetwas Mona aus ihrem seelischen Gleichgewicht gebracht hatte. Was konnte das sein? Hing es mit Rudolf Hagmeister zusammen?

Der Wagen war vorgefahren, und sorglich half Rudolf den Damen beim Einsteigen und hüllte sie warm in Decken. Denn der Regen strömte jetzt stärker herab und schlug klatschend auf das Dach des Autos.

Wieder setzte sich Rudolf so, dass er Mona ansehen konnte, und wieder ließ er das Licht im Wagen eingeschaltet. Mona saß in ihrer Ecke zusammengekauert, hatte den Pelzmantel fest um sich gewickelt und vergrub das Gesicht, so gut es ging, in dem Pelzkragen. Da sie Rudolfs forschende Blicke quälten und irritierten, bat sie plötzlich:

»Bitte, schalten Sie das Licht aus, meine Augen sind empfindlich.«

Er verbeugte sich und erfüllte ihren Wunsch. So wurde es dunkel im Wagen, nur ein matter Schein wurde durch die Blendlaterne draußen vom Wege zurückgeworfen, und als sich seine Augen an das Dunkel gewöhnt hatten, sah er, dass Mona mit geschlossenen Augen dasaß.

Da Mona nicht sprach und Änne merkte, dass sie durch irgendetwas verstimmt sei, sprach auch sie kein Wort. Es herrschte eine geradezu peinigende Stille im Wagen, die nur durch das Trommelgeräusch des herniederströmenden Regens unterbrochen wurde.

Rudolf wusste nicht, wie er sich Monas plötzlich verändertes Wesen deuten sollte. Keine Ahnung kam ihm, dass die von ihm sehr peinlich aufgenommene Taktlosigkeit des Justizrats und die seiner Frau, von der er nicht einmal wusste, sein Lebensglück bedrohte. So glückselig war ihm zumute gewesen, während er am Eingange zur Damengarderobe auf Mona gewartet hatte. Er hatte sich seines Glückes sicher geglaubt und war auch jetzt weit davon entfernt, es für bedroht zu halten. Wahrscheinlich war Mona nur von einem leichten Unwohlsein befallen, das vielleicht verursacht war durch die Erregung beim letzten Tanze. Er hoffte, wenn sie diese Nacht sich ausgeschlafen hätte, werde sie morgen wieder wohl sein. Sie würde ihn dann abermals mit dem weichen, hingebenden Lächeln ansehen, das sie heute Abend für ihn gehabt hatte. Es stieg heiß und sehnsüchtig in ihm auf, und er musste wenigstens einmal die Wagendecke berühren, die er um ihre Glieder gebreitet hatte.

»Ist Ihnen auch warm, gnädiges Fräulein? Fühlen Sie sich behaglich?«, fragte er.

»Ich danke, ja«, klang es leise, aber sehr kühl aus ihrem Pelzkragen zurück.

»Das ist kein gutes Wetter für die Heuernte, Fräulein Rasch, hoffentlich hält es nicht an«, wandte er sich zu Änne.

»Oh, es soll sich nur gründlich abregnen, Herr Doktor, es kann morgen schon gut Wetter sein. Wir sitzen ja gottlob warm und trocken«, erwiderte Änne, schon ein bisschen verschlafen.

Sie war ehrlich müde, die fleißige kleine Landwirtin.

Gleich darauf bemerkte er, dass Änne eingeschlafen sei.

Da saß er nun sozusagen allein mit Mona, dicht beieinander, und sein Herz verlangte sehnsüchtig nach ihr. Weit davon entfernt, zu glauben, dass sein Glück ernstlich bedroht war, hätte er doch so gern leise ihre Hand gefasst und sie innig an seine Lippen gedrückt. Er atmete tief auf und beugte sich vor, um sie besser sehen zu können, aber sie saß noch immer mit geschlossenen Augen da, und es wollte ihm scheinen, dass sie immer noch sehr bleich war. Tief und ehrlich besorgt, wie er war, wusste er nicht, was er tun sollte.

Der Wagen eilte weiter, zuweilen spritzte es rechts und links hochauf, wenn er durch eine Pfütze fuhr. Die Nacht war dunkel, der Himmel von Regenwolken verhängt. Rudolf wurde etwas bange zumute. Wenn Mona nur nicht krank wurde. Sie schien sich ein wenig erkältet zu haben, als sie draußen in der Garderobe den Schaden an ihrem Kleide repariert hatte. Die Garderoben wurden, wie er festgestellt hatte, nicht geheizt, und es war sehr kühl darin gewesen. Der Wonnemonat ließ sich recht ungemütlich an.

Endlich fuhr der Wagen vor der Jungfernburg vor, und Rudolf sprang heraus, um den Damen beim Aussteigen zu helfen, während der Chauffeur die Glocke zog.

Das Portal wurde zu gleicher Zeit geöffnet, denn der Diener hatte seine Herrschaft erwartet. Rudolf verabschiedete sich von Mona und sagte leise:

»Morgen Vormittag um elf Uhr!«

Sie neigte nur leise den Kopf, legte einen Moment ihre kalten Fingerspitzen in seine Hand und eilte ins Haus. Er verabschiedete sich nun von Änne.

»Bitte, Fräulein Verwalter, sorgen Sie dafür, dass Fräulein von Glützow noch etwas heißen Tee oder besser noch einen Glühwein bekommt, mir scheint, ihr ist kalt geworden. Auch Ihnen wird das nicht schaden.«

Er sah sie dabei unruhig bittend an, und sie nickte ihm beruhigend zu.

»Wird alles besorgt, Herr Doktor.«

»Darf ich einen Gruß an Herrn Harland bestellen?«, fragte er, auch jetzt um dieses werdende Brautpaar menschlich besorgt.

Sie nickte ihm lächelnd zu, und ihre Augen glänzten.

»Ja, ach bitte, ja, einen recht herzlichen Gruß!«

Dann huschte auch sie in die Halle. Rudolf versuchte noch, einen Blick auf Mona zu werfen, aber sie war bereits verschwunden. Da stieg er wieder in seinen Wagen und fuhr weiter. Er schmiegte sich in die Ecke, wo zuvor Mona gesessen hatte. Die Wärme ihres Körpers war noch zu spüren. Er schloss die Augen und träumte von morgen.

Änne merkte erstaunt, dass Mona sich schon in ihre Zimmer zurückgezogen hatte. Sie klopfte an ihre Tür.

»Ich wollte dir noch gute Nacht sagen, Mona!«, rief sie, als sie feststellte, dass die Tür verschlossen war.

Mona öffnete auch nicht, sie rief nur heraus:

»Gute Nacht, Änne, schlaf gut, ich bin todmüde.«

Änne stutzte. Wie seltsam klang Monas Stimme – tränenerstickt – anders konnte sie das nicht bezeichnen. Aber sie wusste, wenn eine Frau weinte, wollte sie das in der Regel niemanden merken lassen. So rief sie nur zurück:

»Ich habe dir noch einen Glühwein bestellt, Mona, den musst du trinken, es war kalt auf der Fahrt. Ich nehme auch einen, damit wir keinen Schnupfen bekommen.«

»Es ist gut, Änne, ich danke dir«, ganz leise drang es an Ännes Ohr.

Langsam und nachdenklich ging diese in ihr Schlafzimmer. Aber dann zuckte sie lachend die Achseln.

»Das wird sich ja morgen alles klären«, sagte sie vor sich hin.

Auch sie ahnte nicht, welche Wunde Mona heute geschlagen worden war.

Als der Diener Mona den Glühwein brachte, ließ sie ihn ins Nebenzimmer stellen. Sie wollte sich dem Diener nicht mit verweinten Augen zeigen. Da ihr aber wirklich sehr kalt war, trank sie das heiße Getränk, ehe sie ihr Lager aufsuchte. Aber sie lag noch lange wach, in ihr Herzeleid versunken, während Änne schon längst dem kommenden Morgen entgegenschlief. Sie hatte ja nicht viel Zeit, sich auszuschlafen. Sobald der Tag graute, musste sie heraus. Und das geschah jetzt schon gegen vier Uhr.

Als am nächsten Morgen Änne von ihrem ersten Ausritt zurückkehrte, um wie gewöhnlich das zweite Frühstück mit Mona einzunehmen, fand sie diese, wie immer, schon im Frühstückszimmer. Aber Änne erschrak über ihr Aussehen.

»Mein Gott, Mona, du wirst dich doch nicht wirklich erkältet haben, du siehst ja erbarmungswürdig blass aus.«

Mona wandte ihr Gesicht ab.

»Ach nein, was denkst du, ich habe den starken Glühwein noch getrunken. Aber ich bin übernächtigt, habe schlecht geschlafen und staune, dass du auch heute so zeitig hinaus bist. Das wäre doch gewiss nicht nötig gewesen.«

»Doch, meine Liebe Mona, es ist immer nötig, dass man seine Pflicht tut. Und ich bin auch ganz frisch und werde nur ein halbes Stündchen Zeit für dich haben, dann muss ich wieder hinaus und werde vor Mittag nicht wieder heimkommen. Du hast heute vermutlich keine Lust, mit auszureiten, trotzdem das Wetter herrlich ist. Noch ein bisschen frisch und feucht, aber die Sonne brennt ganz tüchtig, und so hoffe ich, wir werden das schönste Wetter zur Heuernte haben.«

Sie nahmen am Frühstückstische Platz.

»Das wäre sehr erfreulich, Änne. Zum Ausreiten habe ich wirklich keine Lust, ich bleibe lieber zu Hause.«

Änne ahnte, dass Rudolf Hagmeister kommen würde und auch, warum, und sie nahm auch an, dass Mona davon unterrichtet war, aber warum sah sie nur so zum Erbarmen blass aus? Was lag in der Luft? Dass irgendetwas nicht in Ordnung war, spürte Änne mit dem sechsten Sinne, den zu besitzen sie sich rühmte. Aber fragen wollte sie nicht. Sie wusste, wenn Mona über eine Sache sprechen wollte oder konnte, tat sie es von selbst. Aber auf eine Frage pflegte sie in solchen Dingen nicht einzugehen.

Also plauderte Änne anscheinend unbefangen darauflos, berichtete das Blaue vom Himmel herunter über die Vorbereitungen zur Heuernte und gab sich den Anschein, gar nicht zu merken, dass Mona so starr und geistesabwesend vor sich hin blickte. Aber ihrem Versprechen an Rudolf getreu, verabschiedete sie sich zeitiger als sonst, um wieder hinauszureiten, und Mona hielt sie auch nicht zurück. Sie war vielmehr froh, dass sie wieder allein sein konnte. Und auch darüber war sie froh, dass sie in der Lage war, um elf Uhr Doktor Hagmeister allein zu empfangen. Ännes Gegenwart hätte nur gestört.

Aber was ... was sollte sie Rudolf auf seine zu erwartende Werbung antworten?

Dieses ... oder das ... allein wie sehr sie darüber nachgrübelte, nichts erschien ihr als das Richtige. So beschloss sie denn, sich von dem Augenblicke leiten zu lassen. Nur das eine stand bei ihr fest. Sie würde ihn unter allen Umständen abweisen! Sie würde sich durch nichts dazu bewegen lassen, ihm die Hand zu reichen.

Unruhig und rastlos ging sie durch das Haus, und weil der Spiegel ihr sagte, wie elend und blass sie aussah, ließ sie sich abermals, kurz vor elf Uhr, einen Glühwein servieren, der ihr das Blut in die Wangen treiben sollte.

Sie sah danach auch etwas besser aus, und gleich darauf fuhr der Lengwitzer Wagen vor, und Rudolf wurde ihr gemeldet.

Sie ließ ihn, wie beim ersten Male, in das offizielle Empfangszimmer führen, während er in letzter Zeit immer in ihrem kleinen Salon oder im Wohnzimmer empfangen worden war.

Hochaufgerichtet trat sie ihm hier entgegen. Er fasste tieferregt ihre Hand und presste seine Lippen darauf.

»Mona – teure Mona – gottlob, dass ich endlich wieder vor Ihnen stehe, ich habe diese Nacht keinen Schlaf gefunden. Sie werden begreifen, dass ich dieser Unterredung entgegengefiebert habe, in der ich Sie fragen will, ob es mir gelungen ist, Ihre Liebe zu erringen. Ich liebe Sie, Mona! Wollen Sie meine Frau werden?«

Sie fühlte sich unter seinen bewegten Worten, unter seinen sehnsüchtig flehenden Blicken einen Moment wie gelähmt. Ach, dass sie gestern nicht in der Garderobe gesessen hätte, dass sie an ihn und seine Worte hätte glauben können. Der Schmerz und die Verzweiflung packten sie, aber sie rief all ihren Stolz zu Hilfe, richtete sich hoch empor und sagte, ihn mit einem kühlen, abweisenden Blicke streifend, so fest und ruhig, wie es ihr möglich war:

»Ich bedaure, Ihre Werbung nicht annehmen zu können, Herr Doktor, ich muss Ihnen mit einem Nein antworten.«

Er zuckte zusammen und sah sie erschrocken an, sah in ihre stolzen, abweisenden Augen hinein und zog die Stirn in schmerzlichem Groll zusammen.

»Das sagen Sie mir, nach allem, was gestern Abend zwischen uns geschehen ist, nachdem Sie mir Hoffnung gemacht haben? Mona – das kann doch nicht sein. Zu deutlich habe ich doch in Ihren Augen gesehen, dass Sie mich lieben. Mona – Sie treiben einen grausamen Scherz mit mir.«

Sie hätte laut aufschreien mögen. In dieser Minute verlor sie alle Beherrschung. Dass sie ihn fliehen musste, wenn sie nicht schwach werden wollte, erschien ihr gewiss. Sie krampfte die Hände zusammen.

»Nein«, sagte sie mit verhaltener Stimme, »ich treibe keinen Scherz mit Ihnen, ich kann Ihre Werbung nur mit einem Nein beantworten – trotzdem ich Sie liebe! Ja, ich liebe Sie und schäme mich dessen nicht, aber ich müsste mich schämen, wenn ich Ihre Frau würde, weil ich weiß, dass Sie nur um mich anhalten, weil ich die Herrin von Glützow bin. Ich vergebe meine Hand nur an einen Mann, der mich liebt, wie ich geliebt sein möchte. Sie werden verstehen, dass ich Sie also abweisen muss – ich – ich – weiß alles!«

Weil sie fühlte, dass sie in Tränen ausbrechen würde, neigte sie hastig den Kopf und verließ schnell das Zimmer, draußen dem Diener Weisung gebend, den Herrn Doktor zum Wagen zu geleiten.

Rudolf stand wie gelähmt da, fassungslos und ratlos. Was war geschehen? Weshalb wies Mona ihn ab, wenn sie ihn liebte? Weshalb war sie so außer sich, so erregt?

»Ich weiß alles!«, hatte sie ihm zugerufen. Was meinte sie damit? Was wusste sie? Was hatte sie veranlasst, so zu reden? Sie liebte ihn! ›Mein Gott‹, dachte er, ›das ist doch die Hauptsache, alles andere kann nur ein Irrtum, ein Missverständnis sein. Ich kann doch nicht fortgehen mit diesem Bescheide, denn ich liebe sie und fühle, dass sie irgendwelche Schmerzen leidet. Was ist nur geschehen? Schon gestern Abend – ja – weshalb war sie so seltsam verändert, als sie aus der Garderobe zurückkam?‹

Er stand noch ganz erstarrt, als der Diener eintrat und seinen Aufbruch erwartend, an der Tür stehen blieb. Mit blassem Gesicht wandte sich Rudolf dem Diener zu.

»Wo ist das gnädige Fräulein?«

»Sie hat sich auf ihr Zimmer zurückgezogen, ich soll den Herrn Doktor zum Wagen geleiten.«

Da musste Rudolf gehen, um keinen Eklat zu verursachen. Er nahm seinen Hut und seinen Mantel und stieg in sein Auto. Aber er tat es langsam, zögernd, als müsse ihm noch ein Ausweg einfallen.

Aber er musste mit der ungelösten Frage nach Hause zurückkehren.

Und Mona lag in ihrem Zimmer auf dem Diwan, außer sich, bedrückt, beschämt und gedemütigt, weil sie sich im Überschwange ihrer Gefühle hatte hinreißen lassen, Rudolf Hagmeister ihre Liebe zu verraten. Warum, ach, warum hatte sie das getan, weshalb hatte sie ihn nicht einfach kurz und bündig abgewiesen? Was ging es ihn an, dass sie ihn liebte? Aber freilich, sollte sie sich den Vorwurf von ihm gefallen lassen, dass sie einen grausamen Scherz mit ihm getrieben hatte? Sie musste sich doch rechtfertigen. Und schließlich – hatte sie sich zu schämen, weil sie ihn liebte? Nach dem gestrigen Abend hätte sie es doch nicht ableugnen können. Warum sich verkriechen mit ihrem ehrlichen Gefühl? Sie hatte sich dessen gewiss nicht zu schämen. Und er wusste nun wenigstens, wie die Dinge lagen, dass er sie hätte gewinnen können, wenn er ein ehrliches Spiel gespielt hätte. Er wusste nun, dass sie von allem unterrichtet war und dass sie sich nicht verhandeln ließ wie ein Stück Ware; just darum, weil sie ihn liebte.

Nach und nach wurde sie ruhiger, so ruhig, wie sie es mit ihrem wehen Herzen sein konnte. Und sie wusste nur eines, sie durfte Rudolf jetzt nicht wieder begegnen, sie musste fort aus seiner Nähe, wollte auf Reisen gehen. Änne würde hier alles weiterführen, darum brauchte sie sich nicht zu sorgen. Und Änne sollte auch wissen, warum sie ging, vor ihr brauchte sie sich nicht zu schämen.

Aber dann warf sie sich doch wieder in aufwallendem Schmerz auf den Diwan und barg das zuckende Gesicht in den Händen. Aller Stolz war zerbrochen, sie wusste, dass sie diesen Schlag nie verschmerzen würde, denn, das war das Schlimmste, sie liebte ihn noch immer, trotz allem, was er ihr angetan hatte.

Ruhelos lief sie hin und her, rief dann ihr Mädchen und gebot ihm, ihre Koffer herbeizuholen, denn sie würde verreisen. Das Mädchen eilte zunächst hinunter in das Domestikenzimmer, wo der Diener bereits gemeldet hatte, dass die Herrin den Doktor durch ihn sozusagen hätte hinausweisen lassen. Da müsse etwas geschehen sein. Und nun hörte man, dass die Herrin plötzlich auf Reisen gehen wollte. Also da schien nichts mit einer Verlobung und Hochzeit zu werden, das sah gar nicht danach aus.

Es gab allerlei Vermutungen, nur auf die Wahrheit kam niemand.

Die Koffer wurden herbeigeschafft und in Monas Zimmer bereitgestellt, aber mit dem Einpacken wollte Mona erst nach Ännes Rückkehr beginnen.

Änne war auch heute zunächst am Strande entlang geritten, um sich zu den entlegenen Feldern und Wiesen zu begeben. Dieser Weg war freilich eine Kleinigkeit länger als der andere, aber – sie hoffte, ohne sich das freilich einzugestehen, hier dem Lengwitzer Verwalter zu begegnen.

Sie war überzeugt, dass zwischen Mona und Doktor Hagmeister heute eine Entscheidung herbeigeführt werden würde, und da sie ein kluges Mädchen war, und als solches längst gemerkt hatte, wie es um ihre junge Herrin und den Doktor stand, so zweifelte sie nicht daran, dass eine Verlobung zustande kommen würde.

Sie war der festen Überzeugung, dass Doktor Hagmeister seinen Verwalter heute nicht begleiten würde. Dann aber – wenn überhaupt – würde sie auf ihn allein stoßen. Und … sie hätte gar nichts einzuwenden gehabt gegen ein kurzes Beisammensein unter vier Augen.

Ihr Herz begann sehr rebellisch zu schlagen, als sie ihn tatsächlich aus dem Dünenwalde herauskommen und schnell auf sie zureiten sah.

»Guten Morgen, Fräulein Verwalter! Also auch heute schon auf dem Pferderücken?«

Sie wurde rot, lachte ihn aber in ehrlicher Freude an.

»Jawohl, schon zur zweiten Tour, Herr Verwalter, das erste Mal bin ich, wie jetzt immer, schon um vier Uhr ausgeritten. Jetzt komme ich vom Frühstück mit Fräulein von Glützow.«

Seine Augen strahlten sie bewundernd an.

»Fabelhaft! Vor Ihnen muss man wirklich Hochachtung haben. Sie beschämen uns Männer gründlich. Wie haben Sie sich gestern Abend amüsiert?«

»Mäßig!«, sagte sie lächelnd.

Er ritt nahe an sie heran.

»Ich war in Gedanken mit Ihnen, Fräulein Verwalter – bis ich eingeschlafen bin. Und – ich habe die Herren, die mit Ihnen tanzen durften, glühend beneidet.«

Sie lachte ein wenig verlegen unter seinem Blicke.

»Ach, die waren gar nicht besonders beneidenswert, ich war müde und habe wahrscheinlich wie ein Plumpsack getanzt«, scherzte sie.

Seine Augen brannten in die ihren, und plötzlich sagte er mit verhaltener Stimme:

»Ich war brennend eifersüchtig auf jeden, der Sie im Arm halten durfte, das müssen Sie wissen, Änne!«

Ihr Gesicht war wie in Glut getaucht, aber sie hielt tapfer seinen sehnsüchtigen Blick aus.

»Ja – ich weiß es – ich – ja – ich habe ja auch nur immer an Sie gedacht.«

Er griff ihrem Pferde in die Zügel, so hielten sie dicht beieinander.

»Änne, liebe süße Änne, weißt du, dass ich das Leben ohne dich nicht mehr erträglich finde, dass ich mich sehne nach dir mit aller Inbrunst meines Herzens? Weißt du das, Änne?«

Sie nickte ihm mit einem reizenden Lächeln zu.

»Ja, Günter, das weiß ich.«

»Und du – du, Änne?«

Sie lachte leise, ganz weich und zaghaft.

»Ich sehne mich auch, Günter – genau so sehr, das weißt du doch längst, nicht wahr?«

Er zog sie dicht an sich, die beiden Pferde mit der Linken fest am Zügel haltend. Und ihre Lippen fanden sich im ersten, stummen Liebeskusse. So hielten sie, eine lange Zeit, Mund auf Mund oder Auge in Auge. Dann machte sie sich erschrocken los.

»Ach, Günter, wir befinden uns hier auf dem Präsentierbrette – jeder, der über die Düne guckt, kann uns sehen.«

Er lachte übermütig.

»Dann hat er eine Augenweide, meine süße Änne.«

»Ach, Günter – aber was soll denn nun werden?«

»Hochzeit!«, sagte er lakonisch.

Sie musste lachen und sah innig in seine brennenden Augen hinein.

»Wie soll das denn gehen?«

»Wunderschön, Änne! Ich habe bereits Auftrag gegeben, dass das Verwalterhaus in Lengwitz renoviert wird, mit Zustimmung Doktor Hagmeisters. Sieben Zimmer, Änne, vier große und drei kleine, eine hübsche Küche und eine Speisekammer, sogar nach Norden gelegen. Genügt dir das?«

Sie seufzte glückselig auf.

»Ach, das ist mehr als genug! Aber, ich bin doch in Stellung?«

»Die längste Zeit gewesen. Den Sommer müssen wir noch aushalten, Änne, bis alles bereit ist. Aber so im September, da halten wir Hochzeit.«

»So bald schon?«

»Na, ich finde es reichlich lange, aber ich habe dem Doktor versprochen, bis dahin zu warten.«

»Weiß er denn?«

»Selbstverständlich, alles mit ihm besprochen. Zulage bekomme ich auch.«

»Aber ich kann Mona doch nicht im Stiche lassen!«

»Die weiß schon, was ihr droht, und wird, wie sie gesagt hat, deinem Glücke nicht im Wege stehen. Deinem Glücke, Änne – ist es dein Glück?«

Sie mussten das erst noch einmal besiegeln. Aber dann sagte Änne:

»Erst muss Mona aber Ersatz für mich haben.«

»Ja doch! Ein Verwalter wird engagiert, es gibt genug, die auf eine Stelle warten. Die weibliche Konkurrenz muss ich aus dem Wege schaffen«, neckte er.

»Am Ende willst du mich nur deshalb heiraten?«

Seine Augen blitzten sie an.

»Nur deshalb, du dumme Änne, nur deshalb!«

Und er riss sie in seine Arme und küsste sie wie ein Verdurstender. Der Hut flog ihr vom Kopfe, und das braune, lockige Haar flog im Winde. Sie mussten beide lachen, er sprang aus dem Sattel und hob den Hut auf. Und als er ihr denselben lachend wieder reichte, zog er sie vom Pferde in seine Arme. Er ließ die Zügel ganz locker, und so standen sie nun, durch die beiden Pferdeleiber gegen die Düne gedeckt, und küssten sich, sie wussten selbst nicht, wie lange.

»Jetzt muss ich aber weiter, Günter«, sagte sie halb atemlos.

Schnell küsste er sie noch einmal, dann hob er sie auf ihr Pferd und gab ihr die Zügel in die Hände.

»So, Änne, du kommst schon noch zeitig genug auf die Felder. Warte einen Moment, ich begleite dich noch ein Stück.«

Er sprang wieder in den Sattel, und nun ritten sie nebeneinander hin und sagten sich in aller Eile noch so viel Liebes und Zärtliches, wie sie in diese kurze Zeit zusammendrängen konnten. Und dann lachte Änne plötzlich auf.

»Du, Günter – da wird wohl nun eine Doppelverlobung gefeiert werden müssen!«

Er sah sie fragend an.

»Du meinst – Doktor Hagmeister und Fräulein von Glützow?«

Sie nickte.

»Ja!«

»Und gerade heute, wie wir?«

»Er hat mich wenigstens gestern Abend gebeten, ich möchte um elf Uhr in Glützow aus dem Wege sein und möglichst nicht so bald heimkommen. Also wundere dich nicht, wenn du heute allein zu Mittag essen musst.«

Er lachte.

»Ah so, deshalb wollte er mich heute nicht begleiten. Nun, wir können damit zufrieden sein, Änne, dann kommen wir zu einer feierlichen Verlobungsfeier.«

»Hoffentlich! Ach, Günter – das ist ja alles viel zu schön, um wahr zu sein.«

»Was denn? Dass unsere Herrschaft sich verloben wird?«

»Oh, ich bin Egoist, Günter!«

»Ich auch! In dieser Beziehung mehr als in jeder andern. Schnell noch einen Kuss, Herzensänne!«

Sie küssten sich noch einmal zum Abschiede, und dann sagte er bittend:

»Wir müssen uns jetzt täglich wenigstens eine halbe Stunde allein sehen, Änne, überlege dir mal, wie wir das einrichten können. Und dann schreibst du mir ein Briefchen – aber ein liebes, hörst du?«

»Fange du nur an!«, sagte sie lachend.

Er nickte.

»Gut, also ich zuerst! Morgen früh erhältst du Nachricht. Wo reitest du denn jetzt hin?«

»Nach den Kleefeldern, und dann hinüber nach dem See, da werden auf den Feldern Rüben gehackt.«

»Richtig! Vielleicht begegnen wir uns noch einmal, will sehen, was ich tun kann, werde so um Mittag am See sein.«

»O fein! Wiedersehen, Günter – lieber Günter!«

»Wiedersehen, meine Änne! Denk an mich!«

»Immer – heute werde ich wohl ein bisschen zerstreut sein.«

Er presste ihre Hand an seine Lippen, und dann ritt sie im schlanken Trabe davon.

Er sah ihr mit leuchtenden Augen nach, und ehe sie im Dünenwalde verschwand, winkte sie noch einmal zurück.

Dann jagte auch Günter davon, seinen Pflichten nach.

Er stand gerade bei den großen Heuschobern, als das Auto mit seinem Herrn vorüberkam.

Rudolf hatte sich auf der Heimfahrt den Kopf zergrübelt, was Mona bewogen haben könnte, ihn abzuweisen, trotzdem sie ihn liebte, wie sie ihm ja schmerzvoll versichert hatte. Was war nur geschehen? Es musste ihr etwas begegnet sein, während sie gestern Abend in die Garderobe gegangen war, um ihr Kleid zu reparieren. Nach ihrer Rückkehr in den Festsaal erschien sie ihm völlig verändert.

»Sie werden verstehen, dass ich Sie abweisen muss – ich weiß alles!«

So hatte sie ihm zugerufen, mit blassem, in Schmerz erstarrtem Gesicht. Das quälte ihn am meisten, dass er wusste, dass sie litt.

Was sollte es nur heißen, dass sie ihm sagte: »Ich weiß alles«?

Was wusste sie? Was hatte sie so sehr verändert, was quälte sie? Und wie sollte er es in Erfahrung bringen, wenn sie ihn nicht selbst aufklärte? Sie würde ihn nicht wieder vorlassen, wenn er kam, um sich Aufklärung zu holen. Sie nahm zweifelsohne an, er wisse, was sie mit den Worten meinte: Ich weiß alles!

Ob er ihr schrieb, sie brieflich um Aufklärung bat? Aber wenn sie sich weigerte? Was sollte er nur tun, sich Klarheit zu verschaffen? Alles konnte doch nur ein verhängnisvoller Irrtum sein.

Verzweifelt grübelte er darüber nach, und zuweilen wallte es dennoch wie eine heiße Glückswoge über ihn hin, wenn er daran dachte, dass sie ihm gesagt hatte, dass sie ihn liebte. Das ließ ihn auch nicht ganz verzagen. Wenn sie ihn nur liebte, dann musste ja alles gut werden. Nur musste er ergründen, was plötzlich trennend zwischen ihnen lag, was sie zu wissen glaubte.

Und plötzlich dachte er an Änne Rasch. Sie musste helfen – sie würde es tun, falls er sie darum bat, würde aus Mona herausbringen, was geschehen war, was als Hindernis plötzlich zwischen ihnen aufragte. Ja – Änne Rasch musste helfen, die kleine, kluge, warmherzige Verwalterin.

Aber wo sie jetzt finden? Er wusste, fühlte, dass es galt, schnell zu handeln, denn Mona litt – und sie sollte nicht leiden, sie sollte mit ihm glücklich sein.

Als er in seinem Gedankengang so weit gekommen war, sah er seinen Verwalter an den Heuschobern stehen. Er ließ den Wagen halten und rief ihn herbei. Günter folgte dem Rufe sofort und sah erschrocken in das aschfahle Gesicht seines jungen Herrn.

»Was ist geschehen, Herr Doktor?«

Es zuckte bitter um Rudolfs Mund. Sah man ihm ohne Weiteres den abgewiesenen Freier an? Er gab sich einen Ruck.

»Ich wollte Sie nur fragen, ob Sie zufällig wissen, wo ich Fräulein Rasch jetzt finden kann?«

»Fräulein Rasch?« Günter sah nach der Uhr. »In einer halben Stunde wird sie unten am See auf den Rübenfeldern sein, Herr Doktor. Zufällig habe ich sie getroffen, und sie sagte mir, dass sie um zwölf Uhr auf den Rübenfeldern sein würde.«

»Danke, Herr Verwalter! Ich muss Fräulein Rasch etwas sagen.«

Und ohne auf Günters besorgtes Gesicht zu achten, gab er dem Chauffeur Weisung, nach dem See zu fahren. Er kam allerdings schon vor zwölf Uhr dort an. Gut, so würde er warten, bis Änne Rasch kam.

So fuhr er davon, und Günter sah ihm unruhig nach. Das sah nicht nach einer Verlobungsfeier aus. Was mochte denn geschehen sein? Sollte sich sein Herr Doktor einen Korb geholt haben? Das konnte doch nicht sein, man hatte doch Augen im Kopfe?

Langsam kehrte er zu seinen Geschäften zurück und machte sich bereits darauf gefasst, Änne nicht mehr am See zu finden, würde er um zwölf Uhr dorthin kommen. Sicherlich hatte der Herr Doktor einen delikaten Auftrag für sie.

Als Rudolf auf den Rübenfeldern am See anlangte, sah er Änne gerade vom Walde herüberkommen. Er schnitt ihr den Weg ab, und als er sie erreicht hatte, sprang er aus dem Wagen, den er halten ließ. Er ging ihr entgegen, und sie sah ihn ein wenig erschrocken an.

»Herr Doktor! Sie sind nicht in Glützow?«

»Ich war dort, Fräulein Verwalter – aber – ach bitte, steigen Sie ab und gehen Sie mit mir eine Weile auf und ab, ich habe Ihnen etwas zu sagen.«

Sie sprang mit seiner Unterstützung sogleich aus dem Sattel und stand nun unruhig und erwartungsvoll neben ihm.

»Was ist geschehen?«, fragte sie besorgt.

Er atmete tief auf.

»Unbegreifliches ist geschehen, Fräulein Verwalter. Sie ahnten sicherlich, weshalb ich heute mit Fräulein von Glützow allein sein wollte?«

»Ja, Herr Doktor!«, sagte sie einfach, während sie neben ihm herging.

»Nun gut! Sie sind ein zuverlässiges und verständnisvolles Geschöpf, und – ich brauche Ihre Hilfe jetzt; kein Mensch als Sie kann mir helfen. Ich bin in einem Zustande der Verzweiflung. Alles muss ich Ihnen anvertrauen, was geschehen ist. Sie sind Monas Freundin, und ich weiß, sie leidet, aber ich weiß nicht, warum, und wie ich ihr helfen kann«, stieß er heiser hervor.

Mitleidig sah sie in sein erregtes Gesicht.

»Soll und kann ich Ihnen helfen, dann – ja – dann müssen Sie mir reinen Wein einschenken. Ich weiß, dass Mona ihr seelisches Gleichgewicht verloren hat, aber nicht warum. Als wir gestern Abend nach Hause kamen, eilte sie sogleich nach ihrem Zimmer und schloss sich darin ein. Ich klopfte später an ihre Tür, um ihr gute Nacht zu sagen, erhielt aber kaum Antwort. Ich erkannte jedoch, dass sie sehr erregt sein musste, wollte mich aber nicht in ihr Vertrauen drängen. Heute Morgen war sie sehr niedergedrückt, und ich nahm wahr, dass sie geweint hatte.«

»Mein Gott, das ertrage ich nicht! Was ist ihr nur widerfahren?«

»Haben Sie sich nicht mit ihr ausgesprochen?«

Er zögerte einen Moment, dann sagte er aufatmend:

»Sie haben recht. Wenn Sie mir helfen sollen, müssen Sie alles wissen.«

Er erzählte ihr nun genau, wie lieb und herzlich Mona gestern Abend zu ihm gewesen sei und dass er sie bei ihrem Vornamen genannt und sie gebeten habe, heute zu ihr kommen zu dürfen, um ihr eine Frage vorzulegen, von deren Beantwortung sein ganzes Lebensglück abhinge. Mona sei dann in die Garderobe gegangen, um einen Schaden an ihrem Kleide auszubessern, und als sie nach etwa einer halben Stunde zurückgekommen sei, habe sie sehr blass ausgesehen und sich wieder so kalt und abweisend gezeigt wie früher. Trotzdem habe er nur an eine Übermüdung geglaubt. Er erinnerte sie dann an Monas seltsames Verhalten während der Fahrt. Dann berichtete er ihr ausführlich, ohne jeden Rückhalt, von seiner Werbung und von Monas ihm unverständlicher Antwort.

»Also, Fräulein Rasch: Mona gab unumwunden zu, dass sie mich liebe, sagte dann aber, dass sie meine Werbung trotzdem zurückweisen müsse. Und zum Schluss rief sie mir zu: ›Ich weiß alles!‹ Damit verließ sie mich, wie ich bemerkte, mit Tränen kämpfend. Ich weiß nun, dass sie mich liebt, wie ich sie liebe, weiß, dass es ihr weh getan hat, mich abweisen zu müssen, aber sie stand mir nicht weiter Rede, sondern ließ mich durch den Diener, den sie mir hereinschickte, zum Wagen bringen, und so musste ich in einer fürchterlichen Stimmung davonfahren. Jetzt wissen Sie alles! Nun helfen Sie mir! Sie müssen Mona bewegen, Ihnen zu offenbaren, was sie mit dem rätselvollen: Ich weiß alles! sagen wollte. Ich nehme an, sie wird mir nicht Rede stehen wollen, wird mich wahrscheinlich nicht wieder vor ihr Angesicht lassen. Aber ich bin auch überzeugt, dass nur irgendein verhängnisvoller Irrtum, irgendetwas mir Unverständliches zwischen uns steht. Sie liebt mich und ich – mein Gott – ich bete sie an, und ihr Glück ist mir wichtiger als mein eigenes. Aber ich bin dazu verurteilt, mich ohne Gnade von ihrem Angesicht verbannen zu lassen. Wie kann ich da Klarheit schaffen? Deshalb komme ich zu Ihnen. Ich bin überzeugt, wenn irgendein Mensch Licht in dieses Dunkel bringen kann, sind Sie es. Wollen Sie mir helfen?«

Sie reichte ihm mit einem warmen Lächeln die Hand.

»Die einzigen Menschen, denen ich Dankbarkeit schuldig bin, sind Sie und Mona. Ich weiß, dass Sie Mona lieben und von ihr geliebt werden, weiß nun auch, dass irgendetwas Unerklärliches plötzlich zwischen Ihnen steht wie ein Hindernis. Dieses muss fortgeräumt werden, das steht fest. Und was ich dabei tun kann, soll gewiss geschehen. Mona vertraut mir sonst alles an, aber nie hat sie zu mir davon gesprochen, dass ihre Liebe Ihnen gehöre. In dieser Beziehung ist sie eine Mimose, das weiß ich, und deshalb habe ich nie daran gerührt, obwohl ich ahnte, fühlte, dass Sie ihr teuer geworden waren. Hier gilt es aber ihr Glück, und wenn es nicht anders geht, werde ich einmal unzart sein und versuchen, sie zum Sprechen zu bringen. Erst will ich abwarten, ob sie mir nicht selbst etwas mitteilt, wodurch ich einen Fingerzeig erhalte. Bitte, verlieren Sie nur nicht den Mut! Alles kann ja nur Missverständnis sein oder sonst irgendetwas, was nur der Aufklärung harrt. Fahren Sie jetzt ruhig wieder heim, Herr Doktor; sobald ich etwas in Erfahrung gebracht habe, sollen Sie es erfahren.«

»Auch, wenn sie Ihnen verbieten sollte, mir etwas davon zu sagen?«

»Auch dann, Herr Doktor; es ist ganz sonderbar, wir Frauen sind oft sehr töricht, so dass wir zu unserm Glück direkt gezwungen werden müssen. Ich habe Mona so lieb, dass ich auch gegen ihren Willen versuchen würde, ihr zu ihrem Glück zu verhelfen.«

Er drückte ihr so heftig die Hand, dass sie das Gesicht schmerzhaft verziehen musste.

»Ich danke Ihnen; oh, ich danke Ihnen vielmals, Fräulein Rasch!«

Sie lächelte ihm tröstend zu.

»Nun, einmal werden wir ja hoffentlich ins Gleiche kommen, Herr Doktor; vorläufig bin ich noch in Ihrer Dankesschuld. Ich muss jetzt die Arbeiten auf den Rübenfeldern kontrollieren, dann reite ich heim und will sehen, was ich für Sie tun kann.«

Damit verabschiedete sie sich von Rudolf, der, etwas beruhigter, wieder in seinen Wagen stieg.

Änne sah ihm nach.

»Du törichte Mona, was hast du nur im Sinne? Dieser Mann liebt dich doch mit aller Inbrunst, was willst du denn noch?«

So fragte sie sich, als sie zu den Leuten hinüberritt.

Sie sah nach dem Rechten, gab ihre Befehle und fasste sich so kurz wie möglich. Dabei sah sie immer wieder erwartungsvoll umher.

Würde Günter sein Versprechen halten und um die Mittagszeit hierherkommen? Sie hätte ihn gar zu gern noch einmal gesehen.

Sie war noch nicht ganz fertig mit ihren Anordnungen, als sie ihn drüben am Waldesrande auftauchen sah. Er blieb unter den Bäumen halten.

Änne erledigte schnell alles noch Notwendige und ritt dann im Trabe zu dem Geliebten hinüber, wusste sie doch, dass dessen Zeit ebenfalls knapp bemessen war.

Mit lebhaft geröteten Wangen langte sie bei ihm an. Er hatte sich weiter unter die Bäume zurückgezogen, damit er sie ungestört küssen konnte. Dann fragte er:

»War der Doktor hier bei dir?«

»Ja, Günter, es war leider nichts mit der Verlobung; es ist irgendetwas dazwischengekommen, was ich aufklären soll. Ich habe jetzt keine Zeit, dir alles zu erklären, jedenfalls hat die Sache eine kritische Wendung genommen. Vielleicht erfährst du auch einiges von dem Doktor selber. Jetzt mag mir nur der liebe Gott helfen, damit ich Licht in die so etwas verworrene Angelegenheit bringen kann, sonst bin ich sehr betrübt. Ich kann mich meines eigenen Glückes gar nicht recht freuen, wenn diese beiden Menschen, denen ich so viel zu danken habe, nicht auch glücklich werden. Also lebe wohl, mein Günter; wenn ich dir anders keine Nachricht schicken kann, schreibe ich dir. Aber bitte, verrate dem Doktor heute noch nichts von unserer Verlobung, es ist heute ein schlechter Tag für ihn.«

»Ach, Änne, ich bin viel egoistischer als du und kann nur an unser Glück denken.«

»Dafür bist du ein Mann!«, rief sie ihm schelmisch zu und jagte davon.

Unterwegs hatte sich Änne einen Plan zurechtgelegt, was sie jetzt zu tun habe. Bei ihrer Ankunft in Glützow hörte sie, dass das gnädige Fräulein sich auf ihre Zimmer zurückgezogen habe und anscheinend nicht ganz wohl sei. Änne überlegte einen Moment. Dann begab sie sich auf ihr Zimmer, kleidete sich schnell um für die Mittagstafel und ging dann zu Mona hinüber und klopfte bei ihr an. Erst nach einer Weile fragte eine verhaltene Stimme:

»Wer ist da?«

»Ich bin's, Mona! Darf ich eintreten?«

Da wurde drinnen der Schlüssel umgedreht, und Mona ließ sie ein. Änne erschrak über ihr Aussehen und nicht minder über die bereitstehenden Koffer.

»Mona – du siehst leider noch immer recht leidend aus. Ist dir noch nicht besser? Und – da stehen deine Koffer, du willst doch nicht verreisen?«

»Doch, Änne; morgen will ich fort – für lange Zeit.«

Änne erschrak und legte den Arm um Mona.

»Mona – ich bin sehr besorgt um dich, will mich aber nicht in dein Vertrauen drängen.«

Mona zog sie mit sich auf den Diwan und sagte mit matter Stimme:

»Ich sehe ein, Änne, dir muss ich alles sagen. Einem Menschen muss ich mich erschließen. Ich habe seit gestern Abend sehr viel erlebt und erlitten. Änne – und – mein Stolz müsste mir eigentlich gebieten, alles in mir zu verschließen. Aber du sollst nicht glauben, dass ich plötzlich von Sinnen gekommen bin oder Launen habe. Genug – ich muss fort, so weit wie möglich und so lange wie möglich.«

Änne streichelte ihr die Hände, die eiskalt waren und zitterten.

»Meine arme Mona, was ist dir nur geschehen?«

»Ach, Änne, wie glücklich kannst du sein, weil du arm bist; weil du, wenn dich ein Mann zum Weibe begehrt, genau wissen wirst, dass er dich liebt und nur dich will, und nicht das, was dir gehört.«

Änne schüttelte verständnislos den Kopf.

»Aber Mona – schätzest du dich so niedrig ein, dass du meinst, dein Besitz sei wertvoller als deine Person?«

»Zwischen gestern und heute habe ich das erkennen müssen, Änne. Höre zu, und was ich dir sage, muss zwischen uns beiden Geheimnis bleiben.«

Und in fieberhafter Erregung berichtete Mona ihr von ihrer Liebe zu Rudolf, von der Seligkeit des gestrigen Abends, solange sie an seine Liebe geglaubt hatte, und wie dann ihr ganzes Glück in Trümmer gegangen sei, als sie die beiden Herren in der Garderobe wider Willen habe belauschen müssen.

»Du kannst dir denken, Änne, wie mir zumute war. Ich war verhandelt worden wie ein Stück Ware, der Justizrat hatte mich Doktor Hagmeister als glänzende Partie angeboten. Es passte ja herrlich! Lengwitz und Glützow liegen ja so lächerlich günstig nebeneinander. Doktor Hagmeister hat sich nicht gewehrt, diesen Handel abzuschließen, sonst hätte die Justizrätin nicht im Voraus von unserer bevorstehenden Verlobung sprechen können. Mir war, als gehe alles um mich her in Trümmer, ich hätte am liebsten sterben mögen, um nur nichts mehr zu hören von diesem geschmacklosen Schacher. Du kannst dir wohl denken, wie mir zumute war, als der Mann, den ich liebte, vor mir stand, mir von seiner Liebe sprach und um meine Hand bat. Ach, Änne – wie konnte er mir das nur antun?«

Weinend fiel Mona der Freundin um den Hals. Änne war somit sehr schnell in Besitz dieses Geheimnisses gekommen und wusste nunmehr, warum Doktor Hagmeister einen Korb bekommen; wusste, was seit gestern Abend Mona so sehr verwandelt hatte. Aber nicht einen Moment zweifelte sie, dass dies alles nur ein Irrtum sei. Wenn Doktor Hagmeister, den sie vorhin so elend und verzweifelt gesehen, Mona nicht liebte, hätte sie auch an ihres Günters Liebe zweifeln müssen. Sie überlegte aber erst, was sie jetzt zu tun und zu sagen hätte, um ja nichts zu verderben. Leise strich sie über Monas Köpfchen, und als diese sich etwas beruhigte, fragte sie freundlich:

»Und das hast du von Doktor Hagmeister geglaubt, Mona?«

Diese reckte sich jäh empor.

»Geglaubt? Aber Änne, ich habe dir doch erzählt, was diese Herren sagten. Das können sie doch nicht aus der Luft gegriffen haben!«

»Aber, meine liebe Mona, du kennst doch die gute Justizrätin. Unter uns gesagt, sie ist die größte Klatschbase von ganz Stralsund. Nicht einmal eine bösartige, aber eine von denen, die immer und überall das Neueste herumtratschen müssen, gleichviel, ob es wahr oder unwahr ist. Ich muss dir sagen, deine Liebe zu Rudolf Hagmeister kann nicht sehr groß sein.«

Mona wurde dunkelrot.

»Änne – du weißt doch, wenn ich einmal liebe, dann sitzt es tief.«

»Dann begreife ich nicht, wie du dich durch ein derartiges Geschwätz so irritieren lassen kannst. Wir haben Doktor Hagmeister doch recht gut kennengelernt und wissen, dass er ein anständiger Mensch, dass er ein Mann von vornehmer Gesinnung ist. Hältst du ihn dessen fähig, einen derartig undelikaten Handel abzuschließen? Ich nicht, das sage ich dir und – ich liebe ihn doch nicht einmal. Du aber glaubst ohne Weiteres, dass alles wahr sei, was die beiden Herren zusammenschwatzten?«

Mona sah sie betreten an.

»Aber Änne, sie sprachen doch so bestimmt davon!«

»Nun, wenn ich einen Mann liebe, schenke ich ihm

auch mein Vertrauen, und das lasse ich mir nicht so leicht erschüttern.«

Mona sah ganz verzagt zu der Freundin hinüber.

»Mein Gott, Änne – wie konnte ich denn anders?«

Änne strich ihr über das Haar. Mit Absicht war sie so schroff gewesen; sie wusste, das würde bei Mona mehr wirken, als wenn sie ihr gut zureden würde.

»Nun ja, Mona, wenn wir Frauen lieben, dann haben wir immer so etwas wie einen Minderwertigkeitskomplex. Du hieltest es nach dem Gehörten in deiner Verzweiflung für möglich, dass Doktor Hagmeister dich nur wegen deines Besitzes zur Frau begehrte. Ihr armen reichen Mädchen seid ja überhaupt so schnell bereit, anzunehmen, ein Mann könne sich nur in euer Vermögen verlieben. Ich weiß bestimmt, dass Rudolf Hagmeister dich unsagbar liebt und dass er jetzt wahrscheinlich sehr niedergeschlagen ist, denn wie ich dich kenne, hast du ihn stolz und kalt abgewiesen.«

Mona drückte die Hände aufs Herz.

»O nein, Änne, nicht so! Ach, all mein Stolz war mir abhandengekommen. Ich wies ihn freilich ab, bekannte ihm jedoch, dass ich ihn zwar liebe, dass ich aber seine Werbung nicht annehmen könne. Ich sagte ihm: Ich weiß alles! Und dann musste ich davonlaufen, weil mir die Tränen kamen und ich mich schämte, um einen Mann zu weinen, dem ich nichts gelte. Ich lief davon und ließ ihn durch den Diener hinausbegleiten.«

Als sei ihr dies etwas Neues, so schlug Änne die Hände zusammen.

»Aber Mona! Wie konntest du ihm nur so wehe tun? Was soll er nur mit diesem ›Ich weiß alles‹ anfangen? Ich bin überzeugt, er hat keine Ahnung, was du eigentlich zu wissen glaubst. Wenn mir alles so sicher wäre wie das, dass er dich liebt, dann wäre alles gut. Ich weiß doch, wie er dich immer angesehen hat, wie er selig war, wenn du ihm ein freundliches Wort gönntest, sooft er dir einen Dienst leisten konnte. Weißt du, was ich an deiner Stelle getan hätte?«

»Nun?«, fragte Mona ganz verschüchtert.

»Ich hätte ihm einfach gesagt: So und so, dies und das habe ich gestern Abend in der Garderobe gehört. Was haben Sie mir daraufhin zu sagen?«

»Wie denkst du dir das, Änne; ich hätte bei dieser Frage in sein Gesicht sehen, hätte darinnen Scham über sein Verhalten aufsteigen sehen müssen – nein – das hätte ich nicht gekonnt.«

»So! Aber du weisest diesen Mann, den du liebst und der dich liebt, einfach mit einem ›Ich weiß alles‹ ab und gibst ihm nicht einmal Gelegenheit, dich fragen zu können, was du eigentlich weißt, damit er sich hätte verteidigen können?«

Mona wurde immer kleiner, immer verzagter.

»Oh, nun sage nur noch, dass ich mir selbst mein Glück verscherzt habe, du bist gar nicht lieb zu mir, Änne.«

Diese nahm sie in ihre Arme und schaukelte sie hin und her wie eine Mutter ihr Kind.

»Weil ich außer mir bin, dass du so gegen dich selbst gewütet hast. Aber das sage ich dir, ich sehe nicht still und tatenlos zu, wie du dich unglücklich machst. Da stehen alle die Koffer, die lassen wir schnell wieder auf den Speicher schaffen, jetzt wird es schön in Glützow, da reisen wir nicht in der Welt umher mit einem wehen, vereinsamten Herzen.«

Mona liefen die Tränen über die Wangen.

»Gute Änne, ich muss ja fort, ich kann Rudolf Hagmeister unmöglich wiedersehen.«

»Warum denn nicht? Willst du denn darauf beharren, ihm Unrecht getan zu haben?«

»Aber Änne, glaubst du wirklich, dass alles nicht wahr ist?«

»Das glaube ich ganz bestimmt, denn ich bin vor Liebe nicht blind wie eine gewisse Mona von Glützow.«

»Was kann, was soll, was muss ich tun? Du hast mich ganz unsicher gemacht.«

»Willst du es mir überlassen, alles in Ordnung zu bringen und dir Gewissheit zu schaffen?«

»Ja, Änne – hilf mir – hilf mir doch – ich – ich habe ihn so lieb, auch jetzt noch, und ohne ihn ist mein Leben traurig und öde.«

»Nun wohl, ich weiß, dass du ganz klarsehen musst; ein Charakter wie der deine kann keine Kompromisse schließen und keine Halbheiten ertragen. Ich rufe jetzt Doktor Hagmeister an und bitte ihn, noch einmal nach Glützow zu kommen. Dann, wenn er kommt, werde ich ihm in deiner Gegenwart alles mitteilen, was dich so verändert hat, und dazu soll er dann Stellung nehmen.«

»Aber – wenn er nun nicht kommen wird?«

»Das lass nur meine Sorge sein, er wird kommen – weil er dich liebt und sicherlich um dich in großer Sorge ist.«

Mona presste die Handflächen zusammen.

»Kann es denn möglich sein, dass er unschuldig ist?«

»Es ist ganz gewiss so!«

»Aber – dann könnte er mir doch nicht verzeihen.«

Änne küsste sie.

»Wenn er dich so unglücklich und verzagt sieht – ach, Mona – ich müsste ihn schlecht kennen, wenn er dir nicht mit Freuden verzeihen wollte. Also, ich rufe ihn an; sogleich!«

Änne ließ sich gar nicht halten. Sie gebot Mona, sich inzwischen ein wenig hübsch zu machen, sie werde ihr dann Bescheid sagen, was Doktor Hagmeister ihr geantwortet habe.

Und Änne ging hinunter in das Arbeitszimmer, das Mona und sie gemeinsam benutzten. Sie rief in Lengwitz an und ließ Rudolf an den Apparat rufen. Erstaunlich schnell war er bei der Hand.

»Herr Doktor!«

»Fräulein Rasch?«

»Ja, ich bin es. Bitte kommen Sie so schnell wie möglich nach Glützow; ich habe mit Mona gesprochen, sie ist ganz aufgelöst vor Weh und Leid, aber es ist alles nur ein dummes Missverständnis. Kommen Sie schnell, um sie zu erlösen und ihr ihre Ruhe wiederzugeben, Sie können es mit einigen wenigen Worten, sobald Sie alles wissen. Aber – sie weiß nicht davon, dass wir uns heute Vormittag schon gesprochen haben, und darf auch nichts davon erfahren.«

»Gut! Ich danke Ihnen tausend Mal, liebes, kluges Fräulein Rasch. Ich komme sofort!«

Lächelnd hängte Änne den Hörer hin. Sie war fest davon überzeugt, dass Rudolf Hagmeister keine Schuld traf, dass er niemals einen so unfeinen Handel geschlossen haben konnte. Beruhigt ging sie zu Mona zurück.

»Er kommt sofort, Mona; oh, und wie erlöst hat seine Stimme geklungen, als ich ihm sagte, du wolltest ihn sehen und mit ihm sprechen.«

Mona warf sich in ihre Arme.

»Ach, Änne – ich habe so große Angst. Kann er sich rechtfertigen, dann habe ich vieles gutzumachen, und wenn nicht –«

»Still! Es gibt kein ›Wenn‹! Und nun sei so gut, und glaube endlich an den Mann, den du liebst. Ja, gutzumachen wirst du vieles haben, du törichte Mona, aber – das wird dir schon gelingen, deswegen bin ich nicht in Sorge.«

Änne zupfte und ordnete an Mona herum wie eine zärtliche Mutter an ihrer Tochter, wenn sie das erste Mal zu Balle geht.

Es dauerte nicht lange, da fuhr Rudolfs Auto wieder vor.

»Lass mich nur nicht mit ihm allein, ich habe solche Angst«, flehte Mona, Änne ängstlich umklammernd.

»So? Das ist feige, Fräulein Simona von Glützow! Aber ich verspreche dir, erst dann zu verschwinden, wenn ich merke, dass ich überflüssig bin. Also nun Mut und keine Angst. Dieser Mann wird dir gewiss nichts zuleide tun.«

Änne schob ihre Hand unter Monas Arm und zog sie mit sich fort.

Unten im Empfangszimmer stand Rudolf, blass, mit gespannten Zügen und mit erwartungsvollen Augen.

»Mein gnädiges Fräulein, Sie haben mich rufen lassen?«, fragte er Mona.

Sie wurde erst glühend rot und dann leichenblass; es

war nicht schwer zu erkennen, wie sehr sie litt. Das ließ die Härte aus seinen Augen weichen.

Sie sah scheu zu ihm auf.

»Herr Doktor – ich – ich glaube, ich habe Ihnen in meiner Aufregung heute Morgen Unrecht getan – ich – ich fürchte, ich kann Ihnen das alles nicht richtig erklären und habe meine Freundin Änne daher gebeten, es an meiner Stelle zu tun.«

Mona sank, unfähig, sich aufrecht zu halten, in einen Sessel und blieb mit gesenkten Augen sitzen. Änne warf Rudolf einen ermutigenden Blick zu und sagte mit leiser Schelmerei:

»Bitte, nehmen Sie Platz, Herr Doktor; es wird vielleicht ein wenig lange dauern, bis wir zu Ende sind. Meine Freundin hat mir gebeichtet, was gestern Abend und heute Vormittag zwischen Ihnen geschehen ist. Ich bin also vollkommen unterrichtet. Ich weiß aber auch, was Mona seit gestern Abend so sehr bedrückt und gequält hat. Das will ich Ihnen nunmehr erzählen und dann sollen Sie meiner Freundin sagen, was daran wahr ist und was erfunden.«

Und sie begann ruhig und sachlich, fast Wort für Wort, zu berichten, was Mona in der Garderobe gehört hatte. Als sie zu Ende war, sagte sie lächelnd:

»Und da wir Frauen, wenn wir lieben, alle Minderwertigkeitskomplexe haben, hat Mona in der Bestürzung an diese Worte geglaubt, hat angenommen, dieser Klatsch – für mehr halte ich es nicht, sei Wahrheit, und deshalb hat Mona Sie abgewiesen, da sie wohl mit Recht verlangen kann, aus Liebe, und nur aus Liebe erwählt zu werden.«

Rudolf hatte mit allen Anzeichen heftiger Erregung zugehört. Nun fuhr er auf, sah Mona mit brennendem Blick an und fragte heiser vor Erregung:

»Und einer solchen Handlungsweise hielten Sie mich für fähig?«

Sie hob die Augen, las in seinem Gesicht, dass sie ihm Unrecht getan hatte, und sagte leise:

»Ich war so unglücklich, so erregt! Bitte verzeihen Sie mir!«

Er atmete tief auf; sie sah unbeschreiblich lieb und rührend aus, und er hätte sie gern in seine Arme genommen und sie getröstet. Aber erst musste alles klar werden zwischen ihnen.

»Gottlob, dass ich nun wenigstens erfuhr, weshalb Sie mir Ihre Gunst entzogen. Vielleicht werden Sie auch nochmals an mir irre, wenn ich Ihnen berichte, wie aus einer Mücke ein Elefant gemacht wurde.«

Das klang sehr bitter, er schien ernstlich verletzt zu sein. Er ließ sich nun wieder in den Sessel zurückfallen und sagte ruhig und bestimmt:

»Als ich seinerzeit meine Antrittsbesuche in Stralsund machte, war ich zuerst bei Justizrat Zausch und seiner Gattin. Sie fragte mich, offen gesagt, ein wenig zudringlich, ob Sie, mein gnädiges Fräulein, nicht großen Eindruck auf mich gemacht hätten. Ich erwiderte, dass Sie eine sehr vornehme und liebenswürdige Dame seien. Wohl liebte ich Sie damals schon, aber – ich fühlte mich nicht verpflichtet, das der Frau Justizrat einzugestehen. Aber da schlug mir der Justizrat scherzend auf den Arm und meinte: Na, mein lieber Herr Doktor, Sie sollten sich nicht lange besinnen, und er sagte etwas von einer Vereinigung von Lengwitz und Glützow. Mir war das furchtbar peinlich, und ich fand den Justizrat zum ersten Mal sehr taktlos. Sehr steif und zurückweisend erwiderte ich: ›Sie vergessen, dass ich Fräulein von Glützow eben erst kennengelernt habe und weder sie noch ich sind dazu geschaffen, materielle Gründe bei einer Eheschließung zu berücksichtigen.‹ Der Justizrat wurde sehr verlegen und entschuldigte sich ausdrücklich wegen dessen, was ihm nur so entschlüpft sei. Inzwischen hatte sich die Frau Justizrätin entfernt. Möglich, dass sie angenommen hat, dass wir noch weiter über diese Sache gesprochen haben. Das kam für mich jedoch nicht infrage, es ist auch nie wieder ein Wort über diese mir sehr peinliche Angelegenheit gefallen. Gerade weil ich Sie liebte, war mir diese Anspielung außerordentlich peinlich, und ich konnte tagelang die Verstimmung darüber nicht loswerden. So, mein gnädiges Fräulein, das ist alles, was ich in dieser Angelegenheit zu sagen habe; aber ich muss Sie nun dringend bitten, sofort Herrn Justizrat Zausch hierherzurufen, damit er, ehe ich noch ein Wort mit ihm zu wechseln vermag, seinerseits den Vorgang von damals schildern kann. Sie können dann vergleichen, ob ich bei der Wahrheit geblieben bin.«

Mona hatte die Hände gefaltet und war ganz in sich zusammengesunken.

»Wie kann ich nur wiedergutmachen, was ich Ihnen angetan habe?«

Änne hatte sich leise erhoben und wollte still das Zimmer verlassen. Aber Rudolf rief ihr noch zu:

»Bitte, Fräulein Rasch, rufen Sie telefonisch bei Justizrat Zausch an, ich lasse ihn bitten, sogleich nach Glützow zu kommen.«

Ehe Mona sie hindern konnte, war Änne hinaus. Mona sprang auf und wollte sie halten.

»Lassen Sie das, ach bitte, lassen Sie das nur, Herr Doktor; ich glaube Ihnen, es bedarf keiner Bestätigung.«

Er sah auf sie herab.

»Ich muss darauf bestehen, dass Sie den Justizrat anhören, ich könnte es nicht ertragen, dass Sie jemals wieder an mir zweifelten.«

Sie hob bittend die Hände zu ihm auf und sah ihn flehend an.

»Verzeihen Sie mir doch – bitte – verzeihen Sie mir! Ich – ich war so unglücklich, so fassungslos, und habe die ganze Nacht nicht geschlafen.«

Das war zu viel für ihn. Dieses stolze Geschöpf so demütig, so hilflos und flehend vor sich zu sehen. Er fasste ihre Hände und zog sie an sich heran.

»Mona, willst du nie mehr an mir zweifeln?«

»Nie, ach nie, es hat so weh getan!«

Da nahm er sie in seine Arme. Welcher Mann in seiner

Lage hätte länger widerstehen können. Sie war so reizend, so rührend in ihrer Bußfertigkeit. Und es war nach der ersten schweren Enttäuschung eine doppelte Seligkeit, dass er nun ihre Lippen küssen durfte, so viel er wollte. Sie wehrte sich nicht, lag ganz still in seinen Armen und umschlang seinen Nacken. All ihre Zweifel und Ängste waren geschwunden, sie sah ihn mit feuchten Augen an.

»Wie konnte ich nur zweifeln an dir, mein Rudolf?«

»Und ich glaubte, du hättest ein grausames Spiel mit mir getrieben.«

Sie richtete sich auf.

»Oh, so habe ich doch dir auch etwas zu verzeihen! Damit hast du mir unrecht getan.«

»Wie sollte ich mir dein Verhalten erklären, Mona?«

Sie schmiegte sich an ihn.

»Lass uns nicht mehr daran denken, nie mehr davon sprechen. Es liegt wie ein böser, quälender Traum hinter mir.«

»Aber den Justizrat musst du noch anhören, damit du nie wieder rückfällig wirst.«

»Nie, nie wieder!«, sagte sie leise.

Und wieder versanken sie in der Seligkeit ihrer jungen Liebe und küssten sich alle Angst und Schmerzen fort.

Es dauerte sehr lange, bis sie Änne wieder riefen, die inzwischen einige Geschäftsbriefe geschrieben hatte. Sie fing Mona lachend in ihren Armen auf.

»Ist nun alles licht und klar, Mona?«

»Ja, und das danke ich nur dir, Änne.«

Diese sah zu Rudolf hinüber. Er sah sie fragend an.

»War es ein schweres Stück Arbeit, Fräulein Rasch?«

Sie lachte und schilderte nun Mona, wie Rudolf in seiner Verzweiflung zu ihr auf die Rübenfelder gekommen sei und sie angefleht hätte, doch zu ergründen, weshalb Mona ihn abgewiesen und was es sei, das sie zu dem Ausspruch »Ich weiß alles!« veranlasst habe.

Mona sah die beiden Verschwörer lächelnd an.

»Oh, du warst mit Rudolf im Komplott?«

»Ja, und ich hätte dir dein Geheimnis mit List und Tücke entrissen, wenn du es mir nicht so schnell freiwillig offenbart hättest. Ich konnte doch den armen verzweifelten Doktor nicht unnötig lange in Unruhe lassen. Und er hat mir einmal einen so großen Dienst erwiesen, dass ich schon lange darauf gehofft habe, ihm einen Gegendienst zu erweisen!«

»Nun bin aber ich wieder in Ihrer Schuld, Fräulein Rasch!«

»Nein – jetzt sind wir quitt! Ich erlaube mir, Ihnen mitzuteilen, dass wir, Günter Harland und ich, uns heute Morgen verlobt haben. Ich weiß, dass Sie uns das Verwalterhaus richten lassen wollen, und dort soll ich eine Heimat finden. Du musst dich nach einem neuen Verwalter umsehen, Mona. Günter hat mir gesagt, er heirate mich nur, um die weibliche Konkurrenz in seinem Fache auszuschalten.«

Sie mussten alle drei lachen. Und dann sagte Änne:

»Nun muss ich aber schon sagen, dass ich Hunger habe.«

Mona sah sie betroffen an.

»Ach, wir haben ja noch gar nicht zu Mittag gegessen. Wirst du uns Gesellschaft leisten Rudolf?«

»Ich habe dir ja gesagt, Mona, ich weiche keinen Schritt aus Glützow, bevor der Justizrat mich nicht rehabilitiert hat.«

So gingen sie zu dritt zu Tische, und der Diener meldete im Domestikenzimmer, dass nun alles »in Butter« sei und dass man nun doch Verlobung feiern würde.

Nach Tisch erschien der Justizrat und musste möglichst genau wiederholen, was damals gesprochen worden war und hörte dann mit Entsetzen, was seine Gattin angerichtet hatte. Er war außer sich, dass ein ihm entschlüpftes unbedachtes Wort so böse Folgen gehabt hatte, und er nahm sich vor, diese Angelegenheit in Ordnung zu bringen.

Am Abend feierten die beiden jungen Paare ihre Verlobung, und es wurde beschlossen, dass Rudolf und Mona Ende August Hochzeit halten sollten. Mona sollte nach ihrer Hochzeit nach Lengwitz übersiedeln – Günter Harland und Änne aber, wenn sie Ende September heiraten würden, in Glützow ihre Zelte aufschlagen. Mona stellte ihnen die ganze erste Etage ihres Hauses zur Verfügung, da sie es ja doch nicht mehr benutzen würde. Günter Harland sollte die Verwaltung beider Güter übernehmen, Änne könne ihm ja noch ein wenig zur Hand gehen. Wenn es notwendig sein würde, sollte dann noch ein junger Inspektor eingestellt werden. Mona wollte die Freundin auf alle Fälle gut untergebracht wissen.

Und so, wie es an diesem Abend geplant wurde, erfüllte sich alles.

Als Rudolf mit seiner jungen Gattin von der Hochzeitsreise zurückkam, hielten Änne und Günter Harland Hochzeit. Es war nicht festzustellen, welches der jungen Paare am glücklichsten war. Sie hielten für immer gute Freundschaft, denn Rudolf und Günter Harland wurden Freunde in des Wortes bestem Sinne, trotzdem Günter in einem Abhängigkeitsverhältnis Rudolf gegenüberstand. Das ließ Rudolf ihn aber niemals fühlen.

In wunderbarer Harmonie lebten die beiden Ehepaare miteinander. Ihr gegenseitiges Verhältnis konnte nicht idealer sein.

Die Jungfernburg aber behielt nach wie vor ihren Namen.

Auf falschem Boden

Tief aufatmend legte Sven Andersen sein Werkzeug hin und strich sich die feuchten Haarsträhnen aus dem vor Schaffenseifer glühenden Gesicht. Hoch aufgerichtet sah er mit leuchtendem Blick auf das eben vollendete Werk, welches unter seinen Händen, beseelt von seinem schaffenden Geiste, aus einem Marmorblocke entstanden war.

Monatelang hatte er mit glühendem Eifer daran gearbeitet, und die letzte Nacht war er gar nicht zur Ruhe gegangen. Es ließ ihn nicht los, bis es vollendet war, dieses wunderbare Gebild aus Stein.

Nun stand es fertig vor seinen leuchtenden Augen. Mit vor Überanstrengung bebender Hand löste er hie und da noch ein Staubteilchen und betrachtete sein Werk nochmals von allen Seiten mit prüfendem Blick. Dann warf er ein großes Leinentuch über die lebensgroße Gestalt und trat zu einem der großen Fenster, durch welche das klare, helle Morgenlicht in das Atelier drang.

Er öffnete es und sog mit tiefen Zügen die würzige Luft ein. Vor seinen Augen lag ein schöner alter Garten, dem man es ansah, dass ihm übereifrig pflegende Hände fernblieben. Wohl waren die schmalen Wege sauber mit Kies bestreut und lauschige Ruheplätzchen genug angebracht, aber den Bäumen und Sträuchern war nicht durch willkürliches Beschneiden vorgeschrieben, nach welcher Richtung sie sich entfalten sollten. Frei, wie es ihnen Luft und Sonne gebot, streckten sie ihre Äste und Zweige von sich im fröhlichen Gedeihen, und das Vogelheer, welches sich auf ihnen angesiedelt hatte, schien sich in der blühenden, grünenden Wildnis sehr behaglich zu fühlen. Lustiges Zwitschern tönte an Andersens Ohr. Ein stilles Lächeln flog über sein Gesicht.

Seinem Atelier gegenüber, auf der anderen Seite des Gartens, stand eine hübsche kleine Villa mit einem großen Glasausbau nach der Seite. Dieser Ausbau verriet, dass er gleichen Zwecken diente wie der Raum, in dem sich Andersen befand.

Es war die Wohnung seines Lehrers und Meisters. Professor Rasmussen lebte seit Jahren mit seiner einzigen Tochter Hella in dieser vom Großstadtgetriebe entfernt liegenden Villa, und Sven Andersen hatte mit Freuden zugegriffen, als vor vier Jahren das kleine Gartenhaus des Nachbargrundstückes frei wurde. Der Raum im Parterre mit den großen Fenstern nach der Nordseite wurde sein Atelier, daran stieß eine kleine Kammer, in der allerlei Kram aufbewahrt werden konnte, und ein schmaler Raum, in welchem Andersens Diener wohnte und schlief.

Diesen Diener, August Brösselt mit Namen, hatte der junge Künstler zu sich genommen, weil er im Elend zu verkommen drohte.

Brösselt war hässlich, hatte schiefe Schultern und einen lächerlich großen Kopf. Niemand hatte ihm Beschäftigung geben wollen. Sven Andersen aber hatte Mitleid mit ihm, nahm ihn zu sich, und Brösselt bekleidete nun in einer Person das Amt eines Dieners, eines Kochs und eines guten Hausgeistes. Für seinen Herrn hegte er unbegrenzte Dankbarkeit und Verehrung.

Während Andersen am Fenster stand, trat Brösselt ein und näherte sich ihm. »Herr Andersen!«

Der wandte sich langsam nach ihm um. »Was gibt es, Brösselt?«, fragte er freundlich.

»Ich habe Ihnen ein Bad zurechtgemacht, auch der Kaffee wird gleich fertig sein. Sie müssen sich ein bisschen auffrischen. Der Herr Professor und das gnädige Fräulein wollen gleich nach dem Frühstück herüberkommen.«

Svens Gesicht bekam einen freudigen Ausdruck. »Waren die Herrschaften schon auf?«

»Jawohl, der Herr Professor war schon in seinem Atelier, und das gnädige Fräulein rief ihn gerade zum Frühstück, als ich Ihren Auftrag ausrichtete.«

»So? Hörte Fräulein Hella meine Bestellung?«

»Gewiss.«

»Dann räumen Sie schnell hier auf, Brösselt. Wenn der Kaffee fertig ist, bringen Sie ihn nur hinauf.«

Andersen badete und frühstückte, dann ging er wieder in sein Atelier. Auf der Treppe schon kam ihm Brösselt entgegen. »Die Herrschaften kommen!«, meldete er.

Der junge Künstler sah, unten angelangt, durch das offene Fenster in den Garten hinaus. Da kam ein hochgewachsener, stattlicher Herr mit grauem Vollbart auf dem schmalen Fußweg herangeschritten. Er trug eine Lodenjoppe und einen großen, weichen Strohhut. An seiner Seite ging eine junge, schlanke Dame, in ein schlichtes, weißes Gewand gekleidet, welches in anmutigen Falten die reizende Gestalt umfloss.

Auf ihrem jugendschönen, lieblichen Gesicht ruhte Sven Andersens Blick verstohlen mit heißer Innigkeit. Er trat in den Hintergrund des Ateliers, so dass er die Kommenden betrachten konnte, ohne selbst gesehen zu werden.

Das Herz klopfte ihm wild und stürmisch in der Brust, als er mit brennenden Augen seinem Meister und dessen Tochter entgegensah. Sein nicht gerade schönes, aber charaktervolles Gesicht mit der etwas zu stark hervorspringenden Nase und den scharf markierten Zügen verrieten einen Mann von Bedeutung. Die mächtige, eckige Stirn, über welche sich in genialer Unordnung dichtes, braunes Haar emporbäumte, wurde an der Stelle, an der die Augenbrauen zusammentrafen, von einer tiefen Furche gleichsam in zwei Hälften geteilt. Das gab seinem Gesicht etwas Düsteres, Finsteres. Verstärkt wurde dieser Ausdruck noch durch das Vordringen der starken Augenbrauen über die tiefliegenden Augen, welche meist mit suchendem, forschendem Blick in die Welt sahen. Künstleraugen waren das, die das Leben erfassen wollen und das Schöne suchen im Großen und Kleinen. Der Ausdruck dieser Augen milderte etwas das Düstere der Züge. Sie konnten weich und gütig blicken und Lebensfreude ausstrahlen, wie eben jetzt, beim Anblick der jungen Dame.

Sven Andersens Gesicht war ganz bartlos, die dunklere Tönung der Haut um den gut geschnittenen Mund und das energisch ausladende Kinn verriet den starken Gebrauch des Rasiermessers. Der Kopf erhielt durch diese Bartlosigkeit ein besonders markantes Gepräge, und da er auf einer hohen, stattlichen Gestalt saß, erzwang seine Persönlichkeit überall Beachtung. Man sah ihm auf den ersten Blick an, dass er kein Dutzendmensch war. Er mochte etwas über dreißig Jahre zählen. Vor zehn Jahren hatte Professor Rasmussen den jungen Künstler von einer Nordlandsreise mit nach Berlin gebracht. Andersen war der Sohn eines schwedischen Bauern, und Rasmussen war durch einen Zufall auf sein hervorragendes Talent aufmerksam gemacht worden. Kurz entschlossen nahm er ihn mit sich, und in seiner Schule entfaltete sich das Talent Andersen zu ungeahnter Größe.

Rasmussens Gattin, eine blasse, zarte Frau, schliff mit zarter Hand die Ecken ab, die den etwas ungelenken Bauernsohn in Gesellschaft oft anstoßen ließen. Ihr einziges Töchterchen Hella, das damals zehn Jahre alt war, schloss schnell Freundschaft mit dem jungen Mann. Das lustige, liebliche Kind mit dem langen, goldigen Haar erschien ihm wie eine Märchengestalt. So etwas Schönes und Feines hatte er noch nie gesehen. Es war daher Hella nicht schwer, durch ihre sonnige, herzige Art einen starken Einfluss auf ihn auszuüben.

Seine an Schwermut grenzende, stillverschlossene Art flog vor ihrem kindlichen Frohsinn davon, wie Schatten vor der Sonne. Wenn sie mit ihm scherzte und lachte, konnte er ausgelassen fröhlich sein. Sie betrachtete ihn bald als eine Art großen Bruder, verfügte über ihn mit lächelnder Selbstverständlichkeit und schwärmte gemeinsam mit ihm für den geliebten Vater.

Als nach zwei Jahren Frau Professor Rasmussen starb, da war es Sven, der die rechten Worte der Tröstung für das betrübte Kind fand. Von seinem Arm umschlungen, weinte sie das erste Leid ihres Lebens aus, denn im Beisein ihres Vaters beherrschte sie sich, um seine Trauer nicht zu verschärfen.

Sven betrachtete das feingliedrige, heranwachsende Kind wie ein Wesen höherer Art. Der ganze Enthusiasmus seiner Künstlerseele, die sich streng vor der Außenwelt verschloss, umfasste dieses Kind und ihren von ihm verehrten Vater.

Er ließ sich mit Wonne von ihr tyrannisieren oder verwöhnen, wie es ihr gerade die Laune eingab, und je älter sie beide wurden, desto tiefer wuchs dies blonde Mädchen mit seinem innersten Sein zusammen.

Unmerklich entstand aus diesem Gefühl eine tiefe, heiße Liebe zu der erwachsenden Jungfrau. Hella war ihm der Inbegriff alles Guten, Schönen und Herrlichen. Er wagte es aber nicht, dieses entzückende Geschöpf mit begehrlichen Gedanken zu streifen, er hatte sich seine naive Bescheidenheit auch dann bewahrt, als schon der Erfolg neben ihm stand.

Rasmussen hatte Schätze aus der verschlossenen Seele des ungelenken Bauernburschen gelockt. Wie von einem Zauberstab berührt, entwickelte sich der junge Mann in wenigen Jahren zu einem Bildhauer von Bedeutung. Seine Werke erregten Aufsehen durch die eigenartige Auffassung und die geniale Behandlung des Stoffes. Rasmussen war stolzer auf seinen Schüler als auf sein eigenes Schaffen, und Sven dankte seinem Meister und Lehrer voll leidenschaftlicher Anhänglichkeit, was er für ihn getan.

Im steten Zusammenleben mit Sven und ihrem Vater, diesen beiden eigenartigen Künstlern, hatte sich in Hellas Seele ein glühender Schönheitsdurst entwickelt. Alles, was schön war, sogen ihre großen, sonnigen Blauaugen wie eine Offenbarung ein. Sie hielt sich stundenlang im Atelier ihres Vaters auf und sah seine Werke aus den kleinsten Anfängen erstehen. Sehr oft lief sie, seit Sven das Gartenhäuschen nebenan gemietet hatte, auch zu diesem hinüber. Man hatte

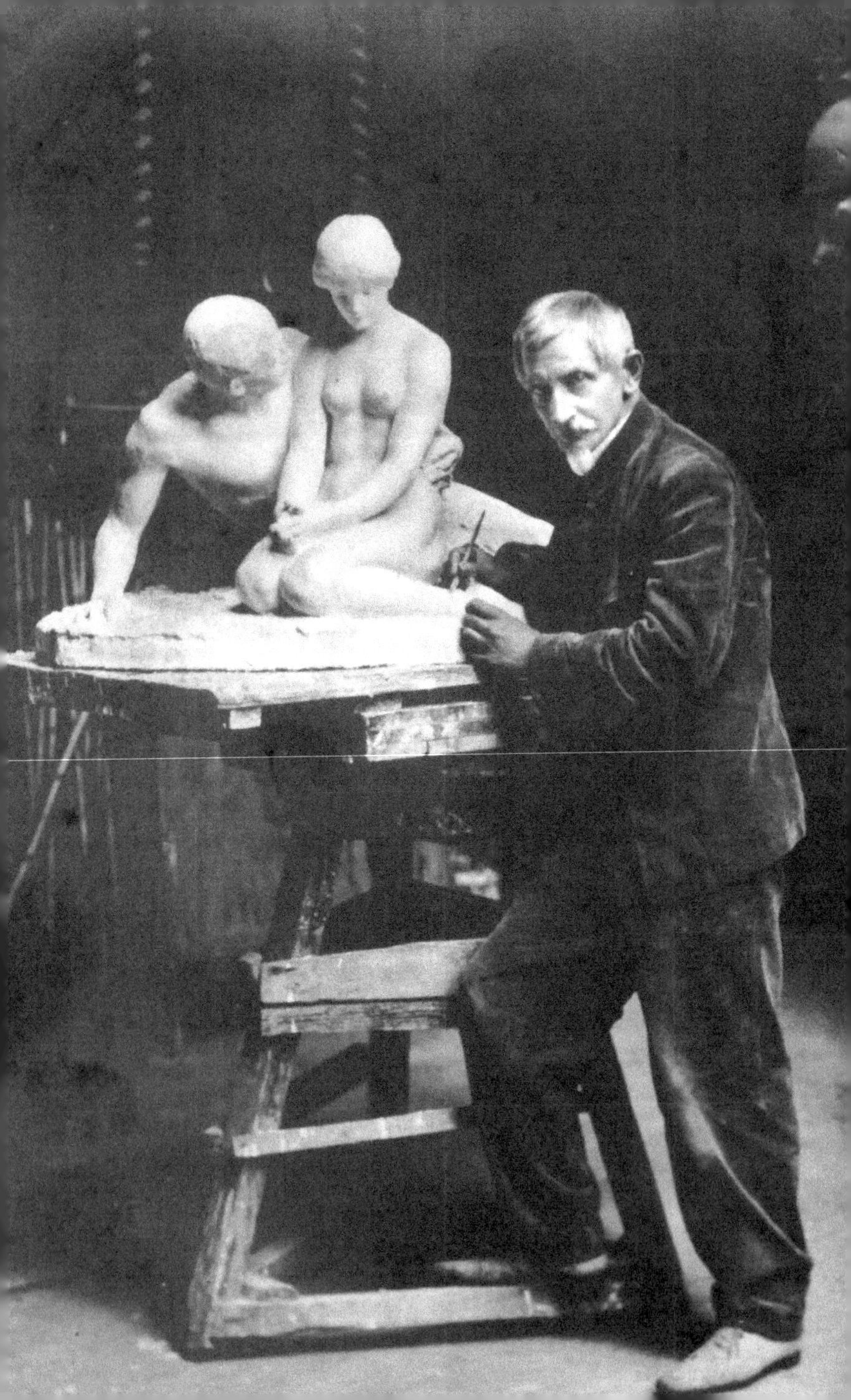

sich durch den zu Rasmussens Villa gehörigen Garten einen bequemen Verkehrsweg geschaffen, und so geschah es oft, dass Hellas Köpfchen am Atelierfenster erschien und die junge Dame Einlass begehrte. Sie sah dann still Svens Schaffen zu und ahnte nicht, dass ihre Gegenwart ihn mit stummer Seligkeit erfüllte.

So lebten die drei Menschen in innigster Gemeinschaft miteinander. Rasmussen und Andersen vereinte schon längst ein inniges Freundschaftsband, das umso fester und idealer war, als sich nicht nur die Menschen, sondern auch die Künstler vorzüglich verstanden. Obwohl ihre Werke grundverschieden waren – Rasmussen liebte das heitere, fröhliche Genre, während Svens Arbeiten fast alle einen ernsten, schwermütigen Ausdruck zeigten –, so erkannte doch einer des anderen Vorzüge neidlos an, und das band die Künstler in ihnen fest aneinander. Die beiden Menschen trafen sich ebenfalls in einem Punkt – in Hella. Für beide war sie der Sonnenschein, das blühende, lachende Leben. Beide umhegten das junge Mädchen mit Liebe und Zuneigung, und beide pflanzten die edelsten Keime in das junge, begeisterungsfähige Herz.

Rasmussen betrat mit seiner Tochter Andersens Atelier.

»Guten Morgen, Sven, da sind wir, um uns an Ihrem neuesten Werke zu erfreuen.«

Er schüttelte dem jungen Manne herzlich die Hand, und Sven sprach seine Freude aus über das frühe Kommen seiner Gäste.

»Aber Sven, glauben Sie denn, wir hätten es vor Unruhe drüben ausgehalten, wenn wir wissen, da drüben im Gartenhäuschen steht fertig ein neuer Andersen. Wir haben uns kaum Zeit genommen zum Frühstücken. Und nun spannen Sie uns nicht lange auf die Folter. Sie haben Ihre neueste Schöpfung so geheimnisvoll geschaffen – ich bin voll Erwartung«, rief Hella.

Andersen schob ihr lächelnd einen Sessel hin. Rasmussen blieb stehen und lehnte sich an einen großen, unbehauenen Steinblock.

Sven trat an das verhüllte Werk und nahm langsam die Leinenhülle herab. Sein Auge suchte das Gesicht seines Meisters, um in diesem das Urteil zu lesen, ehe der Mund es verkündete.

Voll und klar fiel das Licht auf das Marmorgebild.

Eine prachtvoll proportionierte Männergestalt mit wunderbarer Muskulatur hatte sich leicht über einen Spaten geneigt, mit dem sie in steiniges Erdreich stach, um eine verkümmerte Pflanze auszuheben, die traurig die Blätter sinken ließ. »Auf falschem Boden« nannte Sven dieses Werk. Der Vorgang war einfach und leicht verständlich. Ein Gärtner, der ein verkümmertes Pflänzchen in fruchtbareres Erdreich pflanzen will, damit es besser gedeihen soll. Aber wie wunderbar war diese Aufgabe gelöst! Der Körper des Mannes schien Leben zu haben, so treu war er der Natur nachgebildet, und der Kopf mit den seltsam sinnenden Zügen, aus denen man die sorgende Frage herauslas: Wo bringe ich dies Pflänzchen hin, um es zu fröhlichem Gedeihen zu wecken?, hatte entschieden Ähnlichkeit mit dem Antlitz Rasmussens. Genau dieser Ausdruck lag oft in dessen Augen.

Jetzt leuchteten sie freilich auf in heller Freude. Voll Entzücken ruhte sein großes, sprechendes Auge auf der neuesten Schöpfung seines Schülers. Er erkannte sofort die Ähnlichkeit mit sich selbst, wie sie auch der atemlos schauenden Hella auffiel. Rasmussen erfasste auch sicher den Gedanken, der dem Werk zugrunde lag. Nicht ohne Absicht hatte es Sven von Anfang an vor seinen Augen verborgen. Es sollte fertig vor ihm stehen, ein Zeichen tiefster Dankbarkeit, dass er, der Gärtner, den jungen Mann aus dem ungünstigsten Boden seiner Heimat in lockeres, fruchtbares Erdreich verpflanzt hatte. »Auf falschem Boden« hatte auch Sven Andersen gestanden, ehe ihn Fritz Rasmussen mit sicherem Blick und geschickter Hand dahin verpflanzte, wo seine starke Lebensfähigkeit neue Blüten trieb.

Lange und eingehend betrachtete Fritz Rasmussen das Werk von allen Seiten, ohne zu sprechen. Endlich sagte er:

»Das mache ich Ihnen nicht nach, lieber Sven. Sie haben Ihren alten Lehrer weit überflügelt. Hier kann ich nur rückhaltlos bewundern.«

Er schüttelte Sven noch einmal die Hand, als wolle er sie aus dem Gelenke reißen; mit leuchtenden Blicken kreuzten sich die Augen der beiden Männer in herzlichem Verstehen. Dann trat Rasmussen wieder vor das Werk, um es mit stiller Freude bis in die kleinsten Einzelheiten zu betrachten.

Sven trat zu Hella. Sie reichte ihm die Hand, und er sah, dass ihre Augen feucht waren.

»Lieber Sven, Papa hat Ihnen seine Meinung gesagt, und mir bleibt nur übrig, zuzustimmen. Aber dass Sie wieder die ganze Nacht gearbeitet haben, ist nicht recht von Ihnen. Sie werden sich noch aufreiben.«

Er schüttelte lächelnd den Kopf und streckte mit kraftvollem Ruck beide Arme von sich. »Das hat keine Gefahr, Hella, – das zähe schwedische Bauernblut in mir lässt sich nicht so leicht unterkriegen.«

»Trotzdem ist es gut, dass wir jetzt auf einige Wochen an die See gehen zur Erholung. Und heute dürfen Sie nichts mehr tun. Sie essen mit uns zu Mittag und begleiten uns dann. Papa und ich wollen heute einen richtigen Bummeltag machen.«

»Daran beteilige ich mich natürlich gern.«

»Ist auch Ihre Pflicht, Sven. – Aber nun ade einstweilen. Ich erwarte Sie mit Papa nachher drüben.«

Damit verabschiedete sie sich von den beiden Herren und ging durch den Garten nach der Villa zurück. In der Küche traf sie eine kleine, rundliche Frau mit glatten, graumelierten Haaren und freundlichem, frischem Gesicht.

»Liebentrutchen, Sie müssen ein paar Erbsen mehr in den Topf tun. Herr Andersen soll heute Mittag mit uns essen«, sagte Hella und legte ihre Hand vertraulich auf die Schulter der alten Frau.

Frau Liebentrut nickte. »Wird besorgt, Fräulein Hellachen, wird besorgt.«

»Soll ich ein wenig mithelfen oder schaffen Sie's allein?«

»Wegen dem einen Gast brauchen Sie die Fingerchen nicht erst schmutzig zu machen. Wenn Anna mit den Zimmern fertig ist, kann sie in die Küche kommen und einen Pudding einrühren; wir müssen doch wenigstens eine süße Speise zum Nachtisch geben.«

»Hm, das ist das wenigste. Es soll ein wenig festlich werden heute zur Feier des Tages.«

»Wieso Feier des Tages? Hat Herr Andersen Geburtstag? – Ach nein, der ist ja erst im Oktober. Was ist denn los, Fräulein Hellachen?«

»Ein neues Werk hat er fertig, und da soll nun heute nicht mehr gearbeitet werden.«

»Ach so – nun weiß ich Bescheid. Ist es denn wieder so eine Frau, eine –«

»Nein, diesmal ist es ein Mann, Liebentrutchen«, erwiderte Hella lachend.

»Hat denn wenigstens der 'nen vernünftigen Rock an?«

»Natürlich nicht.«

»Na, natürlich finde ich das nun gerade nicht. Ich weiß gar nicht, warum der Herr Andersen und auch der Herr Professor die Menschen immer so – so ohne was an machen. Als ob jemand so herumliefe! Bei den Wilden mag das wohl sein, aber bei uns doch gottlob nicht!«

»Liebentrutchen, das verstehen Sie doch wirklich nicht. Der Künstler soll doch die Schönheit der Natur wiedergeben, wie sie aus des Schöpfers Hand hervorgeht, und nicht die Kleider, die der Schneider herstellt, und die oft den menschlichen Körper entstellen.«

»Na ja, na ja – das haben Sie mir schon oft erklärt! Aber ich kann mich nun einmal nicht daran gewöhnen.«

»Armes Liebentrutchen! Und Sie muss das Schicksal nun ausgerechnet in das Haus eines Bildhauers verschlagen!«

»Spotten Sie nur, Fräulein Hellachen. Als ich vor acht Jahren hierherkam, um dem Herrn Professor den Haushalt zu führen, da war ich nicht wenig erschrocken, als ich drüben im Atelier all die weißen Gestalten an den Wänden stehen und Arme und Beine von Gips auf dem Boden herumliegen sah. Je – der Schreck, den vergess' ich nie! Na, aber fort bin ich doch nicht wieder gegangen, denn der Herr Professor ist ja bis auf die Steinbilder sehr gut, und Sie, Hellachen, Sie waren so ein liebes Dingelchen und taten mir so leid, weil Sie Ihre Mutter gerade verloren hatten. Na, da bin ich denn geblieben und hab' mich an die Kunst gewöhnt.«

Hella streichelte zärtlich die faltigen Wangen. »So geht es, Liebentrutchen. Wer die Kunst fassen und halten möchte, dem läuft sie manchmal davon, und wer ihr ausweicht, dem hängt sie sich an.«

»Wissen Sie, Fräulein Hellachen, Sie denken, damit können Sie sich ein bisschen über mich alte Frau lustig machen. Na, ich nehme es Ihnen nicht weiter übel. Sie sind ja sonst lieb und gut und tun niemand etwas zuleide. Es ist ja auch von Ihnen nicht zu verlangen, dass Sie meiner Ansicht sind. Sie sind eben mit den Steinpuppen groß geworden, und was man immer sieht, fällt einem nicht mehr auf. – Aber nun wollen wir uns nicht länger verplaudern, sonst wird mein Essen nicht zur Zeit fertig.«

»Das heißt auf Deutsch: Raus aus der Küche! Ich gehe schon, Liebentrutchen – böse sind Sie mir am Ende doch.«

»I wo – keine Spur, das glauben Sie ja selber nicht«, sagte lächelnd die alte Frau, und als Hella, ihr nochmals zunickend, hinausgegangen war, seufzte sie tief auf. »Das Kind wächst unter den beiden Männern auf wie ein Heide. Es ist ein wahres Wunder, dass sie so brav und lieb ist. – Freilich, wenn ich nicht wäre!«

Singend vertauschte Hella das weiße Morgenkleid mit einer schicken hellgrauen Voiletoilette. Gürtel und Halsbändchen von dunkelgrünem Samt kontrastierten geschmackvoll mit dem zarten Ton des Gewebes und vermittelten zwischen ihm und dem goldblonden Haar.

Viel Zeit brauchte sie nicht dazu. Als sie fertig war, ging sie wieder hinunter in die Wohnräume.

Diese waren in origineller, echt künstlerischer Art ausgestattet. Fein abgetönte Vorhänge und Portieren, bunte Seidenkissen, prachtvolle alte Brokatstoffe, echte Perser, alte Waffen, Bronzen, Vasen, schöne alte Möbel mit wertvollen Intarsien waren in harmonischer Unordnung zu reizvollen Gruppen zusammengestellt und boten ein Ganzes von hervorragender Wirkung.

Wer diese Räume betrat, musste das Empfinden haben, dass sie von eigenartigen Menschen bewohnt wurden, die keiner Schablone unterworfen waren.

Die beiden Badefrauen mit den hellen Kopftüchern und den großen weißen Schürzen standen an der geöffneten Tür der Holzhütte, die das Ende des Badestegs bildete. Von dieser Tür führte eine schmale Holztreppe in das Wasser hinab.

Die See flimmerte und glitzerte in der heißen Mittagssonne. Träge wälzten sich die flachen, breiten Wellen heran und klatschten an die Treppe und die eingerammten Pfähle, auf denen der Badesteg und die Ankleidekabinen ruhten.

Der durch Holzpflöcke und starke Taue abgegrenzte Teil für das Damenbad leerte sich mehr und mehr. Endlich stiegen auch die letzten Damen herauf, ließen sich die Bademäntel umlegen und warfen die nassen Anzüge ab.

Nur eine Einzige machte noch keine Anstalten, sich von dem nassen Element zu trennen. Sie schwamm unter dem abgrenzenden Tau hinweg mit weitausholenden, kräftigen Stößen in die offene See hinaus.

Die eine der Badefrauen, eine mürrisch aussehende, sehnige Alte, deren Gesicht wie Bronze unter dem hellen Kopftuch wirkte, setzte die Pfeife an den Mund und ließ deren gellenden Ton über das Wasser schallen, um die kühne Schwimmerin zur Umkehr zu bewegen und daran zu mahnen, dass es verboten sei, über die bezeichnete Grenze hinauszuschwimmen. Es verfehlte aber seinen Zweck vollständig.

Die Dame schwamm in ruhigem, gleichmäßigem Tempo immer weiter hinaus, der Sandbank zu, die sich wie ein hellgelber Streifen in gleicher Richtung mit dem Strande dahinzog in dem grüngrauen schimmernden Wasser.

Zinnowitz
Blick von der Düne zur Landungsbrücke

Wieder ein Pfiff – noch einer – und nun mehrere schnell hintereinander.

Alle ohne Erfolg.

Die Alte schimpfte grimmig vor sich hin, während die zweite Badefrau, über das ganze braungebrannte Gesicht lachend, die nassen Badeanzüge zum Trocknen über die hölzerne Brüstung des Badestegs hängte. Dann wandte sie sich ihrer Kollegin zu.

»Lass sie doch schwimmen! Die lässt nicht nach, als bis sie auf der Sandbank steht. Nachher kommt sie von selber wieder.«

Die andere drehte sich ärgerlich um. »Wenn aber nun doch was passiert! Unsereins ist dann immer schuld. So 'n Frechdachs!«

Drüben auf der Sandbank stand aufrecht, nur bis zu den Knien im Wasser, die einsame Schwimmerin und winkte mutwillig mit den Händen herüber. Die Sonne schien grell auf die gelbe Badehaube und das lichtblaue Kostüm. Die Badefrauen konnten deutlich erkennen, dass ihr letzter Badegast sich auch jetzt noch nicht zum Rückzug bequemte.

Wieder ertönte ein langgezogener Pfiff.

Ein jauchzender Ruf scholl als Antwort herüber. Dann spritzte das Wasser in sprühenden Tropfen empor, und von der Dame war nur noch der Kopf mit der gelben Haube zu sehen. Er bewegte sich jetzt dem Lande zu, und es dauerte nicht mehr lange, dann landete sie an der schmalen Holztreppe.

Die Alte stand, jetzt ganz Sanftmut und Liebenswürdigkeit, mit dem Bademantel bereit und sah erwartungsvoll in das lachende Gesicht Hella Rasmussens.

Schnell stieg die jugendschöne, schlanke Erscheinung aus den Fluten empor und riss mit raschem Griff die Badehaube vom Kopf, so dass die dicken blonden Zöpfe über den Nacken herabglitten. Eiligst fing sie dieselben wieder ein und nestelte sie mit Haarnadeln fest.

»O weh, sind die wieder nass geworden! Die dummen Hauben schließen alle nicht dicht genug«, schalt sie ärgerlich.

Die Frau legte ihr den Mantel um die zarten Schultern und konnte es nicht unterlassen, einen wohlgefälligen Blick auf die herrliche Gestalt zu werfen. »Hören Sie, Fräulein, so weit dürfen Sie aber nicht wieder hinausschwimmen. Das ist gegen die Verordnung«, sagte sie sehr mild und gnädig in Erwartung des guten Trinkgeldes.

Hella lachte fröhlich auf. »Nicht zanken an solch einem schönen Tag! Es war gar zu herrlich im Wasser, und die See ist ja ganz still! Um mich brauchen Sie sich nicht zu sorgen, ich wage mich nicht weiter, als es meine Kräfte erlauben.«

»Na, wenn bloß nichts passiert, dann ist's schon gut!«

»Unbesorgt, ich bin vorsichtig. Bei hoher See gehe ich nicht so weit hinaus.«

Sie sprang leichtfüßig über den langen Bastläufer, der den Steg bedeckte, und verschwand in ihrer Kabine.

Nach kaum zehn Minuten trat sie angekleidet wieder heraus, reichte den Badefrauen das sehnlich erwartete Trinkgeld und lief mit schnellen Schritten über die schmalen Laufbretter am Strande entlang. Es war schon fast menschenleer um sie her, da die Mittagszeit herangekommen war. Die Strandhütten waren alle verlassen bis auf eine, in der Professor Rasmussen mit Sven saß, um auf Hella zu warten.

Die beiden Herren sahen stumm hinaus auf die See, über der ein nebeliger Dunst lag. Die Oie war noch wie ein leichter Streifen zu erkennen, doch schien sie durch die Wasserspiegelung in der Luft zu schweben.

Lautlose Stille herrschte ringsum. Die weite Wasserfläche lag ausgebreitet vor ihren Augen und schien in der Entfernung unbeweglich wie ein Spiegel. Der Sand blendete die Augen, so grell lag das Sonnenlicht darauf, fast wie eine Schneefläche breitete er sich über den Strand. Unzählige Gruben und Grübchen darin zeugten von dem sonst hier herrschenden Leben und Treiben.

»Nun, ihr seid doch nicht etwa gar eingeschlafen?«, rief Hella. »Es ist ja unheimlich still in eurem Zelt.«

Rasmussen drehte sich nach ihr um. »Ein Wunder wäre

das nicht, du Wasserratte. Sven und ich sind schon über eine Stunde fertig und warten hier in der Sonnenglut auf dich. Und Hunger haben wir auch.«

»Armer Papa, armer Sven! Seid nicht bös, es war so einzig schön heut im Wasser. Aber nun schnell nach Hause, damit ihr zu eurem Rechte kommt. – Sven, helfen Sie mir Papa fortbringen, er sieht ja schon ganz schwach vor Hunger aus.«

»Mach dich auch noch lustig über uns! – So halten Sie ihr doch auch eine Strafpredigt, Sven!«

Andersen hatte sein Auge weltvergessen auf dem reizenden Mädchen ruhen lassen. Jetzt richtete er sich aus seiner Versunkenheit auf und sagte lächelnd: »Ich habe gern gewartet. Wenn es Ihnen nur gefallen hat, Hella.«

Die junge Dame schob ihren Arm in den des Vaters.

»Deine Hilfstruppen sind auf meiner Seite, Papa.«

»Das hätte ich voraussehen können. Sven ist ja immer auf deiner Seite.«

»Aus Überzeugung und aus angeborener Galanterie. Nicht wahr, Sven?«

»Gewiss«, bestätigte er lächelnd.

Die drei schritten nebeneinanderher. Rasmussen führte Hella sorglich auf den Laufbrettern, während er und Andersen im Sande stapften.

Als sie über die Dünen waren, ging es rascher vorwärts. In der Waldstraße hatten sie in einer Villa Wohnung genommen und sich zugleich in Pension gegeben. Hella bewohnte mit ihrem Vater im Parterre zwei freundliche Zimmer, die durch eine breite Veranda verbunden waren, während Svens Wohnung im ersten Stock lag.

Nach Tisch, als sie mit ihrem Vater allein war, sagte Hella lächelnd zu ihm: »Weißt du, Papa, Sven ist doch ein einzig guter Mensch. Ich glaube, er brächte es nicht fertig, mir ein einziges böses Wort zu sagen.«

Sie sah dabei mit den schönen klaren Augen zu dem Bildhauer auf. Es waren merkwürdige Augen, blau und tief wie ein Bergsee, und dabei offen und frisch im Ausdruck, immer der treue Spiegel der Gefühle, die sie beherrschten. Menschen mit solchen Augen sind unfähig, sich zu verstellen.

Rasmussen sah ernst in diese blauen Sterne. »Du hast recht, Hella, Sven ist ein guter Mensch, und dir könnte er schon gar nicht wehe tun. Er hat dich lieb.«

»Ich ihn auch, Papa, ich könnte ihn nicht lieber haben, wenn er mein Bruder wäre.«

Rasmussen strich ihr sinnend über das Haar. Er hegte tief in seinem Herzen schon seit langer Zeit einen Lieblingswunsch. Es wäre ihm eine große, innige Freude gewesen, wenn Sven und Hella, seine beiden liebsten Menschen, sich eines Tages für das ganze Leben zusammenfinden wollten. Dass von Svens Seite diesem Wunsche nichts entgegenstand, hatte der seelenkundige Mann schon längst erkannt. Ebenso sicher wusste er aber auch, dass Hellas Herz noch unberührt geblieben war, und dass sie sich Sven gegenüber noch ganz unbefangen gab. In ihrem Herzen nahm Sven eben die Stelle eines Bruders ein, sie dachte gar nicht daran, dass es anders sein könnte.

Und ihr Vater wusste auch, dass es nicht ratsam sei, diese Unbefangenheit zu stören. Erwachte ihr Herz eines Tages und wandte sich Sven zu, dann würde er glücklich sein und wissen, dass sein Kind an dem treuesten, edelsten Herzen geborgen war. Sprach es aber für einen andern, so würde er sich darin fügen müssen. Frei sollte sie wählen dürfen, unbeeinflusst durch seine Wünsche.

Da klopfte es an die Tür. Sven öffnete gleich darauf dieselbe und sah ins Zimmer hinein. »Kommen Sie mit in den Wald, Hella, oder ziehen Sie es vor, zu Hause Siesta zu halten?«, fragte er in seiner scharf akzentuierten Aussprache, die noch immer den Ausländer verriet.

»Natürlich komme ich mit, Sven. Solange Papa sein Mittagsschläfchen hält, ist es doch greulich langweilig hier. Ich setze nur meinen Hut auf – gleich bin ich bereit.«

Sie ging in ihr Zimmer hinüber.

»Wann sollen wir zurück sein, Herr Professor?«

Rasmussen sah nach der Uhr. »Jetzt ist es gleich drei

Uhr – sagen wir also um vier, dann wandern wir gemeinsam ins Forsthaus nach Trassenmoor.«

»Schön – abgemacht.«

Hella trat zum Ausgehen fertig wieder ein. Sie küsste ihren Vater zum Abschied.

»Auf Wiedersehen, Papa, und gute Ruhe.«

»Um vier Uhr holt ihr mich also ab.«

Sie nickte ihm lächelnd zu und ging neben Sven davon.

Rasmussen sah den beiden nach, wie sie langsam die Straße hinaufwandelten und dann in den Wald einbogen.

Hella plauderte munter mit ihrem Begleiter. Es fiel ihr nicht auf, dass er nur wenig sprach. Sie war es gewöhnt, dass er meist schweigsam war, und achtete nicht darauf.

Sven sah mit eigenartigem, weich träumerischem Ausdruck auf seine reizende Begleiterin. Es war ihm eine tiefe Herzensfreude, sie neben sich zu haben, ihre weiche, klare Stimme zu hören, ihre Nähe zu fühlen. Zuweilen zuckte ein glühendes Verlangen in ihm auf, ihr zu zeigen, wie es um ihn stand, aber wenn dann ihre klaren Augen so heiter unbefangen zu ihm aufsahen, drängte er dies Verlangen immer wieder scheu zurück. Nicht um eine Welt hätte er sie erschrecken mögen mit heißen Liebesworten, und die Angst, dass sie ihn fremd und kalt zurückweisen könnte, dass er dann auf das beglückende Zusammenleben mit ihr und ihrem Vater verzichten müsste, zwang ihn doppelt zur Ruhe und Vorsicht.

Der Mann, der mit verbissener Energie und mit verbissenem Tatendrang sich von dem schlichten Bauernsohn zum bedeutenden Künstler emporgearbeitet hatte, der mit schöpferischer Kraft dem Leben tausend Schätze abgewann, war den blauen Mädchenaugen gegenüber schwach und hilflos wie ein Kind.

»Aber Sven, was machen Sie wieder für ein finsteres Gesicht! Es ist ja zum Fürchten!«, sagte Hella plötzlich.

Er schrak zusammen und sah sie an. Unter ihren Blicken verschwand die düstere Falte auf seiner Stirn, als hätte eine Hand darübergestrichen.

Sie sah ihm von unten herauf lachend ins Gesicht. »Ihre Stirn glich wieder einer finsteren Wetterwand, und um den Mund zuckte es wie Donner und Blitz. Warum sehen Sie nur immer so böse aus, Sven? Wer Sie nicht gut kennt, wie Papa und ich, hält Sie für einen hässlichen Werwolf.«

In seinem Gesichte zuckte und arbeitete es. Hässlich? Er wusste, dass er hässlich war, wenigstens in Hellas Augen. Und sie liebte nur das Schöne, liebte es mit Freudigkeit, und alles Hässliche war ihr peinlich, bis zum physischen Unbehagen peinlich.

Um nur etwas zu erwidern, sagte er lächelnd: »Lassen Sie die Leute von mir denken, was sie Lust haben, Hella, mir liegt nichts daran. Wenn Sie und Ihr Vater nur eine gute Meinung von mir haben.«

Sie legte ihre Hand zutraulich auf seinen Arm. »Aber Sven, Sie sind doch nicht böse, dass ich Sie auszanke?«

Er wandte den Kopf von ihr ab und presste die Lippen einen Moment fest aufeinander, weil er ihrem Blick nicht länger standhalten konnte.

Hella sah es und blieb plötzlich vor ihm stehen, ihn so zwingend, sie wieder anzusehen. »Habe ich Ihnen mit meinen dummen Worten weh getan?«

Er zwang sich zu einem fröhlichen Gesicht und lachte sie aus. »Sie können mir ja gar nicht weh tun. Ich weiß doch, Sie meinen es gut.«

Nun nickte sie befriedigt und schritt an seiner Seite weiter.

Die Luft war unerträglich schwül und bleiern. Kein erfrischender Zug kam vom Meere herüber, und die Badegäste lagen matt unter aufgespannten Schirmen am Strande, unlustig, irgendetwas zu unternehmen.

Hella und Sven waren, während Rasmussen Mittagsruhe hielt, auch zum Strande hinuntergegangen.

Das junge Mädchen saß lässig zurückgelehnt in der Strandhütte und sah mit großen träumenden Augen hinaus auf das Meer, das noch immer still und unbewegt dalag.

Sven saß ihr gegenüber. Er hatte die weiße Mütze weit aus der Stirn zurückgeschoben und stocherte mit seinem Stock Löcher in den Sand. Dabei sah er unverwandt in Hellas lieblich sinnendes Gesicht.

»Reden Sie doch etwas, Sven, wir machen hier den Fischen Konkurrenz.«

»Ich wollte Sie nicht stören, Sie sahen so träumerisch aus, als befände sich Ihre Seele in einem Wunderlande.«

»Tat sie auch. Ich bildete mir ein, am Gestade des Mittelmeeres zu sitzen vor vielen hundert, nein, tausend Jahren natürlich. Ich wartete wie Circe auf Odysseus, aber er wollte nicht kommen.«

»Zu seinem Glück, denn wenn Sie Circe gewesen wären, seine Standhaftigkeit wäre wohl zuschanden geworden.«

Sie lachte fröhlich auf. »Sven, tun Sie sich um Himmels willen keinen Schaden. Komplimente aus Ihrem Munde klingen gar zu drollig.«

»Ja«, sagte er mit seltsam bewegter Stimme. »Ich bin und bleibe ein Bär, ein ungeschickter Bauer. Es ist besser, ich versuche mich nicht mit so zierlichen Sachen.«

Sie nickte lebhaft. »Das kleidet Sie auch gar nicht, Sven.

An Ihnen ist alles groß, schwer und gewaltig – mit Kleinigkeiten dürfen Sie sich nicht abgeben. Schauen Sie Ihre Hand an, die ist geschaffen, das Große festzuhalten, alles Kleine und Kleinliche fällt Ihnen durch die Finger.«

Er lachte gutmütig und legte seine große, kräftige Hand vergleichend neben die ihre. »Dafür ist Ihre Hand ein kleines Wunder an Schönheit und Feinheit. Wollen Sie mir einen Wunsch erfüllen, Hella?«

»Wenn es in meiner Macht liegt, von Herzen gern.«

»Gestatten Sie mir, dass ich Ihre Hand modelliere, wenn wir nach Hause kommen. Ich habe es mir schon lange gewünscht.«

Sie sah neugierig verwundert auf ihre Hand herab. »Ist sie denn so schön?«, fragte sie erstaunt.

»Wunderschön, es ist eine Hand, die förmlich beseelt ist. Sie gleicht einem Gedicht, welches zum Herzen spricht.«

Sie lächelte ein wenig verlegen und sah noch immer auf ihre Hand herab. »Jetzt werden Sie gar poetisch. Das werden Sie eigentlich immer, wenn Sie auf Ihre Kunst zu sprechen kommen. Sonst ein unnahbarer, schweigsamer Gesell, reden Sie wie ein Buch, sobald Ihre Kunst in Frage kommt.«

»Sagen Sie das alles nur, um mir auf meine Bitte nicht antworten zu müssen?«

»Auf welche Bitte?«

»Ob ich Ihre Hand modellieren darf.«

»Aber Sven, das ist doch selbstverständlich. Natürlich dürfen Sie, wenn Sie Lust dazu haben. Glaubten Sie im Ernst, ich wollte Umschweife machen? Das gibt es bei uns doch nicht. Wir sind doch ehrlich gegeneinander.«

»Sehen Sie mich nur nicht so strafend an, Hella. Wenn man etwas wünscht, fürchtet man immer, es gehe nicht in Erfüllung.«

»Liegt Ihnen so viel daran, meine Hand zu modellieren?«

»Sehr viel.«

»Warum haben Sie das nicht schon längst gesagt? Papa

hat meinen Kopf doch schon so oft modelliert, und es macht mir gar nichts, stillzuhalten.«

»Ihr Vater hat auch ein Recht dazu.«

»Und Sie sind mir nach Papa der nächste Mensch auf der Welt.«

»Wirklich, Hella? Haben Sie den alten hässlichen Sven wirklich ein wenig gern?«

Wenn sie nicht so völlig arglos und unbefangen gewesen wäre, hätte sie die atemlose, zitternde Spannung bemerken müssen, die aus seiner Frage herausklang. So legte sie schelmisch sinnend den Finger an das feine Näschen und sah ihn prüfend an. »Alt und hässlich? Lassen Sie mal sehen, Sven. Wie alt sind Sie eigentlich?«

»Zweiunddreißig.«

»Hm, ein ehrwürdiges Alter – elf Jahre älter als ich. Alt stimmt also. Nun Punkt zwei: hässlich?«

Mit frischem, mutwilligem Ausdruck und wichtig zusammengezogener Stirn betrachtete sie eine Weile sein Gesicht.

Seine Augen hingen erwartungsvoll an ihrem schön gezeichneten roten Mund.

»Nein, schön sind Sie nicht«, sagte sie endlich ehrlich. »Da Sie nicht eitel auf Ihr Äußeres sind, wird Sie das nicht weiter kränken. Ihre Stirn ist zu wuchtig und schwer, solche Stirn mag Zeus hinter seinen Donnerwolken verstecken. Die Nase ist entschieden zu groß, der Mund zu streng. Viel zu streng und zu herb. Da kommt der ganze schwedische Bauerntrotz zum Ausdruck, und in den Mundwinkeln zuckt es noch von schweren Kämpfen. Das Kinn ist zu breit und zu markig. Es zeugt von der energischen Zähigkeit Ihrer Rasse. Die Züge sind unregelmäßig und zu stark ausgeprägt. Nein – ein Adonis sind Sie entschieden nicht, Sven, und wenn Ihre wirklich schönen grauen Augen nicht wären mit dem warmen, guten Ausdruck, dann ständ' es noch schlimmer.«

Er seufzte tief auf, scheinbar scherzhaft, aber ihre Worte gingen ihm tiefer, als er sich den Anschein gab. »Also ein hoffnungsloser Fall«, sagte er leise.

Sie lachte herzlich. »Wie Sie das sagen! Ich glaube wahrhaftig, Sie sind eitler, als Sie sich den Anschein geben.«

»Sehr eitel. – Ich gäbe viel darum, schön zu sein, so schön, dass Sie mir den ersten Preis zuerteilten.«

»Ach nein, bleiben Sie lieber, wie Sie sind. Ich müsste mich an den schönen, neuen Sven erst wieder gewöhnen. Der alte, hässliche ist mir lieb und vertraut seit meinen Kindertagen. Ich lasse mich auch nicht einschüchtern durch das finstere Äußere, weiß ich doch, dass Sie ein gutes Herz haben und der losen Hella alle Dummheiten und Torheiten in Bausch und Bogen verzeihen. – Aber um auf etwas anderes zu kommen, haben Sie unseren neuen Hausgenossen schon gesehen? Heute Mittag ist ein Pensionär eingetroffen, ich sah ihn ankommen, als ich nach Tisch auf der Veranda stand und auf Sie wartete.«

»Ich bin ihm auf der Treppe begegnet, als ich herunterkam.«

»Haben Sie ihn angesehen?«

»Ja.«

»Ist er nicht bildschön? Ich war ganz entzückt von ihm. Schwarzes Haar, blaue Augen, ein klassisches Profil, schlank, elegant. Er war wundervoll anzusehen – wie eine Offenbarung der Schönheit. Das Herz ist mir aufgegangen bei seinem Anblick. Ach Sven, von allen schönen Dingen auf der Welt ist doch ein schöner Mensch das herrlichste«

»Wenn sich eine schöne Seele dazugesellt – sicher.«

»In einem so vollkommen schönen Äußern muss auch eine schöne Seele wohnen.«

»Zuweilen ist es anders.«

»Ach, verderben Sie mir mit Ihrem Zweifeln nicht die Freude an diesem Mann! Ich wünsche nur, dass er mir bei Tische gegenübersitzt, damit ich ihn mit Muße betrachten kann. Lockt es Sie nicht, diesen Kopf zu modellieren?«

»Ich sah den jungen Herrn nur flüchtig, und mir ist nichts an ihm aufgefallen, als dass er sehr elegant aussah. Das Gesicht schien mir ein wenig nichtssagend.«

»Ach, das ist hässlich von Ihnen, mir die Freude an ihm zu verderben.«

Er fasste ihre Hand und sah sie ernst und bittend an. »Hella – lieber tät' ich mir selbst ein Leid, als Ihnen bewusst etwas zu zerstören, was Ihnen Freude macht.«

Sie lächelte schnell versöhnt. »So ernst war es ja auch nicht gemeint.«

In diesem Augenblick beugte sich ein graumelierter Kopf um die Zeltwand herum in die Hütte hinein.

»Papa«, rief Hella lachend, »hast du endlich ausgeschlafen?«

»Hat es Dir zu lange gedauert? – Ei, Sven, da scheint Ihre Unterhaltung nicht glänzend gewesen zu sein.«

»Das ist sie leider nie, Herr Professor, und heute mag es besonders schlecht damit bestellt sein, denn ich habe mir Hellas Ungnade zugezogen.«

»Glaub' ihm nicht, Papa, er spekuliert nur auf dein Mitleid. Aber wenn es euch genehm ist, ihr Herren, ich möchte oben im Strandhotel eine Schale Gefrorenes zu mir nehmen. Haltet ihr mit?«

»Natürlich, das heißt, ich ziehe ein Glas Pilsener dem Gefrorenen vor und Sven ebenfalls, wie ich ihn kenne.«

»Dann auf nach dem Strandhotel!«

Am nächsten Tage bei der Mittagstafel hatte Hella wirklich den neuen Pensionär sich gegenüber. Er wurde ihnen als ein Herr Boßneck vorgestellt und entpuppte sich als ein höflicher, angenehmer Gesellschafter.

Nach Tisch hatte man eine Segelfahrt geplant nach einem der benachbarten Fischerdörfchen. Rasmussen verzichtete deshalb auf seinen Mittagsschlaf und ging mit Hella und Sven langsam dem Strande zu.

Von der Landungsbrücke herüber erscholl ihnen bereits das Glockenzeichen entgegen, welches verkündete, dass die Fischer die Segelboote zur Abfahrt bereit machten. Auf dieses Zeichen kamen von allen Seiten Badegäste herbei, die sich an den gemeinsamen Segelfahrten zu beteiligen wünschten.

Als die drei die Landungsbrücke betraten, fuhren bereits die ersten Boote ab. Sie sahen, über die Brüstung gelehnt, eine Weile dem Treiben zu und nahmen dann im letzten Boote Platz.

Sven legte Hella sorgsam ihren Mantel um die Schultern, denn es wehte eine erfrischende Brise über das Wasser, und setzte sich dann ihr gegenüber. Rasmussen nahm neben seiner Tochter Platz. Das Boot war nicht so stark besetzt wie die anderen.

Als die Fischer abstoßen wollten, kam mit eiligen Schritten noch ein einzelner Herr die Treppe herab. Nach einem kurzen Zuruf sprang er mit einem eleganten Satz ins Boot hinein und verneigte sich grüßend gegen die Insassen.

Sven sah zu Hella hinüber. Ihr Gesicht hatte sich mit heller Röte überzogen, und ihr sprechendes Auge haftete voll Entzücken an dem zuletzt Angekommenen. Es war Herr Boßneck. Er trug einen weißen Flanellanzug, der seiner geschmeidigen eleganten Gestalt vorzüglich saß und das warme Kolorit seines Gesichtes vorteilhaft zur Geltung brachte. Er war groß und schlank, trug das dunkle Haar kurz geschnitten und sah wirklich bildschön aus.

Seine blauen Augen senkten sich sofort eroberungslustig in die Hellas, und dabei streifte seine schlanke Hand mit nachlässiger Grazie den dunklen, schön gepflegten Lippenbart.

Hella errötete unter seinem Blick noch tiefer und wandte sich zur Seite. Nach einer Weile sah sie jedoch, wie magnetisch angezogen, wieder zu ihm hinüber und begegnete seinem faszinierenden Blick von Neuem.

Sven presste wie in jähem Schmerz die Lippen fest aufeinander. Er hatte nur zu deutlich diese Blicke gesehen, und sein Herz zog sich in dumpfem Bangen zusammen. Die ganze Kraft und Innigkeit seiner verschlossenen Natur hatte sich mit heißem Empfinden auf Hella konzentriert. Hatte er auch nicht zu hoffen gewagt, sie für sich zu erringen, so hatte er bisher auch nie fürchten müssen, dass sich ihre Liebe einem anderen zuwandte. Gleichmäßig freundlich und ruhig hatte sie all den jungen Leuten gegenübergestanden, die ihren Lebensweg gekreuzt hatten. Heute zum ersten Male sah Sven einen Ausdruck in ihren Augen, der ihm fremd war und ihm zu denken gab.

Die Möglichkeit, sie zu verlieren, stieg wie ein Schreckgespenst vor ihm auf, und der große, starke Mann schüttelte sich wie im Fieber, wenn er sich ausmalte, dass jener glatte, glänzende Salonmensch mit dem frechen Erobererblick ein Recht erhalten könnte, Hella, seine Hella, in die Arme zu schließen.

Vor seinen Augen stiegen blutrote Nebel auf, seine Zähne schlugen wie im Frost aufeinander, und er verlor sich in einem Gefühl wahnsinniger Angst. Er wusste nicht, wo er war.

In diesem Augenblick trat Boßneck zu ihm und sagte mit leiser Verbeugung: »Gestatten Sie, dass ich neben Ihnen Platz nehme?«

Sven fuhr auf wie aus einem schweren Traum und rückte zur Seite.

Und dann saßen sie nebeneinander und hatten Hellas liebliche Erscheinung sich gegenüber. Boßneck begann sofort eine Unterhaltung, an der sich außer Sven auch Hella und Rasmussen beteiligten, und als man in dem Fischerdörfchen gelandet war, bat Boßneck liebenswürdig, sich den Herrschaften anschließen zu dürfen. Rasmussen erteilte ihm unbefangen die Erlaubnis dazu.

So suchten sie gemeinsam das Gasthaus auf. Hella war zuerst etwas befangen, aber bald plauderte sie angeregt mit dem neuen Bekannten. Es fiel ihr gar nicht ein, jene Gleichgültigkeit zu heucheln, welche die meisten Damen in solchen Fällen immer bereithalten. Ihr Vater hatte sie natürlich und wahrhaft erzogen, seine Tochter sollte sich unbefangen geben und ihre Mädchenwürde nicht durch unwahres, geziertes Wesen, sondern durch reines, lauteres Empfinden beweisen.

Franz Boßneck fühlte sich durch Hellas Benehmen außerordentlich geschmeichelt. Er fand, dass sie eine originelle, amüsante junge Dame sei, die ihre schönen Augen vorzüglich zu gebrauchen verstand. Er hatte bisher noch nie ein weibliches Wesen kennengelernt, das ihm Hellas Eigenart hätte verstehen helfen. Er hielt für Koketterie und Berechnung, was der innerste Ausdruck ihres unverbildeten lauteren Charakters war. Da ihm aber diese scheinbare Koketterie sehr angenehm war und ihm schmeichelte, zog sie ihn an.

Mit Kennerblicken überflog er wieder und wieder Hellas reizvolle Erscheinung. Die feine Rundung der schlanken Gestalt, die in dem elegant geschnittenen, fußfreien weißen Rock und der luftigen, weißen Seidenbluse voll zur Geltung kam, dünkte ihm das Schönste, was er je gesehen, und der feine Kopf mit der eigenartigen Frisur, die das schwere, üppige Goldhaar zur schönsten Wirkung brachte, wurde so stolz und frei getragen, dass es Franz Boßneck schwer wurde, seine Fassung zu bewahren. Ein süßer kleiner Flirt gehörte ja zu einem Aufenthalt im Seebad, aber diese entzückende Blondine war ganz dazu geeignet, sein flatterhaftes Herz länger zu beschäftigen.

Es war ja ohnedies sein letzter Ausflug ins Land der Freiheit. Ein väterliches Machtwort hatte ihm das Ende goldener Tage verkündet. Vorbei sollte es sein mit all den schönen Dingen, die das Leben für ihn lebenswert machten. Er sollte heimkehren in die kleine, stille Stadt, in welcher sein Vater einer großen Fabrik vorstand, in der Hunderte von Menschen Beschäftigung fanden. Der Vater brauchte seine Hilfe. Bisher hatte er sein Leben nur dem Genuss geweiht, war aus einer Großstadt in die andere gegangen, aus einem Badeort in den andern. Nun sollte es aus sein und zu allem Schlimmen kam noch der Umstand, dass man ihm angedeutet hatte, dass man auch bereits eine Frau bereithielt, deren Geldsäcke mit den seinen harmonierten.

Aber daran nur jetzt nicht denken – jetzt, wo diese herrliche Blume neben ihm voll Duft und Leben blühte! Genießen wollte er bis zur letzten Stunde und sich an dem süßen Reize berauschen, den das schöne Mädchen neben ihm entfaltete.

Ein heißer Blick in Hellas Augen schloss seinen Gedankengang, ein Blick, wie er aus Männeraugen noch nie in ihre unberührte junge Seele gedrungen war.

Sie erbebte und sah verwirrt zu Boden. Eine innere Unruhe bemächtigte sich ihrer seit dieser Stunde und brachte ihr sonst so klares, harmonisches Denken und Fühlen in einen ihr unerklärlichen Aufruhr.

Franz Boßneck war der einzige Sohn seines Vaters und besaß nur noch eine Schwester. Er hatte bisher wenig mehr geleistet, als seines Vaters Geld mit Schick unter die Leute zu bringen. Unter dem Vorwand geschäftlicher Studien hatte er auf seines Vaters Wunsch im In- und Ausland allen den Firmen einen Besuch abgestattet, die mit der Fabrik in geschäftlicher Verbindung standen. Er hatte dabei nichts zu tun, als sich überall von der liebenswürdigen Seite zu zeigen, und seine geläufige Kenntnis der englischen und französischen Sprache kam ihm dabei sehr zustatten.

Der Inhaber der Firma Ernst Boßneck, sein Vater, hatte nicht mit den nötigen Mitteln zu einem noblen Auftreten gegeizt. So sparsam, fast geizig dieser alte Herr auch sonst war, hier galt es, den Glanz der Firma zu zeigen, und außerdem schmeichelte es seiner Eitelkeit, einen Sohn zu besitzen, dessen elegantes blendendes Äußere von allen Seiten gepriesen wurde.

Aber nun hatte ihn dieser Spaß Geld genug gekostet. Jetzt sollte es aus einem anderen Ton gehen. Franz sollte nun endlich an ernste Arbeit denken und den Vater entlasten. Es war hohe Zeit, dass er lernte, sich ernsthaft im Leben zu betätigen.

Der Vater schrieb seinem Sohn in diesem Sinne und deutete ihm gleichzeitig an, dass er, um sich einen ernsten Lebensabschnitt zu schaffen, baldmöglichst heiraten solle. Er sei neunundzwanzig Jahre alt und Elsa Kleefeld, die Tochter des Stadtrates, sei die passende Frau für ihn. Durch Berta, Franzens Schwester, die eine intime Freundin Elsas sei, wisse man, dass er dort nur anzuklopfen brauche. Elsa schwärmte schon längst heimlich für ihn, und die beiderseitigen Eltern seien darüber einig, dass die Verhältnisse ausnehmend gut zusammenstimmten.

Franz hatte darauf geantwortet, dass er wohl einsehe, es sei Zeit für ihn, seinem Vater an die Hand zu gehen, so wenig ihm auch der Gedanke an das stille Leben daheim behaglich sei. Aber was sein müsste, ließe sich nicht ändern. Er sei bereit, heimzukommen, man möge ihm nur noch gestatten, sich einige Wochen in einem Seebade zu erholen, er habe noch an den Folgen eines Katarrhs zu leiden. Dieser Katarrh hatte natürlich nie bestanden und wurde nur als Mittel zum Zweck benützt.

Den Heiratsplan seines Vaters hatte er jedoch vorläufig abgelehnt. Elsa Kleefeld sei durchaus nicht sein Geschmack. Sie habe, soviel er sich erinnern könne, ein blasses, gedunsenes Gesicht, eine Hakennase, und sei klein und dick. Außerdem scheine sie einfältig und albern zu sein. Er sei ja nicht abgeneigt zu heiraten, wenn es einmal sein müsste, aber es gäbe doch noch andere Mädchen, deren Verhältnisse zu den seinen passten. Im Übrigen habe das ja Zeit, bis er nach Hause käme.

Darauf erhielt er abermals einen langen Brief von seinem Vater. Dieser schrieb sehr gereizt, dass sein Sohn es wagte, einen Plan, den er gut fand, so kurzerhand von sich zu weisen: »Ich begreife nicht, wie Du Dich unterstehen kannst, mir in diesem Tone zu antworten. Ob Elsa Kleefeld nun schön ist oder nicht, kommt gar nicht in Frage, die Hauptsache ist, dass die Verhältnisse stimmen. Ich verlange nicht, dass Du Dich blind und toll in sie verlieben sollst – für Liebesgeschichten hast Du all die Jahre draußen Zeit und Gelegenheit genug gehabt. In der Ehe kommt es darauf gar nicht an, im Gegenteil, ein verliebter Mann kommt immer unter den Schlitten. Eine Vergnügungsstation ist die Ehe nun einmal nicht, sondern ein notwendiges Übel. Ich habe Deine Mutter einst auch geheiratet, weil unsere Väter uns zusammengetan haben nach reiflicher Überlegung. Und es ist gut so gewesen. In meinem Hause bin ich Herr geblieben, weil ich nicht vor Verliebtheit den Kopf verlor im Anfang unserer Ehe. Und so soll es bei Dir auch sein. Du wirst es mir später danken, wenn Du vernünftiger bist.

Im Übrigen bewillige ich Dir noch den erbetenen Urlaub zur Herstellung Deiner Gesundheit. Vier Wochen werden dazu genügen, zumal die Luft bei uns zu Hause auch gut ist – so gut, dass Du Dir den Aufenthalt an der See sehr wohl sparen könntest. Du sollst jedoch sehen, dass ich Dir diese letzten Wochen Freiheit noch gönne; nutze sie aus, um Dich mit dem Gedanken vertraut zu machen, dass nun ein ernsteres Leben beginnt.«

Franz hatte den Brief ärgerlich beiseite geworfen. Der Gedanke an Elsa Kleefeld war ihm über die Maßen unsympathisch, und er kannte die kalte Tyrannenart seines Vaters, gegen die ein Auflehnen unmöglich war.

Hatte man ihn erst zuhause in dem engbegrenzten Kreise, dann würde er auch dieser grässlichen Elsa nicht entgehen.

Nun, das sollte ihn nicht abhalten, die letzte Gnadenfrist in vollen Zügen auszukosten. Schließlich, wenn er einmal heiraten musste, war es am Ende gleich, an wen er gebunden wurde.

Ein süßes, hübsches Mädel würde freilich die Sache angenehmer gestaltet haben, aber wo gleich eine solche herbekommen, die man nur annähernd dem Vater als Ersatz für Elsa hätte vorschlagen können? Die weiblichen Wesen, mit denen er bisher in näheren Verkehr getreten, waren ja zum Teil herzige Dinger gewesen, aber zum Heiraten – das sah er selbst ein – taugten sie nicht. Und wenn er die jungen Damen seiner Heimatstadt vor seinem inneren Auge Revue passieren ließ, die etwa außer Elsa Kleefeld in Betracht kommen könnten, schöner und amüsanter als diese waren sie auch nicht.

Frau Emilie Boßneck stand vor ihrem Wäscheschrank und sortierte, von ihrer Tochter Berta unterstützt, die Wäschestücke, die sie aus einem großen Korbe nahm.

Es ging dabei äußerst gewissenhaft zu. Frau Boßneck war eine sehr peinliche Hausfrau, und der Stolz ihres Lebens war ihr Wäscheschrank. Wenn man diese Frau mit einem Ideal in Verbindung hätte bringen können, so hätte dieses Ideal die Gestalt ihres Wäscheschrankes angenommen. Ihre kalten, hellblauen Augen, die sonst leer und nichtssagend vor sich hinblickten, erhielten einen Ausdruck tief befriedigten Stolzes, wenn sie die schnurgeraden Reihen streng nach der Nummer geordneter Wäschestöße überblickte.

Niemals durfte ein Stück fehlen, Frau Emilie hätte nicht eher einschlafen können, als bis es zur Stelle geschafft worden wäre. Die kleinsten Schäden wurden sofort ausgebessert, es gab nicht ein noch so winziges Loch, was ihren Augen entging.

Und wie im Wäscheschrank, so sah es im ganzen Hause aus. Nirgends gab es ein Stäubchen, ein nachlässig gerücktes Möbel, dessen Politur nicht spiegelblank gerieben war. Die Bilder an den Wänden – übrigens greuliche, geschmacklose Ölfarbendrucke in aufdringlichen Goldrahmen – hingen auf den Zoll genau geordnet da. Die wenigen unschönen Nippsachen verrieten die eingehende Behandlung mit Seife und Wasser und nahmen sich auf ihren seit Jahren angestammten Plätzen aus, als bäten sie um Entschuldigung für ihr im Grunde recht nutzloses Dasein.

Fenster und Spiegel glänzten förmlich aufdringlich vor Sauberkeit, und die in steife, abgezirkelte Falten gelegten

Gardinen, die sehr stark gebläut waren, wurden so oft gewaschen und gewechselt, dass sie gar nicht Zeit hatten, das kleinste Stäubchen in sich aufzunehmen. Die Fußböden blitzten und blinkten, Teppiche waren als nutzlose Staubfänger in den Wohnräumen verpönt und nur in den Besuchszimmern gestattet.

Über dem ganzen Hause schien eine Atmosphäre von Seifendunst zu lagern.

Frau Boßneck war eine mittelgroße, hagere Person, mit glatt gescheiteltem, graumeliertem Haar. Sie trabte von früh bis spät im ganzen Hause herum und gönnte weder sich noch ihrer Tochter oder gar den Dienstboten eine Minute Ruhe.

Sehr zeitig trat sie früh, für den ganzen Tag blitzsauber gekleidet, aus dem Schlafzimmer, und kaum hatte sie das Frühstück eingenommen, dann ging es mit einer Wichtigkeit an die täglich wiederkehrenden häuslichen Geschäfte, als wenn das Wohl und Wehe ganz Europas davon abhängig wäre. Ihr geistiger Horizont – wenn man bei dieser Frau von einem solchen sprechen konnte – war äußerst beschränkt. Lektüre gab es weder für sie noch für ihre Tochter, sie wurde als unnütze Zeitverschwendung angesehen. In ein Theater zu gehen – es gastierten zuweilen Truppen aus größeren Städten – galt beinahe für unmoralisch. Konzerte wurden zwar, als zum guten Ton gehörig, besucht, aber amüsant und unterhaltend fand sie weder Frau Boßneck noch Berta.

In ihren Mußestunden liebte es die Frau, in dem großen hellen Wohnzimmer am Fenster zu sitzen und zu häkeln. Ihr gegenüber am andern Fenster saß dann ihre Tochter Berta und häkelte auch. Stundenlang, mit fast blödsinniger Ausdauer, saßen sich die beiden Frauen da gegenüber, warfen zuweilen einen Blick auf die Straße, sprachen ab und zu ein paar Worte miteinander – und häkelten, häkelten unendlich lange Streifen von Spitzen und vergaßen zwischen Luftmaschen und Stäbchen und Stäbchen und Luftmaschen, dass das Leben auch noch zu etwas anderem gut sein könne.

Berta war das verjüngte, getreue Abbild ihrer Mutter. Ebenfalls hager und spitz, war sie mit ihren 24 Jahren schon verblüht. Vielleicht hatte es bei diesem armen reichen Mädchen überhaupt keine Blütezeit gegeben. Auch sie trug das spärliche, glanzlose Haar glatt gescheitelt und in einem winzigen Knötchen auf dem Wirbel aufgesteckt. Ihre Augen blickten kalt und stumpf wie bei der Mutter, und der blasse Mund, der ganz hübsch geschnitten war, bekam einen hässlichen, langweiligen Zug durch das Herabziehen der Mundwinkel. Trotzdem sie die Tochter des »reichen Boßneck« war, hatte sich noch kein ernsthafter Bewerber um ihre Hand gefunden.

Einmal, vor Jahren, hatte sie sich in einen hübschen Buchhalter ihres Vaters verliebt. Diesem armen Schlucker gelüstete es wohl, der Schwiegersohn seines Chefs zu werden, allein er hatte ihr rundweg erklärt, dass er es nicht wage, bei ihrem Vater um sie anzuhalten.

Berta hatte sich danach zu einer heroischen Tat aufgeschwungen, an deren Vermessenheit sie jetzt, nach Jahren noch, nicht ohne Schauder denken konnte. Sie war zu ihrem Vater gegangen, hatte ihm ihre Liebe gestanden und um seine Einwilligung zur Verbindung mit dem Buchhalter gebeten.

Boßneck hatte seine Tochter kaltlächelnd angesehen – der Blick ließ ihr noch heute in der Erinnerung das Blut erstarren – hatte mit verächtlicher Miene auf ihre Stirn getippt und gesagt: »Du bist wohl krank? Geh an deine Arbeit und schlag dir solche Dummheiten aus dem Kopf!«

Der hübsche Buchhalter wurde entlassen. Damit war der einzige Roman ihres Lebens abgetan gewesen.

Ihr Vater behandelte sie zur Strafe für ihre Kühnheit, ihm einen armen Schwiegersohn zuzumuten, wie Luft. Sie kam sich ganz entartet vor und war froh, als der Vater endlich wieder mit ihr sprach. Seitdem wartete sie stumpfsinnig auf einen anderen Freier. Zwischen Luftmaschen und Stäbchen stieg manchmal etwas wie Sehnsucht empor, nach einem, der den Platz des Buchhalters in ihrem mehr und mehr verknöchernden Herzen hätte einnehmen können, aber es kam keiner, der sie zur Frau begehrte. Ein Armer hätte es nicht sein dürfen, und ein Reicher suchte sich eine andere Frau.

Trotzdem wäre es ihr nie beigekommen, sich gegen ihr Schicksal aufzulehnen. Sie war von klein auf in strengster Unterwürfigkeit auferzogen worden. Der Despotismus ihres Vaters erstickte jede Willensregung, und da sie nicht anders gewöhnt war, und auch die Mutter sich der strengen Zucht beugen sah, so fügte auch sie sich klaglos und ohne Murren in das Leben, das alle guten Keime in ihr erstickte. Sie wurde ein kleinlich denkendes Frauenzimmer, das hämisch und verächtlich auf alles herabsah, was ihr enger Ideenkreis nicht fassen konnte.

Ihres Lebens genussreiche Stunden waren die, die sie mit gleichgesinnten Seelen am Kaffeetisch verbringen konnte. Jede Woche wurde ein sogenanntes Kaffeekränzchen abgehalten, woran Mutter und Tochter teilnahmen. Es ging herum in den beteiligten Familien.

Was im Laufe der Woche im Städtchen passierte, wurde da erbarmungslos durchgehechelt, und wehe dem Armen, dem man Sünd und Fehl nachweisen konnte. Er wurde im hochnotpeinlichen Gericht abgetan. Wehe auch dem, der anders zu sein wagte als die anderen – er wurde gerichtet ohne Gnade.

Aber diese »Kränzchen« hatten auch ihre guten, nützlichen Seiten. Man erfuhr ganz genau, wie man nicht sein durfte, besprach sich erbaulich über die Vorzüge und Fehle der Dienstboten, tauschte Kochrezepte aus – und häkelte, häkelte ohne Unterlass. Zwischen Luftmaschen und Stäbchen wurden Menschenschicksale abgetan, und je eifriger man zu Gericht saß, umso schneller zuckten die Häkelnadeln hin und her und zogen Schlinge um Schlinge von dem Garnknäuel herunter.

Die Familie Boßneck bewohnte ein geräumiges, zweistöckiges Haus, das heißt, eigentlich nur das Parterre und die erste Etage. Die zweite Etage stand vorläufig noch leer, sie sollte später Franz Boßneck zur Wohnung dienen, wenn er verheiratet war.

Das Haus lag mit seiner nüchternen, mit grauer Ölfarbe gestrichenen Fassade direkt an der Straßenfront. Die Fensterreihen standen genauso regelrecht nebeneinander, wie drinnen die Möbel. Nichts störte die schnurgeraden Linien, kein noch so kleines Ornament, nicht die geringste architektonische Ausladung. Bis unter das Dach hinauf eine einzige graue Fläche mit dreimal sechs nebeneinanderliegenden Fenstern.

Hinter dem Hause lag ein ziemlich großer Garten. Er war zum größten Teil mit nützlichen Gewächsen bepflanzt. Ein Gemüsebeet reihte sich an das andere. Ringsum am Zaun standen Beerensträucher und einige schöne große Obstbäume streckten in regelmäßigen Entfernungen ihre fruchtbeladenen Äste aus. In einem Eckchen stand sogar eine schöne große Linde. Darunter war eine Laube aufgebaut, und um die Linde herum gruppierten sich einige kleine Beete mit Sommerblumen und ein paar Rosenstöcken.

Frau Emilie Boßneck zog ihren ganzen Bedarf an Küchengemüsen in diesem Garten, und ebenso kam das ganze Jahr nur Kompott von selbst gezogenem Obst auf den Tisch. Darauf war sie sehr stolz.

Eine gute Küche wurde allerdings geführt. Dafür sorgte schon der Hausherr. Er liebte eine gute Tafel, wie er für sich überhaupt alle erreichbaren Genüsse in Anspruch nahm. Er hielt sich gute Weine, rauchte feine Zigarren, reiste, so oft ihm die Lust ankam, in die nächste Großstadt, und über das, was er dort trieb, redete er niemals.

Ein tätiger und kluger Geschäftsmann war Ernst Boßneck jedenfalls. Früh um 9 Uhr ging er durch ein Hinterpförtchen des Gartens pünktlich in die Fabrik hinüber, die von seiner Wohnung nur durch einen schmalen Fußweg und den Fluss getrennt war. Die beiden Grundstücke waren durch eine Brücke verbunden.

Wenn Ernst Boßneck morgens über diese Brücke trat und mit seinen stechenden scharfen Augen den großen

Fabrikhof überflog, entging ihm nicht die kleinste Unregelmäßigkeit. Wehe, wenn er etwas nicht in Ordnung fand! Und wie auf dem Hofe, so ging es auch in dem riesigen Gebäude. Jeder Arbeiter, jeder Beamte musste auf seinem Posten sein, wenn nicht eine Flut von schneidenden Grobheiten auf ihn niederprasseln sollte. Beliebt war er natürlich nicht bei seinem Personal, aber es gab wenige Fabriken in der kleinen Stadt, und die Leute waren froh, einen immerhin guten Verdienst zu haben. Deshalb wagten sie nicht, sich aufzulehnen.

Diese unbegrenzte Machtstellung war für Boßnecks despotischen Charakter ein fruchtbarer Boden. Er entwickelte sich von Jahr zu Jahr mehr und trieb seine hässlichen Blüten.

In diesem Milieu war Franz Boßneck aufgewachsen. Er war der einzige Mensch, für den im Herzen seines Vaters eine Art Zuneigung lebte, wenn dieser auch nichts davon durchblicken ließ.

Frau Emilie Boßneck war endlich fertig mit Einräumen ihrer Wäsche. Befriedigt schloss sie den Schrank ab, während Berta den leeren Korb in die Küche trug.

Als die beiden Frauen sich gerade mit ihrer Häkelarbeit am Fenster niedergelassen hatten, sahen sie eine kleine behäbige Frau auf das Haus zusteuern. Sie nickte schon von draußen den beiden zu und trat ein. Frau Emilie legte ihre Arbeit zur Seite und ging dem Besuch entgegen. Die kleine Frau war außer Atem und musste, nachdem sie mit einem Stöhnen in den nächsten Stuhl gesunken war, erst eine Weile verschnaufen, ehe sie reden konnte.

Berta begrüßte sie mit einem artigen »Guten Tag, Tante Kleefeld!« und zog sich dann zurück. Tante Kleefeld nickte ihr, noch immer atemlos, zu und wischte sich mit dem Taschentuch die großen Schweißperlen von dem dicken, roten Gesicht.

»Diese Hitze, liebe Emilie, diese Hitze!«, klagte sie, endlich zu Wort gekommen, mit einer quietschenden Stimme und sah wie um Erbarmen flehend in das unbewegte Gesicht der Frau Boßneck.

»Soll ich dir ein Glas Limonade hereinbringen lassen, liebe Friederike?«

»Nein, ich danke dir, es geht schon besser. Bei euch ist es ja schön kühl. Aber nun erst guten Tag, meine liebe, gute Emilie. Wie geht es bei euch?«

»Ich danke dir, gut geht es. Hoffentlich bei euch auch?«

»Bis auf die Hitze, ja. Die spielt mir aber immer fürchterlich mit.«

»Du hättest dich um diese frühe Nachmittagsstunde aber auch nicht herauswagen sollen. So sehr ich mich über deinen Besuch freue, es tut mir leid, dass du so angegriffen bist.«

»Ja, ich habe nämlich etwas Wichtiges mit dir zu besprechen. Wie geht es denn dem lieben Franz?«

»Er ist noch auf vier Wochen an die Ostsee, um sich von einem hässlichen Katarrh vollends zu kurieren. Nachher kommt er für immer nach Hause.«

»Na, gottlob, dass ihr ihn dann wiederhabt. Sag mal, Emilie, habt ihr ihm denn etwas von unserem Plan mitgeteilt?«

Emilie heuchelte Unwissenheit, trotzdem sie sofort verstand, wo Friederike Kleefeld hinauswollte. »Von welchem Plan, meine Liebe?«

Die Kleefeld kicherte neckisch. »Ach geh – du weißt doch – dein Franz und meine Elsa!«

»Ach so, jetzt verstehe ich. Ich weiß nicht, ob ihm mein Mann darüber geschrieben hat.«

»Na, das ist ja auch einerlei – es hat ja Zeit, bis er heimkommt. Aber was mich heute zu dir führt, hängt damit zusammen. Du weißt doch, dass Bürgermeisters Marie kurz vor ihrer Hochzeit gestorben ist?«

»Natürlich, die ganze Stadt weiß es ja, warum soll ich es nicht wissen.«

Frau Kleefeld nickte lächelnd. »Eben, es ist ja natürlich, dass du es weißt. Nun denke, der Herr Bürgermeister war heute Mittag bei uns, um zu fragen, ob es wahr wäre, dass unsere Elsa nächstens heiraten wolle. Die Ausstattung seiner verstorbenen Tochter, die noch beim Möbelhändler stehe, sei für ihn doch nun nutzlos und überflüssig geworden, ob wir sie nicht für unsere Elsa kaufen wollten; wir sollen sie um 30 Prozent billiger bekommen.«

»Das ist ja ein äußerst günstiges Angebot.«

»Nicht wahr? Aber wir können doch die Möbel nicht unterbringen! Deshalb wollte ich fragen, ob ihr sie nicht in Franzens künftige Wohnung stellen wollt. Ihr habt ja die zweite Etage leer stehen.«

»Ich will es meinem Mann sagen, liebe Friederike, er mag darüber entscheiden.«

»Du scheinst nicht sehr erbaut zu sein von dem Plan.«

»Doch, er ist ja ganz einleuchtend. Nur wird es besser sein, wenn wir selbst die Möbel für unseren Franz kaufen. Ich hoffe ja sehr, dass aus ihm und deiner lieben Elsa ein Paar werden möge, aber man weiß doch nicht vorher, wie alles kommt. Wenn etwas dazwischenkäme, wäre es doch unangenehm, wenn die Möbel wieder fortgeschafft werden müssten. Man würde in der ganzen Stadt davon sprechen. Ich meine nur, wenn dieser Fall eintreffen würde, was wir beiderseits nicht hoffen wollen. Du verstehst mich doch, liebe Friederike?«

Die liebe Friederike war ein wenig pikiert. »Du meinst, dein Franz würde etwas gegen meine Elsa einzuwenden haben?«

Emilie hob abwehrend beide Hände. »Nein, du verstehst mich falsch, meine Liebe. Es könnte doch auch sein, dass sich deine Elsa anders besänne. Die jungen Leute haben sich einige Jahre kaum gesehen – man kann also nie wissen –«

»Darüber kannst du unbesorgt sein, meine Elsa nimmt nur deinen Franz oder keinen, sie ist sehr treu. Aber uns ist es ja recht, wenn ihr die Möbel einstweilen kauft, wir könnten später abrechnen. Es ist nur, dass wir die günstige Gelegenheit ausnützen.«

»Natürlich, mein Mann wird sicher darauf eingehen. Er kann ja morgen mit deinem Mann und dem Bürgermeister den Vertrag abschließen. Ich werde ihm heute Abend Bescheid sagen.«

»Tue das, Emilie. Und nun will ich wieder gehen. Wo ist Berta, das gute Kind, ich will ihr Adieu sagen.«

Frau Boßneck rief ihre Tochter herbei, und dann verabschiedete sich »die gute Tante Kleefeld«, wie sie von Berta seit ihren Kindertagen genannt wurde, ebenso wie Elsa Frau Boßneck »Tante Boßneck« nannte.

Mutter und Tochter sahen der kleinen kugeligen Gestalt vom Fenster aus einen Augenblick nach, dann aber setzten sie ihre unvermeidliche Häkelei wieder fort.

Als abends Ernst Boßneck von dem Möbelangebot erfuhr, machte er ein undurchdringliches Gesicht und sagte kurz: »Ich werde die Angelegenheit ordnen.«

Einige Tage später wurden die Möbel wirklich in der zweiten Etage aufgestellt. Ernst Boßneck hatte sie für seinen Sohn gekauft. Nun stand es bei ihm noch fester, dass Franz Elsa Kleefeld heiraten musste.

Franz Boßneck hatte sich mehr und mehr an Rasmussen und seine Tochter angeschlossen und ließ sich durch Sven Andersens zurückhaltendes Wesen nicht irremachen. An allen Ausflügen beteiligte er sich und wusste sich immer geschickt an Hellas Seite zu bringen.

Das junge Mädchen ließ sich von seiner einschmeichelnden Liebenswürdigkeit ganz gefangen nehmen, und es entging weder ihm noch Sven, dass ihre Augen aufleuchteten, wenn er erschien, dass sie unruhig und zerstreut blickten, wenn er seine Aufmerksamkeit von ihr abwandte.

Franz wusste sich auch bei Rasmussen in Gunst zu setzen durch sein artiges, heiteres Benehmen. Nur Sven konnte seine Abneigung gegen ihn nicht bezwingen. Er misstraute diesem glatten, gewandten Salonmenschen, und der Ton, den er Hella gegenüber anschlug, schien ihm nicht ehrerbietig genug. Er, der das junge Mädchen stets wie ein Wesen höherer Art vergöttert hatte, konnte nicht verstehen, dass ein Mann in dieser tändelnden, selbstgefälligen Art mit ihr verkehrte. Trotzdem war er ehrlich genug, seine Abneigung gegen Boßneck hauptsächlich seiner Eifersucht zuzuschreiben.

Sven litt täglich tausend Qualen, wenn er die beiden zusammen sah, und manchmal packte ihn die Wut, dass er Boßneck hätte zu Boden schlagen mögen.

Dass Rasmussen so gar nichts merkte, war ihm unverständlich. Am liebsten hätte er ihm in heißer Angst zugerufen: »Schütze dein Kind, es droht ihm Gefahr!« Aber dann kam er sich selbst wieder lächerlich vor.

Was für ein Recht hatte er auch, sich einzumischen! Hella schien glücklich zu sein. Sie strahlte vor Heiterkeit und entfaltete in ihrer Glückseligkeit neue, unwiderstehliche Reize.

Das merkte Franz Boßneck auch. Sie machte ihn warm, dieses süße, holde Mädchen. Er fand, dass ein ganz eigenartiger Reiz ihre Person umschwebte, und Augen konnte sie machen – Augen! Das Blut jagte ihm schneller durch die Adern, wenn er daran dachte. Die holde, lautere Liebenswürdigkeit Hellas war etwas, das ihm noch nie im Leben begegnet war, deshalb verstand er sie nicht, wie sie verstanden sein musste. Er wusste nur, dass die Kleine blind und toll in ihn verliebt war und machte sich das mit innigem Vergnügen zunutze. Er ließ alle Minen springen, und das arglose Geschöpf, das in seiner stolzen Natürlichkeit sich gab, wie es ihr das Herz vorschrieb, unterlag seinen Erobererblicken.

Sie stattete den Mann, der ihre unberührte Seele im Fluge gefangen genommen hatte, mit allem Großen und Schönen aus, das sie selbst empfand. Sie hielt ihn für den edelsten und besten aller Männer und gab sich willig dem Zauber hin, den seine werbenden, brennenden Blicke auf sie ausübten. Sie dachte nicht über sich selbst nach, noch über das, was wie ein Sturmwind über sie gekommen war. Dass es die Liebe sei, die ihr Sein im Innersten zum Aufruhr brachte, glaubte sie ohne Weiteres, und glückselig ließ sie diese Liebe Macht über sich gewinnen.

Dass Sven wortkarger und finsterer war als je, merkte sie kaum. Was galt ihr jetzt Sven, was die ganze Welt! Liebe macht egoistisch, für sie gab es jetzt nur einen Menschen, dem ihr ungeteiltes Interesse gehörte – und das war Franz Boßneck.

Dieser wusste ganz genau, was er Hella war, und an ihrer Innigkeit entzündete sich sein Herz mehr und mehr. Es kamen Stunden, in denen er mit Schrecken daran dachte, dass dieser süße Traum von Glück und Liebe bald ausgeträumt sein sollte. Schon war die Hälfte der ihm vom Vater noch gewährten Frist verstrichen – noch zwei Wochen, dann sollte er sich von dem süßen Mädel trennen und sich mit einer Elsa Kleefeld vermählen.

Aber musste denn diese Trennung sein?

Er wusste, dass Rasmussen zwar kein reicher Mann sei, wie sein Vater, dass er aber in guten, durchaus geordneten Verhältnissen lebte. Eine Ahnung von der wirklichen Bedeutung dieses Künstlers hatte er natürlich nicht. Nach Erziehung und Neigung hatte er allem, was Kunst hieß, stets ferngestanden.

Wenn er nun seines Vaters Plan mit Elsa kühn durchkreuzte und sich hier einfach mit Hella Rasmussen verlobte?

Ein unbehaglicher Schauer lief ihm bei dem Gedanken an seines Vaters Zorn freilich den Rücken herunter. Aber wenn er seine Verlobung von hier aus meldete, dann hatte sich die erste Wut schon ausgetobt, bis er nach Hause kam. Mündig war er längst, und wie ein dummer Junge brauchte er sich schließlich auch nicht mehr behandeln zu lassen. Der vollendeten Tatsache gegenüber war sein Vater doch machtlos.

Er würde ihm zwar, soweit er ihn kannte, mit Enterbung drohen und damit, dass er ihm keine Existenzmittel gewähren würde; aber an der Ausführung dieser Drohung würde ihn schließlich sein eigener Stolz hindern, er würde niemand merken lassen wollen, dass ihm Franz das Heft aus der Hand gewunden hatte.

Am besten wars, Franz Boßneck ließ seinen Vater gar nicht erst zu einer Drohung kommen. Wenn er ihm einfach erklärte, er habe sich mit Hella Rasmussen verlobt, bitte um Verzeihung, dass er es gegen seinen Willen getan, werde aber um keinen Preis von ihr lassen – was wollte der Vater dann tun? Man konnte vielleicht diplomatischerweise noch hinzufügen, dass man auch dann nicht von diesem Verlöbnis zurücktrete, wenn der Vater etwa seine Hand abziehen wolle. In diesem Falle werde sich Professor Rasmussen ein Vergnügen daraus machen, dem jungen Paar die nötigen Existenzmittel zur Verfügung zu stellen. Famos, das musste wirken, die Eitelkeit seines Vaters würde es nicht zulassen, dass sein Sohn von einem Fremden sich unterhalten ließ!

Ostseebad Zinnowitz.

Franz kannte seinen Vater ganz genau, und ein gewisser Trotz gegen die Bevormundung wallte in ihm auf. Er beschloss, sich Hella gegenüber keinen Zwang mehr aufzuerlegen, er musste sie besitzen, zu sehr hatte er sich in ihre Reize verstrickt.

Nach solchen Stunden voll kühner Pläne kamen jedoch auch wieder andere voll nüchterner Überlegung. Er beschloss dann, Knall und Fall abzureisen, sie nicht mehr zu sehen und sie zu vergessen. Aber dann genügte eine kurze Begegnung, und das Feuer loderte wieder auf.

Rasmussen hatte Sven und Boßneck zu einer Dampferfahrt nach Rügen aufgefordert. Hella sollte unter Obhut der Pensionsinhaberin zurückbleiben, weil sie leicht seekrank wurde und sich keinen Genuss von der Fahrt versprach. Sven hatte sofort zugesagt, Boßneck aber lehnte ab mit der Begründung, dass er nach Heringsdorf müsse, um dort Bekannte aufzusuchen.

Das war aber nur ein Vorwand gewesen, um mit Hella allein bleiben zu können.

Als die junge Dame vom Baden zurückkam und in der Strandhütte Siesta halten wollte, fand sie dort Franz Boßneck, der sie mit heißem Blick begrüßte.

Sie errötete tief und sagte hastig: »Ich denke, Sie sind längst nach Heringsdorf unterwegs. Papa und Herr Andersen sind heute mit dem ersten Dampfer schon fort.«

»Ich weiß es, gnädiges Fräulein. Ich traf die Herren kurz vor der Abfahrt auf der Landungsbrücke, als ich mich nach Heringsdorf einschiffen wollte.«

»Und weshalb haben Sie das nicht getan?«

»Ist es Ihnen so unangenehm, mich noch hier zu finden?«

»O nein – im Gegenteil. Das heißt – ich wundere mich nur, dass Sie Ihren Plan nicht ausgeführt haben.«

»Sie würden sich nicht wundern, wenn Sie mir ins Herz blicken könnten.«

Hella hatte auf der andern Seite der Hütte Platz genommen. Sie stützte den Kopf in die Hand und sah hinaus auf das Meer, ohne zu antworten. »Darf ich Ihnen hier ein wenig Gesellschaft leisten, oder schicken Sie mich fort?«

Sie schüttelte den Kopf. »Nein – ich schicke Sie nicht fort«, sagte sie leise.

Er ergriff ihre Hand und küsste sie mit heißen Lippen. Sie zuckte zusammen und zog die Hand zurück. Er sah unverwandt zu ihr hinüber, seine Augen redeten eine kühne, verlangende Sprache. Es wurde ihr bang unter diesen Blicken.

Um ihrer Verlegenheit Herr zu werden, fragte sie nach einer langen Pause: »Warum reden Sie nichts?«

»Weil alle Worte zu arm sind, um Ihnen zu sagen, was ich empfinde.«

»Erzählen Sie mir etwas von Ihren Angehörigen«, bat sie ablenkend.

Er nahm den leichten Sommerhut ab und fuhr sich mit der schmalen weißen Hand durchs Haar. »Da gibt es nicht viel zu erzählen, gnädiges Fräulein. Dass mein Vater Besitzer einer großen Fabrik ist, wissen Sie ja. Er ist ein tüchtiger Geschäftsmann und leitet sein Geschäft mit Energie und Umsicht. Wenn ich heimkehre, muss ich ihm etwas von der Last abnehmen.«

»Sind Sie gern Kaufmann? Ich meine, lieben Sie Ihren Beruf?«

»Offen gesagt – nein.«

»Was möchten Sie lieber sein?«

»Soldat. Ich wäre gern Offizier geworden, aber da ich der einzige Sohn bin und später die Fabrik übernehmen muss, blieb mir keine Wahl.«

Er sagte das mit einem Ausdruck sanfter Resignation. Hellas Herz erbebte vor Mitleid.

»Es muss schwer sein für einen Mann, in dieser Beziehung die Pflicht über Wunsch und Neigung zu stellen. Weiß Ihr Vater, welches Opfer es Sie kostet, sein Lebenswerk fortzuführen?«

Er seufzte tief auf. »Nein – ich wollte ihn nicht unnötig betrüben.«

Sie sah ihm ins Gesicht. »Wie gut, wie edel von Ihnen!«

Er küsste ihr abermals die Hand. »Diese Worte aus Ihrem Munde machen mich stolz und glücklich.«

»Sie lieben Ihren Vater sehr, nicht wahr?«

»O ja.«

»Und Ihre Mutter noch viel mehr. Es muss so schön sein, eine Mutter zu haben. Ich verlor die meine schon, als ich noch zu jung war, um zu begreifen, was mir das Schicksal nahm. Nun, mein einzig guter Vater hat sie mir zu ersetzen versucht. Ich liebe ihn dafür grenzenlos.«

»Er ist ein charmanter alter Herr.«

»Alt? – Ich weiß nicht, Papa kommt mir immer so jung vor, jünger als Sven Andersen. Der ist immer so ernst und still. Papa ist lebhafter und fröhlicher. Das sieht man auch an seinen Arbeiten. Kennen Sie eines der Werke meines Vaters?«

»Ich bedaure sehr – nein.«

»Ach, erst dann lernen Sie ihn richtig verstehen. Er ist ein bedeutender Künstler und ein großdenkender, herrlicher Mensch. O – ich bin stolz auf meinen Vater, sehr stolz.«

»Und jedenfalls mit Recht.«

»Das will ich meinen. Aber wir wollten doch von Ihren Angehörigen sprechen.«

»Interessantes ist da nicht zu berichten, gnädiges Fräulein«, sagte Franz abwehrend. Das Gespräch war nicht nach seinem Sinne. Diese kostbare Stunde des Alleinseins konnte doch wahrhaftig besser ausgenützt werden als durch Familiensimpelei.

»Mir ist es sicher interessant. Von Ihrer Schwester müssen Sie mir wenigstens etwas erzählen. Ist sie schön?«

Franz wurde immer unbehaglicher zumute. Um seine Schwester hatte er sich eigentlich nie gekümmert. Er war in Bezug auf die Frauen zu sehr seines Vaters Sohn. Dessen selbstherrliche Art, die Frauen als untergeordnete Geschöpfe zu betrachten, war ihm in Fleisch und Blut übergegangen, und er hatte weder für seine Mutter noch für seine Schwester jemals warmes Interesse gehabt. Für ihn hatten nur hübsche Frauen einige Berechtigung, nur solche erfüllten nach seiner Ansicht ihre Lebensbedingung, die darin bestand, den Männern das Leben zu verschönern. Dass aber seine Schwester eine der reizlosesten Vertreterinnen ihres Geschlechts war, ließ sich nicht leugnen. Er seufzte.

»Nein, schön ist meine Schwester sicher nicht, und erzählen kann ich Ihnen nicht viel von ihr. Sie lebt ihr stilles, schlichtes Leben daheim im Elternhaus, und ich war viel auf Reisen. Da sind wir uns ein wenig fremd geworden.«

»Das wird ja nun besser werden, wenn Sie wieder zu Hause sind«, sagte Hella tröstend.

»Gewiss. Aber nun lassen Sie uns von etwas anderem reden, gnädiges Fräulein. Wissen Sie, was meine Familie von mir wünscht?«

»Nun?«

»Ich soll heiraten.«

Hellas Herz schlug rebellisch und jagte ihr das Blut ins Gesicht. »Und Sie – was sagen Sie dazu?«, fragte sie leise.

Er sah sie an und unter seinem Blick vertiefte sich die Röte. »Erst war mir der Gedanke sehr unsympathisch, aber jetzt – jetzt wüsste ich eine, die mich sehr beglücken könnte, wollte sie meine Frau werden.«

Er sagte die letzten Worte mit leidenschaftlich unterdrückter Stimme und senkte seine glühenden Blicke vielsagend in ihre Augen.

Ein plötzliches Bangen nahm sie gefangen, eine Angst, dass er weiterreden könnte. Sie sprang auf. »Ich muss nach Hause, um mich umzukleiden – es ist bald Tischzeit.«

Er erhob sich gleichfalls. Dass sie ihm auswich, verstärkte nur sein Begehren. »Darf ich Sie begleiten?«

»Wenn Sie nichts Besseres vorhaben.«

»Etwas Besseres sicher nicht.«

Sie schritten schweigend eine Weile nebeneinanderher. Er betrachtete sie verstohlen und konnte den Blick nicht von ihr losreißen. Wie sie, den Kopf ein wenig geneigt, ein

Bild süßester Anmut und Lieblichkeit, an seiner Seite dahinging, hätte er einer Welt zu trotzen gewagt, wenn er sie hätte in die Arme schließen dürfen. Seine Lippen brannten vor Sehnsucht nach den ihren, der Zauber ihrer Persönlichkeit nahm ihn wieder einmal ganz gefangen.

Hella hatte sich so weit gefasst, um ein gleichgültiges Gespräch beginnen zu können.

Er ging nur ungern darauf ein, musste sich aber fügen. Da sie vermied, ihn anzusehen, war es ihm auch nicht möglich, die Macht seiner Augen auf sie einwirken zu lassen. Er hielt ihre plötzliche Zurückhaltung für berechnende Koketterie. Sicher wollte sie durch ihr kühles Verhalten das Feuer in seiner Brust noch schüren, der süße, kleine Racker. Als ob das nötig gewesen wäre! Er war ja schon ohne Sinn und Verstand in sie verliebt und fähig, ihretwegen die größte Unklugheit zu begehen.

Als sie sich zu Hause schnell von ihm verabschiedete, hätte er sie am liebsten zurückgehalten, um ihr kurz und bündig seine Hand anzutragen. Aber sie war ihm entschwunden, ehe er seine Absicht ausführen konnte.

Bei Tisch begrüßten sie sich nur stumm und nahmen an dem allgemeinen Gespräch der übrigen Pensionäre mit teil.

Nachmittags bleib Hella zu Hause. Sie sah von der Veranda aus, dass Franz Boßneck sehnsüchtig die Fenster ihrer Wohnung streifte, aber sie rührte sich nicht in ihrem Versteck, und er ging langsam und zögernd davon, dem Walde zu. Sie sah ihm verstohlen nach. Er wandte sich noch einige Male um und entschwand dann ihren Blicken.

Hella ahnte nicht, dass er sich im Schutze dichten Strauchwerks wenige Schritte weiter auf eine Bank setzte und von da aus das Haus beobachtete. Sie versuchte zu lesen, aber ihre Gedanken irrten von dem Buche ab. Warum hatte sie sich törichterweise zur Einsamkeit verurteilt und ihn auch?

Sicher hatte er seinen Ausflug nach Heringsdorf nur aufgegeben, um mit ihr zusammen sein zu können. Es war gar nicht recht von ihr, ihm so absichtlich auszuweichen.

Warum tat sie es? Warum folgte sie nicht ihrem sehnsüchtigen Herzen, das ihr gebot, an seiner Seite zu bleiben?

Weil sie in törichter Einbildung gefürchtet hatte, er würde das entscheidende Wort sprechen? Er dachte wohl gar nicht daran. – Und wenn? – War es nicht unsinnig von ihr, ihm einfach davonzulaufen in mädchenhafter Befangenheit? Sie liebte ihn doch – warum war sie nicht ehrlich gewesen, warum versteckte sie ihr Gefühl? Solche Gedanken kreuzten ihr Hirn, und endlich sprang sie auf, um den Strand hinabzugehen. Sie hielt es hier auf der stillen Veranda nicht mehr aus. Der Anblick ihres geliebten Meeres würde Ruhe und Frieden in ihre Brust zurückbringen.

Sie setzte einen kleinen englischen Strohhut auf und verließ das Haus. Langsam wanderte sie zum Strand hinunter und ging auf die Landungsbrücke hinaus.

Sie lehnte sich über die Brüstung und sah traumverloren über das Wasser. Die See war unruhig geworden. Wild rüttelten die Wellen an den mächtigen Pfosten, welche die Brücke trugen, und brausten mit ungestümer Gewalt an den Strand. Ein leises Schwanken und Zittern ging durch den ganzen hölzernen Bau. Einzelne Tropfen spritzten bis in Hellas Gesicht hinauf und dann zuweilen ein feiner Sprühregen, wenn die Wellenkämme sich dicht unter ihr überschlugen und zerstoben. Ein altes, ewig neues Spiel.

Wie hypnotisiert starrte sie in das schäumende Wasser hinab und verfolgte das Heranrollen der mächtigen Wellen.

Dieses reizvolle Spiel, welches auf sensitive Menschen nie seinen Eindruck verfehlt, beruhigte Hellas Empfinden. Eine frische Brise wehte vom Wasser herüber und schlang Hellas Kleid fest um ihre Gestalt. In tiefen Atemzügen sog sie die würzige Luft ein, und ein friedliches Wohlbehagen durchströmte ihren Körper.

Lange stand sie so versunken, ohne sich zu bewegen.

Sie ahnte nicht, dass Franz Boßneck ihr gefolgt war und sich nicht weit von ihr auf einer der Bänke niedergelassen hatte, die ringsum an der Brüstung angebracht waren.

Er warf prüfende Blicke um sich. Die Landungsbrücke

war leer. Auch am Strande war es still. Nur wenige Menschen lagerten dort im warmen Sande, und einige Gruppen spielender Kinder wateten barfüßig im Wasser und suchten Muscheln. Er war also so gut wie allein mit Hella.

Mit glühenden Blicken sah er zu ihr hinüber. Sie wurde unruhig, als fühle sie diese Blicke, und wie von einer inneren Macht getrieben, wandte sie sich langsam um und sah erbebend in seine Augen hinein.

Sein Blick hielt sie fest, sie rührte sich nicht. Es war ihr unmöglich, sich diesem leidenschaftlich werbenden Blick zu entziehen. Widerstandslos gab sie sich dem Einfluss hin, den er durch seine Blicke auf sie ausübte. Er sprach kein Wort, um den Zauber nicht zu brechen. Langsam erhob er sich und trat auf sie zu, ohne sie aus den Augen zu lassen, und sie wusste, dass sich ihr Geschick jetzt erfüllen musste, und faltete in rührender Hilflosigkeit die Hände zusammen.

Da tönte plötzlich ein lauter vielstimmiger Schrei vom Strande zu ihnen hinüber. Sie schraken zusammen und wandten langsam und zögernd die Blicke voneinander.

Am Ufer standen einige Frauen und rangen die Hände. Auf dem Wasser trieb ein kleines Ruderboot, und darin saßen zwei Kinder, ein Knabe und ein Mädchen von etwa zwölf Jahren, und streckten hilfeflehend die Arme aus.

Die Kinder hatten spielend das Boot, welches ruhig im Sande lag, mit vereinten Kräften ins Wasser hinausgeschoben. Zwei von ihnen hatten sich in das Boot gesetzt, und nun war es, von einer ungünstigen Strömung erfasst, so weit hinausgetrieben worden, dass die beiden Kinder nicht herauskonnten, ohne Gefahr zu laufen.

Auf ihre erschreckten Rufe wurden die plaudernden Mütter der Kinder aufmerksam, und diese hatten den Schreckensschrei ausgestoßen, der Hella und Franz aufgeschreckt hatte.

»Die Kinder werden immer weiter hinausgetrieben, das gibt am Ende ein Unglück bei der stürmischen See«, rief Hella besorgt.

Er fasste ihre Hand. »Lassen Sie das jetzt, gnädiges Fräulein, man wird das Boot zurückholen, da ist nichts zu befürchten.«

Er versuchte sie abzulenken durch seine Blicke, aber Hella hörte das Jammern der Frauen und Kinder und strebte von ihm fort.

»Wer soll es denn zurückholen? Die Fischer sind alle abwesend, kein einziger Mann ist am Strande zu sehen. Mein Gott, die Kinder treiben immer weiter hinaus.«

Sie lief eiligst davon, der Stelle zu, wo die Frauen standen. Franz folgte ihr, unmutig, dass ihn wieder ein Zwischenfall störte.

»Man muss Hilfe aus dem Dorfe herbeirufen«, sagte er, »beruhigen Sie sich doch, gnädiges Fräulein.«

»Das dauert viel zu lange – o Gott, die armen Mütter!«

»Sie hätten besser auf ihre Kinder achtgeben sollen, dann wäre das nicht geschehen«, sagte er böse.

»Für solche Vorwürfe ist es nun zu spät.«

Sie waren inzwischen der Gruppe kopflos jammernder Frauen nahe gekommen. Eine derselben stürzte händeringend Franz entgegen. »Helfen Sie, retten Sie, mein Herr!«, rief sie ihm weinend zu.

Auch die anderen Frauen umringten ihn bittend und beschwörend.

Nur Hella sagte nichts. Bleich, mit zusammengepressten Lippen sah sie ihn mit großen ernsten Augen an. Es lag etwas Zwingendes in ihrem Blick.

Franz richtete sich entschlossen auf. »Schaffen Sie Ruder herbei«, rief er den Frauen zu, und während einige davonliefen, um seinem Befehl nachzukommen, schob er, von den Frauen unterstützt, eines der noch im Sande lagernden Ruderboote ins Wasser.

Hella war mit leuchtendem Blick den davoneilenden Frauen nachgelaufen. Ihr fiel ein, dass das Bootshaus geschlossen war. Dicht neben der Tür hatte sie jedoch oft im Vorbeigehen ein kleines Fenster bemerkt, durch welches man die Ruder in der Ecke des Bretterhäuschens lehnen sah. Sie kam gerade zurecht, um den ratlos die geschlossene Türe anstarrenden Frauen zu helfen. Mit einer vergessen im Sande liegenden Kinderschaufel schlug sie kurz entschlossen das Fensterchen ein und zog durch die entstandene Öffnung zwei Ruder heraus. Eilends wurden diese zum Boote geschafft, das inzwischen flottgemacht worden war. Franz sprang hinein. Er warf einen Blick auf Hella zurück und sagte lächelnd: »Beruhigen Sie sich, ich verstehe mit den Rudern umzugehen. Ich bringe die Kinder zurück, wenn sie sich ruhig im Boote halten.«

»Gott mit Ihnen!«, rief sie ihm zu und sah ihn an, dass ihm das Herz stürmisch klopfte.

Er sah sich nach den Kindern um. Sie waren noch nicht allzu weit entfernt. Er setzte sich nieder, ergriff die Ruder und trieb das Boot mit kräftigen Stößen vom Strande ab. Leicht war es nicht, vorwärts zu kommen; er musste geschickt lavieren, um günstig getrieben zu werden, denn die See warf ihn hin und her.

Hella stand bleich, mit gefalteten Händen, zwischen den Frauen. Aller Augen folgten dem Retter, und dem jungen Mädchen erschien er sehr schön und heldenhaft. Wie sie ihn liebte, wie ihre Seele ihm zujauchzte! Und doch bangte sie für die Kinder. Würde ihm das Rettungswerk gelingen?

Franz Boßneck arbeitete jetzt mit Aufbietung aller seiner Kräfte, um die Kinder einzuholen. Helle Schweißtropfen standen ihm bald auf der Stirn von der ungewohnten Anstrengung. Dabei war er durchaus nicht in rosigster Stimmung. Hatte er dazu von der geplanten Partie zurückbleiben müssen, um fremder Leute ungezogene Kinder aufzufischen! Er war so schön im Zug gewesen mit der reizenden Hella! Aber es war, als sollte es nicht sein, dass er das entscheidende Wort sprach.

Schließlich war es ja auch besser so. Er würde sich in zahllose Unannehmlichkeiten und Schwierigkeiten verstricken, wenn er sich mit ihr verlobte. Es war ja ein Unsinn von ihm, sich von dem hübschen Lärvchen betören zu lassen. Am besten, er reiste sofort ab!

Da saß er nun in der ungemütlichsten Situation hier im Boote – sie allein war schuld daran, ohne ihre flehenden Augen wäre es ihm im Traum nicht eingefallen, sich als Retter in der Not aufzuspielen.

Nein – die Sache muss ein Ende haben! Wenn er diese Hella Rasmussen zur Frau nahm, kam er rettungslos »unter den Schlitten«, wie sich sein Vater ausdrückte. Und dafür dankte er denn doch.

Also ein rascher Entschluss – noch heute reiste er ab!

Wo waren denn die Racker nun mit ihrem Boot geblieben? Er sah sich um und bemerkte, dass sich inzwischen die Entfernung zwischen ihm und den Kindern beträchtlich vermindert hatte. Er konnte ihnen zurufen, dass sie ganz still sitzen sollten.

Der kleine Knabe sah ihm mit verbissenem Knabentrotz, hinter dem die Tränen lauerten, entgegen und sprach tröstend seiner kleinen Schicksalsgenossin zu. Die weinte still vor sich hin, sie dachte gewiss an die Angst und Sorge der Mutter. Der Bub verschluckte tapfer die aufsteigenden Tränen, und weil ihn seine Gefährtin durch ihren Jammer anzustecken drohte, fuhr er sie zornig an: »Hör' doch endlich mit der Heulerei auf!« Dann sah er wieder stumm dem Retter entgegen.

Als Boßneck schon ganz nahe herbeigekommen war, richtete er sich mit einem tiefen Seufzer aus seiner gebeugten Haltung auf und sah seine kleine Genossin an. »Und Hiebe gibt es noch extra«, resümierte er überzeugungsvoll seinen Gedankengang.

Das kleine Mädchen schüttelte den Kopf. »Mutter ist froh, wenn sie mich wiederhat. Schläge bekomme ich nicht.«

»Aber ich.«

Das stand bei dem kleinen Seefahrer fest, und man merkte ihm an, dass er mit spartanischem Gleichmut dem kommenden Verhängnis entgegenschaute. Eine Tracht Prügel war doch auch immerhin angenehmer als ein völliges Drangeben aller irdischen Freuden.

Franz versuchte zunächst vergeblich, an das Boot heranzukommen. Es erwies sich viel schwieriger, als er gedacht hatte, und seine Stimmung wurde immer verdrießlicher. Er musste äußerst vorsichtig zu Werke gehen, denn schließlich brachte das eine Boot das andere zum Umschlagen. Verwünschte Geschichte!

Er fluchte einige Male wütend vor sich hin und zog dann einen Moment die Ruder ein. Wenn er nur ein Stück Tau zur Hand gehabt hätte, um es den Kindern zuzuwerfen, dann wäre es eher möglich gewesen, die Boote so aneinanderzubringen, dass er hinüber- oder die die Kinder herüberklettern konnten.

Der kleine Junge schien seinen Gedankengang zu erraten. »Ich habe Bindfaden in der Tasche«, rief er Boßneck zu.

»Na dann 'raus damit! Behalt das eine Ende in der Hand und wirf mir das andere zu.«

Schnell folgte der Knabe seinem Befehl. Der Bindfaden war zum Glück stark und lang genug.

»Binde dein Ende fest an den Eisenhaken an und dann setzt euch fest und haltet euch an den Bänken«, kommandierte Franz. Als das geschehen, zog Boßneck langsam das Boot heran. Es ging nicht leicht, die Wellen schoben sich immer wieder dazwischen. Schließlich prallten die Boote unsanft aneinander, aber Franz konnte mit Aufgebot aller Kräfte die Ränder zusammenhalten.

»Nun schnell herüber!«, rief er. »Aber Vorsicht, dass ihr nicht ins Wasser fallt!«

Die Kinder gehorchten, eines dem anderen helfend, und es gelang ihnen, glücklich hinüberzukommen.

Es war auch die höchste Zeit! Ihr Retter konnte das Boot nicht länger halten. Seine Fingerspitzen bluteten, er hatte sich seine schön gepflegten Nägel abgerissen bei dem krampfhaften Festhalten.

Er tauchte mit einer Verwünschung die Hände in das Wasser, um den Schmerz zu beruhigen.

Die Kinder saßen, blass und stumm sich bei den Händen haltend, ihm gegenüber. Der rührende Anblick der

Damenbad
Gruss aus Zinnowitz
...mmler & Jonas, Dresden 7793 Ag

kleinen Sünder ging ihm aber nicht zu Herzen, er war viel zu wütend auf sie.

Das Boot, in dem die Kinder gesessen, trieb von ihnen ab. Er ließ es ruhig treiben. Um das Boot konnte er sich natürlich nicht auch noch kümmern.

Mit zusammengebissenen Zähnen ließ er die Ruder wieder arbeiten. Es ging rascher dem Ufer zu, und bald stieß sein Boot auf den Strand.

Der begeisterte Jubel, der ihn empfing, milderte seinen Groll ein wenig, und als er Hellas bleiches Gesicht mit den fieberisch glänzenden Augen und den tiefroten, zuckenden Lippen vor sich sah und die jubelnde Freude in ihren Blicken las, da wurde ihm doch wieder ganz eigen warm und beklommen zumute.

Sie drängte sich mit stürmischer Begeisterung an ihn heran, bebend vor Aufregung und Freude. Als sie seine blutenden Hände sah, fasste sie mit einem jammernden Laut danach und zog sie, alles vergessend, an ihre Lippen und küsste sie.

Es durchzuckte ihn wie ein Schlag, als er den heißen Mund auf seiner Hand fühlte und das Beben ihrer Gestalt bemerkte. Alle Vorsätze, alle Bedenken vergessend, legte er seinen Arm um sie. »Hella, meine süße Hella!«

Sie sah zu ihm auf mit einem innigen Blick unverhohlener Liebe und wehrte ihm nicht, als er seine Lippen auf die ihren presste.

Unbekümmert um all die Menschen ringsum bekannte sie durch ihr Benehmen freimütig ihre Liebe zu dem Mann, der ihr durch sein Rettungswerk so bewundernswert erschien.

Franz ließ dem ersten Kuss schnell noch einen zweiten folgen und fühlte sich, trotzdem er seinen Vorsätzen entgegenhandelte, in diesem Augenblick sehr glücklich. Wohl kam ihm einen Moment später der Gedanke an seinen Vater, aber zugleich regte sich der Trotz gegen dessen Tyrannei in ihm, und gleichsam um sich selbst den Rückzug abzuschneiden, sagte er leise: »Willst du mein werden, geliebte Hella?«

»Ich will«, sagte sie einfach und innig.

Er führte sie fort aus dem sie umringenden Kreise. Die beiden geretteten Kinder und ihre Mütter wollten ihnen mit ihren Dankesbezeigungen den Weg sperren. Er wehrte sie lachend ab und ging Arm in Arm mit Hella davon.

»Deine armen Hände!«, sagte sie mit bebender Stimme.

»Die werden schnell wieder heil, aber mein Herz nicht, süße Zauberin. Sag' schnell, dass du mich liebst.«

»Du weißt es ja.«

»Aber ich muss es hören.«

»Ja, ich liebe dich, weil du so gut und so edel bist – und so schön.«

»Du bist tausend Mal schöner, süße Hella – ganz toll bin ich in dich verschossen.«

»Sag' nicht so«, bat sie, »es klingt so – so leichtfertig und nichtssagend.«

»Närrchen, liebes, herziges, es ist doch ganz gleich, wie man es nennt. Jedenfalls sitzt mir die Liebe zu dir fest im Herzen – so fest – ich hätte nicht geglaubt, dass ich so verliebt sein kann.«

Nun gingen sie schweigend nebeneinanderher bis nach Hause. Als sich die Tür hinter ihnen geschlossen hatte, hielt er sie fest.

»Nun gib mir erst den richtigen Verlobungskuss«, sagte er und presste sie so fest in seine Arme, dass ihr die Sinne fast vergingen. Fast schmerzhaft brannten seine Küsse auf ihren Lippen, und das Blut sauste ihr in den Ohren.

Endlich gab er sie frei.

»Ade, Liebste – ich will mir erst meine Hände in Ordnung bringen und mich umziehen. Dann gehen wir noch ein Stündchen in den Wald. Willst du?«

Sie nickte nur stumm und huschte in ihr Zimmer hinein.

Dort stand sie lange still auf einem Fleck und presste die Hände auf das wild klopfende Herz.

Franz Boßneck kühlte seine Hände im Wasser und sah sich den Schaden genauer an. Es war nicht so schlimm, wie er gedacht hatte. Er schnitt sich die Nägel sorgfältig vollends ab und dabei dachte er an Hellas Küsse. »Nun hat mich der süße Racker doch eingefangen«, sagte er dann plötzlich vor sich hin. »Aber den wollt' ich sehen, der da hätte widerstehen können.«

Dann überlegte er, was nun zu tun sei.

Auf alle Fälle musste er seinem Vater in dem Sinne schreiben, wie er es sich in Stunden heißer Verliebtheit schon ausgedacht hatte, und mit Rasmussen musste er auch sprechen, heute oder morgen, dass sollte Hella bestimmen.

Jetzt wollte er aber erst das frisch errungene Glück auskosten. Bis zum Abend war er mit Hella allein, die Pensionsvorsteherin zählte ja nicht, die war froh, wenn sie Hella unter seinem Schutz gut aufgehoben wusste. Diese Stunden wollte er ohne Grübelei, ohne Kopfzerbrechen auskosten.

Als er fertig war, ging er hinunter. Die Besitzerin der Pension kam ihm, von Hella gesandt, auf der Treppe entgegen mit Verbandleinen.

Er lachte sie aus und zeigte ihr seine Hände, an denen nicht viel mehr zu sehen war, als einige Schrammen und Risse.

Die alte Dame machte ihm Komplimente über seinen Heldenmut und überschüttete ihn mit einem Wortschwall. Ungeduldig sah er nach Hellas Tür und schnitt der Eifrigen schließlich das Wort ab mit der Bitte, Fräulein Rasmussen zu sagen, dass er bereit sei, sie auf ihrem beabsichtigten Spaziergang zu begleiten.

Sie kam seinem Wunsch sofort nach, und Hella trat gleich darauf heraus.

Dann gingen sie beide in den lachenden Sommertag hinein, dem Walde zu. So schön war es auf der Welt!

Als Rasmussen am Abend zu seiner Tochter ins Zimmer trat, flog sie auf ihn zu. »Papa, lieber Papa!«, rief sie innig und umfasste seinen Hals mit ihren Armen.

Er lachte. »Hast du mich so sehnsüchtig erwartet, Herzblatt?«

»Ja – mir schien, als bliebst du eine Ewigkeit fort. Ich habe dir ja so viel zu sagen.«

Er strich ihr lächelnd das Haar aus der Stirn. »Du glühst wie Fieber, Kind. Was hat dich so erregt?«

»Komm, setz dich erst zu mir, Herzensvater, dann sollst du es hören.«

Sie setzten sich nebeneinander auf den Diwan. Hella fasste des Vaters Hand und sah ihm voll und offen ins Gesicht.

»Papa, ich habe mich heute Nachmittag mit Franz Boßneck verlobt. Morgen kommt er, um dich um meine Hand zu bitten.«

Rasmussen war leicht zusammengezuckt, in seinem Gesicht veränderte sich kein Zug, nur ernst sah er aus, sehr ernst. »Wie ist das so schnell gekommen, mein Kind?«, fragte er sanft.

Hella berichtete in unzusammenhängenden Worten die Erlebnisse des Tages. Still hörte er ihr zu, ohne sie zu unterbrechen. Unverwandt sah er in ihre glückstrahlenden Augen, die so vertrauend zum Vater aufsahen.

Hella war sein höchstes Gut, welches er neben seiner Kunst besaß. Sein Leben war so innig mit dem ihren verwoben, dass ihr Glück das seine war. Mit ihrer Verlobung zerstörte sie ihm seinen Herzenswunsch, aber das kam nicht in Betracht, wenn sie nur glücklich wurde. Ob sie es wurde mit jenem Mann, dem sie ihr junges vertrauendes Herz geschenkt? Wer vermochte das im Voraus zu wissen? Die Liebe und das Glück gehen sonderbare Wege, man kann ihren Lauf nie vorausbestimmen. Durfte er Hella seine Einwilligung vorenthalten, weil ihm ihre Wahl nicht ganz richtig erschien? Nein – jeder Mensch soll sich sein Schicksal selbst zimmern, niemand hat das Recht, ihn davon abzuhalten.

Hella war mit ihrem Bericht zu Ende, nichts hatte sie dem geliebten Vater verschwiegen. Nun sah sie ihn erwartungsvoll an.

»Hast du ihn denn so lieb, mein Kind, dass du ihm in seine Heimat folgen willst? Du kennst ihn erst so kurze Zeit!«

»Ich glaube, ich liebte ihn vom ersten Tag an, Papa. Ich freute mich gleich bei seinem ersten Anblick an seinem herrlichen Kopf. Und so gut ist er, so edel!«

»Kind, wir wissen noch so wenig von ihm!«

»Du mochtest ihn doch auch gleich.«

»Das ist recht wenig, wenn man es von einem Menschen sagt, dem man sein höchstes Gut anvertrauen soll. Er ist ja ein angenehmer Gesellschafter, aber nähergekommen sind wir uns in der kurzen Zeit nicht. Was mir meine Erfahrung und Menschenkenntnis für ein Bild von ihm schuf, war nicht unvorteilhaft für ihn, nur das eine glaubte ich zuweilen zu empfinden: Art von unserer Art scheint er nicht zu sein. Die Kunst ist ihm fremd, das steht fest.«

»Du musst bedenken, dass er einer Kaufmannsfamilie entstammt; er ist in anderen Kreisen aufgewachsen, als die sind, denen wir angehören. Das wird aber bald anders werden, wenn wir vereint sind. Ich will ihn die Kunst schon lieben lehren, verlass dich darauf. – Und nun sag' mir, ob du uns deine Einwilligung gibst?«

»Deinem Glück will ich nicht im Wege stehen, mein geliebtes Kind. Wenn du ihn so liebst, dass du ihn nicht lassen kannst, dann in Gottes Namen.«

»Aber du bist nicht froh darüber, Vater?«

Er lächelte wehmütig. Mit welchem Jubel hätte er ihre Hand in die Sven Andersens gelegt! Dieser Traum war nun vorbei, und sein junger Freund würde schwer daran tragen, dass er Hella aufgeben musste. Das wusste er.

Hella sah angstvoll zu ihm auf.

Da bezwang er sich. Er wollte ihr Glück nicht eine Sekunde trüben. »Verlangst du denn, dass ich mich gleich freuen soll, wenn du von mir gehen willst? Du musst mir Zeit lassen, mich an den Gedanken zu gewöhnen. Aber sei unbesorgt, darüber komme ich schon hinweg. Solange in deinen Augen das Glück lacht, werde ich immer zufrieden und froh sein.«

»Lieber, teurer Papa!«

»Mein geliebtes Kind!« Er küsste sie auf die Stirn. »Mögest du glücklich werden. – Und nun will ich hinübergehen und mich umkleiden. Sven wollte noch ein Stündchen herunterkommen. Du rufst mich, wenn er kommt.«

»Ja, Papa.«

Er ging ins Nebenzimmer, und Hella setzte sich hinaus auf die Veranda, nachdem sie dort Licht angezündet hatte.

Sinnend blickte sie vor sich hin. Ein wenig war sie enttäuscht von der Art, wie ihr Vater die Nachricht von ihrer Verlobung aufgenommen hatte. Es war ihr nicht entgangen, dass ihn eine rechte, innige Freude nicht beseelte. Das tat ihr leid und warf einen leichten Schatten auf ihre Glückseligkeit.

Sie war so versunken, dass sie gar nicht gewahrte, dass Sven Andersen durch das Zimmer zu ihr heraustrat.

»Guten Abend, liebe Hella«, sagte er endlich.

Sie schrak zusammen und lächelte dann über sich selbst. Sie erhob sich und reichte ihm die Hand. »Guten Abend, Sven. Kommen Sie, nehmen Sie Platz.«

Sven setzte sich, nachdem Hella ihren Sitz wieder eingenommen hatte, an die Verandabrüstung und lehnte seinen Kopf leicht an die grünumrankte Steinsäule, die das Dach der Veranda stützte. Sein markiges Gesicht wurde hell beleuchtet, ebenso das des jungen Mädchens. Er labte seine Augen an ihrem Anblick, als hätte er ihn jahrelang entbehren müssen.

Sie griff über den Tisch hinüber nach seiner Hand. »Sven, Sie sind mir immer ein treuer Freund, fast ein Bruder gewesen. Sie sollen nach Papa der Erste sein, der erfährt, dass ich mich heute Nachmittag mit Franz Boßneck verlobt habe.«

Svens Hand zuckte jäh aus der ihren. Er sprang auf und trat in den Schatten zurück. Aber Hella konnte dennoch deutlich erkennen, wie sich sein Gesicht entfärbte, wie sich darin ein so qualvoll schmerzhafter Zug ausprägte, dass sie in der warmen Sommerluft zusammenschauerte.

Angstvoll sah sie zu ihm auf. Es war, als sei plötzlich alle Freudigkeit, alle Glückseligkeit aus ihrem Dasein geschwunden. Ein heißes, schmerzhaftes Gefühl, das sie nicht verstand, presste ihr die Brust zusammen, eine unbestimmte Ahnung, als habe plötzlich etwas Wunderbares ihren Weg gestreift und sei, noch ehe sie es fassen konnte, unwiederbringlich verloren gegangen. Sie war nicht klar über das, was in ihr vorging, und sah mit Bestürzung in das vor Schmerz erstarrte Gesicht des Mannes, den sie als zu ihrem Leben gehörig bisher betrachtet hatte. Ein Gefühl heißer Angst um ihn ließ sie erzittern.

»Sven!«, rief sie leise.

Es war ein angstvoll bebender Laut. So leise er aber auch war, er brachte Andersen zur Besinnung.

Mit Aufbietung seiner ganzen Selbstbeherrschung bezwang er das lähmende Entsetzen, das ihn gefangen hielt. Er richtete sich auf. Sein Gesicht verlor den versteinerten Ausdruck, nur in den Augen blieb ein Blick, den Hella seit dieser Stunde nie wieder vergessen konnte, trotzdem sie die Erinnerung daran wie etwas Quälendes von sich zu weisen suchte, wie etwas, das ihren Seelenfrieden störte.

Sven war Herr über sich geworden. Mit erzwungenem Lächeln sagte er: »Sie haben mich so überrascht, dass ich sprachlos war, liebe Hella. Ich wünsche Ihnen Glück zu diesem Schritt, der Ihr Leben in ganz andere Bahnen lenkt.«

Seine Stimme klang ihm selbst fremd, als spräche weit von ihm ein anderer Mensch.

Er küsste ihre Hand kurz und flüchtig und richtete sich straff empor wie einer, der sich nicht zu Boden drücken lassen will.

Sie dankte ihm mit wenigen Worten und ging, um ihren Vater zu rufen. Er sah ihr nach, bis sie im Haus verschwunden war. Dann sprang er plötzlich mit einem Satz über die Verandabrüstung in den stillen, dunklen Garten und warf sich im Übermaß seines Schmerzes lang auf den Rasen hin. Er presste sein glühendes Gesicht in das kühle Gras, und seine Hände krampften sich in den Erdboden. Dumpfes Stöhnen rang sich aus seiner Brust.

Dieser Ausbruch seines Schmerzes löste den furchtbaren Druck, der seine Brust zusammenpresste. Am liebsten hätte er sich verkrochen wie ein zum Tode verwundetes Tier. Diese Wohltat dürfte er sich aber jetzt nicht gönnen. Hella war schon genug erschreckt gewesen über sein sonderbares Benehmen. Er musste diesen Eindruck zu verwischen suchen, damit sie sich beruhigte. Ihr Glück galt ihm doch noch höher als das seine.

Langsam erhob er sich vom Boden. Mit erloschenen Augen sah er zu dem wundervollen Sternenhimmel auf. Warum hatte das Schicksal das zugelassen? Warum hatte es das Herz dieses einzigen Mädchens jenem Mann zugewandt, der sie sicherlich nicht zu würdigen verstand? Warum hatte die Natur nicht ihm, dem hässlichen Sven, die schönen Züge verliehen, die Hellas schönheitsdurstige Seele entflammten? Warum? –

Er ließ die Arme schlaff herabsinken und schritt müde auf dem schmalen Kiesweg auf und ab. Da sah er Rasmussen auf die Veranda heraustreten und sich suchend umsehen.

»Wo stecken Sie denn, Sven?«

»Hier im Garten, Herr Professor!«

»Was treiben Sie denn da unten?«

»Der Sternenhimmel lockt mich, man sieht ihn hier vom Dunkel aus viel schöner.«

»Dann komme ich zu Ihnen. Wir können ja zusammen noch ein wenig Astronomie treiben.«

Er schritt die wenigen Stufen hinab, die in den Garten führten. Sven war froh, dass er sich noch nicht dem Licht auszusetzen brauchte.

Der Professor schob seinen Arm unter den Sven Andersens. Schweigend schritten sie eine Weile auf und ab. Dann sagte Rasmussen leise: »Hella hat Ihnen mitgeteilt, dass sie sich verlobt hat?«

»Ja!«

Der alte Herr ahnte, welch herbe Entsagung hinter diesem kurzen »Ja« verborgen war. Er presste Svens Arme fest an sich. »Nun werden wir zwei bald allein sein, Sven. Unser Sonnenschein wird uns verlassen. Wir wollen es gemeinsam tragen, mein lieber junger Freund.«

»Wenn sie nur glücklich wird, dann ist es gut.«

»Wenn, ja wenn! Sven, mir ist das Herz ein bisschen schwer. Ich mag meinem Kind mit Schwarzseherei sein Glück nicht trüben, aber ich fürchte, sie passt nicht zu ihrem Verlobten.«

»Und dennoch wollen Sie Ihre Einwilligung geben?«

»Ja, dennoch. – Sehen Sie, wenn ich ihr dieselbe jetzt weigern wollte – sie würde es grausam finden und mich nicht verstehen. Ich kann ja nichts gegen den jungen Mann vorbringen. Entweder würde sie ihm trotz meiner Weigerung angehören oder sie würde mir gehorchen und entsagen. In beiden Fällen wäre ihr Glück zerstört. So bleibt mir nur übrig, mein Jawort zu geben. Das lässt wenigstens die Möglichkeit offen, dass sie dennoch glücklich wird. – Ich hatte andere Hoffnungen – sie sind mir gestorben an diesem Abend.«

»Manches Schöne stirbt – uns bleibt unsere Arbeit, unsere Kunst! Herr Professor, mich zieht es heim in mein Atelier, lassen Sie mich heimkehren – morgen schon, ich halte das Stillsitzen nicht mehr aus.«

Rasmussen sann eine Weile nach. Dann sagte er bittend: »Bleiben Sie wenigstens noch einige Tage, Sven. Ich weiß, dass ich damit ein großes Opfer von Ihnen verlange, aber Sie müssen bedenken, Ihre plötzliche Abreise würde auffallen. Bleiben Sie wenigstens, bis wir einen passenden Ausweg gefunden haben.«

»Sie haben recht – ich habe es nicht überlegt. Ich bleibe noch.«

»Dank, lieber Freund. Reichen Sie mir Ihre Hand, wir verstehen uns ohne Worte.«

Sie drückten sich die Hände in tiefer Ergriffenheit. Um ihre Herzen schlang sich ein neues Band.

Hella trat in diesem Augenblick auf die Veranda. Sie trug ein Tablett mit einer Flasche Wein und einigen Gläsern. Sie setzte es auf den Verandatisch. Ihr Gesicht wurde hell beleuchtet und das blonde Haar flimmerte wie flüssiges Gold.

»Papa!«, rief sie in den Garten hinab.

»Wir kommen, Kind. Sven und ich trieben noch ein wenig Sternguckerei, wir haben dein Horoskop gestellt.«

»Hoffentlich ist es günstig ausgefallen.«

Die drei setzten sich um den Tisch und plauderten wie jeden Abend. Jeder war eifrig bemüht, sich fröhlich und unbefangen zu zeigen, aber alle drei fühlten, dass ein Unterton mitklang, der die bisherige Harmonie störte.

Als sie sich nach einer Stunde Gute Nacht sagten, waren sie müde von der Anstrengung, sich zu verstellen.

Das war ihnen so neu, so fremd. Zum ersten Male seit vielen Jahren gingen sie auseinander mit einem Gefühl der Erlösung.

Sich vor Menschen zu verstellen, die man lieb hat, ist eine schwere Arbeit.

Die Familie Boßneck saß beim Morgenkaffee. Das Familienoberhaupt, Herr Ernst Boßneck, war ein mittelgroßer, wohlbeleibter Mann mit einem etwas gedunsenen roten Gesicht und einer mächtigen Glatze, die von einem kärglichen Streifen grauer Haare umgeben war. Ein kurzer grauer Vollbart umgab den unteren Gesichtsteil und verbarg den unangenehmen Zug, der die dicken Lippen umspielte. Boßneck bot einen wenig erfreulichen Anblick, trotzdem sein Gesicht eine gewisse Ähnlichkeit mit seinem Sohne verriet. Es kommt ja vor, dass grundhässliche und bildschöne Menschen Familienähnlichkeit haben. Vielleicht hatte der alte Herr in seinen jungen Jahren noch mehr von dieser Ähnlichkeit besessen. Vorhanden war sie jedenfalls.

Er sah mit seinen kalten, stechenden Augen zuweilen ungeduldig über seinen Kneifer hinweg nach der Tür. Die Zeitung, die er in der Hand hielt, schien seine Aufmerksamkeit nicht ganz zu fesseln. Der Ausdruck, gepaart aus grenzenloser Selbstgefälligkeit und mürrischer Bissigkeit, welcher sonst auf seinem Gesicht lag, hatte einer ärgerlichen Ungeduld Platz gemacht.

Seine Frau und seine Tochter, beide schon mit der Häkelarbeit in den rastlosen Händen, saßen ihm stumm gegenüber und tranken in kurzen Zwischenräumen ihre letzte Tasse Kaffee.

Gesprochen wurde nie ein Wort, da der Hausherr am Kaffeetisch seine Zeitung und die angelangte Post zu lesen pflegte.

Heute musste er etwas länger als sonst auf seine Briefe warten, und das genügte schon, ihn zu verstimmen. Schließlich konnte er sich nicht mehr halten, seine Hand sauste wütend auf den Tisch herab, so dass die beiden Frauen erschrocken zusammenfuhren.

»Zum Henker, wo bleibt denn heute die Post!«, schrie er sie an.

Seine Frau erhob sich sofort, um vom Fenster aus Umschau nach dem Postboten zu halten. »Er kommt soeben«, sagte sie dann kurz und setzte sich wieder hin.

Gleich darauf brachte ein Dienstmädchen die Postsachen herein und legte sie vor ihrem Herrn auf den Tisch.

Boßneck faltete seine Zeitung zusammen und warf sie auf den Tisch. Dann rückte er seinen Kneifer fester und sah die Briefe durch. Geschäftliche Mitteilungen legte er nach der Lektüre beiseite. Eine Verlobungsanzeige warf er, ohne ein Wort zu sagen, seiner Frau zu, ebenso die Offerte einer Konservenfabrik für den Haushalt.

Zuletzt nahm er einen Brief zur Hand, der seines Sohnes Handschrift trug. Er öffnete ihn genauso ruhig und geschäftsmäßig wie die anderen und entfaltete ihn. Beim Lesen kam indessen Leben in sein Gesicht. Es rötete sich beängstigend und die Stirn zog sich finster zusammen. Die Augen bohrten sich fast hinein in das Papier, und ein Grimm ohnegleichen prägte sich in seinen Zügen aus.

»So ein Lump – so ein Nichtsnutz und Tagedieb!«, brüllte er endlich. »Das ist ja, um aus der Haut zu fahren. Mir das? Ich werde ihm das Handwerk legen, dem frechen Patron. Er soll mir kommen, der unverschämte Bengel! Das wollen wir denn doch erst sehen, diese Flausen treib' ich ihm aus, dem Schafskopf!«

Seine Frau hatte einen scheuen Seitenblick auf den Brief geworfen. Sie erkannte des Sohnes Schrift. Anzufassen wagte sie ihn nicht. Ängstlich blickten sie und ihre Tochter auf den Wütenden.

»Was sitzt ihr da und gafft mich an!«, schrie er erbost, dass er an niemand seinen Zorn auslassen konnte.

»Was ist denn geschehen, Ernst?«, fragte seine Frau beklommen.

Er lachte höhnisch auf. »Wirst deine helle Freude haben. Dein sauberer Herr Sohn hat uns eine nette Überraschung bereitet. Verlobt hat er sich« – und kreischend schrie er nochmals: »verlobt – gegen unseren Willen! Eine Künstlerstochter – wahrscheinlich Hungerleiderstochter. Die schlaue Person hat sich da einen fetten Bissen kapern wollen. Aber das leide ich nicht – ich leide es nicht! Was fällt diesem Bengel ein! Wir suchen ihm hier eine feine Partie aus, er braucht sich nur ins warme Nest hineinzusetzen. Statt es uns zu danken, will er so einen Schlapphutsprössling in unser ehrbares Haus bringen. Das ist himmelschreiend, das ist unverschämt – ich leide es nicht!«

Während er, immer noch hin und her laufend, seiner Frau diese Worte zuschrie, war diese blass und fahl geworden. Ihr kaltes, unbewegtes Gesicht bekam einen Zug der herbsten Abwehr, als wolle sie sich gleich ihrem Gatten gegen diese unliebsame Schwiegertochter zur Wehr setzen. Berta riss ihre wasserblauen Augen auf und starrte ihren Vater erschrocken an.

Als er mit seiner Rede zu Ende war, blieb er stöhnend und pustend vor seiner Frau stehen. »Na – kannst du nicht ein Wort reden? Ihr Frauenzimmer seid doch ein albernes, langweiliges Volk, mit dem kein vernünftiges Wort zu reden ist.«

Frau Emilie fand nun zwar bei sich im Stillen, dass er sie überhaupt noch nicht hatte zu Worte kommen lassen und dass seine Raserei zum Mindesten ebenso unvernünftig war wie ihr Schweigen; aber sie hütete sich, diesem Gedanken Ausdruck zu geben. Zu sehr daran gewöhnt, sich seiner tyrannischen Art zu fügen, wagte sie auch in solchen lichten Momenten nicht, ihm zu widersprechen. In den wenigen Fällen, in denen sie früher einmal gewagt hatte, ihrer eigenen Meinung gegen die seine Geltung zu verschaffen, hatte er sie mit kaltem Hohn und beißendem Sarkasmus übergossen und sie dann wochenlang wie Luft behandelt.

So gewöhnte sie sich jeden Widerstand ab und leistete sich nur manchmal im Stillen eine kleine Kritik seines Verhaltens. Das war ihr Rezept, den äußeren Frieden zu

wahren, einen Frieden allerdings, der kalter Kirchhofsruhe glich.

»Darf ich den Brief lesen?«, fragte sie scheinbar ruhig.

»Natürlich – lies nur die erbauliche Auseinandersetzung deines Herrn Sohnes«, höhnte er.

Sie nahm das Schreiben mit leise bebenden Händen.

Franz schrieb sehr vernünftige, wohlüberlegte Worte, und so verknöchert war das Herz dieser Frau denn doch nicht, dass sie nicht einigen Eindruck machten. Aber sie wehrte sich gegen diese Weichheit. Vor ihrer kleinlichen Seele stand drohend ein Schreckgespenst, welches alle guten Regungen im Keim erstickte.

Was würden die Leute dazu sagen? Vor allem Kleefelds? Man würde in der Stadt die Köpfe zusammenstecken und über diese Verlobung spotten. Und in allen Kränzchen würden die Boßnecks den Gesprächsstoff bilden. Wenn es nur wenigstens keine Künstlerstochter wäre, wahrscheinlich so ein schlampiges, verrücktes Frauenzimmer mit männlichen Manieren und frechem Auftreten, wie die Kunstreiterin, die im vorigen Jahr mit einem Zirkus ins Städtchen gekommen war. Es lief ihr kalt über den Rücken, als sie sich das ausmalte.

Vollständig fassungslos ließ sie das Schreiben sinken und sah zu ihrem Manne hinüber. Der grinste sie höhnisch an.

»Na – reizend, nicht wahr? Ich gratuliere zu der neuen Schwiegertochter.«

»Ich kann es noch gar nicht fassen«, sagte sie leise.

»Natürlich nicht. Euer Spatzengehirn fasst nie etwas, was über eure Kochtöpfe hinausgeht. Mir ist die Geschichte sofort klar gewesen. Der Esel ist einfach einer Kokette ins Netz gelaufen. Aber zum Glück bin ich noch da – ich werde ihm schon heimleuchten, dem Tölpel!«

»Ach Gott – was werden nur Kleefelds dazu sagen, Ernst?«

Er sah sie schweigend an. Seine kleinen, stechenden Augen funkelten wie die eines Raubtieres.

»Die arme Elsa!«, wagte nun auch Berta zu sagen.

»Halt deinen Mund und mach', dass du 'rauskommst, ich habe mit der Mutter zu reden! Und wage nicht, über diese Angelegenheit ein Wort fallen zu lassen! – Verstanden?«

Berta nickte und verließ eiligst das Zimmer.

»Die arme Elsa!«, äffte Boßneck ihr nach. »Um diese Gans kümmere ich mich nicht so viel« – er schnippte die Fingerspitzen gegeneinander – »aber eine hübsche runde Million hängt an ihr, und die geht dem dämlichen Bengel mit ihr durch die Lappen.«

Berta war froh, aus dem Bereiche ihres Vaters zu kommen. Ein unendlich schadenfrohes Lächeln zog ihre Mundwinkel herab, als sie an die »arme Elsa« dachte. Die hatte sich schon überall als die heimliche Braut des schönen Franz Boßneck aufgespielt. Welch ungeheure Blamage für die hochmütige Person, wenn Franz wirklich eine andere heiratete! Sie gönnte es ihr von Herzen, wenn sie es auch für sich behielt. Und ihrem Vater gönnte sie im Grunde den Ärger ebenfalls. In ihrer geduckten, kleinen Seele schlummerte ein heimlicher Rachedurst gegen ihren Vater, seit er sie gehindert hatte, sich ihr bescheidenes Glück zu erobern. Sie war sich dieses Gefühls gar nicht bewusst, wäre wohl erschrocken, wenn man es ihr zum Bewusstsein gebracht hätte, aber vorhanden war es trotzdem, wenn es sich auch scheu unter stiller Fügsamkeit verkroch.

Die Eltern der jungen Dame blieben, nachdem sich Berta entfernt hatte, eine Weile stumm.

Endlich sagte die Frau beklommen: »Vielleicht lässt sich diese Verlobung wieder lösen. Er hat sich doch ohne deine Einwilligung gebunden.«

»Wenn das deine ganze Weisheit ist – damit ist es Essig. Franz ist mündig, und gesetzlich kann ich ihm nichts anhaben, das liest du ja schon in seinem Briefe.«

»Aber er ist doch an Elsa so gut wie versprochen.«

»Quatsch mir doch nicht immer mit eurer Elsa dazwischen. Die würde mich ja auch nicht gerade verlocken, sie zur Frau zu nehmen. Wahrscheinlich hat er sich umso leichter fangen lassen, weil er sich vor einer Verbindung mit der albernen Gans graulte. Ich hätte ihm gar nichts davon schreiben sollen, das wäre besser gewesen. Zeig' mir den Wisch noch einmal her, ich will ihn in Ruhe noch einmal lesen.«

Seine Frau reichte ihm den Brief. Er trat damit ans Fenster und las ihn nochmals durch.

»Lieber Vater, liebe Mutter! Ihr werdet das, was ich Euch mitzuteilen habe, nicht gerade freudig aufnehmen. Ich bin mir voll bewusst, dass ich Euch Ärger bereiten werde, aber seid überzeugt, dass ich nicht anders handeln kann. Ich habe mich heute mit Fräulein Hella Rasmussen, der Tochter des Bildhauers Professor Fritz Rasmussen, verlobt. Seid mir nicht böse, aber ich konnte Euren Wunsch, Elsa Kleefeld zu heiraten, nicht erfüllen. Die junge Dame ist mir, soviel ich mich ihrer erinnern kann, sehr unsympathisch. Fräulein Rasmussen aber hat alle Vorzüge des Geistes und des Körpers und ist als einzige Tochter eines bekannten Künstlers auch nicht unvermögend. Wir lieben uns und bitten um Eure Einwilligung zu unserer Verlobung. Ich werde sonst in allem Deinen Wünschen nachkommen, lieber Vater, Du sollst Dich nie über mich zu beschweren haben.

Ich weiß, dass diese meine Eröffnung zunächst Deinen Zorn erregen wird, es tut mir herzlich leid, aber ändern kann ich es nicht. Ich weiß auch, dass Du nichts unversucht lassen wirst, diese Verlobung zu lösen, deshalb – nur um Dir Unruhe und Aufregung zu sparen – teile ich Dir mit, dass alles vergeblich wäre, was Du in diesem Sinne unternehmen wolltest. Selbst wenn Du mir in Zukunft alle Existenzmittel verweigern würdest und mir Dein Haus verschließen wolltest, würde ich nicht von Hella lassen. Ihr Vater liebt sie so sehr, dass er uns ohne Zögern die nötigen Mittel bewilligen würde zu unserem Unterhalt, bis ich selbst mir eine Existenz geschaffen hätte. Aber es würde mir sehr unangenehm sein, wenn der Sohn des reichen

Boßneck von anderen abhängig wäre, nicht um meinetwillen, sondern um deinetwillen, lieber Vater. Daran ist ja aber auch gar nicht zu denken. Wenn der erste Zorn bei Dir verraucht ist, wirst Du einsehen, dass mein Vorgehen nicht so schlimm ist, und wirst uns Dein Jawort nicht vorenthalten. Ich bitte Dich noch einmal herzlich darum und gelobe Dir sonst in allen Dingen strengen Gehorsam. Nur eines will ich gleich noch bemerken, unsere Hochzeit will ich nicht lange hinausschieben, ich werde mit meinem Schwiegervater den Termin auf Ende September festsetzen.

Zum Schluss noch einmal: Verzeiht und gebt Euren Segen Eurem herzlich grüßenden Sohn Franz.«

Als er den Brief zu Ende gelesen, warf er ihn in einem neuen Wutanfall auf den Boden und trat mit den Füßen darauf herum. Dann ging er nachdenklich hin und her, hob nach einer Weile den Brief wieder auf und las ihn nochmals.

Endlich sagte er mit verbissenem Grimm: »Gar nichts ist da zu machen. Er hat die Sache fein am Schnürchen und bindet mir einfach die Hände. Da steckt natürlich das Lumpenpack dahinter. Professor! – Bah, so schimpfen sie sich alle, die Herren Künstler, ich kenne das Gelichter. Und so etwas soll ich in meine Verwandtschaft aufnehmen! – Man erlebt wirklich eine helle Freude an seinen Kindern. Und ich muss noch Ja und Amen dazu sagen, sonst erlebe ich, dass mein einziger Sohn mir einfach den Stuhl vor die Tür setzt, wo ich ihn im Geschäft so nötig brauche. Hätte ich ihm doch den Urlaub nicht bewilligt! Man ist immer zu gut – viel zu gut!«

Wieder griff er nach dem Brief, wieder las er ihn durch, um einen Punkt zu entdecken, wo er den Hebel hätte ansetzen können. Vergebens – sein Sohn war schlau genug zu Werke gegangen, er hatte seinen Vater überlistet. »Nichts – rein nichts kann ich dagegen tun, ich muss mich einverstanden erklären.«

»Aber Ernst, was sagen wir nur Kleefelds?«

»Die Wahrheit natürlich, dass sich unser Herr Sohn hat einfangen lassen und für die ›liebe Elsa‹ dankt. Eine schöne

Wut werden die haben, wenn ich ihnen diese Mitteilung ›schonend‹ übermittle. Der Gedanke daran wäre imstande, mich zu erheitern, wenn ich jetzt Sinn dafür hätte.«

»Was soll aber mit den Möbeln werden? Wir haben doch die Möbel schon gekauft?«

»Ja – das ist das Schönste bei der ganzen Sache!« Er lachte höhnisch auf. »Die Kleefelds hatten es ja so eilig mit den Möbeln. Nun werden sie zusehen müssen, wie sich eine andere in das Nest hineinsetzt.«

»Dass ich das erleben muss«, jammerte die Frau. »Die Leute werden mit den Fingern auf uns zeigen.«

»Dass ihr Weiber nur immer an das Nebensächliche zuerst denkt! Mir kommt zuerst der Hauptpunkt, die Geldfrage, und dann der widerwärtige Gedanke, dass ich so eine raffinierte Person in mein Haus aufnehmen muss, in Betracht. Aber wehe ihr, wenn sie sich nicht aufführt, wie ich das verlange! Dann soll sie mich kennenlernen. Sie soll nicht denken, dass sie Franz auf dem Kopf herumtanzen kann. Wenn er den Verstand verloren hat, will ich wenigstens dafür sorgen, dass die Kirche im Dorfe bleibt.«

»Wenn ich nur erst wüsste, was wir mit den Möbeln anfangen sollten!«

»Herrgott – das ist doch klar! Wir haben sie für unseren Sohn gekauft und in die Wohnung gestellt, die er beziehen wird, wenn er heiratet. Der Kaufvertrag ist von mir für meinen Sohn abgeschlossen, von einer Frau ist darin keine Rede gewesen. Das lass nur meine Sorge sein. – Meinen Hut, meinen Stock! Ich will sofort zu Kleefelds gehen und ihnen die Sache unterbreiten. Dann hab' ich das hinter mir. Und dann werde ich meinem Herrn Sohn ein Briefchen schreiben, dass ihm die Augen übergehen sollen.«

Seine Frau holte mit bedrückter Miene Hut und Stock herbei, und als er fortgegangen war, blieb sie regungslos sitzen, die Hände im Schoß gefaltet. Das war ein seltener Anblick bei dieser rastlosen Frau.

Berta trat wieder in das Zimmer. Neugierig blickte sie auf die Mutter. »Was wird nun eigentlich mit Franz, Mutter?«

»Er wird uns eine fremde Person ins Haus bringen.«

»Vater gibt seine Einwilligung?«

»Er kann nichts dagegen tun.«

»Warum denn nicht? Mir hat er doch damals auch die Erlaubnis nicht gegeben.«

Frau Emilie richtete sich gerade auf. »Rühre nicht auch noch daran heute, ich habe genug an der Schmach, die Franz über uns bringt! Sei froh, dass der Vater damals Macht genug hatte, dich vor dem unsinnigen Schritt zu bewahren. Was hätte aus dir werden sollen!«

In Bertas Augen trat ein gereizter Ausdruck. Lang vergessener Kummer war lebendig in ihr geworden. Sie neidete dem Bruder die freie Wahl, und ein Gefühl grenzenloser Bitterkeit überwucherte einen Moment den anerzogenen Stumpfsinn. »Dann wäre ich vielleicht eine glückliche Frau geworden«, sagte sie mit einer Kühnheit, über die sie selbst erschrak.

Ihre Mutter sah sie streng und drohend an. »Du vergisst dich, Berta. Ich will diese Worte nicht gehört haben. Der rebellische Geist deines Bruders hat dich angesteckt. Aber lass um keinen Preis Vater solche Reden hören, es könnte dir schlecht bekommen.«

Berta bückte sich stumm über ihre Häkelarbeit. Der Geist der Empörung war entflohen, sie war wieder das scheue, stille Geschöpf wie sonst. Tief in ihrem Inneren aber keimte ein Entschluss. Wenn Franz wirklich das fremde Mädchen heiraten durfte, dann würde auch sie sich zur Energie aufraffen, wenn wirklich noch einer kommen sollte, um sie zur Frau zu begehren – und wenn es der Ärmste wäre. Was Franz recht war, war ihr billig.

Sie warf einen verstohlenen Blick in den Spiegel und seufzte. Große Hoffnung auf einen Freier hatte sie nicht mehr, das war gewiss. Mutlos und mürrisch sank sie in sich zusammen, das arme reiche Mädchen.

Frau Emilie Boßneck klingelte dem Mädchen und befahl ihr, den Kaffeetisch abzuräumen. Dann nahm sie ihren Schlüsselkorb und ging ihren täglichen Geschäften nach. Die sollten unter ihrem Kummer nicht leiden.

Der Stadtrat Kleefeld war Holzhändler und hatte mit seinem Holzhandel sein ererbtes Vermögen verdoppelt. Er war ein mittelgroßer, hagerer Herr mit glatt gescheiteltem, grauem Haar und einer feurigen, roten Nase in dem sonst farblosen Gesicht.

Scheinbar ruhig hörte er Boßnecks Bericht an und rieb nur immer unruhig das Kinn und den spärlichen Vollbart mit der Hand.

Als Boßneck zu Ende war, sagte er zunächst nur: »Hm, hm – so, so! Das ist freilich sehr fatal.« Innerlich war er wütend, aber er wollte sich vor Boßneck keine Blöße geben.

»Sie können sich denken, lieber Kleefeld, wie schwer mir dieser Gang zu Ihnen geworden ist.«

»Gewiss – natürlich. Es ist auch keine Kleinigkeit für Sie, wenn Sie statt einer Tochter aus gutem Hause so eine Künstlerstochter zur Schwiegertochter bekommen.«

Boßneck richtete sich auf. Diese Lesart durfte er nicht unter die Leute kommen lassen, damit schadete er sich selber am meisten. »Wenn ich in meinem Ärger ein bisschen zu scharf über die Braut meines Sohnes sprach, so ist das meinem gekränkten Vaterherzen zuzuschreiben. Die junge Dame ist im Übrigen die Tochter des berühmten Bildhauers Professor Rasmussen.«

Kleefeld lächelte. »Natürlich – ich verstehe, dass Sie sich nicht selbst ins Fleisch schneiden wollen. Na – unangenehm ist die Sache für uns beide. Ich selbst überstehe ja die Angelegenheit mit Ruhe, denn meine Tochter kann zehn andere Männer haben. Aber was die Frauen dazu sagen werden? Elsa hat sich nun mal Ihren Franz in den Kopf gesetzt. Das wird ein heilloses Geflenne geben. Aber ist nicht zu ändern.«

»Leider nicht. Und um noch auf etwas anderes zu kommen, die Möbel können Sie doch nun nicht gebrauchen jetzt, es ist wohl am besten, ich behalte sie für meinen Sohn. Wenn wir sie fortschaffen würden, gäb' es doch nur unnützes Gerede.«

»Das wird es ohnedies auch genug geben. Aber besser ist es schon so, wie Sie sagen. Nun müssen Sie mich aber entschuldigen, lieber Boßneck, ich muss meinen Damen diese Nachricht bringen, damit sie dieselbe nicht von anderer Seite hören.«

»Leben Sie wohl, lieber Kleefeld, und lassen Sie uns nichts entgelten. Unsere freundschaftlichen Beziehungen werden hoffentlich fortbestehen. Wir müssen schon der Leute wegen zusammenhalten, damit brechen wir allen Redereien am besten die Spitze ab.«

»Hm, hm, ja, ja – das mag sein. Ich werde ja hören, was die Frauen sagen. Wir beiden Männer bleiben natürlich die alten.«

»Das hoffe ich. Grüßen Sie Ihre liebe Frau und die liebe Elsa und versichern Sie Ihnen, dass wir unendlich bedauern, was geschehen ist.«

»Das will ich tun, bitte auch von mir Grüße an Ihre Damen auszurichten.«

Damit trennten sich die Männer. –

Stadtrat Kleefeld hatte zu Hause einen schweren Stand. Seine Tochter verfiel in Weinkrämpfe bei seiner Eröffnung, und ihrer Mutter ging vor Schreck der Atem aus. Sie japste in äußerst geräuschvoller Weise und konnte lange kein Wort herausbringen. Als sie endlich die Sprache wiederfand, holte sie diese Versäumnis allerdings redlich wieder ein. Den Boßnecks ging es nicht gut bei dieser Redeleistung, und am schlechtesten kam Hella Rasmussen weg. Sie versuchte ihr Kind damit zu trösten, dass sie Franz Boßneck eine äußerst unglückliche Ehe prophezeite und ihr versicherte, sie bekäme hundert andere Männer.

Elsa, die als einziges Kind von ihren Eltern sehr verwöhnt war, schrie und jammerte aber immer weiter. Sie wollte keinen anderen Mann, gerade Franz hätte sie haben wollen, ihn allein liebe sie, und sie würde ganz gewiss sterben, wenn sie ihn nicht bekommen könne. Die Eltern sollten es eben nicht leiden, dass er die andere heiratete.

In dieser Tonart ging es stundenlang fort. Als sie sich endlich beruhigte, war ihr Gesicht vom Weinen so entstellt und aufgedunsen, dass nur die von Franz bemäkelte Hakennase noch aus der rötlichen Masse hervorsah.

Wenn Hella geahnt hätte, welche Szenen die Nachricht von ihrer Verlobung in der Vaterstadt ihres Bräutigams hervorrief, wie schwer wäre ihr das Herz geworden.

Doch sie ahnte ja nicht, was ihrer wartete, und einstweilen schwamm sie in Glück und Wonne.

Franz Boßneck hatte, nachdem er abends den Brief an seinen Vater zur Post befördert, die Nacht sehr ruhig geschlafen. Am nächsten Vormittag ließ er sich zu passender Stunde bei Professor Rasmussen melden und hielt in aller Form um die Hand Hellas an.

Rasmussen hatte dem jungen Mann gegenüber Platz genommen und hörte ruhig seinen Antrag an. Die großen, machtvollen Künstleraugen ruhten ernst und forschend auf dem Gesicht Boßnecks, und die Hand glitt unablässig durch den Bart. Dies war das einzige Zeichen nervöser Unruhe.

Als Franz zu Ende war, sagte er freundlich: »Ihr Antrag kommt mir natürlich nicht überraschend. Meine Tochter hat mir gestern Abend bereits Mitteilung von dem Vorgefallenem gemacht. Sie sagen mir, Sie lieben meine Tochter, und Hella liebe Sie. Das ist nun wohl die Hauptsache. Mein Kind soll frei nach seinem Herzen wählen. Ich habe gegen Ihre Person nichts einzuwenden. Soweit ich Sie kenne, sind Sie mir lieb und angenehm. Dass ich trotzdem nicht ganz ohne Bedenken bin, liegt in den Verhältnissen. Die Zeit ist zu kurz, seit wir uns kennen, und wenn ihr jungen Leute im Gefühlsüberschwang darauf kein Gewicht legt, so bin ich mit meiner Lebenserfahrung nicht ganz ohne Sorge, wenn ich die Hand meiner Tochter in die Ihre lege. Die Verhältnisse sind leider oft mächtiger als alle Liebe, das haben auch die erfahren müssen, die in der Ehe wirklich volles Glück fanden. Mann und Frau müssen beide von ihrer Eigenart abschleifen, was dem anderen Teil unleidlich oder unangenehm ist. In der Ehe gibt es oft mehr Pflichten als Rechte. Aber diese allgemeine Betrachtung soll uns nicht ablenken. Ich erteile Ihnen hiermit mein Jawort. Machen Sie mein Kind glücklich. Sie werden Hellas vollen Wert erst erkennen, wenn Sie mit ihr zusammenleben. Es ist nicht väterliche Eitelkeit, wenn ich Ihnen versichere, dass mein Kind viele Vorzüge und wenige Fehler ihres Geschlechts besitzt und dass ihr Sinn lauter und rein ist, wie der eines Kindes.«

Franz hatte mit leiser Ungeduld zugehört und erwiderte aufatmend: »Sie können versichert sein, Herr Professor, dass ich schon jetzt Hellas Vorzüge voll zu würdigen verstehe. Ich schätze mich glücklich, dass Sie mich für wert halten, ihr Gatte zu werden. Ich werde mich bestreben, sie so glücklich zu machen, als sie es verdient.«

Rasmussen reichte ihm herzlich die Hand. »Ich danke Ihnen für dies Wort. Und nun zu einem anderen Punkte. Wie werden sich Ihre Eltern zu dieser etwas plötzlichen Verlobung stellen?«

Franz sah angelegentlich auf seine Schuhspitzen hinab. »Ich habe meinen Eltern noch gestern Abend brieflich Mitteilung gemacht und sie um ihre Einwilligung gebeten. Da es der Wunsch meines Vaters war, dass ich mich bald verheirate, so zweifle ich nicht, dass ich die Einwilligung erhalte. Bei dieser Gelegenheit möchte ich Sie zugleich bitten, unsere Hochzeit nicht lange hinauszuschieben. Ich trete jetzt nach meiner Heimkehr in die Fabrik meines Vaters ein, und stehe dadurch ohnedies vor einem neuen Lebensabschnitt. Es wäre mir sehr erwünscht, gleich von Anfang an eine Lebensgefährtin zur Seite zu haben.«

»So bald schon wollen Sie mir mein Kind entführen? Haben Sie schon an einen bestimmten Termin gedacht?«

»Ich schrieb meinen Eltern, dass ich sie bitten wollte,

Ende September unsere Hochzeit festzusetzen.«

»Das wäre in kaum einem Vierteljahr. Viel Zeit bleibt mir da freilich nicht, mich an den Gedanken der Trennung zu gewöhnen. Aber mag es sein, wenn Hella einwilligt und Ihre Eltern nichts dagegen haben. Ich will Ihnen kein Hindernis in den Weg legen. Und nun zum Schluss der Ordnung halber noch die Frage: Sind Sie in den Verhältnissen, eine Familie unterhalten zu können?«

»Mein Vater ist ein sehr vermögender Mann. Seine Fabrik bringt jährlich einen bedeutenden Reingewinn, und nach seinem Willen werde ich in einigen Jahren das Geschäft übernehmen. Ich habe nur noch eine Schwester, Sie können also außer Sorge sein.«

»In Sorge war ich nicht, ich fragte nur der Ordnung halber. Der Geldpunkt soll gewiss nicht über das Glück meiner Tochter entscheiden. Bin ich auch kein reicher Mann, so habe ich mir in meinem arbeitsreichen Leben doch so viel erworben, um ihr jede Wahl gestatten zu können. Hella ist mein einziges Kind, und was ich besitze, wird einst ihr gehören. – Und nachdem wir nun vernünftig über alles gesprochen haben, hier meine Hand, lieber Franz – ich hoffe, in Ihnen einen guten Sohn gefunden zu haben. Ich lege Ihnen das Wohl meines Kindes ans Herz – weiter braucht es nichts an Worten mehr.«

Mit festem Druck umschloss er Boßnecks Hand. Die beiden Augenpaare trafen ernst ineinander. Vor dem festen, vertrauenden Blick zuckten Boßnecks Lider ein wenig nervös, doch er hielt den Blick aus.

Als Rasmussen dann ging, um Hella aus dem Garten hereinzuholen, atmete Franz wie erlöst auf. Das war eine heikle Situation gewesen. Diesen klaren, forschenden Vateraugen gegenüber fielen ihm die kleinen Winkelzüge schwer. Beklommen dachte er an das Vaterhaus. Da war nun wohl inzwischen sein Brief eingetroffen. Wahrscheinlich tobte und wütete der Vater gerade jetzt. Ob er wohl nachgeben würde? Trotz seiner angewandten List war er gar nicht so fest überzeugt davon, wenn er auch darauf hoffte. Besonders wohl war ihm keinesfalls, und er war schon wieder sehr nahe daran, seine übereilte Verlobung zu bereuen, als Hella ins Zimmer trat.

Vor dem Zauber ihrer holdseligen, jugendfrischen Erscheinung wichen die finsteren Gedanken indessen schnell. Als er sie im Arm hielt und küsste, genoss er die Wonne ohne Skrupel und Bedenken.

Was kümmerte ihn sein Vater, was die ganze Welt, wenn er dieses entzückende Geschöpf im Arm hielt! Allen wollte er Trotz bieten, die sie ihm streitig machen wollten.

Unbekümmert genossen also die Verlobten die ersten Tage ihres jungen Glücks. Franz wies den Gedanken an daheim ebenso energisch von sich ab, als Hella den an Sven Andersen und sein sonderbares Benehmen am Abend ihres Verlobungstages.

Sven selbst zog sich so viel als möglich von dem Brautpaar zurück. Er konnte den Anblick der beiden zusammen nicht ertragen.

Hella war im Stillen froh darüber. Es war ihr unsagbar peinlich, wenn Franz in Svens Gegenwart zärtlich zu ihr war, sie küsste und liebkoste. Ihr schien dann jener rätselhafte, schmerzversteinerte Blick von neulich in den großen grauen Augen des jungen Künstlers zu liegen, und wenn sie dann auch mit sich selber schalt, dass sie sich törichte Sachen einbildete, wehren konnte sie sich nicht dagegen. Ein rätselhaftes Unbehagen beherrschte ihr ganzes Wesen, solange sie mit Franz zusammen in Svens Nähe war.

Sahen sie sich zuweilen in Abwesenheit des Bräutigams, dann verkehrten sie freundlich und herzlich wie früher miteinander. Trotzdem war Hella wie von einem Zwang befreit, als Sven unter dem Vorwande abreiste, er sei heimberufen worden.

Auch Franz war sehr zufrieden damit. Svens forschende Augen verursachten ihm ein leises Missbehagen und genierten ihn.

Rasmussen wusste, dass für Sven die Abreise am besten war. Er begleitete ihn bis zur Station und trennte sich mit besorgten Blicken von dem jungen Mann, den er liebte wie einen Sohn.

Sven fuhr davon, brennenden Schmerz in der Brust und ein ahnungsvolles Vorgefühl, dass Hella an der Seite Boßnecks nicht das echte Glück finden würde.

Am Tage von Svens Abreise traf endlich ein Brief seines Vaters bei Franz ein. Mit begreiflicher Hast öffnete er ihn und überflog gespannt das Schreiben. Es lautete:

»Mein Sohn! Ich muss mich allerdings beherrschen und überwinden, Dir diesen Namen zu geben. Beinahe hätte ich vergessen, dass ich einen Sohn habe.

Dein Brief mit der Ankündigung Deiner übereilten Verlobung liegt wieder vor mir. Ich muss ihn wieder und wieder lesen, um mich zu überzeugen, dass ich nicht träume.

Ich möchte Dich bestimmen, diesen verrückten Schritt rückgängig zu machen – zu Deinem Besten, denn ich bin überzeugt, Du bist einer Kokette ins Garn gegangen. Aber Du hast mir die Hände gebunden.

So renne denn in Dein Unglück hinein, wenn Du Dich nicht halten lassen willst. Aber ich versichere Dir, Du wirst es einst bitter bereuen.

So leichtfertiges Künstlervolk passt nicht zu unserer soliden, ehrbaren Art. Lass Dir raten und kehr um, wenn Du es noch kannst!

Weiter habe ich Dir nichts mehr zu sagen. Von unseren Gefühlen bei Deiner Nachricht will ich schweigen; Du hast es wohl gewusst, was Du uns zufügst.

Deine Hochzeit richte Dir ein, wie Du willst. Deine Wohnung ist bereit und auch die Möbelausstattung ist schon beschafft. Wir erhielten ein günstiges Angebot, hofften damals freilich, Elsa Kleefeld würde Deine Frau werden. Du hast uns diese Hoffnung zuschanden gemacht.

Ich denke, dass Du Dich nun in Zukunft befleißigst, in allen Stücken unsere Zufriedenheit zu erringen. Du bist uns viel schuldig geworden durch Deinen Leichtsinn. Deine Mutter ist krank vor Ärger und Aufregung, aus diesem Grunde dürfte es besser sein, Du hältst uns Deine

Braut vorläufig fern. Wir müssen uns erst an den Gedanken gewöhnen. Am besten ist es, Du richtest es ein, dass wir eine Zusammenkunft bis zur Hochzeit vermeiden. Ich könnte nicht für mich garantieren, und da es so weit gekommen ist, dass mein Sohn lieber Eltern und Vaterhaus lassen will, als diese fremde Person, so ist es für beide Teile besser, wir sehen uns vorher nicht.

Wenn Du dann Ende September durchaus schon heiraten willst, so tue es. Deine Mutter wird dafür sorgen, dass Dein neuer Hausstand ein ordentlicher und geregelter wird, denn Deine Braut, die sicher in einer sogenannten genialen Umgebung groß geworden ist, wird wenig genug davon verstehen. Da ist es schon besser, wenn Mutter die Zügel in die Hand nimmt, bis Deine Frau gelernt hat, was Ordnung ist. Na – trübe Erfahrungen wirst Du trotzdem machen. Dann denke an mich und das, was ich Dir vorausgesagt habe.

Und zum Schluss nimm noch einen wohlgemeinten Rat von mir: Lass Dir in Deiner Verliebtheit nicht jetzt schon Deine Braut über den Kopf wachsen. Weiber müssen gehorchen und geduckt werden, wenn sie sich widersetzen, sonst bereiten sie dem Manne nur Ärgernis und Verdruss. Wahre Deine Autorität, solange es noch Zeit ist.

Ich ersuche Dich, sobald als möglich heimzukehren, damit Du in der Fabrik eingearbeitet bist, wenn Du Hochzeit hältst. Eine lange Hochzeitsreise nimm Dir nicht etwa vor. Es darf nicht von Neuem ein Bummelleben anfangen, das mache auch Deiner künftigen Frau klar.

Wenn Dein Schwiegervater für seine Tochter eine Summe für eine Möbeleinrichtung ausgesetzt hat, so mag er mir den verauslagten Betrag zurückerstatten oder ihn Dir gutschreiben. Da er, wie Du andeutest, vermögend ist, finde ich das ganz in der Ordnung. Wenn Du Dich scheust, diesen Punkt klarzustellen, kann ich das ja später besorgen. Damit schließt für heute

Dein Vater.«

Franz las aus dem Briefe seines Vaters nur das heraus, was ihm angenehm war. Die kalten Worte machten gar keinen Eindruck auf ihn, weil er es kaum anders gewöhnt war. Er triumphierte mit selbstgefälligem Lächeln, das ein wenig an seinen Vater erinnerte, darüber, dass er diesen überlistet hatte.

Nun konnte er Rasmussen und Hella sagen, dass seine Eltern einverstanden wären. Alles andere war Nebensache.

Er erzählte seiner Braut und ihrem Vater, dass seine Mutter leider erkrankt wäre und deshalb seine Angehörigen vorläufig auf eine Zusammenkunft mit Hella und ihrem Vater verzichten müssten. Zur Hochzeit kämen sie aber bestimmt, und bis dahin ließen sie herzlich grüßen.

Rasmussen und Hella waren zu ehrliche Naturen, um hinter diesen Worten Winkelzüge zu vermuten. Sie bedauerten sehr, dass die Mutter krank war, und Hella schrieb einen liebenswürdigen, warmherzigen Brief an ihre Schwiegereltern, der auch nach einiger Zeit von ihrem Schwiegervater mit einigen kurzen Worten beantwortet wurde, in welchen er nochmals darauf hindeutete, dass seine Frau nicht wohl genug wäre, ihr wieder zu schreiben. Er selbst habe wenig Zeit zu Privatkorrespondenzen, zumal solange Franz ihn nicht entlastete.

Daraufhin entschloss sich Franz, seinen Urlaub um einige Tage abzukürzen, trotzdem es ihm nicht leicht wurde, aus dem Arm der Liebe in die kühle Atmosphäre des Vaterhauses zurückzukehren.

Er benützte aber geschickt die Fabel von der Krankheit seiner Mutter, um sich bei Hella und ihrem Vater in ein günstiges Licht zu setzen. Er heuchelte Besorgnis um die kranke Mutter, die ihn heimtreibe, und Vater und Tochter billigten seinen Entschluss. Man beschloss, gemeinsam aufzubrechen. Franz sollte in Berlin einen Tag Station machen, um Rasmussens Heim kennenzulernen, ehe er heimkehrte.

Die letzten Tage wurden fleißig Zukunftspläne geschmiedet. Hella war ein wenig enttäuscht, als ihr Franz die Eröffnung machte, dass seine Eltern bereits die Möbel gekauft hätten. Sie hatte sich darauf gefreut, jedes Stück selbst auszusuchen und ihrem lebhaften Schönheitssinn folgen zu dürfen. Ihr Vater tröstete sie damit, dass sie durch Beschaffung der Nippes und sonstiger Kleinigkeiten, durch Bilder und andere Kunstgegenstände ihrem Geschmack Rechnung tragen könnte. Das sah sie denn auch ein, aber jedenfalls wäre es ihr anders lieber gewesen. Da sie nicht wusste, durch welchen Zufall ihre künftige Wohnung schon jetzt eine Möbeleinrichtung hatte, fand sie es töricht, dass man diese schon vorher beschaffte, ehe man den Geschmack der künftigen Bewohnerin kannte.

Sie behielt diese Ansicht natürlich für sich, um Franz nicht zu kränken. Schließlich war es ja kein Unglück, wenn ihr das eine oder andere Stück nicht gefiel.

Ihrem Vater schien ein anderer Punkt bedenklich. Es gefiel ihm gar nicht, dass seine Tochter mit ihren künftigen Schwiegereltern in einem Hause wohnen sollte. Das tat selten gut, auch wenn man zusammenstimmte. Jung und alt ist nicht leicht unter denselben Hut zu bringen. Er verhehlte weder Franz noch Hella seine Besorgnis und fragte seinen Schwiegersohn direkt, ob sich das nicht ändern lasse.

Der junge Mann verneinte ganz entschieden. »Das kann ich meinen Eltern nicht antun, lieber Schwiegerpapa, sie würden es weder verstehen noch verzeihen, wenn ich jetzt plötzlich erklären wollte, die Wohnung, die seit Jahren für mich bestimmt ist, sei mir nun mit einem Male nicht angenehm. Wir bewohnen die zweite Etage und können uns dort ebenso gut isolieren, als wenn wir in einem andern Hause wohnten.«

»Das nun wohl nicht ganz, lieber Franz. Ich will Sie aber natürlich nicht dazu verleiten, Ihre Eltern zu kränken. Wenn nur kein Unfrieden daraus erwächst, Hella würde sehr darunter leiden!«

Das junge Mädchen fiel ihm lachend um den Hals. »Sorg' Dich nicht, Herzensvater, es wird schon gehen. Ich werde so liebenswürdig zu meinen Schwiegereltern sein, dass es ihnen gar nicht einfallen wird, mit mir zu zanken.«

Rasmussen zog sie fest an sich. »Du hast recht, Liebling. Wenn sie dich recht kennen, wird es ihnen unmöglich sein.«

Sven Andersen stand in seinem Atelier vor einem nassen Tonklumpen, um aus diesem ein neues Werk erstehen zu lassen. Sein Modell, ein schlankes, sehr junges Mädchen, war eben von ihm entlassen worden und machte sich hinter einer spanischen Wand zum Fortgehen fertig. Dann trat sie einen Augenblick neben ihn und sah mit kritischen Augen auf das, was Sven heute geschaffen hatte.

»Adieu, Herr Andersen!«, sagte sie.

»Adieu, Fräulein Linda«, rief er zerstreut, ohne von seiner Arbeit aufzusehen. »Bitte morgen früh recht pünktlich.«

»Darauf können Sie sich verlassen. Ich weiß schon, dass es Ihnen jetzt auf die Minute ankommt, bis Sie wieder den Entwurf fertig haben.«

Er nickte.

Sie ging zögernd zur Tür. Auf halbem Wege blieb sie stehen. »Herr Andersen!«

»Was gibt es?«

»Ich glaube sicher, dass Sie die goldene Medaille bekommen für Ihr ›Auf falschem Boden‹.«

»So – warum glauben Sie das?«

Das junge Mädchen zuckte leise die Schultern.

»Man hat so seine Beziehungen in den maßgebenden Kreisen. Ich hörte dies und das davon.«

»So – so.«

»Wissen Sie, was mich ärgert?«

»Nun?«

»Dass es nicht ein Werk ist, wozu ich Ihnen Modell gestanden. Da hätte ich doch auch ein bisschen was davon gehabt. So etwas kommt doch in die Zeitungen.«

37

»Liegt Ihnen daran so viel?«

»Nun – man hat doch auch seinen Ehrgeiz. Wenn man dann so in den illustrierten Zeitungen blättert und man sieht die Abbildungen von einem solchen Werke und liest, was die Zeitungsleute schreiben, dann ist es doch schön, wenn man sich sagen kann: Ein klein wenig hast du auch mit beigetragen! – Aber damit ist es nun diesmal nichts. Na, vielleicht ein andermal. Aber nun will ich gehen, ich sehe es Ihnen an, dass Sie ungeduldig sind. Nur noch eine Frage. Wann kommt Professor Rasmussen zurück?«

»In zwei bis drei Tagen.«

»Danke. Das ist gut.«

»Wollen Sie etwas von ihm?«

»Ich nicht, aber mein jüngster Bruder steht ihm doch immer Modell und zuweilen auch mein Vater. Da merken wir natürlich gleich, wenn der Herr Professor fort ist. Das ist ein Ausfall in unserer Einnahme.«

»Natürlich – das vergaß ich. Nun aber adieu, Fräulein Linda, und morgen pünktlich!«

»Ganz gewiss. Adieu.«

Sie ging nun wirklich. Draußen vor der Tür ging August Brösselt auf und ab im warmen Sonnenschein.

Sie nickte ihm freundlich zu. »Guten Tag, Herr Brösselt.«

Er sah mit seinen schönen, großen Augen in ihr junges Gesicht. Seine verwachsene Gestalt versuchte sich zu recken.

»Guten Tag, Fräulein Linda. Wollen Sie schon fort?«

Sie lachte. »Schon? Sie wissen wohl gar nicht, wie anstrengend mein Amt ist! Sie denken natürlich, so ein bisschen Stillstehen oder Stillsitzen ist gar nichts. Nun, mir ist die Zeit reichlich lang geworden, und wenn Herr Andersen vom Arbeitsteufel gepackt ist, dann heißt es arbeiten und nicht gemuckt.«

Er schritt neben ihr durch den Garten, um ihr das Tor aufzuschließen. Dann ging er langsam wieder durch den Garten zurück und betrat das Atelier.

»Herr Andersen!«

»Was ist los, Brösselt?«

»Wollen Sie nun nicht erst ein bisschen essen?«

»Später. Ich habe jetzt keine Zeit.«

»Aber das geht doch gar nicht. Seit heute Morgen haben Sie keinen Bissen zu sich genommen.«

»Ich habe keinen Hunger.«

»Und ich habe so ein delikates Hühnchen für Sie gebraten und frischen Salat dazu gemacht. Es wird verderben, wenn es noch länger stehen muss.«

»Sie sind ein Quälgeist, Brösselt!«

»Es ist schon alles zurechtgestellt, Herr Andersen. Sie brauchen sich nur hinzusetzen und zu essen. Ich feuchte inzwischen den Ton an. Sie verlieren wirklich nicht viel Zeit.«

Sven trat lächelnd von seiner Arbeit zurück. »Dann muss ich wohl nachgeben, Sie lassen mir ja doch eher keine Ruhe.«

Brösselt strahlte vor Vergnügen. Sorgsam hüllte er den Tonklumpen in nasse Tücher und folgte dann seinem Herrn, der sich oben bereits die Hände gewaschen hatte und am Tische saß.

Brösselt servierte flink und gewandt und sah befriedigt zu, wie es seinem Herrn schmeckte.

»Übermorgen kommt der Herr Professor zurück, Herr Andersen.«

»Hat er seine Ankunft schon bestimmt gemeldet?«

»Ja, die Frau Liebentrut hat es mir vorhin erzählt. Und der Bräutigam vom gnädigen Fräulein kommt auch mit, aber nur auf einen Tag.«

Sven schob den Teller von sich. Sein Gesicht hatte sich verdüstert.

»Sind Sie schon satt, Herr Andersen? Sie haben ja kaum die Hälfte gegessen.«

»Das andere lassen Sie sich schmecken, Brösselt.«

»Ich habe doch schon gegessen.«

»Dann machen Sie damit, was Sie wollen.«

Die letzten Worte sprach Sven ungeduldig und rauh. Brösselt sah ihn bestürzt an und machte ein betrübtes Gesicht.

Das tat Andersen leid. Was konnte der arme Kerl dafür, dass ihm der Gedanke an Boßneck die Stimmung verdarb. »Ich kann es ja auch heut Abend kalt essen, Brösselt. Machen Sie nur nicht gleich wieder so unglückliche Augen!«

Brösselt lächelte schon wieder. »Es tut mir nur leid, dass es Ihnen nicht geschmeckt hat. Satt können Sie unmöglich sein.«

Sven zog den Teller wieder heran. »Sie tyrannisieren mich ganz entschieden, Brösselt. Ihnen zu Gefallen mäste ich mir noch einen Schmerbauch an, damit Sie ja nicht denken, es schmeckt mir nicht.«

»Das hat wohl keine Gefahr, Herr Andersen. Sie sind so ein ranker, schlanker Herr und essen gewiss nicht zu viel. Ich aber werde dick und fett bei Ihnen. Schließlich bin ich eines Tages so gut ausgepolstert, dass man gar nicht mehr merkt, an welcher Stelle Stiefmutter Natur mich so reichlich bedacht hat.«

Es lag in dieser Selbstverspottung keine Schärfe. Brösselt war, seit er bei Sven lebte, mit seinem Geschick so zufrieden, dass er gar nicht daran dachte, sich selbst zu bemitleiden. Er witzelte nur zuweilen über seinen Höcker, um Andersen zu zeigen, dass ihm das nicht mehr wehe tat. In diesem verwachsenen Menschen lebte ein starkes Empfinden warmer Dankbarkeit, und es war ihm Bedürfnis, dies seinem Herrn wenigstens indirekt zu erkennen zu geben.

Sven hatte seine Mahlzeit vollendet und ging wieder in sein Atelier hinunter. Er nahm aber die feuchten Tücher nicht von seiner Arbeit herab. Langsam schritt er auf und ab. Die Falte auf seiner Stirn hatte sich vertieft, und der herbe Zug um den Mund verriet Gram und Schmerz. Die Augen, die sonst durch ihr strahlendes Leuchten die scharfen Linien seines Gesichtes gemildert hatten, blickten umflort und trübe.

Wie heiß hatte er mit seiner Liebe, mit seinem Schmerz gerungen, seit er nach Berlin zurückgekehrt war. Das Leben schien ihm hier noch unerträglicher, hier, wo jeder Winkel, jeder Gegenstand in irgendeiner Beziehung zu Hella stand.

Schaute er in den schönen Garten hinaus, so schien ihm Hellas lichte Gestalt entgegenzuschweben, stand er vor seiner Arbeit, so glaubte er ihre klare, volle Stimme zu hören, wie sie mit ihm über sein Schaffen sprach. Wenn er hinüberblickte nach Rasmussens Wohnhaus, suchte sein brennender Blick die Fenster ihres Zimmers. Als müsste jeden Augenblick ihr goldblonder Kopf erscheinen. Und so ging es ihm mit allem. Immer unfassbarer erschien es ihm, dass nun alles vorbei sei, dass diese holde Lichtgestalt aus seinem Leben verschwinden solle.

Rasmussen hatte ihm geschrieben, dass Hellas Hochzeit schon auf Ende September festgesetzt war. Also nur kurze Wochen würde sie ins Vaterhaus zurückkehren. Wie sollte er es ertragen, ohne sie zu leben?

Nicht einmal seine Arbeit half ihm, seinen Gram zu vergessen. Die Freudigkeit des Schaffens, das intensive Versenken in seine Kunst war ihm verloren gegangen. Der Kummer um Hellas Verlust war noch zu neu und zu schwer, um ihn bei der Arbeit vergessen zu können. Wohl hatte er sich mit Feuereifer an ein neues Werk gemacht und die notwendigen Vorarbeiten hatten ihn wenig zur Ruhe kommen lassen, aber Vergessen hatte ihm das alles nicht gebracht. Mit fest zusammengebissenen Zähnen trat er endlich vor den feuchten Ton, nahm die Tücher herab und begann zu arbeiten.

Zwei Tage später war Rasmussen mit Hella und ihrem Verlobten heimgekehrt. Franz Boßneck sah sich mit einiger Verwunderung im Hause um. Solch eine Einrichtung hatte er noch nie zu sehen bekommen. Also so sah es in einem Künstlerheim aus?

Dass die zahlreichen Gemälde und Skulpturen einen bedeutenden Kunstwert repräsentierten, war ihm vollständig unbekannt. Die originelle und reizvolle Ausstattung der Räume bezeichnete er still für sich als »verrückt«. Er wusste nicht, was er aus der malerischen Stoffdekoration, dem Herumliegen von Gegenständen, die er kaum kannte, machen sollte. Jedenfalls sah es greulich unordentlich aus. Man wusste nicht, wie man sich in dieses Durcheinander finden sollte. Er stellte sich vor, mit welcher Vehemenz seine Mutter hier Ordnung schaffen würde. Dann konnte es vielleicht hier ganz behaglich werden. Die uralten Schränke und Stühle, die überall herumstanden, konnten doch wahrhaftig in den Ruhestand versetzt werden. Franz ahnte nicht, dass diese »uralten Schränke und Stühle« wertvolle alte Kunstwerke waren, über deren Besitz Rasmussen sehr glücklich war. Es war doch sehr gut, dass seine Mutter in seinem künftigen Haushalt für Aufrechterhaltung der Ordnung sorgen würde, dachte er befriedigt. Hier fühlte er sich entschieden unbehaglich.

Dass Hellas Erscheinung erst in dieser Umgebung den richtigen Rahmen erhielt, verstand er nicht, doch war er verliebt genug, um sie auch hier reizend und begehrenswert zu finden.

Als ihm Hella Frau Liebentrut vorstellte und er dieser in seiner liebenswürdigen Art ein paar freundliche Worte sagte, war die alte Frau ganz entzückt.

»Wissen Sie, Fräulein Hellachen, was mich am meisten freut bei Ihrer Verlobung?«, sagte sie später zu dem jungen Mädchen, als sie einen Moment mit Hella allein war.

»Was denn, Liebentrutchen?«

»Dass Sie aus dieser Puppenwirtschaft herauskommen. In so 'ner reichen Kaufmannsfamilie, da kriegen Sie so etwas nicht zu sehen!«

Hella lachte. »Gutes Liebentrutchen, ich werde mir deshalb in meinen neuen Haushalt einige von den ›Steinpuppen‹ mitnehmen. Ich bin doch nun mal daran gewöhnt.«

»Na, wenigstens werden da nicht immer wieder neue gemacht, wie hier beim Herrn Professor und bei dem Herrn Andersen.«

Hella wurde ernst. »Wie geht es Herrn Andersen, haben Sie ihn häufig gesehen?«

»Nur zwei- oder dreimal. Er muss wohl wieder was arbeiten, denn ich sehe frühmorgens immer sein Modell durch den Garten gehen. Brösselt sagt, er vergisst wieder Essen und Trinken über der Tonkneterei.«

»Schicken Sie doch hinüber, er soll heute Mittag mit uns speisen, wenn er Lust hat.«

»Der Herr Professor hat schon hinübergeschickt. Herr Andersen hat aber sagen lassen, er könnte unmöglich abkommen.«

»So – dann freilich – dann muss er gar keine Zeit haben.«

Hella ging wieder zu den beiden Herren hinüber, die sich in Rasmussens Atelier befanden. Ihr Vater zeigte seinem künftigen Schwiegersohn, was er an eigenen Arbeiten und Entwürfen dahatte. Es war nicht viel, nur Kopien und Gipsmodelle. Rasmussens Werke fanden meist schnell Käufer und wurden, kaum fertig, fortgeschickt. Immerhin hätte ein Kenner auch aus diesen Vorarbeiten oder Überresten das Genie des Meisters herausgefunden.

Franz aber wusste nicht, was er davon denken oder dazu sagen sollte. Er stand gerade mit sehr gemischten Gefühlen vor einer entzückenden Gruppe spielender Kinder. Sie war dem Leben bis in die feinsten Nuancen abgelauscht und verriet einen köstlichen Humor. Wie die drei drolligen nackten Büblein in unbeholfener, jubelnder Daseinsfreude durcheinanderpurzelten und mit den dicken Fäustchen zugleich nach einem Ball haschten, das war herzerfrischend anzusehen.

Hella trat neben Franz. »Das ist nach meiner Ansicht das Schönste, was Papa geschaffen hat. Die drei Buben sind meine ganz besonderen Lieblinge. Findest du sie nicht auch wundervoll, lieber Franz?«

»Sehr schön, ganz allerliebst!«, stimmte dieser zerstreut bei.

»Du hättest sie in Marmor ausgeführt sehen sollen. Ich habe wahrhaftig geweint, als die Gruppe fortgebracht wurde. Und denke nur, nach England sind diese Bürschlein gekommen!«

»Nicht möglich!«

Rasmussen war ein zu fein empfindender Mensch, um nicht zu merken, dass sein Schwiegersohn sich einen gewissen Zwang auflegte. Es war ihm unangenehm, diesen ein Interesse heucheln zu sehen, welches er nicht empfand. Mit ruhiger Freundlichkeit führte er ihn hinaus in den Garten und endete damit sein verständnisloses Unbehagen.

Hella ging zwischen Franz und ihrem Vater langsam im Garten auf und ab. Verstohlen sah sie nach Svens Atelier hinüber. Die weißen Vorhänge an den beiden letzten Fenstern waren zugezogen. Das war Svens Zeichen für sie, wenn ein Modell zugegen war. Dann ging sie nie hinüber. Dass er auch heute daran gedacht hatte! – Vielleicht glaubte er, dass sie mit Franz hinüberkommen würde.

»Dies ist wohl das Häuschen, in dem Herr Andersen sein Domizil aufgeschlagen hat?«, fragte Franz, nach dem Gartenhaus hinüberzeigend.

»Jawohl«, antwortete Rasmussen. »Ich habe ihn zu Tisch herüberbitten lassen, aber mein junger Kollege ist in eine neue Arbeit vertieft. Da lässt er sich nicht losreißen. Er bittet um Entschuldigung und wird heute Abend, ehe Sie, lieber Franz, abreisen, noch ein Stündchen herüberkommen.«

»Er ist wohl sehr fleißig?«

»Sehr. Übrigens, liebe Hella, ich erhielt vorhin von Professor Menert, der ein Mitglied der Ausstellungsjury ist, die vertrauliche Mitteilung, dass Sven für sein Werk ›Auf falschem Boden‹ die große goldene Medaille sicher ist. Es muss aber vorläufig noch unter uns bleiben.«

Hellas Gesicht war vor Freude jäh errötet. Mit einem langen, stillen Blick sah sie nach dem Gartenhaus hinüber. Dann sagte sie lächelnd: »Das wusste ich. Es ist eine herrliche Schöpfung von ihm. Schade, Franz, dass du nicht noch einen Tag länger bleiben kannst. Du müsstest mit uns in die Ausstellung gehen und es dir ansehen.«

»Daran ist leider nicht zu denken, Liebste, denn ich habe meine Ankunft bereits gemeldet. Ich werde Herrn

Andersens Werk vielleicht später einmal zu sehen bekommen.«

»Hoffentlich.«

Während sie plaudernd promenierten, kam Brösselt vom Eingang her mit einem Körbchen am Arm. Er hatte für die Küche eingekauft. Mit ehrerbietigem Gruß wollte er vorüberschlüpfen.

Rasmussen hielt ihn auf. »Na, Brösselt, ehrpusseliche Hausfrau, laufen Sie nur nicht so schnell davon! Wir haben uns so lange nicht gesehen. Wie geht es?«

Brösselt lachte über das ganze Gesicht. »Ich danke, Herr Professor, sehr gut.«

»Das freut mich.«

»Was wird denn heute bei Ihnen gekocht, Brösselt?«, fragte Hella lächelnd.

»Lendenschnitzel und junges Gemüse, gnädiges Fräulein«, antwortete er stolz, und dann trat er einen Schritt näher an sie heran, legte seinen Finger wie zum militärischen Salut an die Schläfe und sagte bescheiden: »Ich erlaube mir, Ihnen meinen Glückwunsch zu sagen zur Verlobung, gnädiges Fräulein.«

Sie reichte ihm freundlich die Hand. »Danke, lieber Brösselt. Und nun lassen Sie sich nicht länger aufhalten, sonst wird das Mittagessen nicht zur Zeit fertig.«

»Ach, gnädiges Fräulein, das ist nun wieder eine Not jetzt. Eine Mittagszeit gibt es wieder einmal gar nicht. Herr Andersen vergisst alles über der Arbeit. Wenn Sie doch so gut sein wollten und ihm ein bisschen zureden, dass er ordentlich und regelmäßig isst. Auf Sie hört er noch am meisten.«

»Es ist gut, Brösselt, ich sage es ihm heute Abend. Bestellen Sie einen herzlichen Gruß, und er soll nicht zu spät kommen.«

»Danke sehr, werde es ausrichten.«

Brösselt ging nun eilig dem Häuschen zu, und die drei begaben sich auf die schattige Veranda, wo Frau Liebentrut einen Imbiss serviert hatte.

Der letzte Tag des Zusammenseins ging schnell genug zu Ende. Franz ließ Hella kaum noch aus den Armen. Ihm graute ein wenig vor der Heimkehr. Am liebsten hätte er seine Braut gleich mit sich genommen, um sich an ihrem frischen Liebreiz schadlos zu halten für die sicher sehr kühle Stimmung daheim.

Aber er tröstete sich schließlich damit, dass die Zeit bis zur Hochzeit schnell vorübergehen würde. Dann sollte ihn seine süße, kleine Frau für alles entschädigen.

Als spät am Abend Sven herüberkam, fand er das Brautpaar Hand in Hand dicht aneinandergeschmiegt im Wohnzimmer sitzend, während Rasmussen dabei war, einige Gläser mit Wein zu füllen.

Der Anblick, auf den er sich doch schon den ganzen Tag vorbereitet hatte, ließ Sven dennoch schmerzhaft zusammenzucken. Er verriet aber durch nichts sein Empfinden. Fest hatte er sich vorgenommen, sich Hella gegenüber zu beherrschen. Sie sollte nicht merken, wie es um ihn stand. Mochte es kosten, was es wollte, ihr gegenüber musste er sich unverändert zeigen wie früher.

Mit freundlichen Worten begrüßte er die Anwesenden und entschuldigte sein spätes Kommen mit dringender Arbeit.

»Das wollen wir entschuldigen, lieber Sven, wenn Sie mir feierlich geloben, in Zukunft Ihr Mittagessen pünktlich einzunehmen«, sagte Hella lächelnd.

Er sah sie fragend an. »Hat Brösselt mich schon wieder bei Ihnen verklagt, Hella?«

»Er hat mich gebeten, Ihnen ins Gewissen zu reden. Wenn Sie nun beweisen wollen, dass ich Ihnen etwas gelte, müssen Sie darauf hören.«

»Wann also befehlen Sie, dass ich speisen soll?«, fragte er lächelnd.

»Punkt zwei Uhr zu Mittag und um neun Uhr zu Abend.«

»Schön – Sie sollen mit mir zufrieden sein.«

Durch dieses Gespräch kam man über das leise Unbehagen hinweg, und die Stimmung wurde gleich zu Anfang scheinbar sehr heiter. Als Franz dann aufbrechen musste, um seinen Zug zu erreichen, begleiteten ihn alle drei zum Bahnhof.

Dann fuhren sie miteinander wieder nach Hause, und es war alles wie früher, Sven glaubte manchmal, ein schwerer Traum äffe seine Sinne und spuke ihm vor, dass Hella die Braut eines anderen sei. Nichts erinnerte ihn daran – nur sein eigenes, zuckendes Herz, das nicht zur Ruhe kommen wollte.

Franz Boßneck wurde im Elternhause nicht nur kühl, sondern geradezu eisig aufgenommen. Sein Vater beschränkte den Verkehr mit ihm auf die notwendigen geschäftlichen Besprechungen, von seiner Verlobung erwähnte er kein Wort. Einen Glückwunsch erhielt er weder von ihm, noch von Mutter und Schwester.

Die Mutter ging still mit vorwurfsvollen Mienen um ihn herum. Sie sorgte zwar gewissenhaft für sein leibliches Wohl, sprach aber auch nur wenige kühle Worte mit ihm.

Berta dagegen konnte sich nicht versagen, in seiner Gegenwart recht oft die »arme Elsa« zu erwähnen, was ihr von seiner Seite nicht gerade mit großer Liebenswürdigkeit gelohnt wurde.

So war die Stimmung nichts weniger als gemütlich, und da Hellas Persönlichkeit keinen direkten Zauber mehr auf ihn ausüben konnte, war er nahe daran, seine rasche Verlobung zu bereuen. Trotzdem sehnte er sich anderseits wieder danach, mit ihr vereinigt zu sein. Er hatte doch dann wenigstens jemand, der ihn liebevoll behandelte.

Mit der Zeit wurde es übrigens besser. Die totale Ungnade verwandelte sich in resignierte Duldung, und mit Aufgebot seiner ganzen Liebenswürdigkeit brachte Franz seine Mutter dahin, Hella einige freundliche Worte zu schreiben.

Als dann eines Tages Hellas Photographie eintraf und Franz dieselbe seinen Eltern zeigte, umspielte die Lippen seines Vaters ein faunisches Lächeln. »Das glaube ich, dass dir die den Kopf verdreht hat«, sagte er mit einem unnachahmlichen Ausdruck. »Aber halte sie kurz, das rate ich dir.«

Frau Emilie Boßneck kramte und wirtschaftete jeden Tag in der zukünftigen Wohnung des jungen Paares herum, und Franz musste öfters mit hinaufkommen, um zu erklären, ob ihm alles recht sei, wie sie es einrichtete.

»Mir ist alles recht, wie du es für gut findest, Mutter. Ordne alles ganz nach deinem Belieben«, sagte er.

»Nein – nein, du sollst dir alles ansehen, ob es so gut ist, damit deine Frau später nicht sagt, es sei nach meinem Kopfe gegangen und gefalle ihr nicht. Was du haben willst, muss ihr ja recht sein.«

»Sie wird dir sicher danken, dass du alles so schön einrichtest, Mutter.«

»Das wollen wir abwarten. Das Ei will manchmal klüger sein als die Henne.«

»Das brauchst du wirklich nicht zu befürchten. Meine Braut ist fügsam und liebenswürdig.«

Hier lachte Ernst Boßneck, der Zeuge des Gesprächs war, höhnisch auf. »Vor der Hochzeit sind sie das alle. Baue nicht zu fest auf diese liebeswürdige Fügsamkeit, denn es könnte Komödie sein.«

Solche Szenen wiederholten sich noch oft. Franz wurde schließlich ganz nervös und verwünschte sich und seinen »Leichtsinn« tausend Mal. Nur wenn Hellas Briefe eintrafen, wurde ihm wieder warm ums Herz, und ihre lieben Worte zauberten die ganze holde Erscheinung vor sein geistiges Auge.

Das Verhältnis seiner Familie zu Kleefelds war erst sehr gespannt gewesen, aber die »liebe Elsa« kam eines Tages ganz unerwartet zur »lieben Tante Boßneck«. Da Franz gerade zugegen war, wurde auch ihm eine verzeihende Begrüßung zuteil, und aus ihren Augen traf ihn ein so wehmütig entsagender Blick, dass er ganz gerührt war.

Gar so hässlich, wie er geglaubt, war diese junge Dame ja gar nicht. Und da sie ihn schwärmerisch anschmachtete und seine Eitelkeit sich dadurch sehr geschmeichelt fühlte, fand er sie schließlich sogar »ganz nett«.

Wer weiß, wenn er sich nicht mit Hella verlobt hätte,

vielleicht wäre er mit dieser Elsa ganz gut ausgekommen.

Schließlich rückte aber der zur Hochzeit festgesetzte Tag näher und näher heran, und damit trat Hellas Bild für ihn doch wieder in den Vordergrund.

In Rasmussens Haus war inzwischen das Leben seinen alten Gang gegangen. Sven kam des Abends regelmäßig zu einem Plauderstündchen, wie früher. Wie auf Verabredung vermieden die drei, über Franz Boßneck und sein Verhältnis zu Hella zu sprechen.

Der junge Mann gab sich unbefangen, wusste er doch, dass er Hellas Ruhe und Frieden stören würde, wenn sie ahnte, was ihr Verlust ihm bedeutete. Sie wenigstens sollte ihr Glück ungetrübt genießen.

Seine einsamen vier Wände bekamen freilich ein anderes Bild zu schauen. Obwohl er mannhaft gegen die Verzweiflung kämpfte, überkam ihn doch oft genug ein an Wahnsinn grenzender Schmerz. Er vergrub sich förmlich in seine Arbeit, und Rasmussen stand oft in ehrlicher Bewunderung vor dem, was Andersen in dieser Zeit schuf.

Seine neueste Schöpfung war eine Gruppe von zwei Menschen. Er nannte das Werk »Trennung«. Ein junges, eben erblühtes Weib stand, die eine Hand über das Gesicht breitend, in schmerzversunkener Stellung halb abgewandt von einem Mann, der mit düsterer Verzweiflung auf ihr geneigtes Köpfchen herabsah. Noch ruhte die andere Hand des jungen Weibes in der des Mannes, noch umschloss seine Hand die ihre in krampfhaftem Druck, aber den nächsten Augenblick mussten die beiden auseinandergehen, das sah man in den schon zum Gehen gewandten Stellungen. Einzelne Feinheiten waren bereits schon herausgearbeitet. Der feine Kopf des Mädchens mit den dicht darumgelegten Zöpfen und die das Gesicht verhüllende Hand waren fertig, und der markante Kopf des Mannes trug auch schon den ausgeprägten Schmerzenszug.

In diese Arbeit legte Sven alles, was ihn bedrückte. Doch brachte ihm auch das keine Befreiung, wenn er auch auf Stunden Ruhe und Vergessen fand.

Hella hatte gleich nach ihrer Rückkehr ihr Versprechen eingelöst und ihn ihre Hand modellieren lassen. Er hatte diese Hand dann in Marmor gemeißelt, und es war ein kleines Meisterwerk geworden. Hatte er ihre Hand beseelt genannt, so schien ein Teil dieser Seele in die Marmorhand übergegangen zu sein. Von wundervoller Feinheit, aus einem köstlichen Stück Marmor gemeißelt, lag sie nun in Svens Atelier auf einem Postament von purpurnem Samt. Wenn die Sonne darauf schien und der rote Samt leuchtete, schien sie transparent und wie mit rosigem Leben begabt.

Wenn Sven zu dieser Hand hinübersah, kam es wie tröstlicher Frieden über ihn. Es war ihm, als könne ihm Hella nie ganz verloren gehen, solange diese Marmorhand in seiner Nähe war.

Oft streichelte und liebkoste er sie und presste seine zuckenden Lippen darauf. Die Berührung mit dem kühlen Marmor schien sein heißes Blut jedes Mal zu beruhigen. Er hätte sie beleben können durch die Macht seiner sehnsüchtigen Liebe.

Mit Hellas Erlaubnis hatte er auch ihre Hand an seinem neuesten Werk benützt. Das trauernde Weib, das sich von dem Geliebten trennt, hatte mit Hellas Hand sein Antlitz bedeckt. So verband er innig die schmerzlich Geliebte mit seinem Schaffen und suchte einen Teil ihres Seins mit seiner Kunst zu verschmelzen.

Manchmal sehnte er den Termin ihrer Hochzeit herbei, weil er hoffte, dann eher zur Ruhe zu kommen, und dann wieder dünkte es ihn wie ein köstliches Gnadengeschenk, dass er ihre Nähe noch empfinden konnte.

Aber unbeirrt durch sein Fürchten und Hoffen rückte der Tag näher und näher heran, der Hella aus dem Vaterhause führen sollte. Sie hatte in den letzten Wochen kaum Zeit gehabt zur stillen Einkehr in sich selbst. Die Beschaffung ihrer Wäscheaussteuer und neuer Kostüme, das

Einkaufen all der Kleinigkeiten, mit denen sie ihr neues Heim zu schmücken gedachte und ihm ein persönliches Gepräge zu geben hoffte, nahm ihre Zeit in Anspruch.

Rasmussen arbeitete an einer Kopie seiner »Spielenden Kinder«, jener Gruppe, die Hellas Entzücken war. Sie sollte damit ihr Heim schmücken und des Vaters dabei gedenken. Von Sven erhielt sie zum Hochzeitsgeschenk eine in Marmor ausgeführte kleinere Kopie eines früheren Werkes »Das Mädchen mit der Perle«. Dies war eine vom Zauber holder Poesie umwobene Mädchengestalt, welche halb neugierig, halb bewundernd auf eine Perle herabsah, die sie auf der ausgestreckten Hand liegen hatte. Man sah, sie war eben dem Wasser entstiegen, in dem sie das Kleinod gefunden hatte. Wie alle Schöpfungen Svens umwebte auch dieses Frauenbild ein eigenartiger, sinniger Reiz. Hella war außer sich vor Freude über dieses Geschenk. Sven lächelte wehmütig dazu. Wie wenig erschien es ihm, womit er sie beglücken konnte, sein ganzes Leben hätte er ihr zu Füßen legen mögen, wenn er damit ihr Glück hätte sichern können.

Aber das war das Bitterste bei all seinem Schmerz, dass er an den Bestand ihres Glücks nicht zu glauben vermochte.

Einige Tage vor der Hochzeit kam die Familie Boßneck nach Berlin. Die angebotene Gastfreundschaft Rasmussens hatte Ernst Boßneck mit dem Bemerken abgelehnt, dass er im Zentrum der Stadt Wohnung nehmen wollte, damit er bequem zugleich einige Geschäfte abwickeln könnte. Emilie, seine Frau, hätte auch um keinen Preis in der »Künstlerwirtschaft« hausen mögen. Sie hatte eine fürchterliche Vorstellung von einem sogenannten Künstlerheim.

Die erste Begegnung zwischen den neuen Verwandten fand im Hotel statt, in dem die Boßnecks abgestiegen waren. Sie fiel sehr steif und gezwungen aus. Rasmussen sah bestürzt in die kalten, ausdruckslosen Gesichter von Mutter und Tochter Boßneck, denen Engherzigkeit und Stumpfsinn so sichtbar ihren Stempel aufgedrückt hatten.

Noch weniger als die Mutter und Tochter gefiel dem alten Herrn Ernst Boßneck. Der Ausdruck fast brutaler Selbstherrlichkeit und der Blick der kleinen stechenden Augen verursachten ihm direktes Unbehagen. Als Mann von Erziehung ließ er sich natürlich nichts von seinem Empfinden anmerken, er schaute nur verstohlen zu seiner Tochter hinüber, um zu sehen, welchen Eindruck ihr diese neuen Verwandten machten.

Hella war bis ins innerste Herz hinein erschrocken beim Anblick dieser Menschen. Ihr lebhaftes Schönheitsgefühl suchte vergeblich bei ihnen eine schwache Spur von dem blendenden Äußern ihres Verlobten. Die beiden Damen kamen ihr direkt lächerlich vor in ihren geschmacklosen Toiletten, und sie wäre ihnen am liebsten mit ihren geschickten Händen durch das fest angeklebte Haar gefahren, um es locker und kleidsam um den Kopf zu ordnen.

Sie schalt sich gleich darauf selbst aus, dass sie sich durch Äußerlichkeiten so stark beeinflussen ließ und zwang sich zu liebenswürdigem Entgegenkommen. Es gelang ihr aber nicht, die Eiseskälte aufzutauen, die ihr von diesen Menschen entgegenstrahlte.

Sie war blass geworden und vermied es, ihren Vater anzusehen. Sie wusste genau, er empfand wie sie und fühlte, dass er sie forschend betrachtete.

Seltsamerweise dachte Hella, während sie mit Boßnecks nichtssagende Redensarten tauschte, immerfort daran, was wohl Sven Andersen zu diesen neuen Verwandten sagen würde.

Mit einer an Angst grenzenden Innigkeit suchte ihr Auge wieder und wieder den Anblick ihres Verlobten. Aber war es der ernüchternde Eindruck, den seine Familie ihr machte, oder lag es an ihr selbst – sie fand sein Gesicht weniger edel und geistvoll, als sie es in der Erinnerung hatte, als es ihr in der berauschenden Seligkeit junger Liebe erschienen war. Seine Schönheit erschien ihr nichtssagender als sonst, wenn sie sich auch vorzureden suchte, dass es Einbildung wäre.

Sie steigerte sich willkürlich in die alte, schwärmerische Liebe für ihn hinein und verbannte mit Aufgebot aller Energie das Gefühl bangen Zagens, welches sie zu erfassen drohte. Als sie dann einige Minuten mit Franz allein war und dieser, von Neuem berauscht von ihrem Reiz, heiße Küsse auf ihre Lippen drückte, und ihr zärtliche Worte sagte, atmete sie wie erlöst auf und gab sich willig voll warmer Herzlichkeit.

Schatten hatten auf ihr Glück fallen wollen, sie durfte ihnen keine Macht einräumen, musste siegreich dagegen kämpfen. Was kümmerten sie seine Verwandten! Ihm wollte sie angehören, er allein sollte für ihr Heil maßgebend sein. Waren diese Verwandten wirklich so, wie sie aussahen, dann war es ihre Pflicht, ihn durch veredelnden Einfluss über sie hinauszuheben.

Am nächsten Tage fuhr die Familie Boßneck nach Rasmussens Villa hinaus. Sie hatte eine Einladung zum Mittagessen angenommen.

Auf der Fahrt herrschte zwischen den Vieren tiefstes Stillschweigen. Franz dachte etwas beklommen an das regellose Durcheinander im Hause seines Schwiegervaters. Was würde seine Mutter dazu sagen? Hoffentlich kam Rasmussen nicht auf die verrückte Idee, seine Mutter und Schwester in sein Atelier zu führen. Das musste er auf jeden Fall verhindern.

Frau Emilie dagegen bereitete sich im Stillen auf das Schreckliche vor. Sie war überzeugt, eine heillose Wirtschaft vorzufinden, denn ihre Schwiegertochter sah nicht aus, als ob sie sich viel um den Haushalt kümmerte.

Als sie nun ankamen, bereitete es ihr geradezu eine Genugtuung, sich nicht getäuscht zu haben. Herrgott, wenn sie doch hier hätte aufräumen können! Verstohlen wischte sie mit dem Finger über einige Möbelkanten und konstatierte mit großer Beruhigung, dass untrügliche Staubspuren daran hafteten. Hier war sicher einige Tage kein Staubtuch auf die Möbel gekommen, höchstens dort, wo der Schmutz gar zu sehr in die Augen fiel.

Während die Unterhaltung sich mühsam hinschleppte, blickten Frau Emiliens Augen in allen Winkeln herum, und wenn es noch nicht ganz fest bei ihr gestanden hätte, den Haushalt ihres Sohnes unter persönlicher Aufsicht zu halten, heute hätte sie sicher diesen Entschluss gefasst.

Als Sven Andersen herüberkam, um Hellas Verwandte zu begrüßen, war er von deren Anblick nicht weniger betroffen, als es Rasmussen und seine Tochter gewesen waren. Während er einige höfliche Worte hervorstammelte, flog sein Blick zu Hella hinüber und begegnete ihren Augen, die bang und fragend in die seinen trafen. ›Was soll mein stolzer, herrlicher Schwan unter diesen hässlichen Enten?‘‹ dachte er kummervoll, und Hella schien diese Frage zu verstehen. Sie wandte sich verwirrt ab.

Bei Tisch wurde Ernst Boßneck etwas aufgeknöpfter. Das Essen war ausgezeichnet, Frau Liebentrut hatte ihren Stolz dareingesetzt, die neuen Verwandten ihrer Herrschaft von ihrer Kochkunst zu überzeugen. Dass sie deshalb heute einmal flüchtiger Staub gewischt hatte als gewöhnlich, nahm sie nicht so tragisch, da Besuche sonst nicht mit den Fingern prüfend über Möbelkanten zu fahren pflegten. Sie hielt es für wichtiger, sich recht eingehend mit der Mahlzeit zu beschäftigen, und das Hausmädchen hatte auch mehr als sonst zu tun.

Jedenfalls war also das Essen vorzüglich, selbst Emilie Boßneck musste das zugeben. Dass auch ein guter Tropfen gereicht wurde, gefiel dem alten Boßneck sehr. Er kostete mit gespitzten, schmatzenden Lippen und nickte recht beifällig mit dem Kopf.

Sven suchte ein Gespräch mit Berta zu unterhalten. Es war eine furchtbare Anstrengung. Mehr als »ja« und »nein« und »bitte« und »danke« brachte er nicht aus ihr heraus.

Er gab schließlich den Versuch auf.

Der nächste Tag war Hellas Polterabend. Rasmussen hatte zur Feier desselben den größten Teil seiner Bekannten geladen, da die Hochzeit nur im engeren Kreise in einem Hotel gefeiert werden sollte.

Frau Liebentrut hatte im großen Speisezimmer ein auserlesenes kaltes Büffet aufgestellt zur Bewirtung der Gäste.

Diese gehörten in der Mehrzahl den Künstlerkreisen an: Maler, Bildhauer, Schauspieler und Schriftsteller, die mit ihren Damen eine heitere Gesellschaft bildeten.

Es war manch auffallende Persönlichkeit darunter, und der Ton, der zwischen ihnen herrschte, war ungezwungen, sogar ausgelassen fröhlich. Hier gab es keine engherzige Prüderie. Frisch und frei gaben sich diese Menschen und verstanden einander.

Während Ernst Boßneck mit prüfenden Blicken die hübschen Frauen und Mädchen in ihren Toiletten betrachtete, fuhr Mama und Tochter Boßneck ein Schauder nach dem andern über den Rücken. Gottlob, dass es so etwas daheim nicht gab! Es war ja himmelschreiend, wie ungezwungen diese Frauen hier kokettierten und mit den Männern wie mit ihresgleichen verkehrten! Und ihre Schwiegertochter mitten darin, scherzend und lachend, mit glühenden Wangen und strahlendem Blick und – schön, sinnverwirrend schön.

Franz Boßneck folgte wie trunken mit seinen Augen seiner Braut. Heiß und sengend hielt sein Blick sie fest in auflodernder Leidenschaft.

Morgen war sie sein, morgen wurde er der Herr über ihre blühende, prangende Schönheit! – Die Lichter tanzten vor seinen Augen, und als Hella gerade zu ihm trat, umfasste er mit jähem Druck ihr Handgelenk.

»Hella – Du bist so schön! – Wär' doch erst dieser Tag zu Ende! Morgen bist du mein – mein«, flüsterte er ihr zu, und ein heißer Atem streifte ihren Nacken.

Sie zuckte zusammen und erschauerte, als sei ein eisiger Hauch über sie hingefahren. Sein glühender Blick erschreckte sie, und der leise Weinduft, der seinem Munde entströmte, verursachte ihr Widerwillen. Aber dann warf sie den Kopf zurück, als wollte sie lästige Gedanken abwehren, und nickte ihm lächelnd zu. Sie wollte fröhlich sein und sich nicht den letzten Abend im Vaterhause durch Grillen verderben.

Die Boßneckschen Damen waren natürlich für die heitere Gesellschaft ein Gegenstand des Spottes. Während man Franz ganz reizend fand und seinen Vater als echtes Modell eines Fauns erklärte, fand man die beiden Frauen entsetzlich hausbacken und nüchtern. Man wunderte sich ungemein, dass die schöne und schöngeistige Hella Rasmussen in solch eine grässliche Banausenfamilie hineinheiraten wollte, aber man fand diese waschechten Kleinstadttypen viel zu ulkig, um nicht ihre Anwesenheit mit Vergnügen zu genießen.

Viel zu früh für die spottlustige Gesellschaft brachen die Kleinstädter auf. Nur Franz blieb zurück und entfernte sich erst mit dem letzten der Gäste.

Als Hella sich nach der Hochzeit von ihrem Vater verabschiedete, erfasste die junge Frau eine jähe, unbezwingliche Angst vor der Zukunft.

Wie im Traume waren ihr die letzten Tage verflogen, sie war zu keinem Besinnen mehr gekommen, oder hatte sich vielmehr dagegen gewehrt, klare Gedanken zu fassen.

Nun riss plötzlich der Schleier, der ihren Blick verhüllt hatte, und eine unerklärliche Angst ließ sie erbeben. Mit zitternden Armen umklammerte sie seinen Hals und rief mit erbebender Stimme: »Papa – lieber Papa, könnt' ich doch bei dir bleiben!«

Ihm war das Herz voll und schwer, aber er zwang ein Lächeln in sein Gesicht. »Kind, das ist der Lauf der Welt. Das Weib soll Vater und Mutter verlassen und dem Mann anhangen. Du musst dich dareinfügen. Sei tapfer und erschwere dir und mir den Abschied nicht.«

Sie barg ihr Gesicht an seiner Brust. »Wenn ich gewusst hätte, wie schwer mir die Trennung wird – ich – ich wäre nicht von dir gegangen. Ich fürchte mich vor der Zukunft, lieber Papa. Franzens Angehörige sind so sonderbar zu mir.«

Rasmussen strich ihr beruhigend die heißen Wangen. Seine Augen sahen über sie hinweg gramvoll ins Leere.

War es recht von ihm gewesen, sein Kind diesen Schritt tun zu lassen, ohne es mit allen Mitteln davor zu warnen? Wenn sie ihm gestern noch gesagt hätte, was sie jetzt voll Seelenangst aussprach, er hätte nichts unversucht gelassen, diese Ehe zu verhindern. Aber nun war es zu spät. Er konnte nichts mehr ändern, nur trösten.

Scheinbar ruhig sah er ihr ins Gesicht. »Kind, mach' dir das Herz nicht schwer! Deines Mannes Angehörige sind hier nicht am rechten Platz. Sie geben sich steif und gezwungen. Daheim werden sie schon auftauen. Du hast ja deinen Mann zur Seite, er wird dich verstehen. Und nun sei vernünftig. Jede Frau wird ähnlich wie du empfinden, wenn sie aus lieb gewordenen Verhältnissen dem Manne in einen fremden Kreis folgen soll. Das wirst du überwinden müssen, wie tausend andere auch. Eines vergiss nie, was dir das Leben auch bringen mag: Bleib dir selbst treu, mein geliebtes Kind, und wenn du kein Verständnis finden solltest in deiner neuen Umgebung, so verliere den Mut nicht gleich. Sorge, dass dein Mann dir der Nächste ist und – bei mir findest du schließlich immer Trost und Teilnahme für alles, was dich bewegt – ich bin jede Stunde bereit, dir zur Seite zu stehen.«

Hella hob ihr tränenvolles Gesicht zu ihm auf und bezwang ihre mutlose Stimmung. Sie lächelte. »Ich bin ein dummes, törichtes Geschöpf, dass ich dir zum Abschied noch das Herz schwer mache, lieber Papa. Vergiss, was ich sagte. Jeder Wechsel schreckt. Man tauscht Gewisses gegen Ungewisses ein, und nicht immer hat das Neue Reiz. Es wird schon alles gut gehen. Ich will versuchen, mir die Liebe der Familie meines Mannes zu erringen, und gelingt es mir nicht – nun, so werde ich ohne sie fertigwerden. Du bleibst mir ja, auch wenn du ferne bist. Wie kann ich da verzagen!«

Sie hielten sich lange innig umschlungen, dann riss sich Hella los und ging zu ihrem Gatten, der vor der Tür des Zimmers auf sie wartete.

Die Hochzeitsgäste waren im Saal des Hotels zurückgeblieben, nur Sven wartete am Ausgang, um ihr Lebewohl zu sagen.

Als sie am Arm ihres Gatten zu ihm trat, reichte sie ihm ihre kleine, bebende Hand zum Abschied. Er fühlte, dass sie kalt war, kalt wie die Marmorhand, die er in seinem Atelier hatte.

»Leben Sie wohl, lieber Sven. Schützen Sie Papa vor traurigen Gedanken, wenn er allein ist. Helfen Sie ihm die Trennung ertragen.«

Er vermochte nicht zu antworten. Seine hohe, kraftvolle Gestalt, die im Frack nicht sehr vorteilhaft aussah, neigte sich vor ihr. Seine zuckenden Lippen berührten stumm ihre Hand.

Ein heißes Weh flammte auch in ihrem Herzen auf. Wie war es nur möglich, dass sie ihren geliebten Vater und den treuen Freund ihrer Jugend verließ, um mit einem fremden Menschen vereint ein neues Dasein zu beginnen.

Fremd schien ihr mit einem Male der Mann an ihrer Seite, der sie, nachdem er sich flüchtig von Andersen verabschiedet hatte, fortzog, dem Ausgang zu, wo der Wagen ihrer harrte.

Zögernd schritt sie neben ihm dahin. In der Tür wandte sie noch einmal den Kopf, um Sven einen letzten Abschiedsblick zu gönnen. Da stockte ihr Fuß erschrocken einen Moment, ihr war, als habe Svens hohe Gestalt geschwankt, und aus seinem bleichen Gesicht starrten die Augen in qualvoller Verzweiflung nach ihr hin.

War das nicht derselbe Blick, mit dem er sie an jenem Abend angesehen hatte, als sie ihm ihre Verlobung verkündete?

Und da zerriss der Vorhang vor ihrer Seele. Sie erkannte, was sie diesem Manne gewesen war, und ein heißer Schmerz durchzuckte sie.

Warum hatte er ihr das niemals gesagt? Sie hatte geglaubt, er lebe wie ein Bruder neben ihr dahin, und so war ihr Gefühl für ihn unbefangen schwesterlich geblieben. Hätte das denn nicht anders sein können, wenn er weniger verschlossen gewesen wäre?

Franz presste ihren Arm fest an sich. »Komm, mein süßes Weib, schau nicht zurück! Vor uns liegt das Glück«, flüsterte er ihr zu.

Sie stieg in den Wagen. Während sie mit ihrem Gatten zum Bahnhof fuhr, grübelte sie über Svens Blick nach.

Franz bedeckte ihr Gesicht mit glühenden Küssen, als er sich mit ihr allein sah. Sie schrak empor und wollte ihn abwehren. Da sagte er lachend: »Närrchen, zier dich doch nicht mehr, jetzt bist du meine Frau und ich kann dich küssen, so viel ich will.«

Sie lag still und regungslos in seinen Armen und zwang sich, Svens Blick zu vergessen. Nur nicht mehr daran denken, überhaupt nicht mehr zurückblicken. Für sie gab es nur noch ein Vorwärts auf der Bahn, die sie eingeschlagen. Was plagte sie sich überhaupt mit dummen Grübeleien! Vor ihr lag ein neues Leben, dem sie schon Reiz abzugewinnen versuchen wollte. Neben ihr saß der Mann, dem ihr Herz einst im stürmischen Jubel entgegengeflogen war. Was hinderte sie, glücklich zu sein und glücklich zu machen? Nichts als ein Wahngebilde ihrer erregten Sinne. Fort damit, auf dass dem Glücke der Einzug nicht ganz gewehrt wurde.

Frau Emilie Boßneck hatte ein großes Extrascheuerfest veranstaltet, nachdem sie von der Hochzeit ihres Sohnes zurückgekehrt war. Mit einer wahren Wonne setzte sie jeden Winkel vom Boden bis zum Keller unter Wasser. Sie wollte ihrer Schwiegertochter gleich zu Anfang deutlich zeigen, was Ordnung heißt und wie man diese Tugend im Hause Boßneck hochhielt.

In der ganzen Wohnung des jungen Paares roch es erbarmungswürdig nach Seifenwasser und Fußbodenwische. Es wäre aber ein vergebliches Bemühen gewesen, in diesen Räumen sowohl als im ganzen übrigen Hause eine einzige Spur von Unordnung, einen noch so winzigen Staubschatten zu entdecken. Da hätten alle Schwiegermütter der Welt probierend mit den Fingern umherfahren können auf den Möbeln, sie hätten nichts entdeckt.

Trotzdem lief Frau Emilie selbst noch einmal mit dem Staubtuch durch sämtliche Räume, kurz bevor man das junge Paar von der Hochzeitsreise, die nur auf 14 Tage bemessen war, zurückerwartete.

Mit einem Seufzer tiefster Befriedigung, erfüllt von unbegrenzter Hochachtung für die eigene wirtschaftliche Tüchtigkeit, zog sie endlich die Tür, die ihres Sohnes Wohnung abschloss, hinter sich zu und begab sich in das Erdgeschoss des Hauses, wo sich die Küche befand. Dort gab sie den beiden Dienstboten in ihrer kurzen, mürrischen Art Verhaltungsmaßregeln und stieg dann wieder hinauf in ihr eigenes Wohnzimmer. Auf der Treppe hob sie mit spitzen Fingern ein Fädchen auf, das auf irgendwelche unbegreifliche Art ihren scharfen Augen entgangen war. Gottlob, dass sie es noch entdeckt hatte! Man musste doch der jun-

gen Frau imponieren, damit sie gleich sah, dass hier eine solche Lotterwirtschaft wie bei ihr daheim unmöglich war. Sie musste in Respekt gehalten werden, das war unbedingt notwendig.

Am liebsten hätte sie auch gleich die Kisten ausgepackt, in denen Hellas Wäsche und all die Sachen verpackt waren, womit diese ihr Heim zu schmücken gedachte. Aber die junge Frau hatte die Schlüssel dazu bei sich behalten. So hatte Frau Emilie diese Kisten in ein kleines, leeres Zimmer setzen lassen. Sobald aber ihre Schwiegertochter ankam, würde sie sich diese Schlüssel ausbitten, damit auch das Übrige nach System und Regel in den Haushalt eingeschaltet wurde. Das stand ja fest bei Frau Emilie, die Zügel des Hauswesens blieben fest in ihrer Hand, es musste alles nach ihrem Ermessen gehen, sonst konnte man etwas erleben. Bei dem Gedanken an das, was man da möglicherweise erleben konnte, flog der ordnungsliebenden Seele ein Schauder nach dem anderen über den Rücken, und ihr Nacken steifte sich in Kriegsbereitschaft, wenn sie sich ausmalte, dass Hella sich vielleicht nicht willenlos unterordnen wollte.

Als sie ins Wohnzimmer trat, saß Berta mit ihrer Häkelarbeit am Fensterplatz und sah erwartungsvoll die Straße hinab.

Ernst Boßneck war schon eine Stunde vor der Mittagspause aus der Fabrik gekommen. Er war feierlich in einen schwarzen Rock gekleidet, den er bis obenhin zugeknöpft trug. Sein Gesicht drückte einige Ungeduld aus, als er, langsam auf und ab schreitend, nach der Uhr sah.

»Siehst du den Wagen noch nicht, Berta?«

»Nein, Vater.«

»Unbegreifliche Bummelei! Sie müssten schon fünf Minuten hier sein.«

»Leg' deine Arbeit beiseite, Berta«, sagte die Mutter, »und gib die Weingläser heraus für den Mittagstisch. Und was ich sagen wollte – ich hoffe, du weißt, wie du dich gegen deine Schwägerin zu benehmen hast. Keine großen

Vertraulichkeiten vorläufig. Es ist besser, du hältst dich etwas zurück. Helene hat etwas freie Manieren, die wir ihr erst abgewöhnen müssen. Hast du verstanden?«

»Ja, Mutter.«

»Gut – so tue, was ich dir sagte.«

Berta ging hinaus, und ihre Mutter nahm den Beobachtungsposten am Fenster ein. Kaum saß sie dort, als sie am Ende der Straße einen Wagen auftauchen sah.

»Sie kommen, Ernst!«, rief sie ihrem Manne zu.

Boßneck ließ sich mit kalter Ruhe in einen Lehnstuhl gleiten und legte die Hände zusammen.

»Sollen wir ihnen nicht bis zur Haustür entgegengehen, Ernst?«, fragte Emilie etwas unsicher.

»Unsinn! – Franz weiß, wo wir zu finden sind, und Helenes Hoffart wollen wir nicht bestärken. Sie ist uns Ehrerbietung schuldig, nicht wir ihr. Wir müssen gleich zu Anfang richtig Stellung nehmen, damit sie sich nicht einbildet, dass sie uns auf der Nase herumtanzen kann, wie sie das bei ihrem Vater zu tun gewöhnt war.«

Frau Emilie setzte sich wieder nieder und legte erwartungsvoll die Hände in den Schoß. Daraus allein hätte Hella auf die Feierlichkeit des Augenblicks schließen können, wenn sie ihre Schwiegermutter besser gekannt hätte.

Draußen fuhr der Wagen vor. Die beiden rührten sich nicht von ihrem Platz. Draußen klang klingendes Lachen, es scholl fremd und ungewohnt durch das stille Haus. Wie auf Verabredung steiften sich bei diesem Klang die Nacken des Ehepaares in strenger Abwehr gegen diesen unerlaubten Lärm.

Die Tür flog auf. Heiter und frisch wie ein sonniger Maientag schritt die junge Frau, gefolgt von ihrem Gatten, über die Schwelle.

»Grüß Gott, Schwiegermama und Schwiegerpapa! Da sind wir beide – müde und hungrig und durstig, aber doch heiter und guter Dinge«, sagte sie lächelnd.

Beim Anblick der beiden steif aufrechtsitzenden Gestalten machte sie ein erstauntes Gesicht. Nachdem sie ihrer Schwiegermutter die Hand gereicht hatte, die diese ohne Wärme flüchtig ergriff und wieder fallen ließ, wandte sie sich Ernst Boßneck zu.

»Gott segne euren Eingang!«, sagte der salbungsvoll und reichte ihr ebenfalls herablassend die Hand.

Hella sah ihn betroffen an. »Sind Sie krank, Schwiegerpapa?«, fragte sie erstaunt.

Seine kalten Augen sahen sie scharf an. »Krank? Weshalb?«

Sie lächelte verlegen, sagte aber dann ehrlich: »Ich glaubte, weil Sie sich nicht von Ihrem Platz erheben, um mich zu begrüßen.«

Sein Gesicht rötete sich. »Galanterien gegen Familienmitglieder spare ich mir, denn sie sind überflüssig und zeitraubend, ziemen sich auch nicht für mich, da ich als Familienoberhaupt respektiert zu werden wünsche. Bitte, merken Sie sich das, liebe Helene.«

Hella fühlte sich durch diese Art der Begrüßung und durch die scharfen Worte sehr verletzt. Dunkles Rot überzog ihr Gesicht und sie warf den Kopf stolz zurück. Die Antwort aber, die sie schon auf den Lippen hatte, unterdrückte sie auf einen bittenden Blick ihres Mannes. Sie neigte nur stumm das Haupt und ging auf Berta zu, die eben eintrat.

Auch diese erwiderte ihre warme Begrüßung mit steifer, kühler Höflichkeit. Hella fror bis in die Tiefe ihrer Seele bei diesem kalten Willkommen, zumal sie bemerkte, dass auch ihr Mann nicht viel wärmer empfangen wurde. Aber sie überwand tapfer das Missbehagen und erzählte von der Reise, vom Wetter und was ihr sonst einfiel.

Aufatmend entfernte sie sich dann mit Franz, um sich in ihre Wohnung zu begeben.

Ehe sie hinausging, rief ihr die Schwiegermutter zu: »Bitte, kommen Sie in einer halben Stunde zu Tisch herunter, aber pünktlich, wenn ich bitten darf.«

Hella neigte zustimmend den Kopf und ging dann langsam mit ihrem Manne die Treppe hinauf. Das Atmen wurde ihr schwer. Ein beklemmender Druck schien auf dem ganzen Hause zu liegen.

Als sie oben ihre Wohnung betreten hatten und die Tür sich hinter ihnen schloss, nahm Franz seine Frau lachend in die Arme und küsste sie. »So, Maus – der Empfang wäre glücklich überstanden. Nun willkommen in deinem neuen Heim!«

Sie schmiegte sich in seine Arme und sah ihm mit großen, ernsten Augen ins Gesicht. »Ich danke dir, dass du wenigstens ein warmes Wort für mich hast. Deine Angehörigen scheinen sich geeinigt zu haben, mir den Eintritt in ihr Haus gründlich zu verderben.«

»Ach geh' – sei nicht empfindlich, kümmere dich nicht darum!«

»Das ist leichter gesagt als getan. Mir kommt das Benehmen deiner Eltern direkt unfreundlich vor. Schon während ihres Besuches in Berlin fiel mir das auf.«

Er lachte verlegen. »Merkst du denn nichts? Meinen Eltern liegt eben die Elsa Kleefeld noch in den Gliedern.«

Sie bog den Kopf zurück, um ihm besser in die Augen sehen zu können. »Elsa Kleefeld? Wer ist denn das?«

»Närrchen, bist du schwer von Begriffen! Elsa Kleefeld war mir von meinen Eltern zur Lebensgefährtin bestimmt worden, ehe ich mich mit dir verlobte.«

Sie machte sich aus seinem Arm los und sah vor sich hin. »Du solltest also eine andere heiraten?«

»Stimmt. Hast du das denn nicht längst an dem feindlichen Wind bemerkt? Du kamst meinen Eltern sehr unerwünscht als Schwiegertochter.«

»Also deshalb?«

»Na, dämmert es nun endlich, Dummerchen? Die Einwilligung zu unserer Verbindung habe ich mir von meinen Eltern ertrotzen müssen. Kannst daraus ersehen, wie verschossen ich in dich war. Die Elsa ist zwar nicht gerade eine Schönheit, aber dafür erbt sie eine runde Million. Die habe ich dir zuliebe schwimmen lassen.«

Hella presste die Lippen zusammen. Die Art und Ausdrucksweise ihres Mannes verletzte sie wie schon öfters in der kurzen Zeit ihres Beisammenseins. Seit sie verheiratet waren, gab sich Franz nicht mehr so viel Mühe, seine innersten Empfindungen zu verbergen. Die glatte, liebenswürdige Form, hinter der er seine angeborene Gefühlsroheit verbarg, verdeckte ihr zwar noch immer sein wahres Wesen, aber kleine Züge hatten sie schon oft genug erschreckt und abgestoßen.

»Warum hast du mir nie vorher von dieser Elsa gesprochen, Franz?«, fragte sie vorwurfsvoll.

»Ach geh', nun sei so gut und setze nicht gleich eine pikierte Miene auf. Wozu sollte ich dir viel davon reden! Hätte ja gar keinen Zweck gehabt. Oder willst du mir weismachen, dass du mich losgelassen hättest, um der guten Elsa Platz zu machen?«

Sie presste die Hände zusammen. »Weismachen will ich dir gewiss niemals etwas, Franz, das darfst du nicht sagen.«

»Herrgott, nimm doch nicht jedes Wort gleich so tragisch! Das musst du dir abgewöhnen. Sei lustig, Liebchen, und langweile mich nicht mit Trauermienen. Die kleiden dich nicht. – Und nun komm und sieh dir erst einmal unser Heim an. Wirst Augen machen, wie blitzblank und sauber Mutter alles hergerichtet hat – dafür kenne ich sie!«

Er führte sie stolz durch alle Zimmer. Hella sprach kein Wort, sie sah nur mit Schrecken in die geschmacklos eingerichteten Räume.

Franz hielt ihr Verstummen für sprachlose Bewunderung. Seine Mutter hatte sich aber auch geradezu selbst übertroffen. Als sie den Rundgang beendet hatten, fragte er mit strahlendem Gesicht: »Nun, was sagst du, Maus?«

Sie richtete sich aus ihrer starren Versunkenheit auf. »Hier muss natürlich alles anders werden«, sagte sie wie selbstverständlich.

»Anders? Wie meinst du das?«

»Aber Franz – ich bitte dich! Siehst du denn nicht, wie greulich geschmacklos diese Wohnung hergerichtet ist? Hier kann man sich doch unmöglich behaglich fühlen. Es sieht direkt lächerlich steif aus, wie die Möbel gleich Soldaten in Reih und Glied aufgestellt sind. Da ist ja keine Spur von dekorativer Wirkung. Und Portieren und Übergardinen müssen angebracht werden, Teppiche fehlen auch noch, denn die hier auf dem Boden liegen, sind ja geradezu fürchterlich. Es ist zum Frieren kalt und nüchtern in diesen Zimmern. Andere Tapeten müssen auch herein.«

Franz wehrte entsetzt mit beiden Händen ab. »Hella, du willst dir wohl meine Mutter zur unversöhnlichen Feindin machen? Was du da sprichst, ist unmöglich. Du kannst doch hier nicht ein solches Durcheinander einführen, wie bei euch zu Hause!«

»Warum nicht? Das ist schnell geschehen. Ich lasse mir von Papa senden, was ich brauche, er kauft das in Berlin besser ein.«

»Das wollen wir doch lieber hübsch bleiben lassen. Von mir ganz abgesehen, aber meine Mutter würde es nie leiden, daran ist nicht zu denken. Du musst unbedingt Ordnung lernen, Hella! Mutter ist darin so eigen und peinlich.«

Sie sah ihn verständnislos an. »Ich ebenfalls, Franz. Aber Ordnungsliebe und Geschmacklosigkeit sind doch sehr verschiedene Dinge.«

»Na, weißt du, ich finde es weder behaglich noch schön, wenn alles so wild durcheinander herumliegt und -steht, wie bei euch zu Hause. Trotzdem könntest du meinetwegen tun, nach was dich verlangt, aber daran ist Mutters wegen nicht zu denken. Sie hat sich so viel Mühe gegeben, uns die Wohnung einzurichten. Es wäre undankbar, wolltest du nur das Geringste ändern.«

Hella sah sich trostlos um. »Deine Mutter wird sich aber doch nicht gekränkt fühlen können, wenn ich mir meine Wohnung, meiner Individualität entsprechend, anders einrichten will. Es ist ja sehr lieb von ihr, dass sie sich der Mühe unterzogen hat, aber schließlich soll doch ich darin wohnen und nicht deine Mutter. Mir wäre es direkt eine Strafe, in dieser Umgebung zu leben, die so unschön und geschmacklos wie nur möglich ist.«

Er wurde ärgerlich. »Geschmacklos und unschön nur in deinen Augen. Du hast so unklare, überschwängliche Ansichten von allem. Das musst du dir abgewöhnen. Du hast in eine solide Kaufmannsfamilie eingeheiratet und musst dich in unserer Umgebung zurechtfinden. Künstlerischen Krimskrams darfst du nicht in mein Vaterhaus verpflanzen. Sei nicht eigensinnig und füge dich in die geregelte Hausordnung, das kann ich von dir verlangen.«

Hella legte langsam Hut und Handschuhe ab, ohne zu antworten. Hatte sie auch schon auf der kurzen Hochzeitsreise Gelegenheit gehabt, den ungeläuterten Geschmack ihres Gatten, das Fehlen jeden Kunstsinnes zu konstatieren, so sah sie jetzt doch erst vollständig klar, wie verschieden ihre Ansichten waren. Ein schaudernder Blick aus ihren Augen flog über die grässliche bunte Blumentapete. Sah Franz wirklich nicht, wie hässlich die war? Es erschien ihr unfassbar. Jedenfalls wollte sie versuchen, seinen Geschmack zu bilden. Er musste einsehen lernen, wie wohltätig eine harmonisch schöne Zimmereinrichtung auf den Geist des Menschen wirkt.

Franz beobachtete sie unbehaglich von der Seite. Ihr blasses, ernstes Gesicht gefiel ihm nicht. Er nahm sie in seine Arme und küsste sie. »Willst du unser erstes Alleinsein in unserem neuen Heim vertrotzen, Maus?«

Sie sah ihn an mit bangen Augen. »Ich trotze nicht, Franz.«

»Warum bist du dann so still?«

»Ich dachte daran, wie viel wir noch gegenseitig voneinander lernen müssen, bis wir uns richtig verstehen.«

Er lächelte. »So ist es recht, Maus. Wenn du das einsiehst und den guten Willen hast, dann wirst du dich bald zurechtfinden. Ich verspreche dir auch, nachsichtig zu sein, bis du eine tüchtige, kleine Hausfrau geworden bist.«

Es lag sehr viel von seines Vaters selbstgefälliger Art in dem Tone, in welchem er das aussprach. Hella sah daraus, wie falsch er sie verstanden hatte, vermied es aber, jetzt die Angelegenheit weiterzuführen. Mit einem leisen Seufzer machte sie sich sanft von ihm los und begann ihre Toilette etwas aufzufrischen. Die halbe Stunde war bald um.

Schnell entfernte sie von Gesicht und Händen den Reisestaub, ordnete das Haar ein wenig und band einen frischen Leinenkragen um das Halsbündchen ihres Reisekleides. Dann war sie fertig.

Franz sah nach der Uhr. »Es ist Zeit, Hella. Vater hält streng auf Pünktlichkeit.«

»Ich bin bereit, Franz. Erst sag mir aber schnell noch eines. Hat jenes Mädchen – Elsa heißt sie wohl – das geringste Recht auf dich gehabt? Ich meine, hast du ihr Veranlassung gegeben, dass sie sich auf eine Verbindung mit dir Hoffnung machte?«

Er küsste sie lachend. »Eifersüchtig – Närrchen? Sei unbesorgt, ich habe mich nie um sie gekümmert. Trotzdem sie mir noch immer schöne Augen macht, brauchst du sie nicht zu fürchten. Solange du vergnügt und so süß und reizend bist, wie bisher, wird dir keine Elsa gefährlich.«

»Nicht aus Eifersucht entsprang meine Frage. Es wäre mir nur schrecklich gewesen, einer anderen ihr Glück gestohlen zu haben.«

»Ach geh, sei nicht so sentimental! Elsa Kleefeld wird nicht am gebrochenen Herzen sterben, dazu ist sie viel zu wohlgenährt. Plag dich um mich nicht mit solchem Unsinn. Ich will eine fidele, lustige Frau haben, die mir das Leben angenehm macht, und keine Kopfhängerin, die über alles nachgrübelt, was nicht anders sein kann. Komm, gib mir schnell noch einen Kuss – und dann hinunter! Und nicht wahr, du lässt dir unten nichts merken, dass dir hier etwas nicht gefällt?«

»Wenn du es wünschest, werde ich darüber schweigen.«

Boßneck und seine Damen standen schon im Esszimmer hinter ihren Stühlen, als das junge Paar eintrat. Er sah auffällig nach der Uhr mit bedeutsamem Räuspern und setzte sich dann zuerst. Hella kam plötzlich die Lust an, bei der lächerlichen Gespreiztheit ihres Schwiegervaters laut aufzulachen, aber sie vermochte diesen Lachreiz noch rechtzeitig zu unterdrücken.

Als Frau Emilie die Suppe ausgeteilt hatte, fragte sie Beifall heischend: »Nun, liebe Helene, wie gefällt Ihnen Ihr neues Heim?«

»Sie haben sich viel Mühe gegeben, Mama«, antwortete die junge Frau ausweichend.

»Das macht nichts, ich arbeite gern. Hoffentlich halten Sie in allem gut Ordnung, damit meine Dienstboten nicht zu viele Zeit für Ihre Wohnung verwenden müssen.«

Hella sah sie erstaunt an. »Sie haben doch gewiss ein Mädchen für mich engagiert, wie ich Sie in meinem letzten Brief bat?«

»Nein, das habe ich nicht getan. Die Wohnung ist bisher stets mit von meinen Dienstboten in Ordnung gehalten worden, und daran wird nichts geändert werden. Wenn ich ein neues Mädchen gemietet hätte, so wäre das eine unnütze Ausgabe gewesen und für mich eine neue Mühe, bis ich sie angelernt hätte.«

»Natürlich hätte ich das selbst getan.«

Frau Emilie machte ein unglaublich geringschätziges Gesicht. »Das Experiment wäre mir wohl kaum zu Danke ausgefallen.«

»Aber das geht doch gar nicht, liebe Mama. Ich muss doch in meinem Haushalt eine Bedienung haben.«

»Wozu denn? Die Zimmer werden pünktlich von meinen Dienstboten gesäubert werden.«

»Aber in der Küche muss ich doch jemand zur Hand haben, der mir Wege besorgt, Gemüse putzt und Geschirr abwäscht. Kochen will ich gern allein, das schrieb ich Ihnen ja schon, aber es gibt außerdem noch manches für den täglichen Tisch zu besorgen.«

Frau Emilie verzog ihr Gesicht zu einer Art spöttischen Lächelns. »Ist alles nicht nötig, Helene. Sie teilen selbstredend Ihre Mahlzeiten mit uns. Da wir in einem Hause wohnen, wäre es doch Unsinn, einen getrennten Haushalt zu führen.«

Hella machte ein bestürztes Gesicht und sah zu ihrem Manne hinüber. »Wusstest du um diese Einrichtung, Franz?«, fragte sie beklommen.

Er machte ein verlegenes Gesicht. »Natürlich, Hella. Sprach ich dir nicht davon?«

»Nein – ich hätte dich sonst gebeten, deiner Mutter zu sagen, dass ich darauf nicht eingehen würde.«

Frau Emilie richtete sich kriegsbereit auf. »Warum nicht, wenn ich fragen darf?«

Hella sah sie ruhig an. »Weil ich selbst meinem Haushalt vorzustehen wünsche und meine Küche selbst führen möchte.«

Frau Emilie zuckte die Achseln. »Dazu ist Zeit, wenn Sie unter meiner Aufsicht gelernt haben, den Haushalt meines Sohnes zu führen, wie er es gewöhnt ist von seiner Mutter. Bis dahin fügen Sie sich meinen Anordnungen.«

Hella wollte etwas erwidern. Franz sah sie aber bittend an, und so unterdrückte sie, was sie entgegnen wollte.

Stumm und mechanisch nahm sie von den Speisen und überdachte ihre Lage.

Angenehm würde es gewiss nicht sein, jede Mahlzeit hier unten mit Menschen einnehmen zu müssen, die sie entschieden feindselig als Eindringling betrachteten. Der Bissen würde ihr im Munde quellen bei dieser Gewissheit. Musste sie sich wirklich darein fügen?

Man hat ihr die Wohnung eingerichtet, ohne von ihren Wünschen Notiz zu nehmen, man bestimmte über ihren Kopf hinweg, was in ihrem Haushalt geschehen, wo sie essen sollte. War es recht von Franz, ihr das zu verschweigen? Vorher hätte sie ihre Bedingungen stellen können – jetzt musste sie sich fügen. Zu welcher Art von Leben sollte sie hier verdammt werden, wer konnte verlangen, dass sie sich so willenlos in alles fügte, was man über sie zu bestimmen beliebte? Ein ehrlicher Zorn stieg in ihr empor. Sie nahm sich vor, Franz zu bitten, mit ihr lieber eine andere Wohnung zu beziehen, denn das führte gewiss zu nichts Gutem.

Sie fühlte, dass sie sich nicht immer so würde beherrschen können wie heute, dem sonderbaren Ton gegenüber, den man hier gegen sie anschlug.

»Geben Sie mir das Kompott herüber, Helene«, tönte da plötzlich die Stimme ihres Schwiegervaters in ihre rebellischen Gedanken hinein.

Sie schrak zusammen, reichte ihm das Gewünschte und fragte erstaunt: »Warum nennen Sie mich eigentlich immer Helene?«

»Wie soll ich Sie sonst nennen?«

»Hella.«

»Das werde ich nicht tun. Abkürzungen von Namen finde ich lächerlich.«

Nun musste Hella doch lachen. »Ich bin auf den Namen Hella getauft, es ist keine Abkürzung.«

»Aber Unsinn ist es dann«, rief Boßneck gebieterisch. »Sie werden von uns Helene gerufen werden. Hella sagt hier kein Mensch.«

Das ging denn doch über die Grenze von dem, was Hella ruhig ertragen konnte. Sie sah stolz und furchtlos zu dem alten Herrn hinüber. »Sie werden sich trotzdem dazu bequemen müssen, mir meinen Rufnamen zu lassen, da ich in Zukunft auf einen anderen nicht hören werde. Meinen Vatersnamen habe ich gegen den Ihren eintauschen müssen, aber nichts kann mich zwingen, den Rufnamen, den mir meine Eltern gegeben haben, zu ändern, weil er Ihnen nicht gefällt.«

Die ganze Familie Boßneck, Franz inbegriffen, sah mit staunendem Entsetzen auf die junge Frau, die es gewagt hatte, dem tyrannischen Oberhaupt der Familie einen Verweis zu geben und in diesem bestimmten Tone. Der Hausherr selbst schnappte einige Male nach Luft wie ein Karpfen, der auf dem Trocknen liegt. Sein Gesicht wurde blaurot, als müsste er ersticken. Dann schlug er mit der Faust auf den Tisch, dass es krachte, und schrie wütend, dass sich ihm die Stimme überschlug: »Ich bitte mir Respekt aus! Diesen Ton verbitte ich mir – verstanden?«

Hella war sehr blass geworden, sah ihm aber ruhig und unverwandt ins Gesicht. »Und ich möchte Sie bitten, nicht zu vergessen, dass ich eine Dame bin«, sagte sie bestimmt.

»Dame – was Dame? Sie sind ein Glied meiner Familie und mir Gehorsam schuldig.« Hella wollte etwas erwidern, aber ehe sie noch dazu kam, schrie er wütend: »Ruhe – ich dulde keinen Widerspruch in der Familie, am wenigsten von den Frauensleuten!«

Hella sah sich langsam im Kreise um. Die beiden Frauen saßen mit niedergeschlagenen Augen da und wagten nicht aufzusehen. Franz hatte einen roten Kopf, sagte aber kein Wort zur Verteidigung seiner Frau. Sie sah ein, dass man sie verurteilte wegen ihres Widerspruchs und das Benehmen ihres Schwiegervaters in Ordnung fand. Er schien einen grenzenlosen Despotismus auszuüben.

Waren die beiden Frauen deshalb so stumpf und blöde geworden, weil sie immer unterdrückt worden waren wie unzurechnungsfähige Geschöpfe? Das durfte sie nicht auch über sich ergehen lassen, hier hieß es, sich wehren von Anfang an, sonst war sie in kurzer Zeit ebenfalls zur Sklavin herabgewürdigt.

Sie erhob sich von ihrem Platz, schob den Teller zurück und wandte sich der Türe zu.

»Was soll das heißen? Wozu laufen Sie fort?«, rief er ihr wütend nach.

Sie wandte ihm ihr blasses, aber ruhiges Gesicht zu. »Sie gestatten, dass ich mich zurückziehe, bis sich Ihr Zorn gelegt hat. Wenn ich Ihnen Respekt erweisen soll, darf ich nicht mit ansehen, wie Sie außerstande sind, sich selbst zu beherrschen.«

Damit ging sie zur Tür hinaus und begab sich in ihre Wohnung. Müde warf sie sich in einen Sessel und überdachte ihre Lage.

Unten im Speisezimmer aber herrschte nach ihrer Entfernung eine Weile atemloses, erstarrtes Schweigen. Endlich warf Ernst Boßneck Messer und Gabel hin, dass sie weit über den Tisch flogen, und sprang auf. Wie ein Wütender tobte er im Zimmer hin und her und fuhr wild mit den Händen in der Luft herum. Einer der von der ganzen Familie gefürchteten Wutausbrüche machte sich Luft.

»Mir das – mir das von dieser Person!«, schrie er seinem Sohn ins Gesicht, und eine Flut von Vorwürfen ergoss sich über dessen Haupt.

Franz erwiderte kein Wort, er wusste, dass sein Vater sich am besten beruhigte, wenn man ihn austoben ließ. Er war ärgerlich auf Hella, dass sie durch ihren Widerspruch diese Szene hervorgerufen hatte. Das konnte ja äußerst gemütlich werden, wenn sie nicht Vernunft annahm! Er musste gleich nachher ein ernstes Wort mit ihr sprechen.

Sein Vater beruhigte sich endlich wieder, setzte sich an den Tisch und aß ruhig weiter. Das Roastbeef war gar zu saftig und rosig, er sah nicht ein, weshalb er sich durch diese renitente Person im Genuss desselben stören lassen sollte. Er würde ihr den Widerspruchsgeist schon noch austreiben, dafür kannte er sich gut genug.

»Das sage ich dir«, knurrte er seinem Sohne zu, »hier musst du von Anfang an die Zügel straff ziehen, sonst bist du unter dem Schlitten. Ich verlange von dir, dass du dir deine Frau so erziehst, wie es sich in einer soliden Familie ziemt. Das Weib muss gehorchen lernen – ohne Widerrede. Ich muss dich ernstlich ersuchen, mir in Zukunft solche Szenen zu sparen, denn ich habe nicht Lust, mir meine Mahlzeiten zu verärgern.«

Franz wagte nun doch ein Wort der Entschuldigung für Hella. »Beruhige dich nur, Vater. Hella war gereizt, weil du ihr ihren Namen vorenthalten wolltest.«

»Komm du mir auch noch mit dem Quatsch! – Hella! Lächerlich – hab' den Namen mein Lebtag nicht gehört. Das ist auch so ein moderner Auswuchs, die Namen in verrückter Weise zu verstümmeln und zu verdrehen. Na – meinetwegen mag sie sich nennen, wie sie will, ich rufe sie nicht so. Wenn ihr der Name Helene nicht passt, nenne ich sie einfach Frau Schwiegertochter – basta. Aber diesen Ton von ihr lasse ich mir nicht ein zweites Mal gefallen – bringe ihr das bei.«

»Ich werde es, Vater.« Damit ging Franz in seine Wohnung hinauf. Hella saß noch immer wie erstarrt in ihrem Sessel und sagte kein Wort, als ihr Mann eintrat.

Er ging einige Mal im Zimmer auf und ab, sie verstohlen von der Seite betrachtend. Endlich bleib er vor ihr stehen.

»Dein Debüt ist äußerst glänzend ausgefallen, Hella! Diesen Eklat hättest du vermeiden sollen. Ich muss dich ernstlich bitten, in Zukunft meinem Vater gegenüber einen anderen Ton anzuschlagen. Er verträgt nun einmal keinen Widerspruch.«

Sie sah ihn verwundert an. Fest überzeugt, dass er innerlich ihre Partei genommen hatte, wenn er auch aus Rücksicht für seinen Vater schwieg, sah sie sich durch diese Worte eines anderen belehrt. »Du kannst doch im Ernst nicht verlangen, dass ich mir ruhig diese – sagen wir unhöfliche Art deines Vaters gefallen lassen soll. Wenn er mir anständig entgegenkommt, soll er sich nicht über mich zu beklagen haben. Tyrannisieren lasse ich mich jedoch nicht.«

»Sei doch nicht so empfindlich. Wir fügen uns doch alle.«

»Und steigert damit den Despotismus deines Vaters ins Unendliche. Deine Mutter und deine Schwester scheinen mir bedauernswerte Geschöpfe zu sein, wenn sie sich eine derartige Behandlung ruhig gefallen lassen.«

»Bei uns gelten eben noch die guten alten Sitten«, sagte er streng. »Das Weib soll dem Manne untertan sein.«

Sie sah ihm forschend ins Gesicht. »Soll das heißen, dass auch du den Standpunkt deines Vaters teilst?«

»Im gewissen Sinne, ja. Du wirst mir zugeben, dass ich bisher dir gegenüber von meinem Herrenrecht noch keinen Gebrauch gemacht habe, und ich hoffe, du zwingst mich nicht dazu, es geltend zu machen. Gehorsam verlange auch ich von meiner Frau, wenn ich in die Lage kommen sollte, befehlen zu müssen. Es wird von dir abhängen, ob du meine Bitten erfüllst, dann brauche ich sie nicht in Befehle verwandeln.«

»Vernünftigen Wünschen gegenüber wirst du mich immer fügsam finden«, sagte sie leise.

»Das will ich hoffen. Ich bitte dich also, meinem Vater in Zukunft anders zu begegnen. Wir sind von ihm abhängig und wohnen in seinem Hause, also müssen wir Rücksichten gelten lassen.«

»Solange dein Vater die Formen einfachster Höflichkeit nicht außer Acht lässt, soll er sich nicht über mich zu beklagen haben. Darüber hinaus kann ich dir nichts versprechen.«

»Du bist ein Trotzkopf.«

Sie fasste nach seiner Hand. »Sag das nicht, Franz – nie habe ich gegen vernünftiges Wesen getrotzt. Aber ich bin ein freier Mensch, kein Sklave, und wenn ich mich beugen soll, muss ich es aus Überzeugung tun.«

»Kannst du nicht mir zuliebe ein wenig nachgiebiger sein? Auf diese Weise machst du mir das Vaterhaus zur Hölle.«

Sie stand auf und umschlang ihn mit den Armen. »Ich will tun, was ich vermag, dir zuliebe«, sagte sie weich und zärtlich.

Er zog sie fest an sich und küsste sie. »So ist es recht, Maus.«

Sie umfasste seinen Hals und lehnte ihre weiche, glühende Wange an die seine. »Franz – müssen wir wirklich unbedingt bei deinen Eltern wohnen? Ich muss dir gestehen, seit ich weiß, wie unwillkommen ich ihnen bin, fürchte ich mich vor dem Leben in diesem Hause. Deine Mutter lässt mir hier gar keinen Wirkungskreis. Ich hatte keine Ahnung, dass wir auch alle Mahlzeiten gemeinsam einnehmen würden, glaubte, wir lebten hier oben unser Leben für uns. Wir gehören uns ja selbst nicht an, wenn wir stetig mit deinen Eltern zusammen sein müssen. So hatte ich es mir nicht gedacht, so hast du es mir auch nicht dargestellt, sonst hätte ich im Voraus dich gebeten, das zu ändern. Was soll ich denn hier im Hause, wenn alles deine Mutter tut?«

»Mich beglücken, Maus, mein süßes Frauchen sein, mir die Langeweile fortplaudern.«

»Ach, Franz, das ist für Mußestunden ganz schön. Du bist aber doch viel im Geschäft, ich muss doch etwas haben, womit ich mein Leben ausfüllen kann. Sei gut, lieber, bester Mann, lass uns eine andere Wohnung nehmen.«

Er wurde ärgerlich. »Das ist doch Unsinn, Hella. Wegen einer Laune von dir kann ich doch nicht plötzlich alle Bestimmungen umwerfen. Daran ist nicht zu denken.«

»Franz, mir ist so bange um unser Glück, wenn wir hierbleiben.«

»Das ist das Neue, Ungewohnte. Wirst dich schon hineinfinden mit der Zeit. Mach' mir das Leben nicht schwer, denn dazu hab' ich mir doch keine Frau genommen, das hätte ich mit Elsa Kleefeld auch haben können.«

»Franz!«

»Nun ja – es ist doch wahr. Willst du das harmlose Wort auch schon wieder übelnehmen?«

Sie schüttelte stumm den Kopf, und ein beklommener Seufzer entstieg ihrer Brust.

Er küsste sie auf die Wange.

In diesem Augenblick trat seine Mutter ein. Verlegen erhob er sich und schob Hella von sich. Es war ihm unangenehm, dass ihn seine Mutter in dieser zärtlichen Situation überraschte. Die alte Dame sah finster und kalt auf das junge Paar. »Wollen Sie mir die Schlüssel zu Ihren Kisten geben, Frau Schwiegertochter. Es wird Zeit, dass sie ausgepackt werden.«

»Hat das nicht bis morgen Zeit, Mama? Ich bin so müde heute, wir sind seit fünf Uhr morgens unterwegs.«

»Ich brauche Sie nicht dabei, Berta wird mir helfen.«

»Ich möchte Ihnen diese Mühe ersparen.«

»Darauf kommt es nicht an. Jedenfalls müssen die Kisten heute ausgepackt und die Sachen alle gleich an Ort und Stelle untergebracht werden, damit nun endlich Ordnung wird.«

»So werde ich selbst dafür sorgen. Ich kann unmöglich zugeben, dass Sie sich noch weiter bemühen. Schicken Sie mir, bitte, eines Ihrer Dienstmädchen herauf, damit sie mir behilflich sein kann.«

»Die Mädchen haben jetzt keine Zeit, wir können das sehr gut selbst tun. Wenn Sie müde sind, lassen Sie sich nur nicht stören.«

»Nein - nein, ich komme selbst mit hinüber. Es ist besser, wenn alles gleich am richtigen Platz untergebracht wird.«

»Dafür werde ich schon Sorge tragen, das überlassen Sie ruhig mir.«

Hella biss sich auf die Lippen. Also auch ihr persönliches Eigentum sollte nach der Schablone ihrer Schwiegermutter hier eingeschachtelt werden! Das würde ja äußerst interessant sein. Aber schließlich war es auch einerlei, wo all ihre reizenden Kunstgegenstände, ihre Nippes und Bilder hier untergebracht würden. Wie Fremdlinge würden sie sich doch ausnehmen in der kalten, nüchternen Umgebung, ebenso, wie auch sie ein Fremdling bleiben würde in diesem Hause.

Während sie ging, um die Schlüssel zu holen, dachte sie an ihren Vater. Eine heiße, brennende Sehnsucht nach ihm erfasste sie. O – nur einmal einen Augenblick ihren Kopf an seine Brust legen dürfen, nur einmal Mut und Trost einsprechen lassen können. Was hätte wohl ihr gütiger Vater gesagt, wenn er Zeuge gewesen wäre von dem Empfang, der ihr hier zuteilgeworden? Wie würde er sich erstaunt und entsetzt hier in diesen schrecklichen Räumen umblicken, in denen alles von der kalten, engherzigen Art der Bewohner zeugte! Und Sven? – Wie würde er die Stirn finster drohend zusammenziehen, wenn er ahnte, wie ihr Schwiegervater sich ihr gegenüber benommen hatte? Er hätte nicht so ruhig dabeigesessen, wie ihr Mann, das war sicher.

Aber ein Glück war es, dass die beiden Männer, die Hella so herzlich liebten, jeder auf seine Art, nicht hierher sehen konnten! Es wäre noch viel schlimmer gewesen. So litt sie allein.

Emilie Boßneck wandte sich inzwischen an ihren Sohn. »Vater erwartet dich um vier Uhr in der Fabrik. Du wirst bis dahin nicht viel Zeit mehr haben.«

»Es ist gut, Mutter, ich werde pünktlich kommen.«

»Deiner Frau scheint es nicht zu passen, dass ich hier oben nach dem Rechten sehe. Darein muss sie sich aber fügen, was sollte sonst aus der Wirtschaft werden?«

»Meine Frau wird dir dankbar sein, Mutter, wenn sie erst einsieht, wie gut du es meinst. Du wirst sie bald gelehrt haben, wie alles angefasst werden muss. Dann kann sie ja selbst ihren Hausstand leiten.«

Frau Emilie rückte einen Sessel zurecht, der nicht genau auf dem bestimmten Platz stand. »So schnell geht das nicht. Der Hang zur Unordnung ist schwer zu unterdrücken. Sieh, da liegen die Handschuhe deiner Frau mitten auf dem Tisch, die Decke ist schief gerückt und die Stühle stehen mitten im Zimmer. Es wird recht schwerhalten, ihr beizubringen, was sein muss.«

»Verliere nur die Geduld nicht. Hella ist ohne Mutter aufgewachsen, sei ein bisschen nachsichtig mit ihr.«

»Mit Nachsicht kommt man da nicht weit.«

Hier trat Hella mit den Schlüsseln wieder ein. Ihre Schwiegermutter stellte mit großem Nachdruck die schwer geschädigte Ordnung im Zimmer wieder her und reichte Hella ihre Handschuhe.

»Für Hüte und Handschuhe ist dieser Schrank bestimmt, Frau Schwiegertochter. Bitte, lassen Sie nichts herumliegen, sondern legen Sie alles gleich auf seinen bestimmten Platz. Nur so ist Ordnung zu halten.«

Hella nahm ihr stumm die Zeugen ihrer Unordnung aus der Hand und legte sie in ein Schubfach des Schrankes.

»Ich gehe jetzt hinunter, um Berta zu holen. Wenn wir hier heraufkommen, wollen wir sofort beginnen.«

Hella neigte nur stumm den Kopf, und als ihre Schwiegermutter hinaus war, trat sie ans Fenster. Es ging nach dem

Garten hinaus. Dieser sah in der herbstlichen Stimmung kahl und nüchtern aus, wie alles hier im Hause. Die junge Frau schauerte zusammen. Sie hatte so viel niederzuzwingen in der freudlosen, fremden Umgebung. Und dabei blieb ihr nicht einmal der Trost, ihren Mann auf ihrer Seite zu haben. Sie fühlte, dass eine Entfremdung zwischen ihr und Franz bereits Platz gegriffen hatte, und ein dumpfes Bangen für die Zukunft erfüllte sie. Noch war der erste Monat ihrer Ehe nicht ganz zu Ende, und schon riss der rosige Schleier, der über die nüchterne Alltäglichkeit gebreitet war. Sie wehrte sich gegen das Gefühl der grausamsten Enttäuschung, das in ihr aufsteigen wollte. Mit banger Hast schob sie den Gedanken von sich, dass ihr Mann ein ganz anderer war, als sie in ihrem jauchzenden Glücksgefühl geglaubt hatte. Es durfte nicht sein, dass ihr sein Wesen fremd und unverständlich wurde – was sollte sonst aus ihr werden! Gewiss lag die Schuld zum großen Teil an ihr selbst.

Ihre fein empfindende Seele litt unsagbar unter diesem Zwiespalt in ihrem Innern, aber sie war ein tapferer Mensch. Sie nahm sich zusammen und schalt sich selbst aus.

War es nicht unsinnig von ihr, sich durch Äußerlichkeiten die Daseinsfreude verderben zu lassen? Sie hatte sich ihrem Manne zu eigen gegeben, nun musste sie sich auch den Verhältnissen anzupassen versuchen, die von ihm untrennbar waren.

Das gereizte, unfreundliche Wesen ihrer Schwiegereltern war doch am Ende nur darauf zurückzuführen, weil sie schuld daran war, dass Franz nicht die ersehnte Schwiegertochter ins Haus führte. Vielleicht wurde alles gut, wenn man sich erst besser kannte. Es war doch unklug von ihr gewesen, ihren Schwiegervater zu reizen. Was lag daran, mit welchem Namen man sie hier rief. Sie hätte nicht gleich so kampfbereit auftreten sollen, dann wäre die hässliche Szene nicht auf die Spitze getrieben worden.

Es war gar nicht zu verwundern, dass Franz verstimmt war und ihre Partei nicht nehmen wollte.

So redete sie sich selbst ins Unrecht, und ein Unrecht einsehen und es gutzumachen versuchen, war eins bei ihr.

Sie sah sich nach Franz um. Er stand am anderen Fenster und sah ebenfalls missmutig hinaus. Schnell huschte sie an seine Seite, hängte sich in seinen Arm und sah bittend zu ihm auf. »Franz!«

Er wandte den Kopf und sah sie an. »Was willst du, Hella?«

»Verzeihe mir, Franz, dass ich dir Ärger bereitet habe. Ich hätte auf dich mehr Rücksicht nehmen sollen. In Zukunft will ich mir Mühe geben, ruhig und freundlich zu bleiben, auch wenn man mich kränkt. Dir zuliebe will ich mich fügen, so gut ich kann. Bist du mir nun wieder gut?«

Er zog sie an sich heran und sah lächelnd in ihr liebes, holdes Gesicht. Sie war doch ein süßer, lieber Kerl, es lohnte sich schon, einige Unannehmlichkeiten in den Kauf zu nehmen. Noch übte ihre reizende Persönlichkeit Zauber genug auf ihn aus, um ihn zu ihren Gunsten umzustimmen. Dass er diese Frau nicht verstand mit ihrer ganzen liebenswürdigen Eigenart, ahnte er nicht. Seine Liebe galt ihrem bestrickenden Äußern, von dem Reichtum ihrer Seele wusste er nichts. Er hätte auch nichts damit anzufangen gewusst. Er wollte eine Frau haben, die ihn durch ihre Schönheit und durch lustiges Plaudern über die graue Nüchternheit seiner Tätigkeit hinwegtäuschte, die immer bereit war zum Scherzen und zärtlichen Tändeln, so oft ihm der Sinn danach stand, und die ihn sonst in keiner Weise in seiner Bequemlichkeit hinderte.

Dass Hella etwas ganz anderes von ihrer Ehe erwartete, war ihm unbekannt und würde ihm unverständlich gewesen sein. Er küsste sie auf die Wange. »Wenn du so lieb bist, Schatz, dann muss ich dir wohl gut sein. Ich bin froh, dass du selbst zur Vernunft kommst. Gib dir nur ein bisschen Mühe, dann wird schon alles gut gehen. Vor allem widersprich meinem Vater nicht wieder. Lass ihn reden, wenn er böser Laune ist, dann lässt er dich bald in Ruhe. – Aber nun muss ich hinüber in die Fabrik, Herzblatt. Leb' wohl, und wenn ich heute Abend heimkomme, will ich ein heiteres Gesicht sehen.« Er küsste sie nochmals, und sie nickte ihm lächelnd zu. Aber ganz leicht war ihr das Lächeln doch nicht geworden.

Frau Emilie Boßneck trat steif und unnahbar in das Zimmer, in dem Hellas Kisten aufgestapelt waren. Hella folgte ihr, fest entschlossen, alles über sich ergehen zu lassen. Auch durch Bertas mürrisch herabgezogene Mundwinkel ließ sie sich nicht beirren.

Die erste Kiste wurde aufgeschlossen. Sie enthielt Hellas Wäsche. Prüfend ließ Frau Emilie ihre Augen über die zierlich geordneten Pakete gleiten. Die feinen Stickereien und Spitzen an der Leibwäsche erregten bald ihren lebhaften Unwillen. Das hatte eine Unsumme Geld gekostet und würde sicher nicht lange halten.

»An diesen Sachen werden Sie nicht viel Freude erleben, Frau Schwiegertochter. Man sieht, dass Sie keine Mutter zur Seite hatten, die mit ihrer Erfahrung das Richtige wählte.«

Hella sah sie lächelnd an. »O, die Stoffe sind sehr haltbar. Ich trage dieselbe Wäsche seit Jahren.«

»Die Stoffe mögen wohl angehen, wenn sie auch für die Hälfte Geld noch haltbarere gefunden hätten, aber diese feinen Stickereien und Spitzen reißen nach wenigen Wäschen wie Zunder. Meine Tochter und ich tragen an allen Wäschestücken nur selbstgehäkelte Spitzen. Die sind am dauerhaftesten und – am billigsten.«

»Aber die mühselige Arbeit, solche Spitzen selbst herzustellen!«

»Ob man die Hände in den Schoß legt oder seine Mußestunden mit dieser durchaus nicht mühseligen Arbeit nützlich ausfüllt, ist einerlei.«

»Papa hat es nie gelitten, dass ich häkelte, er kann es nicht leiden.«

»Männer verstehen davon natürlich nichts.«

»Ist es nicht auch unbehaglich, solche Spitzen zu tragen? Mir scheint, sie müssten zu sehr reiben.«

»Das ist Einbildung. Wenn man weiches Garn nimmt, reiben sie gewiss nicht. Jedenfalls können Sie bald anfangen, Ersatz für diese Spitzen zu häkeln, denn sie müssen sicher sehr bald erneuert werden.«

»Dann kann man ja neue Stickereien ansetzen lassen.«

Frau Emilie legte energisch einen Stoß Nachthemden vor sich hin, den sie eben der Kiste entnommen hatte, und sah Hella streng an. »Lassen? Ich hoffe, dass Sie Ihre Wäsche selbst ausbessern werden, wie es einer ordentlichen Hausfrau zukommt. In meinem Hause ist es so üblich, und Sie werden es auch so halten.«

Hella schluckte tapfer ihre Verstimmung über den zurechtweisenden Ton hinunter. »Vorläufig ist ja alles in Ordnung. Wenn es erst so weit ist, dann kann ich mich ja damit befassen.«

»Das will ich hoffen. Wie haben Sie es denn zu Hause damit gehalten?«

»Wir haben von Zeit zu Zeit eine Näherin gehabt, die alles in Ordnung brachte. Man zahlt nur wenig dafür und ist einer zeitraubenden Arbeit enthoben.«

»Was haben Sie aber dann um Himmels willen den ganzen Tag mit Ihrer Zeit angefangen?«

Hella blickte träumerisch lächelnd vor sich hin. »O, ich hatte viel zu tun, meine Tage waren ausgefüllt ohne Rest. Papa und Herr Andersen haben dafür gesorgt, dass mir die Zeit nicht lang wurde.«

Emilie Boßneck zuckte die Achseln. Das waren gewiss lauter Nichtigkeiten, mit denen ihre Schwiegertochter die Zeit vertändelt hatte.

Sie reichte ihrer Tochter ein Wäschebündel. »Hier, Berta, trage dies in den Wäscheschrank hinüber. Oben links, das erste Fach.«

Sie selbst bepackte sich ebenfalls mit Wäsche und folgte ihrer Tochter, es Hella überlassend, ihr zu folgen oder nicht.

Die junge Frau ergriff nun gleichfalls einen Stoß Wäsche und trug ihn hinüber. Sie und Berta schleppten dann die übrige Wäsche herbei, und Frau Emilie ordnete sie nach ihrem System.

Als alle Wäsche untergebracht war, wurde die zweite Kiste geöffnet. Sie enthielt Hellas Nippsachen. Die junge Frau packte ein Stück nach dem anderen aus und reichte es sorgsam den beiden Frauen hin. Wehmütig dachte sie daran, wie ganz anders sie sich beim Einkaufen dieser reizenden Sächelchen ihr Heim gedacht hatte.

Wie sonderbar würde sich das wundervoll zarte Kopenhagener Porzellan in der nüchternen Umgebung ausnehmen! Und diese englischen Vasen mit den entzückenden feinen Reliefs auf dunklem Grunde, die zierlichen Pariser Bronzen und die originellen Fayenceplatten persischen Ursprungs – wie würden sie deplaziert erscheinen in dem nüchternen Rahmen! Zum Weinen war es. Ihre Schwiegermutter trug mit missbilligenden Blicken eine dieser kostbaren Kleinigkeiten nach der anderen in die Zimmer hinein und stellte sie mit einer an Vandalismus grenzenden Gleichgültigkeit auf. Freilich, den rechten Platz hätten sie hier auch nirgends gefunden.

Vorsichtig löste Hella die Verpackung. Ein Gipsabguss ihrer Hand von Sven Andersen kam zum Vorschein.

Berta kreischte laut auf, als sie die weiße Hand erblickte.

»Was ist denn das?«, fragte ihre Mutter, gleichfalls entsetzt auf die Gipshand starrend.

Hella hob den Gegenstand frei empor und hielt ihn den beiden Frauen hin. »Meine Hand ist's.«

»Ihre Hand?«

Mutter und Tochter sahen sprachlos auf die wundervolle Nachbildung der schönen Mädchenhand.

Hella musste lachen, laut und herzlich. Wenn ihr Leben davon abgehangen hätte, sie hätte dies Lachen nicht unterdrücken können beim Anblick der beiden entsetzten Frauengesichter.

Sie hielt ihre Hand dicht neben die Gipshand und hielt beide den Frauen hin. »Bitte, überzeugen Sie sich. Es ist wirklich eine Abbildung meiner Hand.«

Frau Emilie richtete sich steif empor. »Ihr Vater hat sie wohl nachgemacht?«

»Nein, Herr Andersen.«

Berta kreischte nochmals auf. »Sie haben wohl gar Modell gestanden!«, rief sie erschauernd.

Hella sah sie erstaunt an. »Ich weiß nicht, was Sie darunter verstehen, liebe Berta. Natürlich ist diese Hand nach der meinen modelliert. Auch hat Herr Andersen meine Hand für sein neuestes Werk kopiert. Wenn Sie das ›Modell stehen‹ nennen, dann habe ich's allerdings getan. Gewöhnlich versteht man etwas anderes darunter. Es ist nichts Seltenes, dass Damen ihren Kopf oder ihre Hände von einem Bildhauer modellieren lassen, mein Vater hat manchen derartigen Auftrag ausgeführt.«

»Gottlob, dass solche Sitten nicht bei uns eingeführt sind – ich könnte mich nicht dazu verstehen«, erklärte Frau Emilie mit unnachahmlichem Achselzucken.

»Ich auch nicht«, echote Berta mit überzeugendem Ausdruck.

Hella sah die beiden lächelnd an. Ob wohl eine von den beiden Frauen einen Bildhauer in Versuchung zu führen vermocht hätte? Schwerlich hätte es einen gelüstet, diese reizlosen Züge nachzubilden oder diese kurzen, hageren Hände mit den plumpen Fingerkuppen.

Behutsam trug Hella die Gipshand selbst hinüber und legte sie auf einen sicheren Platz. Es war, als habe ein heimatlicher Gruß ihr Herz gestärkt und erhoben, seit sie die Hand ausgepackt hatte. Leise und sanft legte sie ihre heiße Wange einen Moment darauf und schloss die Augen.

Und da war ihr, als sehe sie Sven vor sich, wie er ängstlich forschend nach ihr hinsah, als wollte er fragen: »Bist du glücklich? So will ich es auch sein.«

Sie richtete sich langsam auf und strich sich wie besinnend über Stirn und Augen.

Fort mit den Gedanken an Sven Andersen! Sie durfte ihnen nicht nachhängen, es war nicht gut. Am wenigsten in der trüben Stimmung dieses Tages. Schnell ging sie wieder hinüber, um in der Arbeit alles Grübeln zu ersticken.

Das Geschäft des Auspackens wurde nun eine lange Zeit in tiefem Schweigen fortgesetzt. Die nächste Kiste enthielt Bilder. Frau Emilie hängte diese gleich selbst an die Wände. Mit Hammer und Nägeln bewaffnet, kletterte sie auf der Leiter herum, und wo sie gerade Platz fand, wurde ein Bild aufgehängt. Die Hauptsache war ihr, dass die Rahmen schön symmetrisch zueinanderpassten. Dass dabei die haarsträubendsten Fehler gemacht wurden, nahm Hella schon gar nicht mehr wunder. Es wurde ebenso wenig Rücksicht darauf genommen, ob die Bilder richtig beleuchtet wurden, als darauf, ob sie in der richtigen Augenhöhe ihren Platz bekamen.

Auf den geschmacklos bunten Tapeten kamen sie natürlich überhaupt nicht zur Geltung. Hella sah mit unbeschreiblichen Gefühlen von einem der Kunstwerke zum anderen. Musste sie denn wirklich stillschweigend das alles mit ansehen, konnte man wirklich von ihr verlangen, dass sie das täglich vor Augen haben sollte, ohne sich dagegen aufzulehnen? War sie gezwungen, nun ewig in dieser Umgebung zu leben? Sie hätte klaglos das bescheidenste Los auf sich genommen, um dem Manne ihrer Liebe folgen zu können, und wäre dabei glücklich gewesen. Dieses Haus jedoch, dessen Einrichtung sicher Geld genug gekostet hatte, kam ihr vor wie ein Mensch ohne Seele.

Wenn sie nur wenigstens eines von all den Zimmern hätte nach ihrem Geschmack einrichten dürfen, damit sie doch ein Winkelchen hätte, wo sie sich behaglich fühlen konnte. Nur einige Harmonie um sich verbreiten zu dürfen, ein Fleckchen zu haben, wohin sie sich mit ihrem sensitiven Schönheitsdurst hätte flüchten können! Zum Beispiel das schmale Zimmer, wo die Kisten aufgestapelt waren. Es konnte doch keine wichtige Bestimmung haben.

Die Tapete darin war zu billig, viel billiger als wie in den anderen Räumen, man hatte sicher keinen Wert daraufgelegt und dem Tapezierer freie Hand gelassen, gerade deshalb aber war es die geschmackvollste in der ganzen Wohnung, eine helle, sandfarbige Streifentapete mit einem Ton dunkler gehaltenen Linien.

Wenn man ihr dies Zimmerchen wenigstens nach eigenem Geschmack würde einrichten lassen! Ob sie es versuchte, ihre Schwiegermutter darum zu bitten?

»Was ist denn in dieser letzten Kiste?«, fragte Frau Emilie in ihre zagenden Gedanken hinein.

Hellas Augen leuchteten auf. »Das Schönste und Kostbarste, was ich habe, ein herrliches Kunstwerk.«

»So –«, sagte die alte Dame gedehnt, »na, ich weiß wirklich kaum noch, wohin mit diesen sogenannten Kunstwerken. Ein bisschen viel Krimskrams haben Sie sich angeschafft.«

»Es ist aber alles nicht so schön, als das, was ich hier habe.«

»Ist es wirklich so kostbar?«

»Für mich von unschätzbarem Wert. Herr Andersen hat es mir zur Hochzeit geschenkt.«

»Na, Millionen wird der auch nicht gerade zu verschenken haben.«

Hella lächelte nur und öffnete die Kiste. Sie war felsenfest davon überzeugt, dass die beiden Frauen ihre geringschätzigen Mienen vergessen würden beim Anblick von Svens »Mädchen mit Perle«.

Schweigend hob sie mit Bertas Hilfe die schwere Marmorstatue aus der Kiste, entfernte erst sorgsam alle Strohhalme von dem Leinentuch, welches die Gestalt umhüllte und nahm dann auch dieses weg.

Tiefes Schweigen.

Hella sah entzückt auf die herrliche Mädchengestalt und hob dann beifallheischend ihr strahlendes Auge empor.

»Wundervoll, einzig schön, nicht wahr? Ist das nicht –«

Die Rede stockte ihr auf den Lippen. Mit gehässig und

verächtlich verzogenen Gesichtern standen Mutter und Tochter da und starrten auf das schöne Mädchen. Durch den gelblichen Marmor schimmerte das Licht in belebenden Tönen, so dass die Gestalt fast lebend erschien. Hella glitt sanft mit den Händen über den vorgeneigten Kopf der Statue und erhob sich langsam.

Da fand Frau Emilie ihre Sprache endlich wieder. »Sie wollen doch um des Himmels willen das da nicht in Ihrer Wohnung aufstellen?«, fragte sie mit einer verächtlichen Handbewegung.

»Warum denn nicht?«, fragte Hella dagegen.

»Das fragen Sie noch? Aber begreifen Sie denn nicht, dass Sie so etwas nicht zeigen können? Sie müssten sich doch schämen, dass Sie so etwas überhaupt um sich dulden!«

Hella strich über ihre Stirn, als wollte sie etwas fortwischen, und langsam stieg tiefe Röte in ihr Gesicht. Sie schämte sich schon jetzt, schämte sich in die kleinlichen Seelen dieser Frauen hinein, die es wagten, dieses Kunstwerk zu beleidigen. Das Herz tat ihr weh, dass es Menschen gab, die so niedrig empfanden. Wenn ihre Frau Liebentrut in ihrer komischen Weise über die »Steinpuppen« räsonierte, hatte sie lachen können, denn die alte Frau war ungebildet und schalt mehr gewohnheitsmäßig. Bertas und ihrer Mutter Art jedoch brachte Hella außer sich vor Empörung.

Langsam breitete sie, wie schützend, die Hülle wieder über den Marmor.

Plötzlich kam ihr ein erlösender Gedanke. »Wollen Sie mir eine Bitte erfüllen, Mama? Sie liegt mir sehr am Herzen, und die Erfüllung wird Ihnen leicht sein.«

Frau Emilie sah sie mit verkniffenem Gesicht fragend an. »Was wünschen Sie?«

»Zuerst eine Frage. Welche Bestimmung hat das Zimmer hier?«

»Es soll später einmal das Kinderzimmer werden.«

»Dann ist es vorläufig überflüssig. Bitte, überlassen Sie

es mir. Ich werde all den »überflüssigen Krimskrams« hier hereinstellen, auch diese Statue, damit niemand Ärgernis daran nimmt. Ich würde mir das Zimmer zu meinem persönlichen Gebrauch einrichten. Bitte, erlauben Sie mir das.«

Frau Emilie Boßneck überlegte eine Weile. Es war schließlich am besten so. Man wurde auf diese Weise in den anderen Zimmern die unnützen Staubfänger los, und vor allem wurde das entsetzliche Marmorbild unschädlich gemacht. Diese Künstlerstochter war ja imstande, so etwas im Besuchszimmer aufzustellen, wo es von den Bekannten der Familie gesehen werden konnte.

»Meinetwegen mögen Sie es tun. Es fehlen aber noch die Möbel für dies Zimmer.«

»Wenn Sie gestatten, schreibe ich meinem Vater, dass er mir von Berlin das Nötige schickt. Viel braucht es ja nicht zu sein.«

»Wie Sie wollen. Ich lasse gleich heute Abend noch die Kisten hinausschaffen, dann kann alles, was hier Platz finden soll, einstweilen hineingestellt werden.«

Hella war überglücklich, dass sie das erreicht hatte. Nun konnte sie sich wenigstens dies Winkelchen behaglich machen. Ein Schmuckkästchen sollte es werden, eine Isola bella in diesem Meer von Geschmacklosigkeit.

Gleich nachher wollte sie ihren Vater bitten, ihr das Nötige an Möbeln und Teppichen zu schicken. Er durfte natürlich nicht wissen, dass Hella dieser Sachen bedurfte, um sich ein einziges wohnliches Zimmer zu schaffen. Das eine stand fest bei ihr: Solange sie es verhindern konnte, durfte ihr Vater nicht hierherkommen. Erst musste sie sich wenigstens eine günstigere Stellung geschaffen haben. Ihr Vater durfte nicht wissen, welche Stellung man ihr hier anwies. Er hätte sich namenlos um sie gesorgt und gebangt und konnte doch nicht helfen.

Sie schrieb einen ganz fröhlichen Brief nach Hause, bestellte die gewünschten Sachen, erzählte viel Nebensächliches mit heiteren Worten, erkundigte sich nach Sven, nach Frau Liebentrut und nach dem Befinden ihres Vaters. Und während sie so schrieb, wurde ihr das Herz wieder schwer und schwerer. Schließlich legte sie die Feder aus der Hand, barg das Gesicht in den Händen und weinte.

Sehnsuchtsvoll dachte sie an daheim. Warum war sie nicht dort geblieben, wo der rechte Boden für ihr Gedeihen war? Hier musste sie verkümmern und verwelken, sie fühlte es mit Sicherheit. Sie glich einer Pflanze, die man in ungünstiges Erdreich gesetzt hatte, sie würde gleich einer solchen verdorren – auf falschem Boden.

Mehr als sechs Monate waren vergangen seit Hellas Einzug in das Haus ihrer Schwiegereltern.

Es war eine schwere Zeit, die hinter ihr lag. All ihre Bemühungen, die Familie ihres Mannes durch Freundlichkeit und Nachgiebigkeit zu entwaffnen, waren vergeblich gewesen. Man behandelte sie nach wie vor wie einen lästigen Störenfried. Jedes Wort musste sie erbetteln und froh sein, wenn es nicht aus versteckten Anklagen oder gar aus direkten Feindseligkeiten bestand. Alle glaubten, ihr Vorschriften machen zu müssen über das, was sie tun und lassen sollte. Man wollte sie »erziehen zur soliden bürgerlichen Lebensweise«, und glaubte noch – ein gutes Werk an ihr zu tun. Es verging kein Tag, an dem es nicht Unannehmlichkeiten gab.

Hauptsächlich ihr Schwiegervater, der ihr die Niederlage vom ersten Tage nicht verziehen hatte, ersparte ihr nichts an Demütigungen. Seine durch ihren Widerspruch beleidigte Eitelkeit konnte sich nicht genug tun, sie den Herrn fühlen zu lassen. Die beiden Frauen bekundeten ihren Widerwillen gegen sie in der kleinlichsten Art, und Hella brauchte all ihre Selbstbeherrschung, um nicht im heißen Zorn gegen diese unverdiente Behandlung aufzubrausen. Sie hatte aber ihrem Mann und sich selbst versprochen, zu ertragen, was zu ertragen war, und so zwang sie ihre gerechte Empörung immer wieder nieder.

Im Anfang sprach ihr wenigstens Franz hin und wieder Mut ein. Er tröstete und liebkoste sie, wenn sie oben mit ihm allein war. Als aber all die kleinen Misshelligkeiten wieder anfingen, Hellas fröhlichen Lebensmut zu trüben und sie täglich ernster und stiller wurde, fing sie an, ihn zu langweilen, und er vernachlässigte sie bald mehr und mehr. Während er in der ersten Zeit abends gleich nach dem Essen mit ihr hinaufging, begleitete er später immer öfter seinen Vater zum altgewohnten Stammtisch.

Da saß sie dann allein zu Hause und konnte ihren traurigen Gedanken Audienz erteilen.

In der letzten Zeit kam noch etwas anderes dazu. Elsa Kleefeld besuchte »die gute Tante Boßneck« und »die liebe Berta« jetzt sehr oft und blieb einige Male, dringend dazu aufgefordert, auch zum Abendessen. Da saß sie dann Franz gegenüber und warf ihm sehnsüchtige, schmachtende Blicke zu. Schöner wurde die junge Dame dadurch freilich nicht, aber Franzens Eitelkeit fühlte sich durch diese »treue Liebe« doch sehr geschmeichelt.

Seine Mutter und seine Schwester hinterbrachten ihm alles, was Elsa in Bezug auf ihn sagte. Er war der »arme verblendete Mensch«, der sich von einer Kokette hatte einfangen lassen, die nicht wert war, seine Schuhriemen zu lösen, und die ihn verhindert hatte, die treue Liebe zu erkennen, die eine andere für ihn hegte und bis zum Tode hegen würde.

Wenn Elsa zum Abendessen blieb, ging Franz nicht mit dem Vater aus. Er blieb dann unten und überließ es Hella, ob sie bleiben wollte oder nicht. Die ersten Male brachte es die junge Frau über sich, unten zu bleiben, aber man nahm so gar keine Notiz von ihr, sprach von Stadtklatsch, der ihr zuwider war, und von Dingen und Personen, die sie nicht kannte.

Franz war aufgeräumt und lustig, plauderte angeregt über tausend Nichtigkeiten mit Elsa und sprach mit Hella nur, wenn sie ihn etwas fragte.

Einmal hatte sie ihm Vorwürfe darüber gemacht. Da war er sehr böse und zornig geworden.

»Missgönnst du mir die kleine Aufheiterung? Ich dächte, du sorgtest durch deine fortdauernd schlechte Laune genügend dafür, dass mir das Leben so trüb wie möglich erscheint.«

Hella waren die Tränen gekommen. »Ich tue doch nichts, um es dir zu trüben.«

Er lachte höhnisch. »Nein, natürlich nicht. Du schwimmst nur, wie eben jetzt, bei dem geringsten Anlass in Tränen, spielst dich auf die unverstandene Frau hinaus und vergraulst einem mit deiner Kopfhängerei das ganze Leben. Da ist Elsa doch ein anderes Frauenzimmer. Trotzdem sie mich liebt und ich ihr verloren bin, lässt sie sich nichts merken und ist lustig und fidel. Sie hat einen wirklichen Herzenskummer zu tragen und lässt sich nicht unterkriegen. Du aber bildest dir nur einen ein und stehst herum wie eine Trauerweide. Zum Donnerwetter, das halt' ein anderer aus!«

Daraufhin hatte sie sich Mühe gegeben, heiter zu scheinen, aber es half nicht viel, wenn auch ihr Mann einige Zeit wieder zärtlicher zu ihr wurde.

Mit täglich wachsender Angst merkte Hella, dass zwischen ihr und ihrem Manne eine Scheidewand emporstieg, über die sie sich kaum die Hände noch reichen konnten. In ihrem Innern sah es erbarmungswürdig aus. Umgeben von zarter, verstehender Liebe war sie aufgewachsen, nicht ein Hauch hatte ihr reiches Leben getrübt, bis sie in dies Haus gekommen war. Und nun war alles so ganz anders geworden!

Den größten Schmerz verursachte ihr die Erkenntnis des Unwertes ihres Mannes. Mit grausamer Deutlichkeit zeigte er ihr täglich mehr und mehr, dass er keine der großen und edlen Eigenschaften besaß, mit denen ihre ideale Begeisterung ihn ausgestattet hatte. Langsam, aber mehr und mehr verblasste das Bild, das sie sich von ihm gemacht hatte, und vor ihr stand Franz Boßneck, wie er wirklich war: oberflächlich, genusssüchtig in niedrigster Bedeutung und eitel, bar aller edlen Mannhaftigkeit und Größe. Mit traurigen Augen sah sie auf ihr gefallenes Götzenbild und versuchte immer wieder, aus den Trümmern ein neues zu bauen. Es gelang ihr nicht.

Sie wehrte sich tapfer und wie eine Verzweifelte gegen

die volle Erkenntnis ihrer Lage. Was sollte aus ihr werden, wenn das so weiterging?

Und alles das trug sie allein. Ihr Vater hatte wiederholt dringend um Nachricht gebeten, wie es ihr ginge. Erst berichtete sie ihm immer falsch. Es ginge ihr gut, sie sei glücklich. Dann gab sich aber Rasmussen mit diesen Berichten nicht mehr zufrieden. Er kannte seine Hella zu genau, um nicht zwischen den Zeilen allerlei zu lesen, was ihn beunruhigte. Er beschloss also, Hella zu besuchen und sich von ihrem Ergehen selbst zu überzeugen. Eines Tages schrieb er ihr das und meldete sich für die nächste Zeit an.

Hella erschrak. Ihr Vater durfte nicht kommen, er sollte sein Kind nicht in seiner Erniedrigung sehen! Sie schrieb ihm sofort wieder: »Komme nicht, Papa – ich bitte dich darum. Mein Verhältnis zu meinem Mann und seinen Verwandten ist ein schwieriges, Du würdest es nur verschlimmern, ohne mir helfen zu können. Ich will wahr und offen zu Dir sein, lieber, teurer Papa, ich habe in meiner Ehe bisher nichts als Enttäuschungen gefunden, aber da ich sie eingegangen bin, muss ich auch alle Folgen tragen. Sorge Dich nicht um mich, Herzenspapa, ich werde schon fertig damit, und es muss ja einmal besser werden. Aber Du sollst nicht hierherkommen, ich könnte es nicht ertragen. Nur um Dich daran zu hindern, bin ich offen zu dir. Das wird Dich überzeugen, dass Du nicht kommen darfst. Behalte Du Deine Hella lieb, mein einziger teurer Papa! – Wäre ich doch nie von Dir gegangen! – Bitte, sage Sven nichts von meiner Beichte, nur Du sollst es wissen, dass ich mein Lebensschiff verfahren habe, aber ich bin Deine Tochter. Du hast oft gesagt: Ein guter Kapitän verlässt sein Schiff nicht, wenn es auf Sand gerät, sondern sucht es wieder flottzumachen. Danach will ich handeln. Weißt Du, an was ich jetzt immer denken muss – an Svens Werk ›Auf falschem Boden‹. Solch ein Pflänzchen bin auch ich – auf steinigen Boden bin ich geraten, und ich war so gutes, fruchtbares Gartenland gewöhnt. Da muss ich nun erst lernen, mich zu begnügen. Leb' wohl, Vater, grüß Sven und behalt lieb Deine Hella.«

Darauf hatte Rasmussen ihr gute, tröstende Worte geschrieben, die sie wunderbar stärkten. Zum Schluss hieß es: »Ich will Dich nicht in Deinen Entschlüssen wankend machen, mein geliebtes Kind. Der Lebenskampf hat nun auch Dich erfasst, aber harre aus und bleib Dir treu. Da Du es nicht willst, komme ich nicht, aber ein Wort genügt, um mich zu Deinem Schutz an Deine Seite zu führen. Du bist nicht allein, Dein Vater verlässt Dich nicht, was auch kommen mag. Sven lässt Dich grüßen, er arbeitet mit glühendem Eifer, und was er schafft, ist bewundernswert. ›Auf falschem Boden‹ ist, wie er Dir schon schrieb, mit der Goldenen Medaille ausgezeichnet worden. – Sven ist fast unzertrennlich von mir, er wird mir täglich teurer. Wenn wir des Abends zusammensitzen, sprechen wir fast nur von Dir, Du bist mitten unter uns. Frau Liebentrut sorgt in alter treuer Weise für mich und wird sogar tolerant gegen die ›Steinpuppen‹, seit ich eine Büste von Dir geschaffen habe, um mich an Deinem Anblick zu erfreuen. Sie steht manch liebes Mal mit feuchten Augen davor und sagt: ›Herr Professor, es ist doch zu etwas gut, dass Sie so etwas können, nun haben wir wenigstens unser liebes Fräulein Hellachen noch bei uns. Nur schade, dass sie nicht auch noch sprechen und lachen kann.‹ Siehst Du, Herzkind, viel Liebe fliegt in Gedanken zu Dir, lass es Dir zum Trost gereichen. Schreibe mir oft und mache Dir das Herz leicht. Sei innig geküsst von Deinem treuen Vater.«

Diese warmen, treuen Worte taten Hella ungemein wohl. Mit heißer Sehnsucht dachte sie an die Heimat. Wie schön müsste es sein, sich aufmachen zu dürfen und an der treuen Vaterbrust allen Schmerz und Kummer auszuweinen! Aber man würde sie nicht fortlassen und – die Rückkehr würde ihr doppelt bitter sein. Besser, es blieb, wie es war. Die Versicherung, dass man ihrer in Liebe gedachte, machte ihr das Herz höherschlagen. Sie war es ja so gar nicht mehr gewöhnt, gute liebe Worte zu hören.

Von Neuem warb sie um Liebe und Verständnis bei ihren Verwandten, aber bald musste sie einsehen, dass alles vergeblich war. Und da wuchs langsam der Trotz in ihr empor. Mit aller Demut erreichte sie nichts als neue Kränkungen, ihr Mann dankte ihr die größte Selbstüberwindung nicht, vergalt sie vielmehr mit Vernachlässigung und höhnischen Bemerkungen. Stand ihm dann einmal der Sinn danach, den Zärtlichen zu spielen, dann verdross es ihn, wenn sie nicht gleich darauf einging, und er schalt sie störrisch und drohte, ihren Starrkopf schon noch zu brechen und ihr zu zeigen, wer Herr im Hause sei.

Das alles wurde ihr auf die Dauer unerträglich, sie begann sich zu wehren und auf Abhilfe zu sinnen.

Am grässlichsten waren ihr die wöchentlichen Kaffeekränzchen und die sogenannten »geselligen Abende« mit den Herren und Damen des Boßneckschen Bekanntenkreises.

Im Kränzchen hatte sie sich durch ihr ehrliches, offenes Wesen, welches Tratsch und Klatsch geißelte und verabscheute, sehr bald unbeliebt gemacht. Außerdem vergab man es ihr nicht, dass alle Herren Hella entzückend fanden und sie an den geselligen Abenden umschwärmten.

Die junge Frau war so froh, wenn sie mit jemand ein vernünftiges Wort sprechen konnte, und unter den Herren fand sich dieser und jener, mit dem es sich lohnte, eine Unterhaltung zu führen. So gab sie sich diesem seltenen Vergnügen mit Freuden hin, ahnungslos, dass kleinliche Klatschsucht und Bosheit ihr das zum Verbrechen anrechnete.

Berta und ihre Mutter hielten es für ihre Pflicht, die junge Frau darauf aufmerksam zu machen, dass ihr freies Wesen den Herren gegenüber und ihre extravaganten Toiletten von allen Damen ihres Kreises gerügt wurden, und dass sie in der ganzen Stadt den Gesprächsstoff bildete. Dass sie selbst dafür gesorgt hatten, Hella von Anfang an in Misskredit zu bringen, verschwiegen sie natürlich dabei.

Da dies aber in die Zeit fiel, in der sich bei Hella der Trotz zu regen begann, hatte diese Ermahnung nur zur Folge, dass sich Hella noch mehr von all den kleinlichen Frauen zurückzog und sich im Übrigen durch das Gerede nicht die wenigen Stunden rauben ließ, die ihr eine kleine geistige Anregung brachten.

So war sie bald bei allen Damen in Ungnade. Am feindlichsten standen ihr jedoch Elsa Kleefeld und deren Mutter gegenüber. Diese beiden edlen Seelen sorgten eifrig dafür, dass Hella isoliert wurde. Berta hatte ihrer Freundin Elsa mit Schauern moralischer Entrüstung von der Marmorstatue und der modellierten Hand erzählt. Diese Erzählung war natürlich noch ein wenig ausgeschmückt worden, und Elsa hatte dann das Ihrige getan.

Mit vielsagenden, verschleierten Redewendungen, mit bedeutungsvollem Achselzucken und anklagend zum Himmel blickenden Augen hatte man einen netten Brei zusammengekocht. Es war danach erwiesen, dass Hella Berliner Künstlern Modell gestanden hatte. Natürlich beeilten sich die Damen, diese Schauermär ihren Herren zu hinterbringen, um sie vor der gefährlichen Kokette zu warnen. Der beabsichtigte Zweck wurde indessen nicht erreicht. Die Herren fanden im Gegenteil die schöne, blonde Berlinerin dadurch noch eine Nuance pikanter und drängten sich erst recht in ihre Nähe. Die Damen waren außer sich darüber und versicherten der »lieben Boßneck«, dass man nur aus Rücksicht für sie einen Eklat vermied.

Franz hatte von diesem Gerücht über seine Frau ebenso wenig eine Ahnung wie diese selbst. Dass Hella so unbeliebt bei den Damen war, hinterbrachten ihm Mutter und Schwester natürlich mit Genugtuung. Sie erzählten ihm, dass seine Frau unliebenswürdig und hochmütig sei und alle Damen sich durch ihr freies Verhalten Herren gegenüber verletzt fühlten. Sie zeigten bei dieser Veranlassung, dass sie nicht ohne Phantasie waren, denn sie schmückten die Berichte nach eigenem Ermessen aus. Damit erreichten sie, dass Franz immer ärgerlicher auf seine Frau wurde und gar kein Hehl daraus machte, dass er bereute, sie geheiratet zu haben. Er lief herum wie ein böses Tier, und Hella bekam auf alle Fragen nur höhnische, beißende Antworten.

Das bestärkte sie in ihrem Trotz. Sie war sich bewusst, alles getan zu haben, was in ihren Kräften stand, um sich eine bessere Stellung im Hause zu schaffen. Nun aber war auch ihre Geduld erschöpft. Sie nahm sich vor, noch einmal einen Versuch zu wagen, ob sie ihren Mann nicht bestimmen konnte, mit ihr das Haus seiner Eltern zu verlassen. Gelang es ihr nicht, dann mochte es gehen, wie es wollte. Ungestraft demütigen ohne Grund sollte sie niemand mehr, das war sie sich selbst schuldig.

Sie verbrachte jetzt den größten Teil des Tages in dem kleinen Zimmerchen, welches sie zu einem entzückenden Schmuckkästchen ausgestattet hatte. All ihre schönen Sachen hatte sie hier untergebracht. Es blieb ihr nicht viel Platz, sich zu bewegen, aber da sie stets allein war, genügte es ihr vollständig. Das Zimmerchen war eine Friedensinsel. Hier konnte sie sich als Mensch fühlen und an ihre Lieben daheim denken.

Niemand störte sie. Ihr Mann war im Anfang einige Male bei ihr gewesen, als sie noch gute Stunden miteinander hatten, aber er fühlte sich beengt und ungemütlich und konnte nicht begreifen, dass Hella dies Zimmer so schön fand. Berta und ihre Mutter mieden nun gar den traulichen Raum voll Entrüstung, weil »Das Mädchen mit der Perle« darinnen stand und gar auf dem hellsten Platz, gleich vorn am Fenster. Es war einfach ein Skandal.

Es war ein Frühlingstag. Es klingt so poetisch, wenn die Dichter singen: »Der Frühling kommt mit Brausen.« In Wirklichkeit bleibt wenig von Poesie übrig, wenn das Brausen mit strömendem Regen untermischt ist, der klatschend an die Fenster getrieben wird. Hella saß fröstelnd am Fenster und schaute stumpf in das Wettergebraus. Melancholisch sah sie das Wasser an den Scheiben herabrinnen wie unzählige Tränenbäche. Solches Wetter ist für traurige Menschen fürchterlich.

Plötzlich schrak sie aus ihrem Dahinbrüten auf, die Tür zu ihres Mannes Zimmer fiel draußen ins Schloss. Sie erhob sich und ging hinaus.

Franz Boßneck stand auf dem Korridor, im Begriff, zum Essen hinunterzugehen.

»Bist du schon fertig?«, fragte sie, um nur etwas zu sagen.

»Wie du siehst, ja. Wir können hinuntergehen.«

Stumm schritten sie nebeneinander die Treppe hinab und begaben sich ins Speisezimmer.

Frau Emilie und ihre Tochter waren schon anwesend, und gleich nach ihnen trat Ernst Boßneck ein. Er machte ein grimmiges Gesicht. Unterwegs hatte er einen Bekannten getroffen, der ihm allerlei Schmeichelhaftes über seine Schwiegertochter gesagt hatte. Unter anderem hatte er bemerkt: »Und eine Art, das Haar zu tragen, hat Ihre Frau Schwiegertochter – entzückend geradezu! So etwas gibt es in unserer Stadt nicht wieder.«

Ernst Boßneck war weit davon entfernt, dies als Schmeichelei aufzunehmen. Er hatte sich schon manchmal über Hellas geniale Frisur geärgert. Er redete sich ein, die Äußerung sei eine versteckte Missbilligung, und betrachtete dies als eine willkommene Gelegenheit, Hella etwas am Zeuge zu flicken.

Als man bei Tische saß, schweigsam und unfreundlich wie immer, merkte die junge Frau aus dem stechenden, boshaften Blick seiner Augen, dass er wieder etwas gegen sie vorhatte. Sie wusste aus Erfahrung, dass es nur eine neue Kränkung bedeutete, als er plötzlich das Wort an sie richtete. Diesmal sollte er aber nicht wieder über sie triumphieren, sie hatte es satt, sich ewig schikanieren zu lassen, ohne damit ihre Lage im Geringsten zu bessern.

»Sagen Sie einmal, Frau Schwiegertochter«, begann er, »können Sie sich nicht eine etwas solidere Frisur aufstecken? Man fürchtet immer, Haare in der Suppe zu finden, wenn Sie am Tisch sitzen. Außerdem hält man sich darüber auf. Erst heute habe ich wieder hämische Bemerkungen darüber einstecken müssen. So wie Sie frisieren sich höchstens Kellnerinnen oder sogenannte Künstlerinnen, aber nicht Damen aus unseren Gesellschaftskreisen. Es ist mir schon immer ein Greuel gewesen, Sie in so auffallendem Anzug herumlaufen zu sehen. Ich denke, es bedarf nur dieses Hinweises meinerseits, um Sie auf das Unpassende in Ihrer Haartracht aufmerksam zu machen.«

Hella war erst bleich, dann glühend rot geworden bei diesen verletzenden Worten. Sie sah zu ihrem Mann hinüber. Fand er wirklich auch diesmal nicht nötig, ein Wort zu ihrer Verteidigung zu sagen?

Der aber saß da, als ob ihn die Sache gar nichts anginge. Gemütsruhig löffelte er seine Suppe und zerbröckelte Brot zwischen seinen Fingern. Um Hellas Lippen zuckte bitterer, schmerzlicher Spott. Von da kam ihr keine Hilfe, da hieß es, sich selbst wehren.

Möglichst ruhig sagte sie in kühlem Tone: »Sie werden trotzdem gestatten müssen, dass ich diese Frisur auch fernerhin trage. Mein Vater fand sie am kleidsamsten für mich, und was er gut findet, kann ich mir ruhig als Richtschnur dienen lassen, es wird gewiss niemals unpassend sein.«

»Ihr Vater – Ihr Vater! Bleiben Sie mir doch mit Ihrem Vater vom Leibe. Immer berufen Sie sich auf den, wenn es gilt, Ihren Dickkopf aufzusetzen. Der hat doch als freier Künstler keine Ahnung, wie es in einer soliden Familie zugeht. Laufen etwa meine Frau oder meine Tochter mit solchen Wuschelhaaren herum, wie Sie? Jetzt haben Sie sich nach Ihrem Manne zu richten und nicht nach Ihrem Vater, wie es Ihnen immer beliebt.«

Hella biss die Lippen aufeinander. Die Tränen waren ihr schon wieder nahe, aber sie kämpfte dagegen an. Der boshafte, alte Mann sollte nie mehr die niedrige Freude haben, sie gedemütigt zu sehen, wenn sie es irgend vermeiden konnte. Sie nahm sich, äußerlich ruhig, ein Stück Fleisch und legte es auf ihren Teller. Dann sagte sie gelassen: »Berta würde in einer Frisur, wie ich sie trage, entschieden hübscher aussehen, als mit diesem glatten, festgeknoteten Haar. Doch ist es ihre Sache, wie es die meine ist, mich nach meinem Belieben zu frisieren. Sie irren sehr, wenn Sie annehmen, dass ich mein Haar gegen den Willen meines

Mannes so trage. Franz hat mir oft versichert, dass ihm meine Frisur gefällt.«

Franz Boßneck wurde sehr rot und lachte verlegen, während sein Vater wütend auf ihn und seine Frau starrte. »Als Bräutigam findet man eben alles entzückend an seiner Braut«, sagte er wie entschuldigend.

Hella sah ihn mit einem Blick an, der ihm ungemütlich wurde und ihn ärgerte. »Du hast mir dasselbe auch noch nach unserer Verheiratung versichert«, sagte sie.

Er zuckte die Achseln. »Natürlich, in der ersten Zeit, als ich noch so kopflos verliebt war.«

»War? Das scheint weit hinter dir zu liegen!«, sagte sie mit bebender Stimme. »Wir sind noch nicht einmal ein Jahr verheiratet.«

Ehe er antworten konnte, schnitt ihm sein Vater das Wort ab. »Bitte, keine ehelichen Auseinandersetzungen in meiner Gegenwart. Ich mag es nicht mit anhören, wie du dich mit deiner ewig opponierenden Frau um die Herrschaft streitest. Du bist selbst schuld, dass du es so weit hast kommen lassen. Ich will meine Ruhe haben bei Tisch.«

Damit pflegte er stets ein für sich unliebsames Thema abzubrechen.

Auch heute wurde es still. Berta warf giftige Blicke auf ihre Schwägerin, deren Kritik über ihre Haartracht sie schwer geärgert hatte, zumal sie im Stillen neidisch auf das wundervolle, goldblonde Haar Hellas war. Überhaupt – was hätte dieses Stiefkind der Natur nicht gegeben, wenn sie über solch ein schönes Äußeres hätte verfügen können! Kein Mensch ahnte, wie oft Berta schon heimlich in ihrem Zimmer probiert hatte, ihr Haar auf Hellas Art zu ordnen. Ihr strähniges, spärliches Haar sah aber einfach lächerlich dabei aus. Sie hielt Hellas Worte für Hohn, obwohl dies der jungen Frau ganz ferngelegen hatte. Sie hätte mit ihren geschickten Händen auch wohl aus Bertas Haar eine kleidsame Frisur für diese aufstecken können, natürlich nur, wenn zuvor die reichliche Pomade entfernt worden wäre.

Jedenfalls hatten ihre Worte Bertas Unwillen erregt, wenn diese junge Dame auch nicht den Mut hatte, dies offen zu zeigen. Sie hasste dafür Hella im Stillen umso mehr. In dieser kleinlichen Frauenseele war alles Gute erstickt durch die tyrannische Erziehung. Hellas Schönheit und Lieblichkeit war ihr ein Dorn im Auge, denn wenn sie schon überhaupt wenig Beachtung bei den Herren fand, neben Hella wirkte sie noch unbedeutender.

Als das junge Paar nach Tisch hinaufgegangen war in seine Wohnung, trat Hella vor ihren Mann hin. Sie sah ihn ernst und entschlossen an. »Ich habe mit dir zu reden, Franz.«

Er wandte sich unwillig ab. »Lass mich zufrieden! Es sind doch nur wieder Vorwürfe, die dabei herauskommen.«

»Nein Franz. Ich will dich noch einmal bitten aus tiefster Seele: Lass uns fortziehen aus diesem Hause. Nur der Umstand, dass deine Angehörigen ewig zwischen uns stehen, hat dies fürchterliche Verhältnis gezeitigt. Ich ertrage es nicht mehr. Bitte, lass uns für uns leben in Zukunft, dann wird es besser werden.«

Er sah sie ärgerlich an. »Dacht' ich's doch, dass so etwas herauskäme. Das schlag' dir ein für alle Mal aus dem Sinn.«

Sie legte ihre Hände auf seine Schultern und sah ihm mit heißer Bitte in die Augen. »Franz, hast du mich wirklich schon gar nicht mehr lieb? Bin ich dir gar nichts mehr, dass du mich zu diesem entsetzlichen Leben verdammst? Wenn du mich nur ein wenig lieb hast, musst du mir diesen Wunsch erfüllen. Glaube mir, unser Glück geht hier bald vollends in Trümmer, ich fühle täglich mehr, dass es so nicht weitergeht mit uns. Ich gehe zugrunde dabei. Erbarme dich, Franz – lieber Franz!«

Sie legte ihre Wange an die seine und schmiegte sich bittend an ihn. Ganz war der Zauber doch noch nicht gebrochen, den sie auf ihn ausübte. Er schloss die Bebende in seine Arme und küsste sie, und als ihre Lippen diesen Kuss erwiderten, küsste er sie wieder und wieder und zog sie zu sich auf einen Diwan.

»Süßes Närrchen, wenn du doch lieb und vernünftig sein wolltest! Lass doch alle reden, was sie wollen, sei meine süße, lustige, kleine Frau, dann ist doch alles gut. Die Schönste und Reizendste bist du doch in unserer guten Stadt. Das können sie dir eben nicht verzeihen, die Linchen und Minchen alle. Bist ihnen gar zu verführerisch, süßer Trotzkopf!«

Sie wand sich mit ernstem Gesicht aus seinen Armen. »Nicht so jetzt, Franz. Lass uns ernsthaft zusammen reden. Ich bitte dich noch einmal, so sehr ich kann, lass uns aus diesem Hause gehen.«

Er machte sofort wieder ein verdrießliches Gesicht. »Das ist unmöglich. Mein Vater würde seine Hand von uns abziehen. Wovon sollen wir leben?«

»Du arbeitest doch in der Fabrik. Dein Vater müsste dir doch wenigstens ein Gehalt auszahlen. Und wenn nicht – ich brauche mich nur an Papa zu wenden – er hilft uns sofort.«

Franz lachte spöttisch auf. »Ich danke. Wenn ich schon abhängig sein muss, bin ich's lieber von meinem eigenen Vater.«

»Aber dass ich in der schlimmsten Abhängigkeit von deinen Eltern hier vegetieren muss, findest du ganz in Ordnung!«

»Na, erlaube – das ist eine andere Sache. Frauen sind eben zur Abhängigkeit geboren.«

»Das ist eine sehr bequeme Auslegung.«

»Ach geh', lass uns dies Thema abbrechen, es führt zu nichts.«

»So lasse ich mich nicht wieder abfertigen. Franz, lieber Franz – sei doch barmherzig! Unser Glück steht auf dem Spiel.«

»Unsinn, Hella. Solange du so süß und reizend aussiehst, wie eben jetzt, und mich nicht mit dummen Grillen plagst, brauchst du um dein Glück nicht zu bangen. Sag's nur ehrlich, du bist eifersüchtig auf die Elsa Kleefeld – deshalb willst du mich fortlocken. Sei kein Schäfchen. Ich ulke nur ein bisschen mit ihr herum und amüsiere mich über ihre Anbetung. Du kannst sie doch mit Glanz aus dem Felde schlagen, wenn du nur willst, musst nur nicht so sauertöpfisch sein, das kann ich nicht ausstehen. Dazu hab' ich dich doch nicht geheiratet!«

Sie sah ihm mit einem dunklen Blick ins Gesicht und sank müde in sich zusammen. »Du bist doch auch nicht immer guter Laune«, sagte sie matt.

»Ist das ein Wunder! Der ewige Krieg zwischen dir und meinen Leuten ist doch wahrlich nicht erheiternd, und es ist einem nicht zu verdenken, wenn man grillig wird. Und statt, dass du dann hier oben nett und liebenswürdig bist, läufst du wie ein lebendiger Vorwurf herum und heulst. Komm, sei kein Frosch, gib mir einen Kuss und lass mich mit deinen Umsturzideen in Frieden. Damit hast du bei mir kein Glück. Und wenn du mir noch so zärtlich um den Bart gehst, die Vernunft lasse ich mir auch von dir nicht wegschmeicheln.«

Hella erkannte, dass all ihr Bitten vergeblich sein würde. Ihr Herz war zum Brechen schwer. Sie fühlte finstere Gedanken in sich aufsteigen. Ein Gefühl von Abneigung gegen ihren Mann stieg in ihr auf, so ängstlich sie sich dagegen wehrte. Seine Küsse brannten sie wie Demütigungen, die sie widerstandslos ertragen musste.

In verzweifelter Angst wagte sie noch einen letzten Versuch. »Ist es nicht wenigstens möglich, dass wir hier oben einen eigenen Haushalt führen, für uns speisen?«

»Wozu? Das würde meine Mutter schwer kränken und wäre noch schlimmer, als wenn wir auszögen. Sei doch froh, dass du der Mühe enthoben bist, dich um Haus und Küche kümmern zu müssen. Tausend Frauen dankten Gott, wenn sie es so gut hätten wie du. Ich kann mir auch gar nicht denken, dass du Lust und Talent hast, dich ernstlich damit zu befassen.«

»Darüber könntest du ruhig sein. Es soll dir an nichts fehlen. Es wäre doch wenigstens eine Arbeit, mit der ich meine Zeit ausfüllen könnte. Siehst du denn nicht ein, wie schrecklich es ist, so unbeschäftigt und überflüssig zu sein?«

»Das redest du dir und mir nur alles ein, weil du von unten loskommen willst. Du verlangst nach dem freien, ungebundenen Leben deiner Mädchenjahre. Damit ist es natürlich vorbei. Füge dich doch endlich ins Unvermeidliche und gib es auf, mich damit zu ärgern.«

Hella seufzte tief auf. Also auch das nicht einmal. Sie fühlte einen heißen Zorn in sich aufsteigen gegen ihren Mann, der sich gar nicht die Mühe gab, ihr gerecht zu werden.

Franz sprang auf und ging unruhig hin und her. Er war äußerst gereizt durch Hellas eindringliche Bitten. Diese Frau fing wahrhaftig an, ihm lästig zu werden. Sie störte seinen Frieden, statt ihm das Leben angenehm zu machen. Wenn er das vorher gewusst hätte! – Er musste ernstlich gegen sie vorgehen, sein Vater hatte recht.

Er blieb mit strenger Miene vor ihr stehen. »Ernstlich, Hella, du musst es nun endlich lernen, dich den Verhältnissen anzupassen. Das geht so nicht weiter. Es ist nicht erheiternd für mich, mit anzuhören, wie ihr euch gegenseitig übereinander beschwert.«

»Ich habe mich nie über deine Familie beschwert.«

»Nun ja, direkt nicht. Aber dein ganzes Benehmen ist ein einziger Protest gegen alles, was hier im Hause geschieht.«

Hella presste die Hände in stummer Qual aufeinander, dann sagte sie tonlos: »Ich habe mir die heißeste Mühe gegeben, mir deine Eltern und deine Schwester geneigt zu machen. Dir zuliebe habe ich unsägliche Demütigungen ertragen. Es hat nichts genützt, man hat mir mit immer neuen Feindseligkeiten gedankt. Ich war nicht unbescheiden und habe nicht verlangt, dass sie mich lieben und verstehen sollen, zumal ich ihnen ihren Lieblingswunsch zerstörte. Aber ich kann fordern, dass man mir gerecht wird und mich mit grundlosen Gehässigkeiten verschont. Einmal muss ich es aussprechen, dass mir die Art deiner Familie, zumal die deines Vaters, kleinlich und erbärmlich erscheint. Und du verfügst leider nicht über so viel ritterlichen Sinn, dass du mich, die Schutzlose, verteidigst. Ich habe mich schwer in dir getäuscht. Meine Geduld ist nun zu Ende. Da du mir nicht helfen willst und mich zwingst, mit Leuten zusammenzuleben, die mir das Leben verbittern und mich beleidigen, werde ich mir selber zu helfen suchen. Wenn sie durchaus Krieg haben wollen, gut, sie sollen ihn haben. Zu verlieren habe ich nichts mehr. Ich werde mit gleicher Münze heimzahlen, wenn man mich kränkt, das sage deinen Verwandten.«

Franz lief wütend im Zimmer auf und ab. Er versuchte einige Male, sie zu unterbrechen, aber sie erhob die Stimme und sprach ruhig weiter.

Als sie zu Ende war, blieb er vor ihr stehen und sah sie drohend an. »Das kann ja recht erbaulich werden! Herrgott, warum bin ich nur so dumm gewesen, mich von deinem hübschen Lärvchen verblenden zu lassen! Jetzt wirfst du die sanfte Maske ab und entpuppst dich als reinste Xantippe. Schlimmer hätte ich mit Elsa Kleefeld auch nicht hereinfallen können.«

Seine rohen Worte trieben ihr die Schamröte ins Gesicht. War sie denn blind gewesen, als sie sich diesem Manne zu eigen gab mit ihrer reinen, stolzen Seele! Sie hätte laut aufschreien mögen vor Schmerz, aber sie bezwang sich. Er sollte nicht sehen, wie sie litt. »Du selbst zwingst mich zu energischem Auftreten«, sagte sie fest.

»Halt den Mund!«, schrie er sie wütend an. Er sah in diesem Augenblick seinem Vater so ähnlich, wie aus dem Gesicht geschnitten. Ein Grauen erfasste sie vor ihm.

Trotzdem ließ sie sich nicht einschüchtern. »Dein Schreien fürchte ich nicht – so wenig wie das deines Vaters«, sagte sie gelassen.

Er trat mit geballten Fäusten auf sie zu. »Weib, hüte dich! Ich werde dir jetzt zeigen, wer dein Herr und Meister ist.«

Sie sah ihn furchtlos an. »Es fehlt ja nur noch, dass du mich schlägst!«, sagte sie, blass bis in die Lippen. »Tue es nur, damit ich dich ganz erkenne.«

Er stampfte wütend auf den Fußboden und lief an ihr vorbei zur Tür hinaus. Krachend flog diese hinter ihm ins Schloss.

Langsam ging Hella hinüber in ihr Zimmerchen.

Auf einem Tischchen stand die Photographie ihres Vaters. Sie nahm sie und sah mit gramvollem Blick in das gütige, edle Gesicht.

»Vater – Vater! So elend und erniedrigt ist dein Kind, dass es diesen Mann geliebt hat. Was kann mich wieder aufrichten aus dieser Schmach?«

Sie sank mit einem jammernden Laut in einem Sessel zusammen.

Wie lange sie so, stumm vor sich hin brütend, gesessen hatte, wusste sie nicht. Da klopft es an ihre Tür.

Auf ihren Zuruf öffnete Berta die Tür einen schmalen Spalt und rief ins Zimmer hinein: »Wenn Sie mit mir ausgehen wollen, machen Sie sich fertig!«

»Wollen Sie nicht eintreten, Berta? Durch die Türspalte unterhält man sich schlecht«, sagte Hella ruhig.

Berta sah sie verdutzt einen Augenblick an, dann sagte sie impertinent: »Sie wissen, dass Mutter mir verboten hat, dies Zimmer zu betreten.«

»Ah richtig«, sagte Hella mit leichtem Spott, »Ihr Seelenheil könnte hier Gefahr laufen. So kommen Sie hier herein.«

Sie trat an Berta vorbei in ein anderes Zimmer. Es kam ihr die Lust an, dieser jungen Dame, die sich ihr gegenüber immer so ausnehmend unliebenswürdig zeigte, ein wenig ihre Überlegenheit fühlen zu lassen.

Berta folgte ihr verwundert. »Ich habe nicht viel Zeit.«

»Das weiß ich, Sie müssen wahrscheinlich noch einen Meter Spitzen fertig häkeln. Aber einige Minuten werden Sie mir wohl schenken können. Ich möchte eine Frage an Sie richten, Berta. Was habe ich Ihnen eigentlich zuleide getan?«

Berta rutschte ungemütlich auf dem Stuhl herum, auf dem sie Hellas Einladung folgend Platz genommen hatte.

Was fiel dieser Hella ein, sie in solcher Weise zu examinieren! »Sie mir? Nichts!«

Hella neigte lächelnd den Kopf. »Sehr richtig – nichts. Das wollte ich nur bestätigt hören. Wissen Sie auch, liebe Berta, dass demnach Ihr Betragen mir gegenüber sehr ungezogen ist? Ich würde mich an Ihrer Stelle schämen, einer so schmählich Unterdrückten noch mehr aufzupacken. Es ist weder schön, noch rühmlich für Sie, wenn Sie mich immer wieder grundlos zu kränken versuchen. Und dass Sie es nur wissen – in Zukunft wehre ich mich und zahle mit derselben Münze.«

Berta stand auf. Mit heimtückischem Blick sah sie in Hellas Gesicht. »Ich werde meinen Eltern und Franz erzählen, wie Sie sich eben gegen mich benommen haben.«

Hella neigte mit überlegenem Lächeln den Kopf. »Sehr brav. Darum wollte ich Sie ohnedies bitten. Und auf Ihre Frage, ob ich mit Ihnen oder mit Ihrer Mutter ausgehen will, antworte ich mit einem entschiedenen Nein. Ich werde in Zukunft ausgehen, wann es mir beliebt und wie lange ich Lust habe. Wenn Sie das Ihren Eltern auch erzählen wollen, überheben Sie mich der Mühe, es selbst zu tun. Adieu, liebe Berta.«

Mit einem giftigen Seitenblick verließ Berta das Zimmer. Hella richtete sich hoch auf.

›Ah – wie das wohltut, einmal frei reden zu dürfen!‹, dachte sie und streckte ihre Arme weit von sich. Mochten sie nun kommen und sie von Neuem zu demütigen versuchen, sie würde gewappnet sein.

Von nun an behandelte man Hella mit eisiger Höflichkeit, der aber immer eine gehörige Portion Hohn beigemischt war. Sie setzte diesem Tone allerdings eine ebenso kühle Gelassenheit entgegen und wehrte sich tapfer gegen alle Übergriffe, aber wohl war ihr nicht dabei. Ihr Wesen war nicht geschaffen, in ewigem Unfrieden zu leben, und sie litt unsagbar unter den herrschenden Umständen. Aber anmerken ließ sie es sich nicht, nur ihr kleines Zimmerchen war Zeuge ihrer Seufzer und Tränen.

Ihr Mann sprach nur noch in kurzem, fast grobem Befehlston zu ihr und vernachlässigte sie von Tag zu Tag mehr. Das kränkte sie indessen kaum noch. Es war ihr fast lieb, lieber jedenfalls, als wenn sie Zärtlichkeiten über sich hätte ergehen lassen müssen, die sie nicht erwidern konnte. Sie hatte innerlich keine Gemeinschaft mehr mit ihm.

Eine dumpfe Gleichgültigkeit bemächtigte sich ihrer mehr und mehr. Zuweilen freilich bäumte sich die gesunde Jugendkraft in ihr empor, dann sehnte sie sich hinaus in das freie, frische Leben wie eine Gefangene, der man Luft und Licht genommen hat. Stundenlang lief sie dann im Freien umher über Wiesen und Felder, im Sonnenbrand oder Regenwetter, bis sie todmüde nach Hause kam. Man empfing sie dann mit bissigen Redensarten, aber sie antwortete nicht darauf, und als ihr Mann ihr eines Tages direkt verbieten wollte, so allein umherzustreifen, sah sie ihm mit düster entschlossenen Augen ins Gesicht.

»Ich werde nicht darauf verzichten«, sagte sie, »du müsstest mich denn einschließen lassen.«

Da war er mit finsterem Gesicht davongegangen. Er bildete sich allen Ernstes ein, dass er Hella im Anfang zu sehr verwöhnt hatte und nicht streng genug gewesen war. Diese Einbildung, von seinem Vater gestützt und genährt, machte ihn so ungerecht gegen seine Frau, dass ihr Verhältnis zueinander von Tag zu Tag schwieriger und drückender wurde. Es war so weit gekommen, dass Hella wie erlöst aufatmete, wenn ihr Mann das Haus verließ.

Zuweilen stiegen wilde Fluchtgedanken in ihrer Seele auf. Sie hätte laufen mögen, so weit sie ihre Füße trugen, um diesen engherzigen, kalten Menschen zu entrinnen. Aber das Pflichtgefühl siegte. Sie hatte ihrem Manne Treue gelobt, und noch war nichts geschehen, das sie von diesem Gelöbnis entband.

War es denn seine Schuld, dass er in einer anderen Sphäre großgeworden war als sie? Konnte er dafür, dass sie ihm in schwärmerischer Liebe Tugenden und Eigenschaften angedichtet hatte, die er nicht besaß? Litt er nicht auch unter dem Zwiespalt, den ihre verschiedenen Ansichten heraufbeschworen hatten? Er hätte freilich in Bezug auf seine Familie und ihre Wünsche aufrichtiger gegen sie sein müssen, aber sicher hatte er nicht geahnt, dass man sich ihr so feindlich gegenüberstellen würde.

Nein – er trug nicht mehr Schuld als sie selbst. Sie hatten sich ineinander geirrt, er war von ihr ebenso enttäuscht, wie sie von ihm.

Aber mussten sie denn beide in ihrem Irrtum beharren? Konnte man nicht in Ruhe und Frieden auseinandergehen, wenn man miteinander nicht auskommen konnte? Gab es nicht einen Ausweg aus diesem Labyrinth?

Wenn sie nur gewusst hätte, ob Franz ebenso dachte wie sie. Aber das eben wusste sie nicht. Vielleicht hatte er sie doch lieb auf seine Art und dachte nicht daran, sie freizugeben. Vielleicht sehnte nur sie sich nach Freiheit – und zwar, weil lockend und verheißend das Bild der Freiheit geliebte Züge trug – Sven – nein, nein, sie durfte nicht an Befreiung denken, diese Gedanken würden ihre reine Seele belasten!

Sie lebte also weiter fast nur für sich allein. Nur bei den Mahlzeiten traf sie mit den anderen Familienmitgliedern zusammen, auch mit ihrem Mann. Wenn er des Abends heraufkam, schlief sie meist schon oder stellte sich wenigstens schlafend, damit sie nicht mit ihm reden musste.

Es war ein trostloses Leben, und die ganze Familie Boßneck glaubte sich berechtigt zu ihrer schmählichen Handlungsweise. Man redete sich ein, dass nur strenge Zucht imstande sei, aus der leichtfertigen Künstlerstochter eine ordentliche Frau zu machen. Klein, ganz klein musste sie werden und einsehen, was für ein halb verlorener Mensch sie war. Dass man nicht weiterkam mit ihr, daran war Franz schuld, er hatte sie im Anfang nicht streng genug angefasst. Nun hielt es doppelt schwer.

Und Elsa Kleefeld wurde Franz immer wieder geflissentlich vor die Augen gerückt. Es war eine uneingestandene, aber feste Hoffnung in dem Herzen der Boßnecks, dass Elsa Kleefeld doch noch eines Tages die Stelle einnehmen würde, die ihr »von Rechts wegen« zukam. Und die »liebe Elsa« schmachtete weiter und beglückte den »armen, bedauernswerten Franz« mit feurigen Blicken. Die edlen Seelen wussten gar nicht, wie gemein und niederträchtig ihre Denkungsweise war.

Wieder einmal hatte Hella ihrem Vater geschrieben. Rasmussen hielt den Brief seiner Tochter, nachdem er ihn gelesen hatte, lange in der Hand. Seine Tochter klagte ihm gegenüber nicht. Sie berichtete ihm nur, dass ihr Verhältnis zu ihrem Manne und seiner Familie noch immer kein besseres sei und er möge lieber nicht kommen. Vielleicht passe es später einmal besser. Rasmussen wusste trotzdem, dass Hellas Stimmung eine sehr gedrückte sein musste, denn er kannte sein Kind genau genug, um zwischen den Zeilen allerlei zu lesen, was ihn beunruhigte. Er konnte diesen Zustand des Zweifelns und Bangens kaum länger ertragen.

Plötzlich sprang er auf, ging einige Male nachdenklich in seinem Atelier auf und ab, lief dann mit schnellen Schritten hinaus durch den Garten, nach Svens Atelier hinüber.

Brösselt stand vor der Küchentür und schuppte Fische ab für den Mittagstisch.

»Guten Morgen, Brösselt! Ist Herr Andersen schon unten?«

»Ja, Herr Professor.« Er öffnete ihm die Tür.

Rasmussen trat ein. Sven war eifrig bei der Arbeit. Er sah auf, und sein düsteres Gesicht erhellte sich ein wenig, als er Rasmussen begrüßte.

Der alte Herr sah ihm eine Weile schweigend zu. Endlich sagte er: »Sven, mich führt etwas Besonderes zu Ihnen heute. Ich habe eine große Bitte an Sie und muss etwas mit Ihnen besprechen.«

Sven legte sein Werkzeug beiseite und erhob sich. Forschend ruhte sein Blick auf Rasmussens ernstem, bekümmertem Gesicht. »Ich stehe zu Ihrer Verfügung, Herr Professor.«

»Kommen Sie, lieber Sven, wir wollen in den Garten gehen, während ich mit Ihnen rede. Draußen wird es mir leichter werden.«

Sven ging neben ihm her. Sein Gesicht war blass geworden vor Aufregung; er wusste, dass Rasmussen von Hella sprechen würde.

Als Rasmussen und Sven im Garten angelangt waren, schob der alte Herr seinen Arm unter den des jungen Mannes. »Sven – ich habe Sorge, große Sorge um Hella.«

Andersen zuckte leise zusammen, antwortete aber nicht.

Rasmussen fuhr fort: »Ich habe Ihnen bisher falsch berichtet, Sven, wenn ich Ihnen sagte, es ist alles in Ordnung, Hella ist glücklich.«

Sven atmete gepresst. »Ich wusste es, Herr Professor.«

»Sie wussten es?«

»Ja. Wenn Hella wirklich glücklich war, hätten Sie nach Empfang ihrer Briefe nicht immer so sorgenvoll ausgesehen. Ich habe es übrigens auch so gefühlt.«

»Warum haben Sie mir das nicht gesagt?«

»Ich wollte mich nicht in Ihr Vertrauen drängen, Sie mussten Ihre Gründe haben zu schweigen.«

»Ja, mein lieber Freund, Sie haben recht. Hella wollte nicht, dass Sie von ihrem Leid erfuhren.«

»Sie wollte es nicht?«

»Nein. Warum weiß ich selbst nicht recht, ich denke mir, sie wollte Ihnen Schmerz ersparen, weiß sie doch, wie gut Sie es mit ihr meinen. Und ich hielt es auch für besser, Sie nicht zu beunruhigen, hoffte ich doch immer noch, es könnte alles gut werden. Aber meine Unruhe um Hella wächst mit jedem Tage; ich weiß, sie verschweigt auch mir das Schlimmste, um mir Sorge zu sparen. Ich wollte sie längst einmal besuchen, um mich zu überzeugen, wie und in welcher Umgebung sie lebt. Auf meine erste Ankündigung erhielt ich aber eine ablehnende Antwort von Hella. Ich sollte nicht kommen. Und da erhielt ich zum ersten Male Nachricht, dass dort nicht alles ist, wie es sein soll. Aber mein Kind ist tapfer. Sie wollte allein mit den widrigen Verhältnissen fertig werden, und sie schrieb mir, mein Kommen könnte alles nur verschlimmern. So sind mir die Hände gebunden. Ich weiß, Hella leidet viel mehr, als sie mir eingesteht. Reise ich nun doch hin, so weiß ich nicht, ob ich recht tue. Wenn ich wirklich nur ihre Lage verschlimmerte, ohne helfen zu können, würde ich mir Vorwürfe machen. Die Ungewissheit trage ich aber auch nicht länger – und da ist mir heute ein Ausweg eingefallen.«

Sven, der bei seiner Rede abwechselnd blass und rot geworden war, sah ihn fragend an. »Welcher?«

»Sie sollen zu Hella reisen, Sven. Ihr Besuch dort kann als zufällig hingestellt werden. Sie sind eben auf der Durchreise hingekommen und wollen Hella begrüßen. Das kann nicht auffallen und sieht unabsichtlich aus. Ihren scharfen Augen aber wird es nicht verborgen bleiben, wie mein Kind dort lebt, wie es ihm geht. Wir dürfen Sie natürlich nicht anmelden. Ganz überraschend müssten Sie kommen, damit Sie ein treues Bild der dortigen Verhältnisse bekommen. – Sven, mein lieber, guter Freund, ich weiß, dass ich Ihnen da viel zumute, ich weiß aber auch, dass ich mich ganz auf

Sie verlassen kann. Nur Sie können diese Mission gut erfüllen. Wollen Sie mir diesen Dienst erweisen?«

Sven war die Beute großer Aufregung. Dass Hella nicht so glücklich war, wie er es ihr wünschte, hatte er längst geahnt und unter dieser Vermutung heimlich gelitten. Angstvoll hatte er Rasmussen beobachtet, wenn er wusste, dass Hella geschrieben hatte. – Und nun sollte er plötzlich Gelegenheit erhalten, sich selbst von ihrem Ergehen zu überzeugen – er sollte Hella wiedersehen?

Er konnte es nicht wehren, dass heller Jubel sein Inneres durchdrang. Die heiße Sehnsucht, die ihn nach der verzehrte, die ihm verloren war, sollte gestillt werden. Er durfte zu ihr eilen und sein sorgendes Auge auf den geliebten Zügen ruhen lassen. – Dass es danach umso bitterer war, sich wieder von ihr zu trennen, bedachte er jetzt nicht. Das war wesenlos, solange ihm ein Wiedersehen mit ihr bevorstand.

Rasmussen beobachtete forschend die zuckenden Gesichtszüge des jungen Mannes. »Sie antworten mir nicht, Sven? Habe ich zu viel verlangt von Ihnen?«

Sven sah ihm mit leuchtenden Augen ins Gesicht. »Ich reise – am liebsten mit dem nächsten Zuge. Lassen Sie uns gleich im Kursbuch nachsehen.«

»Ich danke Ihnen, Sven. Sie nehmen mir eine große Sorge vom Herzen. Nach dem Kursbuch brauchen wir nicht zu sehen. In einer Stunde geht der nächste Zug, dann sind Sie nachmittags gegen fünf Uhr am Ziel. Den können Sie aber kaum noch erreichen. Es ist am besten, Sie warten bis morgen.«

Sven blieb stehen und sah ihn an. »Das kann ich nicht. Ich mache mich sofort auf den Weg, die Unruhe brächte mich um. Leben Sie wohl.«

»Reisen Sie mit Gott – und bringen Sie mir gute Nachricht von meinem Kinde.«

Die beiden Männer drückten sich zum Abschied die Hand.

Sven lief seinem Häuschen zu.

»Brösselt, holen Sie mir schnell eine Droschke, ich muss sofort verreisen!«

August Brösselt ließ vor Schrecken das Messer fallen. »Jetzt gleich, Herr Andersen?«

»Jawohl, eilen Sie sich.«

»Herrgott, dann muss ich doch Ihre Sachen packen.«

»Nicht nötig. Nachtzeug ist schnell in eine Handtasche gesteckt. Das mache ich fertig, während Sie den Wagen besorgen. Aber schnell, ich muss in einer Stunde auf dem Anhalter Bahnhof sein!«

Brösselt trocknete sich schnell die Hände ab. »Und meine schönen Fische!«, jammerte er.

»Die lassen Sie sich nur selber schmecken«, rief Sven zurück, »denen ist es gleich, wer sie verspeist.«

August Brösselt warf noch einen wehmütigen Blick auf die Fische und rannte davon.

Hella war wieder einmal mit dem Gefühl, grenzenlos gedemütigt worden zu sein, vom Mittagstisch aufgestanden. Man hatte in ihrer Gegenwart Elsa Kleefelds Lob in allen Tönen gesungen und gerade die Eigenschaften hervorgehoben, die Hella nach Ansicht der Boßnecks vollständig fehlten. Auch Franz hatte eifrig mit beigestimmt. Nur Berta hatte geschwiegen, nicht etwa aus Taktgefühl, sondern weil sie über niemand gern etwas Gutes sagte. Elsa war ihr im Grunde nicht viel angenehmer als Hella.

Die junge Frau hatte sich in Stillschweigen gehüllt. Sie zeigte nicht, wie sie durch die Taktlosigkeit oder vielmehr beabsichtigte Bosheit verletzt war.

Sie ging nach dem Essen in den Garten hinaus, um während der Mittagspause, die Franz zu Hause verbrachte, nicht mit ihm allein sein zu müssen. Erst als er nach ihr rief, ging sie wieder ins Haus.

Franz stand reisefertig vor ihr. »Ich wollte dir nur sagen, dass ich auf einige Tage nach Berlin reise.«

»Nach Berlin? Und das erfahre ich erst jetzt! Darf ich nicht mit dir reisen?«

»Nein – ich habe dir deshalb erst jetzt Mitteilung davon gemacht. Ich habe geschäftlich zu tun.«

Brennende Sehnsucht nach ihrem Vater stieg in ihr auf und trieb sie zu einer Bitte. »Nimm mich mit, ich bitte dich darum. Ich will dir nicht lästig fallen. Nur Papa möchte ich gern einmal wiedersehen.«

»Und dir den Kopf mit neuen Phantastereien füllen lassen. Das eben wollen wir vermeiden. Du bleibst hier.« Widerwärtige Grausamkeit und Bosheit lag in seinen Worten.

Sie sah ihn an mit gequältem Blick. »Schäme dich!«, sagte sie heiser und gepresst.

Er blickte sie drohend an. »Schweig. Wer sich von uns beiden am meisten zu schämen hat, wollen wir nicht untersuchen. Leb' wohl und zeig' mir bei meiner Rückkehr nun endlich ein anderes Gesicht, sonst könnte ich noch ungemütlicher werden.«

Damit ging er davon. Sie sah ihm mit starren Blicken nach und sank dann wie gebrochen in einen Sessel. Dort blieb sie sitzen. Nicht einmal in ihr Zimmerchen ging sie hinüber. Es war ja so gleichgültig, in welcher Umgebung sie ihren Schmerz trug – so einerlei, es lohnte sich nicht, aufzustehen.

Einige Stunden später wurde die Türklingel zum Boßneck'schen Hause gezogen. Minna, das Hausmädchen, ging, um zu öffnen. Ein hochgewachsener Herr in grauem Anzug und gleichfarbigem, weichem Hut stand vor ihr.

»Ist Frau Boßneck zu sprechen?«, fragte er.

Minna sah ihn dumm an. »Sie meinen wohl den Herrn Boßneck.«

»Nein, die Frau Boßneck.«

Minna wunderte sich. Sie kannte doch alle Bekannten der Familie. Dieser Mann hier war ihr gänzlich fremd.

»Die ist nicht zu Hause. Sie ist mit ihrer Tochter im Kränzchen bei Kleefelds.«

»Ich meine Frau Hella Boßneck.«

Minna machte eine geringschätzige Miene. »Ach, die – die ist oben. Hier rechts die Treppe hoch – geradeaus.«

Der Ton, in dem das Mädchen diese Auskunft gab, trieb Sven Andersen das Blut ins Gesicht. Er verriet, wie wenig Hella in diesem Hause galt.

Er ging an dem Mädchen vorbei ins Haus und stieg langsam die Treppe hinauf. Das Herz klopfte ihm zum Zerspringen. Oben bleib er einen Augenblick tief aufatmend stehen. Dann klopfte er. Niemand tat ihm auf. Er wiederholte das Klopfen. Es rührte sich nichts. Entschlossen legte er die Hand auf die Klinke und öffnete. Aufs Geratewohl schritt er drinnen auf die erste Tür zu und klopfte wieder. Ein leises Rascheln ertönte, und dann rief eine matte Stimme: »Herein!«

Sven öffnete langsam und trat ein in das von der Sonne hell erleuchtete Zimmer. Ihr Strahl fiel auch auf ihn und Hella, die sich beim Klopfen von dem Stuhl erhoben hatte, auf dem sie seit ihres Mannes Fortgehen in sich versunken saß.

Einen Moment sah sie fassungslos auf Sven, ein Zittern flog über ihren Körper, und dann sprang sie plötzlich mit einem Schrei auf ihn zu, umklammerte ihn wie eine Ertrinkende mit beiden Armen und stammelte unter Schluchzen seinen Namen. Wieder und wieder rief sie ihn in Tönen, die ihm verrieten, wie unsagbar sie sich nach ihm gesehnt haben musste.

Sein Herz schwankte zwischen namenlosem Schmerz über ihren jammervollen Aufschrei, der ihm ihre Qual verriet, und jubelndem Entzücken über die Erkenntnis, dass sie sich nach ihm gesehnt haben musste.

Still standen sie eine Weile, Hella dicht neben ihm, er schützend den Arm um ihre Schultern gelegt. Das arme junge Weib meinte, mit diesem Augenblick sei alle Qual vorbei und vergessen. Sie dachte und fühlte nichts als die Gegenwart des Einen, Einzigen, nach dem ihr Herz in heimlicher Sehnsucht gerufen hatte, eben jetzt noch, ehe er eintrat.

Aber dann kam sie zur Erkenntnis der Wirklichkeit. Mit jähem Ruck löste sie sich aus seinen Armen und trat zurück. Glühend errötend, strich sie das wirre Haar aus dem Gesicht und presste die Handflächen gegen die Schläfen.

Er sprach kein Wort, sah sie nur an mit seinen leuchtenden Augen, als wollte er sie festhalten damit für alle Zeit.

Frauen sind in solchen Fällen fast immer am schnellsten in der Lage, sich zu beherrschen. Auch Hella fand zuerst die Sprache wieder. Mit einem befangenen Lächeln trat sie auf ihn zu und reichte ihm die Hand. »Ich habe Sie durch mein Ungestüm erschreckt, lieber Sven. Verzeihen Sie mir und seien Sie mir herzlich willkommen. So plötzlich sehe ich Sie vor mir – ich kann es kaum fassen!«

Als er noch nicht sprach, sah sie ihn plötzlich erschreckt an.

»Sven – mein Vater – es ist doch meinem Vater nichts geschehen?«

»Nein, nein – beruhigen Sie sich, liebe Hella, ich bin nur ganz zufällig auf der Durchreise hier und wollte die Gelegenheit wahrnehmen, Sie zu begrüßen.«

Sie lud ihn durch eine Handbewegung zum Sitzen ein und nahm ihm gegenüber Platz. Die Sonne flimmerte auf ihrem Haar, es sah aus wie gesponnenes Gold. Sven konnte den Blick nicht von ihr lassen. Bleich sah sie nun wieder aus, da die Röte aus ihrem Gesicht gewichen war, und die Augen erschienen ihm noch größer als sonst. Aber es waren nicht mehr die fröhlichen, klaren Augen von einst, sondern traurige, auf deren Grund das Leid schlummerte. Und doch schien sie ihm noch schöner als einst, ihr Anblick rührte alles das wieder auf, was er mühsam zurückgedrängt hatte in der Zeit der Trennung.

»Erzählen Sie mir von Papa, lieber Sven. Wie geht es ihm?«

»Gut, soweit Sie ihm nicht fehlen. Er hat oft große Sehnsucht nach Ihnen. Wir vermissen unseren Sonnenschein, Hella – Sie wissen, dass Sie uns das waren.«

Sie nickte. »Ich weiß es, wenn es mir auch manchmal wie ein Märchen vorkommt, dass es Menschen gibt, denen ich so viel sein konnte!«

»Hella!«

Sie wehrte bitter lächelnd ab. »Lassen wir das. Erzählen Sie mir von zu Hause. Ach Sven, wenn Sie wüssten, wie mir das ist, dass Sie mir hier gegenübersitzen, dass ich mit Ihnen sprechen kann und zwei Augen auf mir ruhen fühle, die nicht voll Hass und Abscheu auf mich blicken!«

Er fasste angstvoll nach ihren Händen. »Hella – was hat man hier aus Ihnen gemacht! Sie sind so sehr verändert!«

Sie lächelte gezwungen und sagte in gemacht leichtem Tone: »Die Luft hier bekommt mir nicht gut.«

Sven sah sich im Zimmer um. Erst jetzt bemerkte er, wie hässlich und nüchtern es aussah – trotz des verklärenden Sonnenscheins. »Also das ist Ihre neue Heimat! Hella – wie haben Sie das aushalten können, Sie – mit Ihrem Schönheitssinn?«

Sie erhob sich rasch. »Kommen Sie mit in mein Zimmer hinüber, das habe ich mir nach meinem Geschmack eingerichtet. Hier in diesen Räumen bin ich selbst ein Fremdling geblieben.«

Sie ging voran und er folgte ihr.

Als sie dann nebeneinandersaßen, sagte sie lächelnd: »Groß ist mein Reich nicht, wie Sie sehen. Für gewöhnlich reicht es aber aus, da ich hier immer allein hause. Meines Mannes Familie meidet diesen Raum.«

»Aber Ihr Mann wird Ihnen wohl oft genug Gesellschaft leisten?«

Hella sah auf ihre Hände herab. »Nein, der auch nicht. – Aber sehen Sie sich nur um«, fuhr sie lebhaft fort, »lauter gute Bekannte habe ich hier bei mir, und dies« – sie zeigte auf das Mädchen mit der Perle – »dies ist mein besonderer Augentrost. Ach, Sven – wie gut, dass Sie mir dies herrliche Geschenk machten!«

Er sah sie an. Sie war unruhig und nervös, und er merkte, dass sie seinen forschenden Augen auswich, dass sie sich ein Lächeln ins Gesicht zwang. Um den kleinen Mund aber zuckte es wie verhaltenes Weinen, und die großen Augen schimmerten feucht vor Erregung.

Eine Pause entstand. Sven holte tief Atem. Dann sagte er leise: »Hella, Sie sind nicht glücklich geworden in Ihrer Ehe?«

Brennende Sorge lag in seinen Worten.

Sie schlang die Hände ineinander und stützte den Kopf darauf. Sie sollte ihn belügen? Er würde sich doch nicht täuschen lassen, und sie sehnte sich so sehr danach, einem einzigen Menschen wenigstens ihr Leid zu offenbaren, einmal alles vom Herzen herunterzusprechen. Er würde sie verstehen, und wenn er ihr auch nicht helfen konnte, ihr Elend würde sich dann vielleicht doch leichter tragen lassen.

Sie barg das Gesicht in den Händen. Ein Gefühl tiefer Scham, dass sie sich durch den äußeren Schein hatte blenden lassen und sich einem Manne zu eigen gegeben hatte, der sie erniedrigte vor sich selbst, zwang sie zu dieser Gebärde.

Er löste ihr die Hände vom Gesicht und hielt sie fest. »Hella«, sagte er mit vor Aufregung heiserer Stimme, »ich frage Sie mit dem Recht treuester, schrankenloser Ergebenheit und – ich will offen sein – auch im Namen Ihres Vaters. Ich bin auf seinen Wunsch hier, er wird von Unruhe um Ihr Geschick verzehrt, er weiß, dass Sie ihm das Schlimmste Ihrer Lage verhehlen. Aber er wollte nicht selbst kommen, weil Sie es nicht wünschen und weil mein Besuch Ihren Verwandten absichtsloser erscheinen wird. Ich bitte Sie inständig, seien Sie offen zu mir. Ich sehe es ja, was man hier aus Ihnen gemacht hat, und bei Gott – ich gehe nicht von hinnen, ehe ich nicht alles weiß und versucht habe, Ihnen zu helfen.«

Große Tränen standen in ihren Augen. »Nein, Sven, nicht das Glück habe ich gefunden, nicht einmal Ruhe und Frieden, nur Schmach und Demütigungen aller Art – Sie ahnen nicht, was ich ertrug!«

Er sprang auf und ballte in wildem Grimm die Hände. »Wo ist Ihr Mann, Hella«, rief er in heißem Zorn. Er hätte ihn erwürgen mögen zwischen seinen Fäusten.

Hella legte besänftigend ihre Hand auf seinen Arm. »Nicht so, Sven. Bitte, bleiben Sie ruhig. Mein Mann ist nicht schuldiger als ich. Überdies ist er verreist. Setzen Sie sich zu mir, ich will Ihnen alles erzählen.«

Er nahm wieder neben ihr Platz, und sie beichtete ihm ihr ganzes Leben seit dem ersten Tage ihres Hierseins.

Sein Gesicht war düster und schmerzverzerrt, während er atemlos ihren Worten lauschte. Als sie geendet hatte, stöhnte er auf: »Der Elende! – Wie konnte er Sie so leiden lassen!«

»Sie sind ungerecht, Sven. Auch ich trage Schuld. Ich hätte mich nicht durch den äußeren Schein blenden lassen sollen. Wie es gekommen ist, dass ich ihm mein Herz zuwandte – ich weiß es selbst nicht. Ich war damals nicht klar über mich selbst. Ich wusste nichts von mir und verstand mich selber nicht. Nur einmal kam mir ein Strahl der Erkenntnis – an meinem Verlobungstage, als ich Ihnen sagte, dass ich seine Braut sei. Damals schloss ich voll Schreck die Augen und wollte nicht sehen. Und dann noch einmal, als ich an meinem Hochzeitstage Abschied nahm von Ihnen. Aber da war es ja schon zu spät. Sven – warum haben Sie mich nicht zurückgehalten mit Ihren starken Armen! Wussten Sie nicht, dass ich ins Elend ging?«

Er sprang auf und trat von ihr weg, so weit es das Zimmer zuließ. Was Hella ihm sagte, er konnte es nicht missverstehen, und doch wagte er nicht daran zu glauben. In seinem Innern tobte ein Aufruhr, der ihn vor sich selbst bangen ließ. War es denn möglich, dass er sie hätte erringen können, wenn er mutig zugegriffen und festgehalten hätte, was ihm ein anderer rauben wollte? Er fühlte, wie ihm der Angstschweiß ausbrach bei dem Gedanken, dass er es hätte verhindern können, dass Hella in das Elend dieser Ehe gegangen war.

»Hella – sagen Sie mir ehrlich: Hätte ich Sie erringen können, wenn Ihr Gatte nicht zwischen uns getreten wäre?«

Sie wurde glühend rot, ließ aber die Augen nicht von ihm. Dann sagte sie leise, aber fest und klar: »Ich glaube, ich habe Sie immer geliebt, Sven. Aber weil wir wie Geschwister aufwuchsen, wurde ich mir nie darüber klar. Erst am Abend meiner Verlobung zuckte beim Anblick Ihres Schmerzes zum ersten Male der Gedanke in mir auf, dass wir uns hätten mehr sein können. Aber ich brachte diesen Gedanken als töricht zur Ruhe und schloss mich noch fester an Franz. Dann aber, als ich Abschied von

Ihnen genommen hatte und mich noch einmal nach Ihnen umwandte, war es mir plötzlich, als müsste ich mich von meinem Manne losreißen und mich in Ihre Arme flüchten. Vielleicht bin ich deshalb nicht glücklich geworden. Die rechte Liebe fehlte mir von vornherein für meinen Mann. Und doch wäre es vielleicht noch gutgegangen, denn ich hatte wahrlich den besten Willen dazu, aber auch meinem Mann fehlte die rechte Liebe und das rechte Verständnis für mich. Wir haben uns in einer blinden Aufwallung zueinandergefunden – nun tragen wir beide schwer an unserem Irrtum.«

Sven war bleich wie der Tod. Seine Gesichtsmuskeln waren angespannt, und die Augen erschienen fast schwarz. Tief grub sich die düstere Falte auf seiner Stirn ein, und seine Hand umklammerte mit eisernem Druck die Lehne eines Stuhls, als wollte er sich daran zurückhalten. Mit tausend Fäden zog es ihn zu der geliebten Frau, aber er wollte stark sein für sie und sich und wollte der Stunde keine Macht über sich einräumen. Nicht sein Atem durfte sie jetzt berühren, nicht ein Hauch von Schuld durfte sie streifen!

Seine Augen umflorten sich, als er sie in die ihren senkte, die ihm unverhüllt zeigten, dass sie ihn, nur ihn allein liebte. Blass, in rührender, liebreizender Hilflosigkeit saß sie vor ihm. Er schloss die Augen einen Moment, wie vor allzu blendendem Licht. Dann öffnete er sie wieder und sah sie an. Sie erzitterte unter diesem Blick und krampfte die Hände zusammen.

»Hella – wenn ich Ihnen nur sagen dürfte, was Ihre Worte in mir aufrütteln! Mein ganzes Sein drängt sich Ihnen entgegen – Sie ahnen ja nicht, was ich um Sie gelitten, was Sie mir sind! Und nun höre ich aus Ihrem Munde, was mich zugleich glücklich und elend macht. Ist es denn wirklich wahr, dass Sie mich hässlichen Gesellen hätten lieben können?«

Sie lächelte ihm unter Tränen zu. »Hässlich? Ach, Sven, das haben Sie sich nur eingeredet. Ein Mann wie Sie ist niemals hässlich, kann es nicht sein – das weiß ich jetzt besser. – Aber nun nicht mehr davon sprechen. Zu viel habe ich Ihnen schon verraten. Aber nicht wahr, Sven – Sie verstehen mich? Bei Ihnen fürchte ich keine Missdeutung meiner Worte, und was ich Ihnen gesagt habe, darf zwischen uns nichts ändern. Und nun – nun gehen Sie, reisen Sie wieder ab, es ist besser für uns beide, und – ich mag Sie nicht mit den Angehörigen meines Mannes zusammentreffen sehen, ich könnte es nicht vertragen, wenn man Sie verletzte.«

Er trat einen Schritt auf sie zu. »So soll ich Sie verlassen? Hella, das können Sie im Ernst nicht von mir verlangen! Kommen Sie mit mir zu Ihrem Vater zurück, denn ich fühle, dass Sie hier zugrunde gehen. Mich treibt kein eigennütziger Gedanke zu dieser Bitte, bei Gott nicht, ich will nichts für mich. Aber Sie können hier nicht mehr bleiben, das müssen Sie selbst einsehen.«

Hella schüttelte den Kopf. »Nein, Sven – ich kann und will nicht das Haus verlassen. Die Tochter Fritz Rasmussens darf ihre Pflicht nicht vergessen.«

»So wollen Sie sich selbst vernichten?«

»Seit ich mit Ihnen gesprochen habe, werde ich vieles leichter tragen. Machen Sie es mir nicht so schwer, meiner Pflicht treu zu bleiben. Noch habe ich kein Recht, meinen Mann zu verlassen, und ein Recht müsste ich dazu haben, sonst würde ich mir ewig Vorwürfe machen.«

»Soll ich gehen, ohne Ihnen nützen zu können, ohne Hoffnung, dass es eine Erlösung für Sie gibt? Hella – Sie können das nicht von mir fordern! Und was soll ich Ihrem Vater sagen?«

»Sagen Sie ihm alles, Sven. Ich will nichts mehr vor ihm verbergen.«

Sven sah einen Augenblick sinnend vor sich hin. Dann richtete er sich auf. »Gut, Hella, es soll so sein. Ihr Vater soll alles von mir hören – nichts will ich ihm verschweigen. Er soll uns raten und helfen. Werden Sie sich seinem Urteil fügen, werden Sie tun, was er uns vorschreibt?«

Sie sah ihn ernsthaft an mit ihren großen, schönen Augen. »Bedingungslos, Sven – was mein Vater mir zu tun vorschreibt, wird mir ein Evangelium sein. Machen Sie sich aber darauf gefasst, dass er sagen wird: Meine Tochter hat ihr Schicksal selbst gewählt, sie muss tragen, was sie sich damit aufgeladen hat. – Ich weiß, dass er so sprechen wird – und er hat recht damit. Aber nun gehen Sie, lieber Sven, ich bitte Sie darum.«

Er trat an sie heran und drückte seine Lippen auf ihre Hand. Ein leises Zittern flog über beider Gestalten, und sie sahen sich an und sagten sich mit einem langen Blick Lebewohl.

In diesem Augenblick wurde plötzlich die Tür geöffnet, und Frau Emilie Boßneck stand auf der Schwelle. Mit impertinenter Neugier musterte sie Sven Andersen. »Ah, Sie haben Besuch, Frau Schwiegertochter?«, sagte sie dann höhnisch.

Hella wandte sich mit leisem Seufzer nach ihr um. »Wie Sie sehen, Schwiegermama. Herr Andersen besuchte mich auf der Durchreise.«

»So, so – auf der Durchreise? Sie sollten aber Herrenbesuche nicht empfangen, wenn Sie allein im Hause sind. Herr Andersen hätte ja später wiederkommen können.«

Sven schwoll die Zornesader an. Mit einer kurzen Verneigung sagte er schnell, ehe Hella antworten konnte: »Die Dienerin, welche mir das Haus öffnete, hielt es nicht für nötig, mich der gnädigen Frau zu melden. Sie war also gar nicht in der Lage, mich abweisen zu lassen, da ich direkt heraufgewiesen wurde. Im Übrigen hatte mein Besuch nur den Zweck, Frau Hella Boßneck Grüße ihres Vaters zu überbringen und mich persönlich nach ihrem Befinden zu erkundigen. Dies ist geschehen, und Sie gestatten mir wohl, dass ich mich nun entferne. Leben Sie wohl, Hella.«

Er küsste der jungen Frau nochmals die Hand, verneigte sich vor Frau Emilie Boßneck und ging davon.

»Adieu, Sven – grüßen Sie Papa!«

Er wandte sich nochmals um. Einen kurzen Augenblick

trafen sich ihre Augen noch, dann war er ihren Blicken entschwunden.

Als er fort war, erging sich Frau Emilie in allerlei Vorwürfen, dass Hella den Besucher in diesem Zimmer empfangen hatte.

Hella war außerstande, das länger mit anzuhören. Sie sehnte sich nach Alleinsein. »Ich mache Sie darauf aufmerksam, dass Sie sich in meinem Zimmer befinden, Schwiegermama, in dem Zimmer, das Sie sonst zu meiden pflegen. Es ist wohl besser, Sie lassen mich allein.«

Frau Emilie Boßneck war zunächst sprachlos. Dann warf sie den Kopf zurück. »Empörende Unverschämtheit – mich in meinem eigenen Hause hinauszuweisen! Aber ich werde mich bei meinem Sohne beschweren. Wenn Sie ärgerlich sind, dass man Ihnen ein interessantes Stelldichein stört, so müssen Sie sich besser beherrschen, sonst merkt man die Absicht und wird verstimmt.«

Damit ging sie hinaus.

Hella schloss mit bebenden Fingern hinter ihr die Tür. Dann warf sie sich auf die Knie und barg aufschluchzend den Kopf in dem Diwankissen.

Ihr Herz war schwer. Trübe, zerrissene Gedanken folgten Sven. War es recht, dass sie ihm gezeigt, wie es um sie stand? – Nein, sie hätte schweigen müssen! Aber der Mensch ist ein schwaches Geschöpf, und mit Gewalt hatten sich ihr die Worte über die Lippen gedrängt. Sie hatte die kostbare Stunde nutzen müssen. Trotz aller Pein zog ein süßer Trost in ihr Herz.

Professor Rasmussen erwartete Sven, der ihm telegraphiert hatte, am Bahnhof, und voll Unruhe kam er ihm entgegen.

»Sie kommen so schnell zurück, Sven? Wie geht es meinem Kinde?«, fragte er hastig, nachdem sie sich begrüßt hatten.

Sven schob seinen Arm unter den des Professors. »Wir wollen zu Fuß nach Hause gehen, wenn es Ihnen recht ist. Unterwegs erzähle ich Ihnen alles.«

BERLIN. Anhalter Bahnhof.

Sie schritten durch das Menschengewühl aus dem Bahnhofsgebäude und gingen durch die Straßen. Ganz still und einsam war es auch um die späte Nachtstunde nicht in der Reichshauptstadt. Arm in Arm wanderten die beiden Männer die Königgrätzer Straße hinauf nach dem Tiergarten und weiter, ihrer Wohnung zu. Sven fing an zu erzählen. Alles, was er von Hella über ihr Leben erfahren hatte und was er selbst dabei empfunden, berichtete er. Auch das verschwieg er nicht, dass ihre Herzen sich in schmerzlich süßer Qual gefunden hatten, und dass er und Hella nun ihr Geschick in Rasmussens treue Vaterhand legten. Er sollte entscheiden, was geschehen musste.

Rasmussen hörte zu, ohne ein Wort zu erwidern. Als Sven geendet hatte, sagte er auch eine lange Weile noch nichts. Endlich schien er mit sich im Klaren.

»Ich danke Ihnen, dass Sie so offen zu mir waren, mein lieber Sven. Sie wissen wohl längst, wie gern ich Ihnen mein Kind zur Frau gegeben hätte. Aber Hella hat recht, wenn sie die Pflicht über alles hochhält. Sie hat ihrem Mann Treue geschworen, und niemand kann sie von diesem Schwur entbinden, als er selbst. Entweder dadurch, dass er ihr die Treue bricht, oder aber in der Erkenntnis, dass er und Hella nicht zueinander gehören. Eine Ehe, wie sie Hella nach Ihrem Bericht führen muss, ist ein Unding. Ich halte es für alle Teile besser, wenn sie gelöst wird. Ich will aber erst noch einmal reiflich mit mir zu Rate gehen. Bleibe ich danach bei meiner heutigen Ansicht, so werde ich nächste Woche meine Tochter und meinen Schwiegersohn aufsuchen und den Versuch machen, den Letzteren davon zu überzeugen, dass es besser für ihn und für Hella ist, wenn sie ohne Groll auseinandergehen. Es wird mir wohl kaum schwerwerden, da mir scheint, als habe die Millionärstochter, die ihm seine Eltern bestimmten, doch einigen Reiz für ihn.«

Sven zerdrückte ihm fast den Arm. »Herr Professor, ich wusste, dass Sie einen Ausweg finden würden.«

»Nicht zu vorschnell! Selbst wenn alles glückt, glauben

Sie ja nicht, dass dann schon alles im Gleise ist. Wie ich meine Tochter kenne, wird sie lange Zeit brauchen, um sich wieder zurechtzufinden, auch wenn sich ihre Ehe glatt lösen lässt. Sie wird nicht so bald wieder die alte sein, wenn sie es überhaupt je wieder wird.«

»Ich will ja an mich jetzt gar nicht denken, lieber Herr Professor. Nur frei soll Hella sein, der unwürdigen Behandlung entrückt. Haben wir sie nur erst wieder bei uns – ich will ihr sicher Zeit lassen, über alles Leid hinwegzukommen, sie soll erst wieder lernen, wie es sich im Schutz treuer Liebe leben lässt. Hätten Sie Ihre Tochter nur gesehen, hätten Sie gehört, wie jammervoll sie aufschrie, als sie mich plötzlich vor sich sah, erst dann würden Sie ganz erkennen, was man dort an ihr verbrach. Zu Boden schlagen möchte ich den Elenden, der ruhig zusehen konnte, dass man sein Weib so quälte.«

»Ruhig, Sven – nicht so zornig! Wir wollen nicht über ihn zu Gericht sitzen. Wir Menschen sind alle Produkte unserer Erziehung, unserer Umgebung, unserer Vererbung. Mein Schwiegersohn kann kaum dafür, dass er eine Frau wie Hella nicht zu nehmen verstand. Ich hab' dieses kleinliche Banausentum schon manchmal im Leben kennengelernt – glauben Sie mir, diese Menschen sind viel mehr zu bemitleiden als zu verdammen. Sie können mit dem besten Willen nicht über ihren engen Horizont hinaus, ebenso wenig wie wir uns zu ihrer Denkungsweise verstehen können. – Und nun – wir sind zu Hause – gute Nacht, Sven. Morgen sprechen wir weiter darüber.«

»Gute Nacht, Herr Professor, auf Wiedersehen morgen!«

August Brösselt war auf einem Stuhl neben der Tür eingeschlafen. Als Andersen eintrat, fuhr er erschrocken empor und rieb sich, verlegen lächelnd, den Schlaf aus den Augen.

»Warum sind Sie nicht zu Bett gegangen, Brösselt? Es ist gleich vier Uhr.«

»Ich hörte vom Herrn Professor, dass Sie Ihre Rückkehr

telegraphisch gemeldet hätten, und da wollte ich warten. Vielleicht brauchten Sie mich noch.«

»Na, dann hätte ich Sie in Ihrem Bett doch auch noch gefunden! Nun gehen Sie aber schnell schlafen.«

»Wollen Sie nichts essen, Herr Andersen, oder eine Tasse Tee trinken?«

»Nichts, Brösselt – ich gehe auch zur Ruhe. Und morgen früh schlafen Sie sich erst aus – verstanden! Ich rufe Sie, wenn ich Sie nötig habe.«

»Schön, Herr Andersen. – Es ist nur gut, dass Sie so schnell wiedergekommen sind. Wenn Sie nicht da sind, fehlt mir immer etwas. Fräulein Linda war auch da. Morgen will sie nicht kommen, weil ich ihr nicht sagen konnte, ob Sie wieder zurück wären – aber übermorgen.«

»Gut, Brösselt, dann können wir ja morgen faulenzen.«

Franz Boßneck war schon am nächsten Tage von seiner Reise zurückgekehrt. Ehe er seine Frau zu Gesicht bekam, gab ihm seine Mutter einen Bericht über Sven Andersens Besuch. Franz hörte verdrießlich zu. Kaum setzte er den Fuß ins Haus, da musste er schon wieder Unannehmlichkeiten hören! Es war wirklich unerträglich, was ihm seine Frau für Ärger verursachte.

Trotzdem versuchte er, die giftigen Äußerungen seiner Mutter abzuschwächen. »Du bauschest da eine an sich ganz harmlose Sache zu einem Verbrechen auf, Mutter. Andersen steht in einem fast brüderlichen Verhältnis zu Hella. Wenn da eine Liebe dahintersteckte, hätten sie sich ja heiraten können.«

Frau Boßneck verzog höhnisch den Mund. »Der Millionärssohn ist ihr eben lieber gewesen, als so ein Hungerleider.«

»Du übertreibst. Andersen ist eine Berühmtheit und verdient ein schönes Geld.«

»Na – mir soll es ja recht sein, wenn du dich damit zufriedengibst. Hättest du gesehen, mit welchem Blick die beiden sich verabschiedeten, du würdest mir glauben, dass dieser Besuch sehr verdächtig war. Ich hielt es für meine Pflicht, dich zu warnen. Dass deine Frau über die Maßen kokett und gefallsüchtig ist, hörst du ja von allen Seiten. Aber du willst eben blind sein.«

»Nun höre aber auf mit der ewigen Litanei! Ich weiß ja alles, was du sagen willst. Hella ist doch aber nun einmal meine Frau – daran lässt sich nichts mehr ändern.«

»Warum nicht, eine Ehe kann geschieden werden.«

»Das weiß ich, aber ich habe keinen Grund, mich von

Hella scheiden zu lassen – wenigstens keinen stichhaltigen. Sonst täte ich's gewiss, schon um endlich Ruhe zu bekommen. Für sie wäre es auch das Beste, denn sie lebt sich doch nie ein in unsere Verhältnisse. Aber ein schweres Geld würde es kosten; wenn sie keine Schuld trifft, wird sie sich gewiss schadlos halten wollen. Dafür wird ihr Vater schon sorgen.«

Frau Emilie drehte unschlüssig an ihrem Schürzenband. »Was das anbetrifft, Franz, die Kleefelds würden es sich schon was kosten lassen, Elsa ist nun einmal blind und toll in dich vernarrt, ihre Eltern sind zu jedem Opfer bereit, dich von der da oben zu lösen.«

Franz biss sich auf die Lippen und sah seine Mutter von der Seite an. »Soweit seid ihr also schon einig?«

»Du kannst dir doch denken, dass wir uns darüber aussprechen.«

Franz stand noch eine Weile sinnend da. »Ach, lass mich in Ruhe – ich mag jetzt nichts mehr davon hören!«

Er ging hinaus und begab sich in seine Wohnung.

Es war alles still oben. Er lief suchend durch alle Räume und wollte dann Hellas Zimmer betreten. Es war verschlossen. Er klopfte an. Hella trat heraus.

»Warum schließest du dich ein?«, herrschte er sie an.

»Ich wollte allein sein und Ruhe haben.«

»Soo – na, guten Tag wirst du mir wohl sagen können!«

»Guten Tag.«

»Tu dir nur keinen Schaden! Dein Schmollen führt zu nichts.«

»Ich schmolle nicht.«

»Na, zum Henker, dann lass, bitte, diesen hoheitsvollen Ton! Kannst du kein freundliches Gesicht machen, wenn ich von der Reise zurückkomme?«

»Nein – heucheln kann ich nicht. Wenn das Herz voll Bitterkeit ist, fällt es schwer, ein freundliches Gesicht zu machen.«

»Natürlich, es ist furchtbar, was du auszustehen hast! Und dein Besuch hat dich in dieser Ansicht noch bestärkt, statt dir den Kopf zu waschen.«

»Du irrst dich.«

»Was wollte denn dieser Andersen hier? Ein bisschen spionieren und die überspannten Gedanken in deinem Kopf auffrischen, damit du ja niemals vernünftig wirst?«

Sie hob ein wenig die Schultern. »Du bist gar nicht fähig, zu verstehen, wie klar und groß dieser Mann vom Leben denkt. Überspannte Gedanken liegen ihm so fern wie mir.«

»Um dir nur guten Tag zu sagen, ist er sicher nicht gekommen.«

»Nein, er kam im Auftrag meines Vaters, um zu sehen, wie es mir geht.«

»Warum kommt dein Vater nicht selbst? Es wäre ganz gut, wenn er dir einmal den Standpunkt klarmachte, wie du dich gegen deinen Mann zu verhalten hast.«

»Ich will nicht, dass mein Vater herkommt.«

»So, du willst es nicht? Wahrscheinlich, damit du über dein Verhalten hier nur nach deiner Weise berichten kannst. Du wirst uns schön angeschwärzt haben!«

»Wenn du es so nennst, dass ich meinem Vater endlich die volle Wahrheit berichtet habe, welches Leben ich an deiner Seite führe, so kann ich dich nicht daran hindern.«

Franz lachte höhnisch auf. »Na, dann wird ja dein Vater hoffentlich merken, wie verkehrt er dich erzogen hat.«

Sie schwieg, einsehend, dass dieser Wortstreit keinen Zweck hatte. Stumm sah sie ihm ins Gesicht. Dieser Blick genierte ihn ungemein. Was an guten Gefühlen in ihm noch nicht ganz erstorben war, wurde unter diesem Blick wach. Er wurde sich seiner eigenen Erbärmlichkeit bewusst, und diese Erkenntnis reizte ihn vollends zum Zorn.

»Ich verbitte mir deine impertinenten Blicke – verstehst du! Es ist unglaublich, was für ein aufsässiger Geist in dir steckt. Aber ich kriege dich noch klein, verlass dich drauf. Willst du nicht biegen, so musst du brechen. Ich leide bei meiner Frau keine Opposition, weder in Worten, noch in Blicken.«

Sie ließ trotzdem ihren Blick nicht von ihm. »Dafür bist du der rechte Sohn deines Vaters«, sagte sie ruhig.

Er sprang wütend auf sie zu, fasste mit rauhem Griff ihr Handgelenk und schüttelte sie hin und her. »Hüte dich, mich noch mehr zu reizen!«

Sie sah ihn furchtlos an, wenn auch ihr Gesicht jäh erblasste. »Lass mich los!«, sagte sie mit verhaltener, dunkel klingender Stimme.

Da stieß er sie zurück und lief wütend davon.

Eine Stunde später wurde Hella zu Tisch gerufen. Sie ging hinunter und nahm ruhig ihren Platz ein.

Ernst Boßneck schoss gehässige, stechende Blicke zu ihr hinüber. Berta zog die Mundwinkel verächtlich herab, und ihre Mutter teilte mit verkniffenem Gesicht die Suppe aus. Auf Franz Boßnecks Stirn standen Gewitterwolken. Niemand sprach ein Wort.

Nach beendigter Mahlzeit ging Hella in den Garten hinaus. Es war ein heißer, schwüler Septembertag. Die junge Frau hatte sich in einem Winkelchen hinter der Laube ein stilles Fleckchen zu ihrem Lieblingsplatz erkoren. Dort war sie ungestört und unbeobachtet. Niemand ahnte, dass sie dort manchmal stundenlang auf einem schmalen Feldstuhl saß, den Kopf an die Hinterwand der Laube gelehnt, und träumerisch zusah, wie die vom leichten Windhauch bewegten Blätter unruhige Schatten auf den sonnigen Weg warfen.

Die friedliche Stille ringsum tat auch heute ihren Nerven wohl.

Es sollte aber nicht lange so still bleiben, denn bald ertönten Stimmen im Garten. Hella lauschte, ob sie sich wieder entfernten, aber vergebens. Sie vernahm, dass ihre Schwägerin und ihre Schwiegermutter direkt auf die Laube zusteuerten. Dazwischen klang ein eigentümlich spitz und schrill klingendes Organ. Hella kannte es. So sprach Elsa Kleefeld.

Am liebsten wäre sie davongelaufen, aber sie hätte an den Frauen vorbeigemusst. So blieb sie still sitzen in der Hoffnung, dass sich die drei bald wieder entfernen würden; zu ihrem Leidwesen aber nahmen sie gerade in der Laube

Platz, hinter welcher Hella saß, und so musste sie jedes Wort hören, was zwischen ihnen gesprochen wurde.

»Wo ist denn die schöne Frau Hella?«, fragte Elsa in unglaublich mokantem Tonfall.

»Natürlich in ihrem Heiligtum. Sie fühlt sich ja nur wohl, wenn alles kunterbunt um sie herumliegt und -steht. Du glaubst nicht, liebe Elsa, wie es in diesem Zimmer aussieht! Schauderhaft. Wenn Mutter da oben nicht die Zügel festhielte, sähe es in der ganzen Wohnung so aus«, sagte Berta voll Entrüstung.

»Ja, Kind«, pflichtete Frau Emilie bei, »es ist ein schweres Kreuz mit dieser Frau. Und nicht einmal dankbar ist sie dafür, dass ich für sie den Haushalt besorge.«

»Das schlechte Geschöpf!«, rief Elsa schaudernd. »Mir tut nur der arme Franz leid. Er muss hart büßen.«

»Ja, der arme Junge!«, seufzte seine Mutter.

»Wenn man ihm nur helfen könnte! – Ach, gute Tante Boßneck, ich brächte gern jedes Opfer für seine Rettung.«

»Das weiß ich, Elschen. Sie lassen es Franz nicht entgelten, dass er so blind an Ihnen vorbeigelaufen ist. Er bereut es aber auch längst.«

Elsa seufzte. »Ja, wenn er nur erst frei wäre! Aber sie gibt ihn sicher nicht her, so sehr er sich auch danach sehnt. Haben Sie ihm schon gesagt, dass meine Eltern bereit sind, seiner Frau eine hohe Abfindungssumme zu geben, wenn sie ihn freilässt?«

»Ja, Elschen, gesagt hab ich's ihm. Er war tief gerührt von Ihrer Güte, aber leicht ist einem Mann doch nicht, zu seiner Frau zu sagen: ›Geh, ich will mich von dir scheiden lassen!‹ Es wird ja auch einen schlimmen Kampf mit ihr geben, sie ist so unglaublich renitent.«

»Ja, das glaube ich wohl. Und so eine ist ja auch zu allem fähig, so eine ausgefeimte Kokette, die sich nicht scheut, Bildhauern Modell zu stehen.«

Hella saß wie zu Stein erstarrt. Die bodenlose Gemeinheit, die ihr hier entgegentrat, lähmte all ihr Denken und Empfinden. Wie war es nur möglich? Was hatte sie diesen

Menschen getan, dass sie so erbärmlich von ihr sprachen. Es brauste vor ihren Ohren, sie verstand nicht mehr, was in der Laube gesprochen wurde. Erst als sich Elsa verabschiedete, kam sie wieder zu sich. Sie hoffte, dass sich Berta und ihre Mutter ebenfalls entfernen möchten, aber die beiden blieben noch sitzen. Hella musste noch ausharren, obwohl ihr der Boden unter den Füßen brannte. Aber jetzt war an Flucht nicht zu denken.

Drinnen in der Laube sagte Berta zu ihrer Mutter: »Elsa ist doch ein unausstehliches Frauenzimmer! Wie kann sie sich so um einen verheirateten Mann abmühen!«

»Sie liebt ihn eben. Na, jedenfalls ist sie mir am kleinen Finger lieber, als meine ganze Frau Schwiegertochter. Mir steigt die Galle ins Blut, wenn ich sie nur sehe.«

»Mir ist sie ja auch widerwärtig, aber Vater ist am allerschlechtesten auf sie zu sprechen. Er hat keine Ruhe mehr, solange sie noch im Hause ist. Franz tät' schon am gescheitesten, er ließe sich scheiden.«

»Das möchte er ja gern, er hat es mir schon zugestanden, aber so leicht geht es nicht. Sie hat sich noch nichts zuschulden kommen lassen, was ihn berechtigt, gesetzlich gegen sie vorzugehen. Die ist schon schlau genug. So leicht lässt sich die nicht abschütteln. Da muss erst ein gutes Stück Geld springen. Aber mag es drum sein – Kleefelds werden es ja zahlen – wenn wir die nur erst los sind!«

»Wo muss sie denn nur stecken? Ausgegangen ist sie nicht.«

»Diese stundenlangen Ausgänge sind mir auch ein Dorn im Auge. Weiß man denn, was sie in der Zeit treibt? Es ist ein Greuel mit der Person! – Aber komm, wir wollen Wäsche ausbessern. Es ist eine Not, wenn man alles allein auf dem Halse hat. Meine Prinzessin Schwiegertochter lehnt den ganzen Tag faul herum und liest Romane. Und dabei will so was allein eine Wirtschaft führen!«

Berta lachte boshaft. »Da würde was Gutes herauskommen!«

Nun endlich entfernten sich die beiden edlen Seelen, die, vor Selbstzufriedenheit strahlend, davongingen, während die Geschmähte, sich vor Ekel und Abscheu schüttelnd, zurückblieb.

Starr sah Hella zum Himmel empor, als wollte sie dort eine Antwort finden auf die Frage: Was soll ich tun? Endlich stand sie auf, ging ins Haus und kleidete sich an. Sie wollte hinaus ins Freie, damit ihre Brust erst wieder atmen konnte. Dort würde sie klar werden über das, was sie tun musste.

Sinnend ging sie am Fluss entlang. Sein leises, monotones Rauschen beruhigte den Aufruhr, der in ihr tobte. Nachdenklich folgte ihr Blick dem fließenden Wasser. Wer doch seinem Laufe folgen könnte, ohne umkehren zu müssen in die enge, kleine Stadt mit den Menschen, die ihr übelwollten, ohne recht zu wissen, warum!

Sollte sie ihrem Vater die belauschte Unterredung mitteilen und von ihm ihre Sache führen lassen? Oder war es besser, sie sprach gleich selbst mit Franz? Er sehnte sich ja nach Freiheit, wie sie selbst, da galt es vielleicht nur, das erlösende Wort zu sprechen.

Voll Unruhe und innerer Bedrängnis kehrte sie endlich zur Stadt zurück, und auf dem Heimwege fasste sie den Entschluss, heute Abend noch mit Franz zu sprechen. Es war am besten so.

Als sie über den kleinen Marktplatz schritt, der still und verschlafen dalag wie mit Spinnweben überzogen, kam ihr ein Herr entgegen.

Er stutzte bei ihrem Anblick, und Hella wurde gleichfalls auf ihn aufmerksam. Sie sah in sein Gesicht und ein Ausdruck des Erkennens flog über beider Züge.

»Fräulein Rasmussen? Nein – Pardon, gnädige Frau – sind Sie das wirklich?«, rief er freudig erstaunt und zog den Hut.

Sie neigte grüßend den Kopf und reichte ihm die Hand. »Ich bin es in der Tat, Herr Werner.«

»Das nenne ich Glück, Sie hier zu treffen! Wie kommen Sie denn in diesen verschlafenen Erdenwinkel?«

»Dieser verschlafene Erdenwinkel ist zurzeit mein Wohnsitz.«

»Nicht möglich! Unsere gefeierte Hella Rasmussen in dieser spießbürgerlichen Umgebung!«

»Und doch ist es so, denn mein Mann ist Bürger dieser Stadt«, sagte sie lächelnd.

Der junge Künstler sah sie mit zweifelndem Kopfschütteln von der Seite an. Er war ein häufiger Gast in Rasmussens Hause gewesen und kannte Hella seit Jahren. Als talentvoller Maler, der reizende Bildchen aus der Biedermeierzeit malte, hatte er zu dem Kreise junger Künstler gehört, die in Rasmussens Hause stets gastliche Aufnahme fanden.

Er bat Hella, sie ein Stück Wegs begleiten zu dürfen. Sie hätte ihm am liebsten diese Bitte abgeschlagen, denn an verschiedenen Fenstern erschienen schon neugierig spähende Gesichter, und die junge Frau wusste, morgen war es in der ganzen Stadt herum, dass sie mit einem fremden Herrn auf der Straße zusammengetroffen war. Dann aber fand sie es lächerlich, dass sie sich darum kümmerte, und gab ihre Zustimmung.

»Also hierher hat Sie das Schicksal verschlagen, gnädige Frau? Mein Gott, wie halten Sie das nur aus! Ich bin seit gestern hier und komme mir schon vor wie ein Fisch auf dem Sande. Freilich, für ein junges Ehepaar mag das Leben hier seinen eigenen Reiz haben, aber für die Dauer halten Sie das sicher nicht aus, das prophezeie ich Ihnen.«

»Das wird die Zukunft lehren, Herr Werner. Aber nun sagen Sie mir, was Sie hierher nach diesem Krähwinkel führt?«

»Kunststudien.«

Hella musste lachen. »Hier Kunststudien – das ist allerdings ein unglaublicher Vorwand!«

»Aber ich bitte recht sehr, gnädige Frau.« Er zog ein Skizzenbuch aus der Tasche und hielt es ihr, darin blätternd, hin. »Schauen Sie her. Sind das nicht reizende Motive? Die ganze Stadt ist ja ein Erntefeld für mich. Die Zeit hat ihren berüchtigten Zahn hier noch nirgends angesetzt.

Alles, wie vor hundert Jahren! Sehen Sie zum Beispiel diesen alten Brunnen hier mit den beiden Ulmen – und hier, dies Gartentor mit den köstlichen naiven Ornamentchen! Können Sie sich was Echteres denken? Und hier diese Fassade mit der Steinbank und den steinernen Rosenkränzchen, schaut das nicht lieb aus – und so ist in jeder Straße etwas, was ich brauchen kann.«

Sie nickte lächelnd. »Richtig – ich vergaß, dass Sie Ihre Motive meist aus der Biedermeierzeit wählen. Dann allerdings nehme ich meine Zweifel zurück. Gedenken Sie, länger hierzubleiben?«

»Leider muss ich schon heute Abend nach Berlin zurück, ich würde sonst nicht verfehlen, Ihnen morgen meine Aufwartung zu machen.«

Hella atmete auf. Gottlob, dass daran nicht zu denken war! Es war nicht nötig, dass man in den Berliner Bekanntenkreisen erfuhr, in welcher Umgebung sie hier lebte. »Vielleicht darf ich Sie bitten, meinem Vater Grüße zu überbringen? Sie besuchen ihn doch zuweilen?«

»Gewiss und sehr gern. Bei Ihrem Herrn Vater ist man immer gut aufgehoben. Ich darf ihm wohl sagen, dass es Ihnen gut geht? Junge Eheleute sind ja immer glücklich. Wir waren freilich alle sehr überrascht durch Ihre Verheiratung. Man ist so leicht geneigt, das Zunächstliegende für wahrscheinlich zu halten, wir glaubten immer, Sie und Herr Andersen würden einmal ein Paar werden.«

Hella war die Wendung, die das Gespräch nahm, sehr unangenehm. Zum Glück war sie eben vor ihrem Hause angelangt. Sie konnte so seine letzten Worte ignorieren.

»Hier bin ich daheim, Herr Werner. Ich danke Ihnen für Ihre Begleitung und bitte Sie nochmals, Papa zu grüßen.«

»Danke sehr, werde nicht verfehlen. Es war mir eine Freude, Sie so unverhofft wiederzusehen. Leben Sie wohl, gnädige Frau.«

Er zog den Hut, Hella neigte freundlich den Kopf und reichte ihm die Hand.

Dann trat sie ins Haus, bemerkte aber dabei, dass Berta und ihre Mutter am Fenster standen.

Werner sah Hella kopfschüttelnd nach, ahnungslos, dass er von drinnen beobachtet wurde. ›Das ist ja eine greulich nüchterne Bude, in der die schöne Hella Rasmussen vor Anker gegangen ist. Unglaublich, wie die mit ihren idealen Schönheitsbegriffen hier leben kann! Na – die Liebe bringt eben alles zustande‹, dachte der junge Maler und entfernte sich langsam.

Berta hatte, als sie Hella mit einem Herrn kommen sah, ihre Mutter und dann auch Franz herbeigerufen, der eben nach Hause gekommen war.

Frau Emilie war außer sich! »Das ist doch unerhört! Deine Frau wird noch Schimpf und Schande auf unseren ehrlichen Namen bringen. Was sollen die Leute dazu sagen, dass sie mit fremden Herren so ungeniert herumläuft! An ihrem Ruf ist freilich ohnedies nicht viel mehr zu verderben. Neulich empfängt sie allein Herrenbesuch, und heute kommt sie wieder mit einem wildfremden Menschen an. Franz, es ist die höchste Zeit, dass du dich von ihr trennst, sonst erleben wir noch etwas!«

Franz hörte den Schluss ihrer Rede schon nicht mehr. Wütend stürzte er hinter seiner Frau die Treppe hinauf. Sie hatte gerade Hut und Handschuhe abgelegt und stand vor dem Spiegel, um sich das Haar zu ordnen, als ihr Mann hereinkam.

Er trat mit finsterem Gesicht dicht an sie heran. »Wie kommst du dazu, die Begleitung eines fremden Herrn anzunehmen?«

Sie wandte sich vom Spiegel ab und sah ihm ernst ins Gesicht. »Natürlich war es kein fremder Herr, sondern ein junger Maler, der viel im Hause meines Vaters verkehrte. Wenn er nicht heute noch abreiste, hätte er uns morgen seine Aufwartung gemacht.«

»Das hätte gerade noch gefehlt!«

»Warum?«

»Es muss dir genügen, wenn ich dir sage, dass ich es

nicht wünsche, dass du solches – Künstlervolk empfängst.«

»Erlaube, das würde mir in diesem Falle durchaus nicht genügen. Warum soll ich einen Menschen, der meinem Vater und mir freundschaftlich nahesteht, einfach abweisen lassen, wenn er mich zu besuchen gedenkt? Dafür müsstest du mir doch mindestens einen vernünftigen Grund angeben.«

»Schlimm genug, dass dir mein Wille nicht einfach maßgebend ist. Das zeigt wieder einmal zur Genüge deine falsche Erziehung. Aber du sollst auch noch eine Begründung meines Willens haben, damit dir in Zukunft nicht etwa einfällt, mir solch einen Menschen ins Haus zu bringen. Also, ich mag diese sogenannten Künstler nicht bei mir sehen. Sie verdrehen euch Weibern nur die Köpfe und richten allerlei Unheil an mit ihren phantastischen Ideen. In unseren soliden bürgerlichen Kreisen meidet man solchen Verkehr, weil er demoralisierend wirkt.«

Hella setzte sich ans Fenster und schlang die Hände ineinander. »Ereifere dich nicht unnötig, es wird niemand aus meinen Kreisen zu uns kommen, und ich werde also glücklicherweise nicht gezwungen werden, unhöflich zu sein.«

»Bitte, lass diesen Ton, er ist durchaus nicht am Platze. Du tust immer, als geschehe dir wer weiß was für ein großes Unrecht, wenn man dich zur Vernunft belehren will. Im Hause deines Vaters hat ein sehr freier Ton geherrscht, dadurch bist du verdorben für solide Verhältnisse. Bei uns herrschen strengere Sitten. Kunstgelichter halte mir vom Halse, das kannst du gelegentlich auch Herrn Andersen zu verstehen geben. In unseren Kreisen brauchen die Frauen keine Anbeter und Schleppenträger. Sie haben ihren Mann, ihren Haushalt – damit basta!«

»Ihr habt mir ja gar nicht einmal einen Haushalt zu führen gestattet. Ich lebe ein so inhaltsloses Leben, dass es zum Erbarmen ist. Im Hause meines Vaters hatte ich Arbeit und geistige Anregung in Hülle und Fülle. Aber hier – niemand steht zu mir, nicht einmal mein Mann.«

»Das ist deine eigene Schuld. Warum hast du dich bei den Damen hier so unbeliebt gemacht?«

»Sag' lieber: Deine Mutter, deine Schwester und die Damen Kleefeld haben dafür gesorgt, dass man mich von Anfang an mit Misstrauen empfing.«

»Das redest du dir nur ein. Sicher ist, dass du dich in Gesellschaft stets nur mit Herren unterhalten hast. Das hat man dir natürlich sehr verdacht.«

»Ich habe mich allerdings stets lieber mit gescheiten Männern als mit dummen Frauen unterhalten.«

»Es gibt noch mehr gescheite Frauen außer dir.«

»Nun, wenn es hier wirklich welche gibt, so habe ich nicht das Vergnügen gehabt, sie kennenzulernen.«

»Natürlich, Du schiltst sie einfach dumm, weil sie dir den gewohnten zwanglosen Verkehrston nicht gestatten wollen. Die Herren finden dich freilich sehr amüsant, Dein Entgegenkommen schmeichelt ihrer Eitelkeit, jeder bildet sich ein, dir besonders lieb und angenehm zu sein. Dadurch zwingst du sie in deinen Bann. So abstoßend und kalt du zu den Frauen bist, so zuvorkommend umschmeichelst du die Herren. Dafür sind sie ja auch alle ganz toll mit dir, und wenn ich nicht gerade dein Mann wäre, würde ich vielleicht auch mit einstimmen, wenn es am Biertische heißt: Die junge Frau Boßneck ist eine entzückende Frau! Die Frauen aber beurteilen dich kühler und schärfer. Meine Mutter und meine Schwester müssen genug über sich ergehen lassen in Bezug auf dich.«

»Und sind dabei meine eifrigsten Ankläger – ich weiß es.«

»Ist auch kein Wunder. Deine Koketterien müssen jede anständige Frau gegen dich einnehmen.«

Sie zuckte zusammen und sah ihm mit einem unbeschreiblichen Blick ins Gesicht. »Ich kokettiere niemals!«, sagte sie dann.

Er lachte überlaut. »Das musst du mir nicht aufbinden wollen. Ich kenn dein hervorragendes Talent aus eigener Erfahrung.«

»Wie meinst du das? Ich verstehe dich nicht«, sagte sie verwundert.

»Denkst du denn, ich hätte mich damals so kopflos in fliegender Eile mit dir verlobt, wenn du mich durch dein Entgegenkommen nicht direkt dazu gezwungen hättest?«

»Mein Entgegenkommen? Bin ich dir wirklich in unweiblicher Weise entgegengekommen, dass du mir solche Worte zu sagen wagst?«

»Ach, spiel dich nicht auf die Naive hinaus, das kleidet dich absolut nicht. Gib dir keine Mühe – ich kenne die Weiber, mir machst du nichts weis!«

»Die Weiber magst du kennen, aber nicht das Weib – am wenigsten dein eigenes.«

Er lachte höhnisch auf. »Also unterscheiden wir genau.«

»Ja, bitte – sehr genau. Und nun sag mir, in welcher Weise ich dich durch mein Verhalten zur Verlobung gezwungen haben soll«, sagte sie mit glühenden Wangen und bebender Stimme.

»Wenn ich durchaus deutlicher werden soll – nun gut«, entgegnete Franz Boßneck seiner Frau. »Hast du vergessen, dass du dich damals fast in meine Arme drängtest, mir die Hände küsstest und mit leidenschaftlichen Blicken ansahst, dass ich natürlich vor lauter Verliebtheit den Verstand verlor und dich küsste? Ich konnte ja gar nicht anders, wenn ich dich nicht brutal zurückstoßen wollte.«

Sie erhob sich langsam, wie halb gelähmt vor Schreck und Entsetzen. Ihre weit geöffneten Augen sahen starr in sein Gesicht, und aus ihrem Antlitz war jeder Blutstropfen gewichen.

»So hast du das aufgefasst?«, rief sie mit einem Ausdruck, dass ihm doch ein wenig unbehaglich zumute ward. Er antwortete nicht.

Langsam raffte sie mit unnachahmlicher Gebärde ihr Kleid zusammen und wich von ihm zurück bis an die Wand des Zimmers. Fremd und kalt wurde ihr Blick, sie sah ihn an, als sähe sie ihn zum ersten Male. Dann schritt sie der Tür zu, ohne ein Wort zu sagen.

Er hielt sie ärgerlich auf, indem er seine Hand auf ihren Arm legte. »Wo willst du hin? Ist das eine Art, ein Gespräch abzubrechen?«

Sie streifte mit energischer Bewegung seine Hand von ihrem Arm. »Rühr' mich nicht an. Zwischen uns gibt es keine Gemeinschaft mehr nach diesem Auftritt.«

»Weil ich dir das Kokettieren verbiete – sehr gut!«

»Spare deine Worte. Du kannst mich nicht mehr beleidigen. Ich habe eben endlich ganz klar sehen gelernt. Verzeih nur, dass ich so schwer von Begriffen war und mich nicht leichter abschütteln ließ. Heute Nachmittag erst habe ich zufällig gehört, wie sehr du dich danach sehnst, mich loszuwerden. Elsa Kleefeld ist ja sogar bereit, dich von mir loszukaufen. Herrlich habt ihr euch mit euren ›soliden bürgerlichen Begriffen‹ das ausgedacht. Du hättest dir und mir viel Qual und Erniedrigung sparen können, wenn du offen und ehrlich vor mich hingetreten wärest und hättest mir gesagt: Lass uns das Band lösen, das wir so schnell und unüberlegt geknüpft haben. Wir verstehen uns nicht und gehören nicht zueinander, gib mich frei. – Ich hätte dich nicht gehalten, denn auch ich habe längst eingesehen, dass wir nicht füreinander bestimmt waren. Mein Herz hat sich von dir schon gelöst, als ich einsah, dass ich dir Eigenschaften zuschrieb, die du nie besessen. Weil du schön bist, glaubte ich, es wohne auch eine schöne Seele in deiner Brust. Wir haben uns geirrt ineinander, denn auch ich besitze nicht die Eigenschaften, die dir wünschenswert erschienen. Das kommt wohl öfters vor im Leben. Wir hätten uns ruhig und ohne Groll trennen können. Dass du mir aber, um mich zu kränken, daraus einen Vorwurf machst, dass ich in jugendlich warmer Begeisterung dir damals mein Herz entgegentrug und dir damit offen zeigte, wie groß ich von dir dachte, das ist so erbärmlich und niedrig von dir, dass ich nicht einmal mit Achtung an dich zurückdenken kann. Ich schäme mich – schäme mich bis zur Verzweiflung, dass ich dein Weib geworden bin, und diese Scham werde ich nie wieder ganz verwinden können. – Ich reise noch heute Abend zu meinem Vater zurück – meine Sachen sendest du mir wohl nach.«

Franz hatte ihre zürnenden Worte schweigend über sich ergehen lassen. Jetzt schüttelte er den Bann ab, der ihn lähmte. »Was fällt dir ein? Willst du einen Skandal provozieren?«

Sie verzog in spöttischem Schmerz den Mund. »Deine Mutter wird dich schelten, dass du nicht mit beiden Händen zugreifst, da du mich so billig loswerden kannst. Bedenke doch: Elsa Kleefeld braucht mir keine Abfindungssumme zu geben, ich gebe dich ihr ganz umsonst. Sie wartet ja schon mit ausgestreckten Armen auf dich. Ihr werdet besser miteinander harmonieren.«

Er stampfte in wilder Wut mit dem Fuße auf und fasste ihren Arm. »Du bleibst, bis ich für gut halte, dich gehen zu lassen.«

Sie machte sich mit einem Ruck frei und warf stolz den Kopf zurück. »Ich gehe sofort. Fritz Rasmussens Tochter hat ertragen, was zu ertragen war. Jetzt hält mich nichts mehr hier. Dein Verhalten gibt mir ein Recht, dich zu verlassen. Und willst du mich dennoch halten, so rufe ich deine Eltern herbei. In diesem Falle werden sie, denke ich, einer Meinung mit mir sein.«

Damit ging sie zur Tür hinaus. In ihrem Zimmer machte sie sich schnell für die Reise fertig und verließ kurze Zeit darauf ohne Abschied das Haus, in dem sie so viel gelitten. Sie wandte den Kopf nicht mehr zurück, fest und sicher schritt sie davon.

Oben am Fenster erschien der Kopf ihres Mannes. Er sah der elastisch ausschreitenden Frauengestalt nach, so weit er konnte. Kein Gefühl der Befreiung wurde in ihm lebendig – im Gegenteil, ein dumpfes, drückendes Gefühl nahm von ihm Besitz, als er die holde Erscheinung Hellas verschwinden sah. Dunkel dämmerte in seinem Kopf die Erkenntnis, dass mit seiner Frau der wertvollste Mensch aus seinem Leben schied. Einen Augenblick war es ihm, als müsse er ihr nachstürzen und sie bitten, bei ihm zu bleiben, aber dann raffte er sich zusammen. Ein finsterer, tyrannischer Zug entstellte sein Gesicht und machte es seinem Vater ähnlicher als je.

Dann ging er hinunter zu seinen Eltern, die bereits mit dem Essen warteten.

»Nun, hast du ihr den Standpunkt klargemacht?«, fragte seine Mutter eifrig. »Wo bleibt sie denn? Wir wollen essen.«

»Dann lasst uns anfangen. Hella hat soeben das Haus für immer verlassen und kehrt zu ihrem Vater zurück.«

»Bravo! Hast du ihr so energisch den Laufpass gegeben? Alle Achtung! Das hätte ich dir gar nicht zugetraut«, sagte sein Vater erfreut.

»Bitte, lasst jetzt das Thema ruhen – ich kann und will nicht darüber sprechen. Es ist aus und vorbei, daran lasst euch genügen.«

Rasmussen, durch eine Depesche unterrichtet, erwartete Hella am Bahnhof. Zitternd vor Aufregung lag sie in seinen Armen.

Beide sprachen kein Wort.

Rasmussen sah mit stiller Sorge in ihr blasses Gesicht mit den großen, fieberisch glänzenden Augen. Sorgsam half er ihr in eine Droschke und setzte sich zu ihr. Keine Frage, kein Wort richtete er an sie, er wusste, in manchen Stimmungen ist Schweigen die einzige Wohltat.

Es hatte geregnet. Taktmäßig schlugen die Pferdehufe auf den nassen Asphalt, und durch das Rollen des Wagens vernahmen die beiden das Knirschen des ausgestreuten Sandes. Der Schein der Laternen fiel in gleichmäßigen Zwischenräumen durch die Wagenfenster auf die blassen, ernsten Gesichter von Vater und Tochter.

Hella schauerte zusammen, und Rasmussen legte schützend den Arm um ihre Schulter. Ein wohliges Gefühl des Geborgenseins beruhigte ihre Nerven.

Daheim angelangt, wurden sie von Frau Liebentrut empfangen. Rasmussen hatte ihr vorher Weisung gegeben, Tee zu bereiten und Hella nicht mit Fragen zu quälen. So machte sich die alte Frau nur liebevoll um Hella zu schaffen, half ihr, Hut und Mantel ablegen und brachte ihr bequeme Schuhe, ganz wie früher, wenn Hella von einem Fest nach Hause zurückkehrte. Dann holte sie Tee und Gebäck herbei und legte Hella sorglich noch ein Kissen unter den Kopf, als sei der Sessel noch nicht behaglich genug.

Diese stummen Beweise treuer Liebe der alten Frau lösten Hellas Erstarrung. Die Tränen traten ihr in die Augen, und haltloses Weinen erschütterte sie bis zur Fassungslosigkeit.

Rasmussen setzte sich zu ihr und zog sie in seine Arme. Sie legte den Kopf an seine Schulter und weinte sich aus.

Frau Liebentrut hatte sich still entfernt. Vater und Tochter waren allein.

Draußen aber, im Garten unter den Fenstern, lief ein bleicher Mann ruhelos auf und ab, und seine Augen schienen die Wände durchbohren zu wollen. Tief und scharf schnitt die düstere Falte in seine Stirn ein und in seinem Kopf hatte nur eine Frage Platz: Was hat man ihr getan, dass sie so plötzlich heimgekehrt?

Rasmussen hatte Sven am Abend Mitteilung gemacht, dass Hella sich angemeldet hatte, und seit der Zeit trieb es den jungen Mann in rastloser Unruhe umher. Mit tausend Fäden zog es ihn zu der Geliebten, aber er wusste, jetzt musste er ihr fernbleiben, bis sie sich mit ihrem Vater ausgesprochen hatte.

Hella hatte sich endlich beruhigt, und nun erzählte sie ihrem Vater, was sie aus dem Hause ihres Mannes getrieben und dass sie nie zu ihm zurückkehren wolle. »Wäre ich doch nie von dir gegangen, lieber Papa«, schloss sie ihren Bericht, »in mir ist alles so wund und weh. Mir ist zumute, als müsst' ich mich vor aller Welt verbergen.«

Rasmussen streichelte ihre Hände. »Sei ruhig, mein Kind. Du wirst darüber hinwegkommen und die böse Zeit vergessen.«

»Und du zürnst mir gar nicht, dass ich diesen Kummer über dich bringe, lieber, teurer Vater?«

»Wir alle sind Irrtümern unterworfen, mein Kind. Wie soll ich dir zürnen können, da du so unglücklich warst. Du hast doch nichts getan, was ich dir nicht gern verziehe.«

»Aber die Welt verurteilt geschiedene Frauen immer, ob mit oder ohne Recht.«

»Damit müssen und werden wir uns abfinden. Wer dich kennt, der weiß auch, dass du nicht zu verdammen bist. Wenn jemand von uns eine Schuld trifft, bin ich es. Ich sah es kommen, dass dir diese Ehe kein Glück bringen würde. Trotzdem verhinderte ich sie nicht. Man kann seine Erfahrungen nicht auf andere übertragen. Du musstest selbst erkennen, dass es Scheinglück war, nach dem du deine Hände verlangend ausstrecktest, sonst hättest du ihm ewig nachgetrauert und es für echt gehalten. Nun bist du von dem Wahn geheilt und kannst gesunden. Rette dir aus dieser bitteren Erfahrung die Erkenntnis, dass wir Menschen nicht die Herren unseres Schicksals sind, und du wirst aus dieser Prüfung einen großen Gewinn ziehen. Du wirst für die, welche schuldbeladen oder vernichtet aus dem Kampf ums Leben hervorgehen, ein warmes, verzeihendes Verständnis haben. Und das ist die rechte Lebensweisheit.«

Am anderen Morgen war es sehr spät, als Hella erwachte. Als sie den altvertrauten Raum vor sich sah, in dem sie sich als Mädchen so heimisch gefühlt, schloss sie nochmals die Augen. Sie fürchtete, nur zu träumen. Aber dann klang ein leises, klingendes Geräusch an ihr Ohr. Sie lauschte. Wie lange hatte sie das nicht gehört. Es kam aus ihres Vaters Atelier herüber, und sie wusste, es entstand durch das Aufschlagen des Eisens an den Stein. Ihr Vater war bei der Arbeit.

Nun richtete sie sich auf und kleidete sich schnell an.

Daheim – daheim – daheim! – klang ihr der helle, singende Ton in den Ohren. Es war wunderbar, wie lieb und traut sich das anhörte.

Als sie aus ihrem Zimmer trat, stand Frau Liebentrut vor ihr.

»Gerade wollte ich nachsehen, ob Sie schon ausgeschlafen haben, Fräulein Hellachen – wollte sagen: gnädige Frau.«

Hella legte ihren Arm um die Schulter der alten Frau. »Liebentrutchen, nennen Sie mich nur wie früher – dann ist mir viel wohler. Gutes Liebentrutchen, wie bin ich froh, dass ich Ihr gutes, liebes Gesicht wieder vor mir habe! Gelt, Sie haben mich noch ein wenig lieb, wenn ich auch als davongelaufene Frau ins Vaterhaus zurückkehre?«

»Du meine Güte – natürlich. Der Herr Professor hat mir doch erzählt, wie schlecht es Ihnen gegangen ist! Na, man sieht's Ihnen ja auch an, so blass und elend schauen Sie aus. Aber das wollen wir schon wieder kriegen, Hellachen, die roten Backen kommen schon wieder, da verlassen Sie sich nur auf mich! Und nun schnell gefrühstückt, sonst schmeckt das Mittagbrot nicht. Hab' doch Ihre Leibspeisen heute auf dem Küchenzettel.«

Hella wurde das Herz weit, und die Augen wurden ihr feucht. Sie ging in das Speisezimmer, wo das Frühstück für sie zurechtstand. Einen langen Blick warf sie durch das Fenster nach Svens Atelier hinüber. Sie ahnte nicht, dass Andersen schon lange auf der Lauer stand und auf den Augenblick wartete, wo sie am Fenster erschien.

Er hatte bereits mit Rasmussen gesprochen und alles erfahren.

Als Hella noch beim Frühstück saß, trat er plötzlich bei ihr ein. Sie erhob sich, blass, und sah ihn mit ernsten Augen an. Auch er war blass und erregt. Er eilte auf sie zu und gab ihr die Hand. »Hella – Hella! Dass Sie nun wieder da sind!«

Ein mächtiges, alles Sein durchdringendes Gefühl sprach aus dem bebenden Ton seiner Stimme.

Hella erzitterte. Ein Schauer unendlicher Glückseligkeit durchdrang sie.

Svens Augen leuchteten in strahlender Wonne. Aber er trat zurück von ihr, trotzdem er sie am liebsten an sein wild klopfendes Herz gerissen hätte. Erst musste sie frei sein – ganz frei.

Das Leben zwischen den drei wiedervereinten Menschen nahm seinen alten Gang, fast schien es, als sei Hella niemals fortgewesen.

Nur war aus dem fröhlichen, lustigen Mädchen eine ernste Frau geworden, und zwischen ihr und Sven herrschte ein anderer Ton.

Eine unendliche Zartheit bezeichnete das ganze Wesen Svens gegen die geliebte Frau, und diese ehrerbietige Zartheit heilte Hella nach und nach von dem Gefühl der Beschämung und Demütigung. Sie erkannte mehr und mehr, welch ein Schatz von Liebe und Güte in Svens Brust verborgen lag. Obwohl er nie ein Wort von Liebe sprach und sich zur größten Zurückhaltung zwang, merkte sie doch, wie sein ganzes Sein von glühender Sehnsucht nach ihr durchdrungen war. Und nun erst erkannte sie auch an sich selbst das wahre Wesen der Liebe.

Während Rasmussen mit großer Energie die Scheidung seiner Tochter betrieb und sie so viel wie möglich verschonte mit all den unangenehmen Einzelheiten, erholte sich Hella im Schutz treuester Liebe von all den trüben Erfahrungen ihrer kurzen Ehe.

Als endlich die Scheidung ausgesprochen wurde, löste ein Tränenstrom die letzten Spuren der Bitterkeit aus ihrer Seele, und als sie nicht lange danach erfuhr, dass Franz Boßneck sich mit Elsa Kleefeld verheiratet hatte, fühlte sie sich vollends von ihm losgelöst.

Eines Tages saß Hella in ihrem kleinen Salon und sah träumerisch hinaus in den Garten, der weiß verschneit und winterstill vor ihren Blicken lag.

Da trat Sven zu ihr ein und stellte sich ihr gegenüber,

den Kopf mit der Hand auf den Kaminsims gestützt.

Hella sah ihn lächelnd und etwas befangen an. »Was soll ich von Ihnen denken, Sven? Mitten am hellen Tage unterbrechen Sie Ihre Arbeit, um mir – stumme Gesellschaft zu leisten.«

Er sah sie mit brennenden Augen an. »Ich kann nicht arbeiten, Hella. Es lässt mir da drüben keine Ruhe. Ich stehe stundenlang untätig am Atelierfenster und schaue herüber zu Ihnen.«

Sie erglühte, sprach aber kein Wort.

Er trat dicht zu ihr heran. »Hella – Sie wissen, was mich so ruhelos macht. Seit ich weiß, dass Sie frei sind, kann ich nichts mehr denken und tun. Ich möchte Sie schonen, möchte Ihnen Zeit lassen, zu verwinden, aber ich kann nicht mehr.« Er fasste ihre Hände und zog sie zu sich empor.

Sie sah ihn innig an.

»Hella, darf ich denn endlich glücklich sein? Willst du mir angehören in Freud und Leid?«

Sie legte ihre Arme um seinen Hals und lehnte ihren Kopf an seine Wange. »Wenn du mich haben willst, so nimm mich hin. Mein Herz gehört nur dir allein.«

Er zog sie fest an sich. Seine Arme zitterten, und dies Zittern verriet ihr die Macht, die sie über diesen Mann hatte, und die Anstrengung, die ihn seine Zurückhaltung gekostet hatte.

Sein Gesicht war durch die strahlende Seligkeit beseelt. »Hella – süßes, geliebtes Weib – ich halte dich und lasse dich nimmer!«, sagte er mit halb erstickter Stimme und küsste sie auf den bebenden Mund.

Fest aneinandergeschmiegt standen sie lange in seliger Versunkenheit und vergaßen alles über der Gewissheit ihrer Liebe.

Als Hella dann sprechen wollte, schloss er ihr den Mund. »Sprich nicht, sei still, lass mich nur fühlen, dass ich dich halten darf, dass ich diesen geliebten Mund mit Küssen bedecken kann, so oft ich will. So lange hab' ich mich danach sehnen müssen, so lange gedarbt – ich will dich nun einhüllen in meine Liebe wie in einen goldenen Mantel – mein Weib, meine Hella!«

Hella schloss die Augen. Die große, gewaltige, heiße Liebe Svens flutete über sie hin. Sie dachte nicht mehr daran, ob sie seiner noch wert war, nachdem sie jenem anderen schon im Arm gelegen, denn das, was sie mit Sven verband, war so stark, so rein und tief, dass alles andere wesenlos von ihr abfiel.

Sie blieben beisammen, bis in der Dämmerstunde Rasmussen aus seinem Atelier kam. Er fand die Liebenden innig umschlungen am Fenster stehen. Das strahlende Glück in ihren Augen sagte ihm alles. Mit frohem Gesicht trat er auf sie zu und schloss beide zugleich in seine Arme.

»Meine Kinder – ich bin glücklich, dass ihr euch angehören dürft nach so langer Irrfahrt. Nun seid ihr beide für immer auf dem rechten Boden, auf dem der Liebe. – Hella, du hast dir den Mann errungen, der mir der beste und tüchtigste von allen erscheint, und du, mein geliebter Sohn, dem mein Herz schon längst diesen Namen gab, du wirst meine Hella verstehen, wie sie verstanden sein muss, wenn die Schätze in ihrem Wesen sich zur vollen Blüte entfalten sollen.«

Die Hochzeit fand auf Svens dringenden Wunsch schon nach wenigen Wochen statt. Eine Hochzeitsreise machten sie nicht, denn Sven wollte Hella im Frühsommer nach Schweden zu seinen Eltern bringen, um sich deren Segen zu holen.

Das junge Paar bezog die Villa Rasmussens, und der Professor richtete sich in Svens Gartenhäuschen ein. Frau Liebentrut blieb natürlich im Hause. Sven hatte Hella ein reizendes Plätzchen geschaffen in seinem Atelier. Dort saß sie mit einem Buch oder einer Handarbeit, und wenn Sven mit seinen Augen das holde Bild umfing, dann weitete sich seine Brust im frohen Aufatmen, und wenn die Sehnsucht gar zu groß wurde, dann warf er die Arbeit hin und trank sich satt an den Lippen seiner Trautesten.

August Brösselt war erst sehr betrübt gewesen, dass er nicht mehr für seinen Herrn kochen und wirtschaften konnte. Aber er fand sich bald darein, Frau Liebentrut an die Hand zu gehen, denn zu tun gab es genug für ihn, zumal als zwei holde Kinderchen ihren Einzug hielten in der Villa Rasmussen.

Ihrem Großvater waren diese Kinder der Inbegriff aller irdischen Glückseligkeit, und die Schönheit ihrer kleinen, rosigen Körperchen hielt er fest in allen möglichen Stellungen und Szenen.

Sven Andersen aber schuf große, gewaltige Werke, er wurde der Ersten einer und konnte seinem Weibe Lorbeeren und Gold zu Füßen legen.

Im Hause Boßneck aber dachte nur einer noch manchmal an die reizende, lichtvolle Erscheinung, die ein kurzes Jahr darinnen ein Schattendasein geführt hatte. Aber er

wehrte dieser Erinnerung, so viel er konnte. Franz Boßneck wollte sich nicht eingestehen, dass seine erste Frau doch liebenswerter gewesen war als die zweite, wenn sie sich auch willig von ihm tyrannisieren ließ.

Nachwort

Die verehrten Leser dieses Buches haben hier zwei Romane der Schriftstellerin Hedwig Courths-Mahler vorliegen: »Auf falschem Boden« und »Auf der Jungfernburg«. Ersterer ist eines ihrer Frühwerke, er entstand bereits 1906 und erschien erstmals als Fortsetzungsroman in der Zeitschrift »Das Buch für alle«. In Buchform folgten dann 1910 und 1916 Ausgaben in Memmingers Buchdruckerei und schließlich 1920 bei Friedrich Rothbarth. Nach 1945 gab es Neuauflagen im Falter-Verlag und 1953 als Heft Nr. 148 bei Pabel (»Delphin Roman«). Letztendlich folgte nach 1974 ein Taschenbuch in mehreren Auflagen bei Bastei-Lübbe und ab 1978 das Romanheft Nr. 12 in bisher 13 Auflagen, ebenfalls bei Bastei-Lübbe. [5]

Der zweite Roman »Auf der Jungfernburg« datiert aus dem Jahr 1932 und hat, obwohl man ihn als spätes Werk charakterisieren kann, auch eine wechselvolle Geschichte: Erstveröffentlichung bei Friedrich Rothbarth, nach 1945 im Triga-Verlag, 1952 als Heft Nr. 90 auch als »Delphin Roman« bei Pabel, bevor er ab 1974 als Taschenbuch und ab 1978 als Romanheft Nr. 53 bei Bastei-Lübbe erschien. [5]

Ähnlich verhält es sich mit fast allen ihrer über 200 Romane, Erzählungen oder Kurzgeschichten, die ebenfalls über Generationen und über fünf Gesellschaftsformen – Kaiserreich, Weimarer Republik, NS-Zeit, DDR/BRD und das wiedervereinigte Deutschland – hinweg immer wieder Leser und Verehrer fanden. Und dies auch im Ausland. Wer war die Frau, die das zustande brachte? Immerhin hat sie zu Lebzeiten drei Kriege mitgemacht und erlebte Zeitläufe, die von der Gründung Österreich-Ungarns als k.u.k. Monarchie bis zu den Anfangsjahren der BRD und der DDR reichten. Dazwischen liegen Welten. Für die Leser, die sich bisher nicht mit dieser Autorin beschäftigt haben, sei ihr Leben hier kurz im Telegrammstil zusammengefasst:

Geboren 1867 in Nebra/Unstrut – Aufgewachsen in prekären Verhältnissen – Das Ehepaar Birkner in Weißenfels nimmt sich zunächst des armen, vaterlosen Kindes an – Wohnorte bis zu ihrer Heirat mit dem Graphiker Fritz Courths 1889 waren Weißenfels, Leipzig und Halle – Erste Schreibversuche 1884 – Geburt ihrer beiden Töchter Margarete und Friede 1889 und 1891 – Ihr erster Roman »Licht und Schatten« erscheint 1904 – Übersiedlung nach Berlin 1905 – 1916 erscheint ihr bekanntester Roman »Griseldis«, der auch verfilmt wurde – Nach 30 Jahren 1935 Übersiedlung nach Tegernsee – Von 1905 bis 1935 produktivste Phase mit bis zu 15 Romanen im Jahr – Danach nur noch wenige Werke – 1948 erscheint ihr letzter Roman »Flucht in den Frieden« – 1950 verstirbt sie 83-jährig in ihrem Haus in Tegernsee – Tochter Margarete stirbt 1966 mit 77 Jahren, sie erlebt noch die Beatles – Tochter Friede stirbt 94-jährig 1985, sie erlebt noch Gorbatschow und Perestroika – Beide Töchter waren ebenfalls schriftstellerisch tätig.

83 Jahre Lebenszeit Hedwig Courths-Mahler, das sind 83 Jahre Weltgeschichte mit allen Höhen und Tiefen. Darum können wir vermuten, dass diese Frau uns etwas mitzuteilen hat. Und tatsächlich finden sich in ihren Werken etliche historische Bezüge, angefangen bei der Ansprache des deutschen Kaisers Wilhelm II. an die Volksmenge vom 31. Juli 1914 im Roman »Die Kriegsbraut« (1914) über die Erwähnung der Filmschauspielerinnen Adele Sandrock und Henny Porten in »Nur aus Liebe, Marlies« (1935) beziehungsweise »Aschenbrödel und Dollarprinz« (1928) bis hin zur Erwähnung des Gemäldes »Das Eisenwalzwerk« von Adolph Menzel im Roman »Die Kraft der Liebe« (1920).

Oder aber ihr Vorwort zum Roman »Flucht in den Frieden« (1948), in dem sie mit der NS-Zeit abrechnet. Weiter spricht sie in »Ein Schritt vom Weg« (1910) vom Kaiser-Friedrich-Museum, das zur Erinnerung an den »99-Tage-Kaiser« Friedrich III. so genannt wurde. Dahinter verbirgt sich das heutige Bode-Museum. Manche ihrer Werke haben Handlungsorte in den damals deutschen Kolonien Deutsch-Ostafrika oder Deutsch-Südwestafrika. Der Komponist Richard Wagner und der König von Bayern, Ludwig II., finden Erwähnung in der Erzählung »König Ludwigs Schützling«. Das sind nur einige Beispiele, die zeigen, dass die Schriftstellerin Hedwig Courths-Mahler durchaus einen realistischen Bezug zur Welt hatte. Betrachtet man den Handlungsrahmen im damaligen Deutschland, so ist zu erkennen, dass ihre Figuren von Hamburg bis München und von Königsberg bis ins Rheinland wirken.

Da Stralsund, der Sitz des STRANDLÄUFER-Verlages, an der vorpommerschen Küste liegt, tut sich folgende Frage auf: Hedwig Courths-Mahler und die Ostsee? Ja, das passt zusammen. Zunächst einmal gibt es mehrere Romane von ihr, die einen örtlichen Bezug zum Ostseeraum haben:

»Auf der Jungfernburg« / Stralsund
»Auf falschem Boden« / Insel Usedom
»Du bist meine Heimat« / Swinemünde
»Ich lasse dich nicht« / St. Petersburg, Königsberg
»Sanna Rutlands Ehe« / Danzig
»Betrogene Liebe« / Danzig
»Scheinehe« / Wolgast

Was verbindet Hedwig Courths-Mahler nun konkret mit Orten an der Ostsee? Auf der Homepage des Zinnowitzer Hotels Usedom-PALACE [1] kann man zum Beispiel lesen: *»Die Schriftstellerin Hedwig Courths-Mahler verbringt gleich zwei Sommer im Schwabe's, schreibt hier sieben ihrer über 200 Romane.«* Schwabe's Hotel, einst das erste Haus am Platze, ist der ursprüngliche Name des heutigen Usedom-PALACE.

In der »Amtlichen Badeliste für das Ostseebad Zinnowitz« [6] ist Courths-Mahler nebst Familie zu folgenden Zeiten geführt:

August 1908 »Seestern«
Juli 1910 »Seestern«
Juli 1926 »Schwabe's Hotel«

Laut Sichelschmidt [5] erschienen von ihr im Jahr 1926 die Romane »Das verschwundene Dokument«, »Seine indische Ehe«, »Das Geheimnis einer Namenlosen«, »Frau Majas Glück«, »Ich liebe dich, wer du auch bist«, »Im fremden Land« und »Die Verbannten« sowie zwei kürzere Erzählungen. Es ist aber daran zu zweifeln, ob sie im Urlaub geschrieben hat, diese Zeit nutzte sie wohl eher zur Erholung und zum Ideensammeln.

Weitere Aufenthalte an der Ostsee gab es laut Prof. Müller-Waldeck [3] um 1906 in Thiessow auf Rügen, andere in den mondänen Usedomer Seebädern Swinemünde und Heringsdorf. [4]

Zu Beginn haben wir nach historischen Zusammenhängen gesucht. Gibt es in ihren Werken auch autobiographische Züge? Diese Frage kann man getrost bejahen. In ihren Romanen »Gib mich frei« (1908), »Glückshunger« (1907) oder »Scheinehe« (1905) setzt sie beispielsweise ihren Weißenfelser Pflegeeltern, dem Ehepaar Birkner, immer wieder ein literarisches Denkmal. Der Jazz-Enthusiast Werner Sellhorn (1930-2009) schrieb über den Zusammenhang zwischen Werk und Leben eines Schriftstellers einmal in seinem Nachwort zu B. Travens »Caoba-Zyklus«: *»... Die Biographie eines schöpferischen Menschen ist ganz und gar unwichtig. Wenn der Mensch in seinen Werken nicht zu erkennen ist, dann ist entweder der Mensch nichts wert, oder seine Werke sind nichts wert. Darum sollte der schöpferische Mensch keine andere Biographie haben als seine Werke.«* [7]

Ein letzter Gedanke: Warum im 21. Jahrhundert noch – oder wieder – Hedwig Courths-Mahler lesen? Dazu einige

Anmerkungen: 2020 – 70 Jahre nach ihrem Tod – ist die urheberrechtliche Schutzfrist erloschen, ihre Werke daher »gemeinfrei«. Wenn also Pabel und Bastei gekürzte Fassungen ihrer Romane herausbringen konnten, dann deswegen, weil sie die Rechte innehatten. Die »Groschenhefte« spiegeln aber nicht den wahren und vollständigen Inhalt wider. Deswegen sollte man versuchen, Hedwig Courths-Mahler im Original zu lesen (Verlage: Rothbarth oder Ensslin & Laiblin) oder wenigstens darauf achten, dass man ungekürzte Lizenz-Ausgaben, zum Beispiel die von Weltbild, nutzt. Auch der STRANDLÄUFER Verlag verwendet in der vorliegenden Publikation die ungekürzten Originalfassungen.

Hedwig Courths-Mahlers Romane und Erzählungen sind ein Spiegelbild ihrer jeweiligen Entstehungszeit. Durch die Inflation waren nach dem Ersten Weltkrieg viele Adlige verarmt und ihrer Privilegien verlustig gegangen. Es wird oft behauptet, dass Courths-Mahler nur von Adligen und ihrer abgehobenen Sphäre schreibt. Das trifft nicht zu. In meinem eigenen Buch weise ich nach, dass der Adel in ihrem Pool von handelnden Figuren nur etwa 15 Prozent ausmacht. Die überwiegende Mehrheit sind Bürger, Offiziere und Angestellte. [8]

Heute wird viel von Globalisierung gesprochen. Aber schaut man sich die Handlungsorte ihrer Romane weltweit an, dann stellt man fest: Sie macht uns in Sachen Globalisierung schon damals etwas vor. Das Gleiche gilt für das Verhältnis von Mann und Frau. In ihrer Erzählung »Fräulein Kollege« (1916) schreibt sie: *»Er soll vernehmen, dass es keinen Kampf der Geschlechter zu geben braucht, wenn der tüchtige, begabte Mann der klugen, tüchtigen Frau einen Platz an seiner Seite einräumt.«* [9]

Nicht alle teilten das Lob oder die Begeisterung für ihr Schaffen. Nicht wenige Kritiker verteufelten sie als »Kotz-Mahler« [2]. »Kitsch« und »Schund« waren noch die gnädigsten Begriffe, mit denen sie bedacht wurde. In der DDR waren ihre Bücher faktisch verboten. Diese Zeit scheint jetzt wohl überwunden. Nun bleibt mir nur noch zu wünschen, dass über 70 Jahre nach Hedwig Courths-Mahlers Dahinscheiden ihr literarisches Erbe in Ehren gehalten und damit kein Schindluder getrieben wird. Mit diesem Buch zeigt der STRANDLÄUFER-Verlag, wie man es richtig macht.

Manfred Schreiber
Ebersbach-Neugersdorf, Februar 2022

Quellen

1. Usedom: Palace-Hotel, Zinnowitz (https://www.orangetravel.eu/de/view/1671156)

2. Richardsen, Ingvild: Video »Zwischen Spessart und Tegernsee«, Bayrischer Rundfunk, 11.09.2021

3. Müller-Waldeck, Prof. Gunnar: Vortrag über Hedwig Courths-Mahler (»Da tönt im Herzen mir das Lied«), 17.03.2017 in Berlin-Lichtenberg

4. Grambow, Jürgen & Müns, Wolfgang: »Bernsteinhexe und Kaiserbäder«, Hinstorff Verlag, Rostock, 2003, ISBN 9783356021387

5. Sichelschmidt, Gustav: »Hedwig Courths-Mahler – Deutschlands erfolgreichste Autorin. Eine literatursoziologische Studie«; Bouvier Verlag Herbert Grundmann, Bonner Beiträge zur Bibliotheks- und Bücherkunde, Band 16, 1985; ISBN 3-416-01886-9

6. Amtliche Badeliste für das Ostseebad Zinnowitz; Zinnowitz: Jentzen 1890-1892, 1908-1931; ZDB-ID: 2704361-7

7. Traven, B.: »Der Karren/Regierung«, Romane, Band 3; Verlag Volk und Welt, Berlin, 1980, Bestell-Nr. 6476426

8. Schreiber, Manfred: »Die Hedwig Courths-Mahler – Leben und Werk einer außergewöhnlichen Schriftstellerin«; Cuvillier-Verlag, Göttingen, 2019, ISBN 978-3-73697-027-4

9. Courths-Mahler, Hedwig: »Fräulein Kollege« (Zyklus »Ein deutsches Mädchen«, 04 von 13); Verlag von Friedrich Rothbarth, Leipzig, 1927

Ich danke Herrn Prof. Gunnar Müller-Waldeck (Greifswald), Frau Ingvild Richardsen (München) und Frau Spohler (Heimatmuseum Zinnowitz) für die freundliche Auskunft.